山左草木记

谭庆禄 著

南穀小莲 绘

海燕出版社

·郑州·

图书在版编目（CIP）数据

山左草木记/谭庆禄著. —郑州：海燕出版社，2025.2
ISBN 978-7-5350-9399-8

Ⅰ.①山… Ⅱ.①谭… Ⅲ.①散文集–中国–当代 Ⅳ.①I267

中国国家版本馆CIP数据核字（2024）第022815号

山左草木记
SHAN ZUO CAO MU JI

出 版 人：李 勇	责任校对：王 达 吴 萌
选题策划：李道魁	责任印制：樊欣研
责任编辑：郭六轮	装帧设计：徐胜男
美术编辑：韩 青	排版制作：吴 沛

出版发行：海燕出版社
地址：河南自贸试验区郑州片区（郑东）祥盛街27号
邮编：450016
网址：www.haiyan.com
发行部：0371-65734522 总编室：0371-63932972
经 销：全国新华书店
印 刷：河南瑞之光印刷股份有限公司
开 本：720毫米×1020毫米 1/16
印 张：31印张
字 数：400千字
版 次：2025年2月第1版
印 次：2025年2月第1次印刷
定 价：98.00元

如发现印装质量问题，影响阅读，请与我社发行部联系调换。

代　序

我的草木情缘

退闲之后，重又拣续起草木之缘。只要天气适宜，便走出家门，徜徉于青草绿树之间，看蘖看芽，看叶看花，玩赏摩挲，流连忘返，竟也乐在其中。朋友见了问我，人类的世界如此精彩，忽然弃之不顾，那些闲花逸草果真有那么大的魅力？我听了竟也无言以对。

一

我与草木结缘较早。具体哪年哪月，却也不大能说得清。私底下，我常常将其看成此生之幸运，甚至上苍的恩赐。可是若问我为什么乐此不疲，却也有些茫然。后来想想，所以喜欢上草木，可能跟此前与草木的那几段交集有关。这些交集，概括起来可为两个方面。

一是少年时代割草寻菜的清苦生涯。

我的出生地为山东省清平县。此县汉时已设，名为贝丘；隋开皇十六年（596 年）更名清平；至 1956 年撤销，大部并入临清市版图。此地西有漳卫河，东临马颊河，京杭大运河亦穿行县域之中。其地则为典型的黄河冲积平原，以前时候，野外多见沙丘与丛莽，土地则不乏盐碱与涝洼。虽有河流经行，却不享灌溉之利，生产落后，地瘠而民穷。

打从一开始我就知道，在这片贫瘠土地上生长的草木，恰如在这里讨生活的人，多为平淡无奇的品类。在这样的地方开始草木之旅，先天的劣势显而易见，在博识的人们看来，甚至未免好笑。可是我又有什么办法？生于斯长于斯歌哭于斯，不能不对这片土地发生感情。此外，如果我再不趁机为它们说几句话，它们不就更加湮灭无闻了吗？

青少年时代在故乡度过。此间虽不曾辍学，可"文革"已不期然而至，学校虽在，却已形同虚设。在尚未长成一名壮劳力之前，回到村子上，割草寻菜便成了春夏秋三季里的重要营生。

村前村后大田作物面积够大，然而品类却十分有限。树木生于庭院之中，主要的也就剩下杨柳榆槐那么几种；此之时，仍然生生不息的却是野草。野草虽然讨厌，父老人人皆欲得而诛之，它们却是"野火烧不尽，春风吹又生"，生性既泼辣，种类也繁多。其实，把那些绿色植物一概名之曰杂草，是从人类自我中心主义的立场作出的判断。站在更高更远处回望，就会发现这多多少少是一种偏见。书上记载着好多关于杂草的定义，诸如"不想要的植物""干扰人类对土地利用的植物""无应用与观赏价值的植物"等等，其中以"长错地方的植物"这一说法最为有名。

春天的瓜畦里，种子下地之后，新苗破土而出。人们侍弄时多么小心翼翼，简直视同拱璧了；可到了夏天，豆子地里、棉花田中，瓜苗未经许可，兀自长出的那一丛丛，一样的碧绿鲜活，可锄头、镢头砍下去，哪里还有半点儿顾惜之情。又如芦苇，如果它逸生于麦田中，人们看了，就像衣上之油渍，眼中之金屑，必除之而后快；可池塘边、河浜里那蒹葭苍苍，又是多么秀雅漂亮。待它们长到老熟，收割下来，捋顺捆扎，卓立于墙角树下，心里少不得却又居为奇货了。

对于正牌杂草，那时的感情也常常是矛盾的：作为锄草者，扛起锄头来到田间，野草唯愿其少，甚至欲其无；一旦换成割草人的身份，挎起篮筐，手提镰刀，来到大野之中，则又怨其不够多，生得满畦满垄才好。还有，自己队上的农田，常常派出老弱过去值守。田中即使有草，也不令割草人进入其中；同时又派出自家少年外出割草，以饲养牲口棚里那些拉犁拉耙的牛驴。

割回来的青草锄碎了，倒入食槽给牲口吃。所以即使野草，也就不能不加别择，有毒的，如苍耳，如曼陀罗，植株即使再苗壮，存量再丰富，也不能收取；节节草又名锉草，与牲口的口腔牙齿颇不相宜，也要尽量避开；虎尾草喜欢踞坐于地，长成一个盘子形状，虽无毒无害，却十分老硬，成色就差多了。割到牲口喜欢吃的绿草，送去牲口棚过秤，负责喂牲口的二伯眼睛笑眯眯；否则他老人家脸子沉下来，虽不至于说你什么，也够人受一会儿的。

同为杂草，人们的情感态度也不无区别。比如蒺藜，那时觉得它简直百无一用，还心怀叵测，尤其喜欢盘踞于道边，种子成熟后散落于尘土之中，专与我们的赤脚过不去；马齿苋胖乎乎，萌达达，今之人视为上乘野菜，当时却也为人贱视——这既关乎它死缠烂打的滚刀肉性格，似乎也受累于一个民间传说，未免冤枉得很。

外出割草，马唐草是我们的最爱，牛羊喜欢吃，所以连它长相都觉漂亮。那时还不知它尊姓大名，只随人呼作"热草秧子"。此物伏地而生，节间有根却不强壮，所以拔下它不像牛筋草那么吃力。夏时旺盛，茎挺叶碧。割上一篓马唐草背回来，走路都觉得神气。到了晚秋时节，马唐花穗老熟，叶色泛紫，割回家几乎不用怎么曝晒，就可以归垛以备过冬了。画眉草长相更美，还带着一股幽幽的香气，只是纤细不大趁手；狗尾草与水稗草，也是上好的饲料，特别到了成熟时候，水稗草籽粒饱满，以之饲牛羊，不光有草，其实并料也已在其中了也。

寻菜，其实也是拔草，对象同是田野上不被容许的野生植物，只是时间、种类与用途略为不同而已。这类春季杂草多为双子叶植物，可采以为菜；野菜寻来，大部分用以饲鸡豕，却也是人吃剩下的，或者老硬过甚，人类的牙齿对付不了。所以分清苣苣芽（苣荬菜）与苦死驴（乳苣），花地菜（涩荠）与牛舌头棵（车前），尤其重要。野菜最可口的，生吃最数苣荬菜；掺入玉米高粱面蒸熟吃，则以花地菜最令人难忘。花地菜是我们那一带的叫法，中文正名则为涩荠。此物生麦田中，初席地而坐，其叶最嫩，一不留神，它已经开始伸茎开花，便硬韧不可向口了。此物当年存量就少，所以稀罕得很，如今更是不易遇见。

有一个时期，吾家吃铁苋菜最多。记得那一年这东西特别泛滥，耧地耘地，每累累罥挂锄上，纠缠不肯放手。家母采了嫩芽叶，炸熟后包杞馏。此杞馏皮薄馅大，偌大个菜团子既硬且涩，实在艰于下咽，为节省粮食计，那些日子几乎顿顿如此，令我苦不堪言。麦蒿虽多，却有些青蒿气息，不大讨人喜欢。至于刺儿菜，植株壮硕，叶子肥厚，除非实在揭不开锅，一般只可剁碎放入猪槽里了。荠菜是野菜中的上品，可那些日子里，荠菜尚未光临吾乡，如今在故乡初春的麦田里，它们也已经长得密密层层的了。

乡村野草，有名有姓，大家耳熟能详的，一是与日常生活多少有些关系，二是长相比较讨人喜欢，三也可能格外令人讨厌。如上几类者好歹都有个名字。至于那些无关痛痒的，就更加默默无闻，比如旱莲草，比如萹蓄，甚至萝藦。在我印象里，即使经验丰富的老者都不知道怎么称呼它，连土名都没有心情给它编造一个。原以为独行菜亦属此类，某年回乡，家母却指它为"辣辣榆儿"。后来想想，这名字还真是不无来由："辣辣"二字，言其幼茎叶之气味，"榆儿"是说它短角果圆形一串串，那样子确与榆钱儿有几分相似。

积年累月地活动于乡野之间，识别这些东西就如同辨别鸡和鸭，几乎没什么难度，根本不需要特意去记；耳濡目染的，从父老的言谈之间，已经认个差不多。我们村上曾有这么一位老人，在他目盲之前，凭借一己之力为自己开辟出一个植物园。

我所居住的村子不大，与附近的村庄大同小异。村里面有一条或两条街道，房子则建在胡同两边。村前某处是一个池塘，村里村外雨后的积水，千折百回都要流入池塘中。刚从漫长战乱年代过来，当时乡人为了自保，曾建有高大围墙，即所谓"土围子"。围墙用黄土夯筑而成，年代既久，便开始废弛坍塌。村北部有一户人家，其屋后就是这土围墙。屋子与围墙之间有一片空地，主人便将这一带开辟成园子，用来种植花木。

村子上其他人家一般也有庭院，庭院之中，也会有所种植，以补日常用度之不足，所种多为瓜果菜蔬，甚至粮食。唯这一家的后园最大，又最背阴朝阳，土质肥沃，种的却是既不能当饭吃，也不能做衣穿的闲玩意儿。这在 20 世纪五六十年代北方农村，显得特别不可思议。那时候，园子的主人已垂垂老矣，他瘦高，黧黑，稀疏的山羊胡子，不苟言笑的样子。后来这位老人双目失明：在他的园子不可避免地凋败毁弃之前，上苍以其仁慈之手，赐给老人以无边的黑暗。

园子封锁得很严，园内的信息还是点点滴滴泄漏出来，可以想象，这对我们一帮少年构成怎样的吸引。园子是老人的心尖儿，他当然要严防死守，每当我们在附近逡巡，他都会高傲冷漠地出现。对我们内心的想法，他似乎早已洞若观火。我们当然都很怕他。然而他这种拒斥，让园子越发富有魅力。

一个人的精力毕竟有限，所以即使提防再紧，也不会绝对无机会可乘。有次来到学校，同学某君赠我一枚软枣（君迁子），其讲述尤其绘声绘色：这东西乍尝微甜，可如果满口吃了，涩得舌头都会伸不出来。记得那枚软枣长圆形，光洁而微黄，状若迷你型车载油罐，又像今日药品里的胶囊而微短。切开来看，其肉质有似胶冻，果核则不大规则。舐一下，甜味儿过后，舌头果然有些木木的，似也没那么夸张。为了这个软枣，我可是费尽周折，四十多年之后，才追索到其尊姓大名，以及长在什么样的树上，为什么会出现在盲老人的园子里。以适口论，软枣远比不上当年家家庭院中犹有的大枣，然物以稀为贵，对于少年人的好奇心尤其如此。吃过多少红枣，不见经年也不会想起它们，唯独这枚古里古怪的东西，一直保留在我的记忆里。

后来园子里发生了更为惊险的一幕：我们中间的一位勇敢者，瞅准机会，只身潜入园中。紧贴屋墙有一树金黄的鸭梨格外诱人，可刚刚攀上树杈，即被暴怒的老人发现，老人家手持拐杖，戟指着树杈上的入侵者，哓哓大骂不止。树上人看看退路已被切断，只好缘着树枝上到屋顶，然后从房子另一面直接跳下来逃走了。那屋子我后来走近过，至少也有一丈多高，一个十多岁的少年跳下来却毫发无损，也算是个奇迹了。

后来我也曾有幸进入老人的植物园中。

围墙外面恰是我们队的棉田，那天跟了母亲到田里干活，近午时分，来到老人园子里讨水喝。老人对顽劣少年凶巴巴的，对成年人却很客气。他家屋后还有一株高大枣树，我记得栝楼藤缘着树干攀上去，然后在枝杈间左右攀缘缠绕，皮球大小的青碧果实，依次悬垂下来。树下即是一眼水井，上支一架辘轳，慢慢绞上水来，让我们用手掬着喝。在母亲与老人说话的当儿，我乘机潜入西侧的竹林里，从土里土气的棉花棵子中间，来到顾长青碧的密林里，抚摸着一竿竿光洁的绿茎，那种美醉的感觉，至今无法忘怀。

以今天的眼光看，盲老人当年所罗致于园中者，与今天城市的植物园，规模与品类可能都无法相比。但在生存压力渐大，植物种类益趋单调的穷乡僻壤，这样的园子没办法不显得格外独特。

如果割草寻菜的营生让我们结识了野生杂草，盲老人的植物园则诱发了我们对奇花异草的向往。

二

敝人生性愚钝，虽然自幼即与植物相依相伴，耳鬓厮磨，可到了很晚，才渐渐发现了植物之美。

这个过程，在我是从树木开始的。

　　我喜欢树，自幼就喜欢种树。吾家院子不大，可利用的空间不多，可一有机会就会种上几株。最初的想法好像也很功利，我曾经写过一篇短文，叫作《种树的理由》，述说其事。后来看它们居然成活，发芽抽条了，然后一天天长大，心里满是惊奇与欣慰。我家在池塘岸边，出门是一片稀疏的枣林，枣树枝干如铁，屈曲万状。越过枣林，可以看见池塘南岸那片白杨，高大伟岸，叶子整日哗啦啦作响，上面鸟雀麇集，鸣叫之声续续传来。大约就在那时，或者以后，我开始感到树木之美。

　　首先，树木都是站着的。这一点与人最为相像。牛羊猪狗虽属动物，与人类同样生有四肢双目，可它们肢体都是横着的，与大地平行。树木与人则垂直于大地。狗的本领大一点儿，也只学会了坐着。据说人是猴子变的，那么最初人的身体也与地面平行，后来决定站起来行走，保不定还是受到树木的启发。树的另一个好处是，你种它在哪里，它就站在哪里，不像动物跑来跑去，既不会摇尾乞怜，也决不装神弄鬼。它们神情淡泊，无欲无求，与人无扰，与世无争。与之对视久了，就觉得它们活脱脱是一个个谦谦君子。

　　无论着生于多么偏僻的角落，面对春夏秋冬，风风雨雨，它们既不知道畏惧，也从不抱怨。无论遭受到怎样的无妄之灾，都会默默承受。只要一息尚存，就不会放弃成长。等这一切慢慢过去，你会发现，它们早已超过你的身高，渐渐枝繁叶茂，独立于天地之间。

　　陶渊明《饮酒》诗有云：“连林人不知，独树众乃奇。”这真是一个有趣的发现。连林成片的树木原非不好，可是大家簇拥在一处，看过去笼统得很，个性也就难得展现，特别是路旁站队成列的树，尤其显得呆板。最是田野上，或者河滩里，那孤零零的一株树，你在行走之时偶然瞥见，心就会怦然而动。特别到了冬天，木叶凋零，真可谓删繁就简，不再有任何浮华。若是这个时候降了一场大雪，原野无际，白茫茫遮蔽了世间的一切，大地显得如此简单，一株树站在那里，既无瑟缩之态，又无骄矜之意，悠然立于旷野之上，平静地承受接下来的每一个白天和黑夜，这样的态度，真够我们人类学一阵子的了。

发现树木之美，对我很重要。我曾将此当作独得之秘，多少次向朋友们说起。我也看得出来，朋友大多当成玩笑来听，我也不以为意。多少年后，终于获得恩准，不必再应卯上班，开始了天天周末、日日假期的生活。这时候，走向身边的草木，对我来讲几乎自然而然。

相对于大树，野草低矮，无法像大树那样高高在上，也因此更容易让人亲近。几十年后，与野草再次相逢，遇到的既有老朋友，也不乏新朋友。野草与农人，处于天然敌对的立场上。最初，我当然站在父老一边，对它们也怀了厌弃之心。特别那些频频侵入田间，既没用处又特别麻烦的，看到它心里就会泛起恶毒之意。可到了这个时候，既没了种植与收获的盘算，也不再有割取饲畜的功利目的，只剩下晨昏之间的悠然相对，它们蕴含的美便开始向我呈现。与它们达成和解，包括那些令人讨厌的品类，在我，没有一点儿困难。

比如蒺藜，既然已经不必赤脚行走于田间，它果实上的载刺即使再锋利，也已不足为害。这时我渐渐理解到，它们生刺，并非为了持以刺人，只为了保护自己免受或少受侵害而已。俯身观察此物，看它匍匐于地的逊退，看它叶间小黄花的寂寞，这是一个多么卑微、多么低调的物种啊。再如马齿苋，它们泼辣易生，曝晒不死，这种生之执着总也不是什么过错，蝼蚁尚且贪生，人类亦莫能外，怎么可以以此相责。理解了物种基因传递的欲望，再看马齿苋，就不再觉得它多么的脑满肠肥，雨后风前，肥硕茁壮之外，甚至也有几分清新妩媚呢。

愚钝如我也终于发现，植物最美的还是它的花期。

与草木结缘之初，对其茎叶之美多有体悟；至于花朵，有时却有些木然。所以平时观察草木，也更注重株形叶色。比如苣荬菜，比如乳苣，这些乡间野蔬，已是何等熟悉，我也是到了近些年，才认真看到它们开花的。以前时候，看到诗人们愁红惨绿，心下常常不解：干吗呀，花本来就难开易逝，哪里比得上茎叶之美来得持久。到了近年，有了大把的闲暇时间，从容经历过一场场盛大花事，亲见了各种春花的酝酿与开放，那种大自然至美的豪奢展示，才真正称得上天地间的奇迹哦。大自然用它无坚不摧的美，一举轰毁了我对百花之美的偏见。花，毕竟是天地间最美的东西之一，而着花，亦是草木最美的时刻。当然，看花也是人世间最幸福的事情。

我错了，我改了，然而我很高兴。

三

与草木结缘，开口能叫出它们的名字，特别重要。

有一本书写北大刘华杰教授的博物生涯，书名叫作《看花是种世界观》。对我来讲，关注草木既是一项生活内容，也是一种存在方式。观察欣赏草木的过程，有时也会伴以记录，伴以写作，我觉得这既是观察欣赏的延续，同时也是观察欣赏本身。

写作过程中困难重重，其根本原因在于，以人类创造的语言，去摹写天地自然创造的草木，注定会捉襟见肘，力不从心，吃力不讨好也原是当然。

张晓风以为："万物之有名，恐怕是由于人类可爱的霸道。"我的看法稍为不同，我觉得，世间万物所以有名，主要恐怕还是为了方便。《论语》有云："多识于鸟兽草木之名。"有孔夫子的加持，也增加了我的自信。比如向人介绍一种草木，花色啊叶形啊，你这边说得口干舌燥，别人却听得一脸茫然；可一旦说出它的名字，顷刻便豁然开朗。在这里，名字有点儿像阿里巴巴"芝麻开门"的咒语，是一把打开宝库之门的钥匙。又像某一物件的抓手，如同茶壶的把儿，或水桶的提梁，有了它，才方便握持与挪移。所以我觉得，认识一种植物，正如结识一位朋友。道途中屡屡相遇，面貌神情已熟悉得很，心中亦渐生好感，见面点头致意，然后相忘于江湖；只有经人介绍，或某一个毛遂自荐，相互通报了姓名，这才算得上认识。当年陪同教学专家到学校指导教学，与老师们交流，就曾多次表达此意：当老师的课堂提问时，叫得出每一个学生的名字，是起码的尊重。与植物交朋友，道理也是一样。

敝地少山，故植物存量不多，参照相邻地市的志书，估计高等植物应在 1600 ～ 2000 种之间。这个数字，相对于《中国植物志》记录的 31142 种，根本算不了什么，但对一个业余植物爱好者，对付起来也已经颇不轻松。

很惭愧，对于植物分类之学，我至今仍是个彻头彻尾的外行。身边出现的植物，以前习知的，也多是别名与地方名。当然，地方名也不是全无足取，可与人相交，不知道人家的官讳，依旧"二妞儿""铁蛋儿"地叫，终归是个缺陷。别名有时提供了线索，可据此拨草寻蛇；有些全然陌生的，两两相对，面面相觑，还真有点无所措手足。至今我仍然没能学会利用《植物检索表》来确定种属，这些年来，认识植物，我一直使用着我自己的笨办法。

一是凭借缘分与感情的积累，等待契机出现。初与某一物种相遇，心中欢喜却不知姓甚名谁。纳闷儿是免不了的，却也不必心急，只将它安放在心底，也就是了。其后朝夕之间，不时重逢，如此日积月累，感性的东西渐积渐厚，总会有水滴石穿的时候。于是在某一天，忽然领悟到它应该就是某某某吧，按之果然。此一时刻，足可让人欣喜若狂。

二是不惮向各色人等请教。无论园林工人，还是田夫野老，只要遇得上，够得着，我都会向他们请益。即使一百次发问皆无效果，也一点儿不必灰心，因为还有第一百零一次呢。我始终相信，只要它还生长在这片土地上，弄清楚它是哪一个，是早晚的事。暗地里我曾给自己约定，谁教会我认识一种植物，我就请他吃一次饭。当然，这期间因缘际会，辗转向人请教，认识了植物好多种，而饭却一次也不曾请过。不过，私下里我自己还是经常想象因认识植物而请饭的情景：我们俩相对而坐，举起手中的酒杯，说，为了羊角菜，或者为了猪芽草，干杯！这理由虽然说不上郑重，却也别有趣味儿。喝到兴头上，猜起拳来，则是"一丈红，二月蓝，三叶草，四季豆，五凤楼，六月雪，七星莲，八角金盘，九层塔，十大功劳"，至少在我看来，比那"一心敬，哥俩好，三桃园，四季来财"之类，还要新鲜别致一些。

与草木接触越久，越是强烈地感觉到，每一种植物都是独特的。

每一种植物都有属于它自己的形貌、喜好甚至秉性。它们由一粒种子发育演化而来，向着其基因密码规定好的方向走去，虽百折千回，终也义无反顾。它们看上去木木的，好像全无心肝，其实浑身透着机灵。它们才不是混混沌沌的族类呢。

春天里，若论花形之小，点地梅可以算上一个。花径才 5mm，如此星星点点的小花，居然也会通过变换颜色表达心曲。因为花小，欲形成一定的视觉效果来吸引传粉的昆虫，必须借助大家的力量。同一植株上，开花亦有先有后，而花开数日不落，才便于形成规模效应。然而有些花虽着枝上，其生殖活力却已消失。为了节省稀有的昆虫资源，一旦完成授粉，花冠即变为淡红色，以此告诉前来的昆虫：对不起哈，这边不好；而新开花活力旺盛，其花色白，花筒口还涂着一圈儿黄晕，恰是昆虫们喜爱的颜色。为了吸引昆虫，它们不急于陨落，再通过花色的变化，将传粉虫引导到正确的地方。小小的五瓣花，谁承想有着这么深的心机。

植物也是有个性的，有时还很执拗。

目前在敝地，鹅绒藤存量渐多，春天的灌丛中，几乎处处有之，所以我才忍心与它开个玩笑。盖藤蔓类植物的攀爬，有的凭借卷须，有的依靠倒刺，另有一些仅凭自身旋转。而旋转又可分为左旋与右旋两类，用专业术语讲，就是"左手性"与"右手性"。比如紫藤属于右手性，多花紫藤则是左手性；木防己是右手性，葎草为左手性。右手性的比较多，左手性相对少一些。用刘华杰先生的话说，植物中左撇子比较少见。某天傍晚，我独自经过一段铁栅墙，看见鹅绒藤选定一柱向上攀爬，它是右手性的，于是突发奇想，人为干扰它一下，让它向左旋转，看看如何。几日后再次经过，发现它已自行改过来，仍作右手性旋转了。觉得好玩儿，这次将它更改得彻底些，看它到底有多执拗。再次过来看时，发现它已放弃了努力，将自己平铺在绿丛上，像一个被惹恼的小孩子，就地打滚儿，耍起赖来了。

《后汉书·襄楷传》云："浮屠不三宿桑下，不欲久生恩爱。"此真乃见道之言。与草木相处得久了，也会对它们产生感情。不过这也是没有办法的事。看懂它们，理解它们，可以体会比观赏花与叶更加深入持久的美感。

四

与某种植物相处得久了，就想知道此物在古代典籍中是如何被记载的。在古人眼中，它是个什么样子，先贤们面对它时，曾经引动过怎样的情感。可惜敝人能力所限，此事做起来有些吃力，但仍兴趣不减。

这种兴趣也与个人经历有关。敝人上学时，所学乃文学专业。中国古代文献中，特别是《诗经》《楚辞》里，包含着好多植物名。这些东西不搞清楚，对理解诗意就是一种障碍。而古代的训诂学家，一般喜欢从文献到文献，不肯做实地考察，所以听他们说上半天，有时仍然云里雾里。当年在课堂上每每为此事所苦，今天终于有了机会。何乐而不为呢？

比如《卫风·伯兮》："自伯之东，首如飞蓬。岂无膏沐？谁适为容。"用蓬草比喻女人散乱的头发，以我当时对吾乡杂草的观察，觉得这个比喻未免突兀，"飞蓬"长个什么样子？与头发有哪些可比性？后来看到秋末时节独立生长的小蓬草，那顶生多分枝的大圆锥状花序，特别是种子成熟后，尾毛吐露，看去颇有些凌乱狼藉。那位古代美人儿的发式，这才终于有了着落。又如《小雅·采绿》："终朝采绿，不盈一匊。"这"绿"又是一种什么草，有那么稀缺么，弯腰曲背地忙乎了一个早上，尚不能满一握？后来在运河假山的石缝里找到荩草，才算明白了些。

现代作家中，认错植物的亦复不少。最鼎鼎大名的，当属鲁迅先生的《从百草园到三味书屋》，开头未久，"高大的皂荚树"即已出场。某年我有幸来到绍兴，听导游介绍，才知道原来鲁迅当年所见，其实是无患子，并非皂荚树。果真如此吗？我听了一时难以置信。鲁迅在日本学医，回国后入绍兴师范学堂，教的可是生物学。直到后来看到乃弟知堂在一篇题为《后园》的小文中，特意指出那是一株"圆肥皂"（无患子果实圆形），才得确信。

俞平伯先生在北京，院子里的一株大树，认为即是槐树，故其前期几部著述，皆以"槐"为名，如《槐屋梦遇》《古槐书屋词》等。乃师知堂在《古槐梦遇·序》里写道："平伯说，在他书房前有一棵大槐树，故称为古槐书屋。有一天，我走去看他，坐南窗下面甚阴凉，窗外有一棵大树，其大几可蔽牛，其古准此。及我走出院子里一看，则似是大榆树也。"黄裳于 1982 年出版《榆下说书》，说是"榆下"，因寓所后面有一棵"老榆树"，树梢比四层楼还高，到了夏天就像一把绿色的大阳伞。后来他在嘉定城内的秋霞圃、南翔镇古猗园和苏州拙政园均发现此树，树上挂的牌子上写的却是"枫杨"，问园林工人，果然。后来他将此事告诉了俞先生，俞先生安慰他说："'多识于鸟兽草木之名'，诚非易事。若吾兄之误枫杨为榆，枫杨冷僻固属无妨，弟之不辨槐榆则其事颇怪。"

我不知道，如果鲁迅先生在文中写作"高大的无患子树"，于这篇名文是否产生影响，也不知道俞平伯先生如果不是错认古槐，书名会怎样起，可我仍然希望能够丁是丁，卯是卯，不要张冠李戴的好。知堂在《古槐梦遇·序》里又说："若书屋则宛在，大树密阴，此境地确实可享受也，尚何求哉。而我于此欲强分别槐柳，其不免为痴人乎。"如此，我也算一个不可救药的痴人了。

中国古代典籍中，纯粹的植物学著作似不多见。清代吴其濬《植物名实图考》与《植物名实图考长编》可谓一枝独秀；朱橚《救荒本草》收录几百种植物，如书名所示，为了救荒活人。此外，著录草木比较集中的，往往是本草类著作。了解草木的历史，除却上面几类书籍，尚有些农书类著作。此类书品种极多，且卷帙浩繁，最为著名的，窃以为当属《齐民要术》

与《王祯农书》。在敝人对植物的考察与写作中，从此二书中获益颇多。

此外，尚有两部古书不可不提，那就是《二如亭群芳谱》与《佩文斋广群芳谱》。

在正统文人眼里，此二书品位不高；甚至在中国农学史上，地位也有些尴尬。石声汉先生的《中国古代农书评介》以为，它们充其量"只能算是一种类书"。日本的天野元之助的《中国古农书考》，将二书列入其中，给予较高评价，敝以为颇为允当。

此二书的体例，如《四库全书总目提要》所说："每物先释其名状，次征据事实，统标曰'汇考'。诗文题咏，统标曰'集藻'。制用移植诸法，统标曰'别录'。"所列四项，从农学、药学和园艺学等实用角度观察，其一、二、四尚属切要，第三"集藻"，集录历代诗文题咏，自云"上原六经，旁据子史，洎夫稗官野乘之言，才士之所歌吟，田夫之所传述，皆著于篇（《广群芳谱·序》）"者，篇幅最大，编者用力也最勤，却最为后人所诟病。关于这一点，我的看法颇不相同。那么多题咏此物的诗文，何其丰赡博雅，闲暇时细绎其文，便可由此窥知先贤对此物的观感与态度，是一件多么有意思的事。

敝人偏居一隅，识见不广，但地域观念却一向淡薄。某日，检点手边这几部书，忽然有一个发现：如上四部书的作者竟然都是吾鲁山东人。

《齐民要术》十卷，著者贾思勰，北魏益都（今山东寿光）人。潍坊属鲁中地区，寿光去吾乡稍远，也不过二百公里。

《二如亭群芳谱》三十卷，撰者王象晋。王氏一族原籍山东诸城，祖上迁至新城县（今山东桓台），新城县明清隶属济南府，故每自署济南人，故其地距敝乡就更近了。

《王祯农书》又名《东鲁王氏农书》，著者王祯，元代东平（今山东东平）人。东平距离敝乡既近，且20世纪50年代末，曾为聊城专署之下辖县；又，明嘉靖庚寅间，山东巡抚邵锡（天佑）主持《新刻王氏农书》，作序者乃敝邑临清之阎闳（尚友）先生。

特别是《佩文斋广群芳谱》一百卷，撰者汪灏（文漪），乃是地地道道临清人氏。这末后一事，曾令我一以喜，一以愧，喜则以如此卷帙浩繁的巨著，出自吾乡党先贤之手，敝人深感与有荣焉；愧的是此前多少次披阅是书，竟不曾考察一下作者为何许人也。

综观如上，可知关注农事，究心草木，在吾鲁亦有深厚之传统，故敝人之草木记写作，无意中也在继武前贤。拙作虽然谫陋琐碎不成体统，难辞狗尾续貂之讥，唯是有数位先贤导夫先路，也是多么幸运的事。

王象晋先生"郭外有园一区，题以'涉趣'，中有亭，颜曰'二如'"，乃反用《论语·子路》"吾不如老农""吾不如老圃"之意，曾亲自督率佣仆栽植花木。汪灏先生应亦有草木之喜好，唯史乘阙如，1934年《临清县志》有汪先生小传，亦略不及此。

说起亲植花木，仍不得不佩服吾村之盲老人。当年他家境并不富裕，却肯于将一片如此肥沃松软、光照充裕的土地拿出来侍弄这类闲玩意儿。生存压力如此之大，犹一意迷恋那些空疏无当的东西，是怎样一种不可理喻的奢侈，一种可悯可笑的愚蠢。然而他坚持这样做了，而且做得小具规模。想象得出，园子建成之后，老人收获的一定更多。初春的早晨，或者夏日的黄昏，他燃上一袋烟，独自面对着他的园子，那感受，也许只有上苍才能体会，那些家有三囤五囤粮食，腰有十串八串铜钱的财主们恐怕是绝然无法想象的。

　　时至今日，以一己之力，辟园一区，虽然不是绝对的力所不及，却也远非轻而易举。敝人已不再年轻，造园种树，体力、财力都难以支撑。然而草木之爱却并不因此而少减。好在外面的世界越来越精彩，寻常草木之外，奇花异草也渐次集来。那些东西虽然不属于我，它们的美却向包括我在内的所有人敞开，我过来亲近它们，欣赏它们，不会有人阻止。东坡先生说得好："江山风月，本无常主，闲者便是主人。"

2019-07-18

目　录

第四辑　　树木之什
341

第一辑 野草之什

白茅与田旋花 ◎ 荻与芒 ◎ 地 锦 ◎ 饭包草 ◎

杠板归 ◎ 黄顶菊 ◎ 决 明 ◎ 窃 衣 ◎

雀 瓢 ◎ 田菁与合萌 ◎ 旋覆花 ◎ 大豆与野大豆

白茅与田旋花

虽说白茅与田旋花皆为田间杂草，将它们扯在一起，乍看还似有点儿无厘头。二者既非同科亦不同属，长相与习性更是风马牛不相及。唯是在吾乡，当年它们曾经一同疯长于村前村后的黄土地上，与作物争夺地力、阳光，而且锄之不死，转头又生，活脱脱两个刀枪不入、油盐不进的滚刀肉。看到它们肆虐田中，父老们莫不恨得牙痒痒。

白茅（ *Imperata cylindrica (L.) Beauv.* ）乃禾本科（ *Gramineae* ）白茅属植物，多年生草本。白茅在古书里也称作茅，而在吾乡，手持锄头立于田间地头的农人，往往蔑称为茅草；而迷恋其嫩芽与根茎之甘甜，每每嚼得口舌生津的我们则呼为茅针或者茅根。

所谓杂草，不过是长错了地点的植物，并非毫无用处。锄草时我们讨厌它茎叶的硬韧，割草时又盼望它生得苗壮茂密。我们了解白茅，主要还是通过吃它。这也难怪，那时候我们游荡于天宇之下，感觉肚子总是空荡荡的，回旋于脑际的念头常常是吃，吃什么和怎么吃。看待事物也往往以此为准，将其分为能吃的与不能吃的，好吃的与不好吃的。如白茅者，不光能吃，而且好吃。所以尽管知道它与作物相碍，私底下仍会觉得它好。

　　白茅之可吃，分地上地下两个部分，敝乡民谣有云：博平的大枣茌平的梨，清平县的菇菇荻。论物产，博平、茌平两邻县，皆有东西上得了台盘，唯吾清平仅盛产菇菇荻而已。菇菇荻者何？初春时节，万物复苏，鳞次的沙丘上白茅也不甘沉寂，干枯的宿叶犹在，其间悄悄膨大起来，那里蕴含着的就是白茅未吐的种穗，此即是大名鼎鼎的菇菇荻了。菇菇荻白嫩又柔软多汁，那可是一饱口福的好东西。

　　采食菇菇荻，就在春野之上。有时采得多了，不舍得一口气吃完，还会装得口袋满满。采食白茅地下部分，已非一般孩童之力所能及。从地表看，白茅茎叶疏疏落落，就那三五片叶子挺然翘然，而翻开土层，方知其地下根茎纵横交错，纠结成偌大的三维之网。所以到得初春时节，家中缺了烧柴，摽上大筢，来到马颊河东岸的荒地上，搂取茅草枯叶，是其中一途；来到白茫地里，抡圆手中的大板镬，看准茅叶丛密处，一镬下去，将土块掀开，翻镬将土块砸碎，茅根们也就束手就擒了。如此一晌下来，也可以刨上两大捆，用镬把挑着回家。茅根富含水分，刨回来不可以马上烧火，只好摊在门外街头晾晒。这恰是我们嚼茅根的最佳时机，零乱的根茎海量，很容易惯人挑三拣四的毛病。

　　那时候世间可食之物稀少，具甘甜之味者尤不易得。糖块儿，当时唤作"梨膏"的，一年到头吃不上一两次；所以我们曾经迷恋糖精，一瓶清水放上三粒五粒，就甘之若饴。此之外，满足我们饕餮之口，除了青玉米的秸秆，春冬之季，也就这杂乱无章的茅根了。茅根细长有节，掸去附着其上的黄土，捋去茎节上的鞘叶，瞬间莹然白亮，活脱脱一根迷你型的甘蔗。黄昏过后，趁着疏淡的月色，坐在茅根堆上，一嚼就是半晌。天然的甜蜜汁液，缓缓流经我们的口腔，流过我们焦渴的喉咙，流入我们空荡荡的胃囊，

平水禅鱼南毂小蓮

那种满足之感，远非今日花样翻新的甜品所能比拟。

田野上白茅长得欢实，固可稍稍满足我们的口腹之欲，但是，那土地还承载了更要紧的使命：它们必须长粮食，还要长棉花，粮食与棉花的背后，都有着比庄稼人吃穿用度更为宏大的目的，这是那个时代任何人都不得不慎重考虑的。所以白茅闯入田亩，理论上是绝对不能容忍的。然而白茅性倔强，在与人类长期共同生存中，练就了特异的本领，一旦让它进入，仅凭农人手持锄与镬的驱赶和剪灭，是极难奏效的。于是角智角力，胜负难分的纠缠争斗，就要开始了。

剪除田间白茅的常规办法，是与其他杂草同例，以锄镬之刃贴地斩断。白茅喜生棉田之中，棉田除草，行间用锄之外，株间多用小板镬，手持镬把，心怀着恶毒的恨意，令镬刃在土中切割，听得见格格作响，如剃头然，此亦乡野人生的快意之事。别的杂草如马唐牛筋狗尾之属，刃到之处，无不颓然倒地，然后乖乖地躺在太阳底下受死。白茅的地上叶片当然也不能复活，可对白茅而言，叶片仅是探出地表的哨兵，其大部队全都埋伏于地下，所以这点损害对于它来讲几乎算不了什么，它们的地下茎依然饱满充实，营养充足，新芽早就在节间准备好了，随时可以萌发。等到下次除草，其他杂草全都不见了踪影，即使有，也必是新株，与上次斩去的那些并无瓜葛，唯这白茅碧芊芊齐刷刷，株株都立在原来的地方，神情都看着眼熟。一个春夏过来，棉田除草不下三五次，其他杂草渐渐厌倦了这种死亡游戏，多已选择了退出，唯这白茅依然兴味不减，一直坚持到棉叶遮蔽了田垄。到了此时，打理棉田的人再也不好意思进入其中，白茅的开心日子终于到来。白茅之叶狭而长，不大在乎作物的遮挡，它们总能找到仅存的叶隙，将自己的长叶探出棉株之上。以自己的耐力，实现了与棉花的共存共荣。

这时的棉花已经长到三尺之高，白茅叶子仍能探出其上。如果单看挺出的部分，也不怎么起眼，外行人甚至都不会注意它，有经验的农人深知此中奥妙：白茅不生地上茎，此时如将茅叶贴地割下，扯出来皆有一米以上。白茅叶子碧绿颀长，割草人舍不得如其他杂草随意弃置，而如割谷割麦然，一一捋顺好，带回家再摊开来晾晒，晒干后可以派好多用场。比如搓成细草勒子可以捆麦个子，打成盈握粗的长绳可从井中汲水。实在不想麻烦了，挟来集市上，换几个零钱儿花花，也是好的。

白茅所以难除，端在于地下茎发达。既然地上部分如韭菜然，割之又生，那么，设法将其根茎刨出，斩草除根如何。所以到了冬春之季，便有刨茅根的活动。个体的刨取者，目的是获其根，往往哪里多哪里密就往哪儿下镬。有组织地刨茅根就不一样了，那可是分畦分垄，步步为营。这等阵仗一旦排开，甚有竭泽而渔的架势，如此一遍过去，总可以毕其功于一役了吧。事实证明，即使如此不惜功时，终也难奏永久之效。茅草的地下茎肯定是少了，但土壤毕竟不同于水流，因不透明而便于隐藏，不可能彻底肃清。剩下一两茎子余，处于如此松软的土壤中，正好全力发育，今年看，白茅确实少了，第二年又会卷土重来，甚至声势更加浩大。白茅的根茎富含糖分，耐受力极强。即使将它晒个半干、斩个寸断，一不小心再次阑入土中，它仍能慢慢缓过来，重新生长。传说中的人民战争，可谓威力无边，但到了它这儿也就不香了。

与盐碱并列，造成田野疤痕的，白茅之外，还有田旋花。田旋花（*Convolvulus arvensis L.*），旋花科（*Convolvulaceae*）旋花属植物，多年生草本。别名有箭叶旋花、野牵牛、拉拉菀等。吾乡人则呼为大荒（黄）苗。田旋花叶子不似旋花之青绿，多为黄绿之色，以是之故，才被称作大黄苗的吗？还是它缠绕不已，每可令禾死田荒，因称之大荒苗？

那时的田旋花喜着于粮田之内，玉米何其高大，虽行距株距皆疏朗有余裕，然等它长到一人来高，叶片交错如密林，重重叠叠将阳光遮蔽。此时田中的杂草，无不有强烈的窒息感，一个个变得形销骨立，枯瘦得若不欲生，唯这田旋花处于浓荫之下，虽不得大展拳脚，却仍能自得其乐。它们可以着于地上，自我纠结成团成堆。待到玉米老熟，叶枯茎折，它这边就来劲儿了，以玉米的枯株为依托，尝试着向上攀爬。如果运气够好，将这片地用来套种芫荽，玉米棵子保留得久，田旋花便可以自在经营，在枯株上过出一番有声有色的日子。

可惜这个依托多不可靠，枯玉米多半要被砍去，土地重新翻耕，播种小麦什么的，那么，田旋花也只好改而上演另外一种戏码儿。

时间已是深秋，田旋花的宿根隐藏于麦田深处，悄悄养精蓄锐，等待时机。次年春来，小麦率先返青，田旋花萌芽紧随其后。起初，它们表现得很谦虚，枝叶甚是纤弱，经风一吹，跟跟跄跄地站立不稳，怎么看都不像可以为害的样子。等小麦长到封垄，农人再也舍不得进入田中，田旋花这才凶相毕露，缠绕如毒蛇，翻腾如绿浪，攀着麦秆伸出脑袋，腾挪勾结，一番折腾下来，轻则将麦垄盖住，重则将麦子按倒在地，这时候即使发现了，也已经施救无方，只好任它们为所欲为，到手的丰收年景，硬生生给这小恶棍儿吃去大半。责任制实行之后，我曾亲眼见吾家大渠南侧那片麦田里，田旋花肆虐的景象，作为一个农人，那一刻，足可以体会到什么是绝望。

然而我们不得不说，田旋花开花很漂亮，喇叭形，粉红色，与牵牛花有几分相似，可一般没几个人有心情等着看它花开。麦田里田旋花的霸凌之气如此令人痛心疾首，即使开了花，人看了也不会有什么好心情。

田旋花的缠绕茎纤细，虽叶形多变，辨识还比较容易。它们长在田间，除掉它也是轻而易举。只是此物与白茅一样，你除掉地上部分容易，将地下的宿根清理干净就难了。春耕时节，在新翻开的垡头上，在扒墙沟的锨镬之下，经常看到田旋花的宿根，洁白细长，富含水分，脆嫩易折。其他的草茎可用铁笆子搂出，田旋花的根茎却会自行断掉，并借此进行分株。人们只好眼睁睁看它们肆虐，例行的耕作只可为它们换一个住处，或者帮它们疏松一下土壤。

朱橚《救荒本草》将此物名之"葍子根"："俗名打碗花，一名兔儿苗，一名狗儿秧，幽蓟间谓之燕葍根，千叶者呼为缠枝牡丹，亦名穰花。生平泽中，今处处有之。延蔓而生，叶似山药叶而狭小，开花状似牵牛花，微短而圆，粉红色。其根甚多，大者如小箸粗，长一二尺，色白，味甘，性温。【救饥】采根，洗净蒸食之，或晒干杵碎，炊饭食亦好；或磨作面，作烧饼蒸食皆可。久食则头晕、破腹，间食则宜。"

朱橚将田旋花列为救荒野菜，所取即它的根。看到书中对田旋花根的描述，脑际立即浮现出田野翻耕时看到的景象。朱橚贵为王爷，居然不弃如此细微之物，思之不禁暗生浩叹。当年吾乡乏食，凡可以果腹之物，收拾靡有孑遗。春天野外的绿色，无不一一挖来尝试，唯不曾想到田旋花的地下部分，是以不读书之过也。当年如果大家都来掘食其根，则其后来的肆虐，也就不会那么猖獗了吧。

白茅和田旋花不过是田间细草，在激情澎湃、血脉偾张、笃信人定胜天的岁月里，为了消灭它，耗费了怎样的人力物力，结果却是事倍而功不及半。那么，在这片多灾多难的土地上，它们果然就可以为所欲为了吗？恐怕也未必。凡物，即使再强大，也必有其阿喀琉斯之踵。一旦找到它的弱点，收拾起来也就轻而易举了。

　　我事后猜想，田旋花所以示弱于前，恐怕已经透露出它的内心忧惧。此前一次次的白刃相加，对于白茅有如剃头一般，只合令它畅快。可对田旋花呢？为什么棉田之中很少看到田旋花的影子。后来终于发现，春夏之间持续的除草过程，可以对田旋花形成有效抑制。只要频繁剪除地上茎叶，田旋花会因艰于呼吸而死去。这就好办了，于是人们在田旋花泛滥的地块改种棉花，让它们整个春天都摆在光天化日之下，日复一日地接受锄头镬头的洗礼。如此过上一年两年，即使以前再怎么嚣张也只好声销迹匿了。相对于田旋花，白茅是个更加强悍的对手，谁曾想到，如此刀枪不入一条硬汉，它居然忍受不了小麦根须散发出的气息。在白茅连类成片的地里种上一季小麦，白茅就像《封神演义》中的那个土行孙，当即就不知道遁逃到什么地方去了。

2021-09-30

荻与芒

夏末秋初之际，家中剩下我一个人，睡起饭饱之后，散闲无聊，想起作草木记以遣时。其时运河水道西侧，新辟湿地公园一区，其中道路崭新而平阔，树疏而草绿，要是人迹罕至，是个休闲散闷的好去处。在电脑前坐得久了，便掣身出来，走到这园中徜徉一番。此园北部较狭，南端忽然展阔，地形也故为舒缓起伏之状，花树之下，间植绿草丛密而高，细叶缕缕如丝，爽然飒然，渐有齐胸之高。几次见过之后，知道此即是传说中的芒，一时心有所动，既然作草木记，何不写写此物。此念一出，那芒草便益发亲切可爱起来。继而又想，待其种穗秀出，得观其翩然风度，再动笔来写岂不更好。

俗语云：计划跟不上变化。虽已是退废之人，时间安排上也未可尽如己意，所以没等那芒草种穗长全，我人却已来到沪上。从此道途悬隔，南园之芒别后如何，一时无法过去察看。沪居期间，闲下来时偶尔也想到那片片飒然而立的芒草，可关于此草的短文，恐怕只好等回去以后再作计较了吧。

长假期间，某日晚间无事，与顾培源小朋友一同来滨江公园纳凉。杨

平水禅寺 南榖小蓮

浦桥上灯光熠熠，黄浦江岸晚风习习，游人或立或坐，一派雍穆和乐景象。行走间，忽见树下绿化池中有花穗飘拂，灯光照耀下显得格外白亮，近之则芒也。在家之时，频繁探看而不得一见，来此之后，却与它不期而遇，且尽已绥绥然秀出矣。于是我想，山左平陆之芒，芒也；松江涯岸之芒，亦芒也。既曾详察山左芒草之茎与叶，复得亲抚松江芒草之种穗，茎叶与种穗虽分属两地，无碍合起来成一全芒矣。于是心下大喜，觉得虽然身处异乡，关于芒草的短文，亦可拿来一试了。

老实说，芒之于我，仅可算个新朋友。当年在吾乡时既不曾得见，后来外出谋生，行迹所到之处，相逢的机会也不多，所以对芒之情性，体察肯定不深，了解也未能全面。然以本人粗浅的印象，感觉论名气，芒草与它长相神似的兄弟荻颇不相同，虽然同生天地之间，芒却很少有机会进入文人士大夫的审美视野，更多的则是以其实用价值，与力田野老、村巷渔樵有关。

从古代典籍看，芒之为物，最当行的无过于做草鞋，也就是芒履。唐代《湖南童谣》有云："湖南城郭好长街，竟栽柳树不栽槐。百姓奔窜无一事，只是椎芒织草鞋。"芒之茎叶富含纤维，经捶打可使其柔软，做出的鞋与脚掌接触，感觉就不一样了。《晋书·刘惔传》："惔少清远，有标奇，与母任氏寓居京口，家贫，织芒屩为养。"京口即今镇江，芒屩亦芒鞋也。又明胡应麟《少室山房笔丛·丹铅新录八·履考》："六朝前率草为履，古称芒屩，盖贱者之服，大抵皆然。"予生北方乡野，乡人当年所着已多为布鞋。然则北方果无草鞋乎？事实可能并非如此，《三国志》卷三十二："先主少孤，与母贩履织席为业。"后来另一个姓刘的皇帝，也干过贩卖草鞋的营生，刘裕祖籍虽是徐州却生于京口，已是江南人矣；惟刘备涿郡涿县人，与吾乡相较，则又其北矣，而其事尚然，已可说明问题。当年吾乡空屋之中，或屋角阴暗之处，往往有虫贴地飞速爬动，其名蚰蜒，此物脚多而长，毛茸茸呈一长椭圆形，乡人呼之"草鞋底"，特别贴切形象，乃知草鞋之为物，在敝乡虽已不着，却仍有遗留在民人口语之中。又，吾生鼎革之后，故日常生活之中，草鞋一名频频出现，报刊上、绘画中、电影里几乎触处皆有，尽管对实物草鞋得见无多，更不曾亲着一试，可就觉得与它熟悉得很了。电影中八路军战士脚上的草鞋似乎用布条编成，与绑腿一个颜色，其草鞋之称，仅述其制度，并无实质内容；南方农人脚上的，才真是用草所编，枯黄颜色，草茎支棱参沙，看上去虽亦略能体会其轻便，唯不知他们是不是也扎得慌。

古人足着草履，在诗人看来似乎很潇洒。孟浩然《白云先生王迥见访》末四句云："手持白羽扇，脚步青芒履。闻道鹤书征，临流还洗耳。"陆游《余庆出游夜归》诗亦云："杖藜寻胜惬幽情，芒屦如飞病体轻。"其诗既好，诗中名物亦美。唯是当年读了，对诗中芒履芒屦之语，并无特别的感会，直到今年夏末，于蜿蜒起伏的园地上见到芒草，心下才豁然开朗，以敝人少年时代与杂草耳鬓厮磨的经验，单看它们的长相与质感，别的不说，若编草鞋，则世间植物茎叶应无出其右者。芒鞋、芒履、芒屦、芒屝，与眼前之芒草骤然融为一体，足着芒鞋，手持藜杖，行走于山水之间，那感觉确实不恶，就差自己弄一双过来，穿在脚上试一试了。

芒（*Miscanthus sinensis Anderss.*），禾本科（*Gramineae*）芒属植物，多年生草本。其茎秆颀长，叶则线形，因富含粗纤维，显得卓然森爽。触摸一下它的茎叶，那种韧硬，以敝人经验，草木之中恐是独一份儿，其弹性与拉力也就更不必说。草鞋承于足底，蹬踏撕扯的，柔软已非主要考虑。

足下所需要的健与爽，此芒恰可满足。我甚至想，这芒，或是上苍怜恤天下赤足之人，为使他们免受蒺藜、瓦砾戕贼之苦，特意为他们造出来的吧。

那日在江边，看着月光下的芒穗，与顾培源小朋友聊起此物，这芒，就是苏东坡"竹杖芒鞋轻胜马"的芒，小顾粲然而喜。为了加深印象，抚摸其垂垂然的种穗之后，又建议他也摸一摸健爽的叶子，手指顺行还能滑动，倒着捋则寸步难行。

次日特意过来，详细察看芒草茎叶种穗，才深感那天晚上的鲁莽，让小孩子抚摸芒叶，是不折不扣的危险动作，未酿成严重后果已属万幸。作为禾本科植物，芒通过其根系将土壤中的硅酸盐聚集起来，在叶子边缘凝作片状，使叶缘成为锋利的锯子，但使角度得中，可轻而易举地切开人类的皮肤，更不必说小儿郎幼嫩的手指了。成人行进时不小心误入芒丛之中，如果衣衫遮蔽不严，或者衣料不够坚韧，被割得遍体鳞伤，也是看得见的。

芒草叶子边缘进化出这种居心叵测的利刃，其本意当然并非针对偶然经行的人类，而是为了自我保护，应对草食动物的一种防御性措施。芒草的这种进化设计，虽也给人类的获取和利用带来不便，若设身处地，站在芒草的立场上，就觉得可以理解，甚至理所当然。芒草叶子与狗尾草同类，而更加干爽，应该非常适合于牛羊的口腔与胃囊，且株形又高，极易被发现，如果没有一两件防身利器，必成为放牧牛羊的首选，其生涯与命运也就十分堪忧了。牛羊而外还有昆虫。昆虫个头儿不大，两颗大门牙却十分了得，有了这坚硬锋利的叶缘，也好让它们下口时，不得不踌躇片时。

如此硬韧的茎叶，加上锋利的硅酸盐襄助，使它极大地区别于一般杂草。因其不易吸水，不容易腐烂，且具备相当的长度，于是又被人当作建筑材料。日本的白川乡人就将芒草拿来，厚铺于屋顶上，使起到屋瓦的作用，这就是著名的"白川乡合掌造"，将屋顶造成一个巨大的"个"字形。这种屋顶具有很好的透气性，隔热能力尤其强。人们在屋中生火做饭，炊烟袅袅，附着于屋顶芒草上，更增加了其耐腐蚀性。

将芒草用于造屋，仅他日本才有吗？杜甫诗云："八月秋高风怒号，卷我屋上三重茅。"杜甫屋上之茅，是清一色的茅草，还是间亦有芒草呢。中国古籍中有"芒茅"一语，以为是茅草的一种，而遍查《中国植物志》，却并无此物。我当然不敢妄推此芒茅即今之芒草。吾乡人家当年多住土坯泥屋，其构造是这样的，梁上为檩，檩上为椽，椽上为笆，而苇笆之上，例须覆以麦秸，然后盖以黄土。茅草那时也有，若用以覆盖屋顶，已较麦秸为好，却不及芒草之更有骨力。故以理推之，屋上覆茅之时，有芒草长而硬挺健朗，绝无拒不使用的道理。

中日两国间交流源远流长。唐代以后，日本文化深受中国文化影响，但审美趣味上，仍自有其特别之处。以花卉为例，一些难入中国文人士大夫法眼的品物，却成了日本文学中影响深远的审美对象。这是颇为有意思的事。比如被中国造园家极力边缘化，目为仅可编篱的木槿，在日本文化中却有着极高的地位，而中国山野之间随处皆是，人皆以柴薪视之的胡枝子，在日本诗人眼中，也成了极美之物，被反复歌咏。芒草也是这样。中国文学中或有芦花、荻花，却不见有人歌唱芒穗。日本文化却十分珍重芒穗之美，称之曰"尾花"。日本有"秋之七草"的说法，来源于《万叶集》（卷八）里的两首和歌。其一云："萩の花　尾花　葛花　抚子の花　女郎花　また藤袴朝貌の花。"湖南人民出版社《万叶集》（1994 年 7 月）杨烈译为："秋花与尾花，石竹葛花加。藤裤朝颜外，女郎花不差。"然有专家认为，其一、三、四、五、六分别指胡枝子、石竹、败酱、佩兰，其七朝颜，有人认为是牵牛花，亦有人觉得可能是木槿或者桔梗。而其二尾花，指的就是芒了。

芒的花穗与芦苇有所不同，芦花主轴直达顶端，芒穗主轴没那么明显，仅达花穗中下部而止。所以尽管分枝较粗硬，也常常弯曲下垂，因而便多了些许柔婉飘逸之美。小穗上附着的银白色绒毛，更为其增添了优雅的美感。某日在崇明东滩湿地公园，于傍晚的阳光下，我拍到了水边斜坡上的芒穗，微风中疏朗飘拂，银光幽然，果然十分漂亮。日本人将尾花用于室内插花，我觉得这也是个好主意。那日清晨，我在稻田边上撷取一茎千金子的种穗，觉得好看，不忍即弃，带回房间后，随手插在床头抽纸盒上，虽仅此一茎，虽属卑微的野草，也觉得美不胜收。如果以芒穗插花，再配以枯荷之属，那趣味级别，应该是相当高级的了。

前面已经提及，中国文学很少将芒作为审美对象进行观照。是芒果然缺乏审美潜质，才使古人视而不见的吗？个人以为，恐怕不是这样。有一种植物与芒长得特别像，那就是荻。荻与芒原是禾本科植物中的一对近缘种，原来皆为芒属，后才将荻分出去另立门户。芒与荻长在一起，即使训练有素的植物分类学者，不到跟前仔细对照观察，也难以将二者辨别清楚。

荻与芒的区别大致有如下几点：一从着生环境观察。芒分布于"海拔1800米以下的山地、丘陵和荒坡原野"，荻着生于"山坡草地和平原岗地、河岸湿地"（《中国植物志第 19（2）卷》）。也就是说，荻更喜欢着生于水边。二由秆节辨别。荻秆节处有短柔毛，芒之秆节无之。第三点最重要，荻与芒的小穗上皆被柔毛，芒的特别之处在于小穗白毛当中还有一根长芒（在此要注意"毛"与"芒"的区别，毛柔软而芒硬挺），荻的小穗上则只有柔毛而没有芒，或有芒，却极短且不外露。这根不仔细辨识就可能忽略的芒，也是芒草所以得名的理由。

二者差别如此细微，必欲浪漫而富有激情的诗人辨别清楚，也太难为他们了。总不能让他们从瘦驴上滚落下来，走上前去掰扯种穗，以区别荻与芒吧。更何况古代灯烛暗淡，诗人们读书吃力，目力不济——所谓"短视"者多有，所以，即使近得前来，把持在手，他先生也未必看得清楚。古典诗歌中，芦荻一语却是经常出现，特别写到萧瑟秋境，尤其多见。刘禹锡《西塞山怀古》之"今逢四海为家日，故垒萧萧芦荻秋"，杜荀鹤《溪岸秋思》之"秋风忽起溪滩白，零落岸边芦荻花"，陆游《湖上秋夜》中的"不知身世在何许，一夜萧萧芦荻声"，这里边的芦，当然为芦苇无疑，后面这个"荻"字，背后是不是还隐藏着另外一位，也就是本文的主角芒呢，我觉得不无可能。

2021-10-15

地锦：小雀儿卧单与爬墙虎

　　首先，地锦是一种柔弱小草。当年在吾乡，地头田间是处皆有。关于地锦及其别名，《广群芳谱》卷九十八引《本草纲目》云："地锦一名地朕，一名地噤，一名夜光，一名承夜，一名草血竭，一名血见愁，一名血风草，一名蚂蚁草，一名雀儿卧单，一名酱瓣草，一名猢狲头草。赤茎铺地，故曰地锦；专治血病，故俗称为血竭、血见愁；蚂蚁雀儿喜聚之，故有蚂蚁雀单之名；酱瓣、猢狲头，像花叶形也。"

　　因赤茎绿叶铺展于地，于是得名地锦。此名甚雅。窃意取此名者应是文人学士辈。在田夫野老，理解起来可能有点儿困难，所以又有了"雀儿卧单"一名。与此名取意相近的还有一些，如《野菜谱》称之"雀儿绵单"；《救荒本草》与《植物名实图考》称之"小虫儿卧单"，吴其濬又云："固始呼为小虫盖，直隶呼为雀儿头。"吾乡父老亦呼之"小虫儿卧单"，又称"花卧单儿"。"小虫儿"者，"小雀儿"也，麻雀是也。李时珍曰"雀儿喜聚之"，敝人乡居十数年，与麻雀们朝夕相处，下地寻菜割草，小虫儿卧单就在沟沿河边，从未见雀儿来此处翻戏，亦不曾听父老有此言说。

　　既如此，此草与麻雀儿还有什么关系？

地锦匍匐于地，茎红而叶碧，椭圆形或矩圆形的精致叶子，或疏或密地对生于茎上。只要不出意外，凡有叶处必生逸枝，左一枝右一枝次第排列，你揖我让，均匀地向前方铺展，时日一久，茎与叶勠力同心，将那片区域布满，此时看去宛似一块花布，或一张迷你型的床单。——那时乡间无床可睡，只有土坯炕，所说卧单者即今之床单也——然相对人的躯体，这床单未免有点儿小，对于猪羊鸡鸭呢，仍嫌不够宽大，庭院之中常见的活物，就只剩麻雀儿了。一张花床单儿，只合小雀儿用的花床单儿，这想象透着多少爱怜。王磐《野菜谱》作"雀儿绵单"，高邮一带当年这么叫，应该没什么问题，不过我一直怀疑，这里的"绵"字，或系"眠"字之讹，与吾乡之"卧"意近，小雀儿睡觉时用的啊。

关于"猢狲头"，李时珍以为"像花叶形也"。然察其花叶，叶绿而形圆，花小而丛密，俱难与猴子脑袋联系在一起。依《中国植物志》的描述，"子房三棱状卵形"，又"蒴果三棱状球形"，特别是蒴果，虽亦极细小，直径才 2.2 毫米，然其三棱形的样貌，割草时已印象深刻，真是骨感十足，比之猢狲脑袋，可谓神似。

地锦（*Euphorbia humifusa Willd. ex Schlecht.*）为物虽细小，却是大戟科（*Euphorbiaceae*）大戟属植物，一年生草本。地锦草谦逊地着生于田间地头，如得地利天时，也会铺展开来，全力向四周敞开，若遇有遮蔽，则斜升甚至颤巍巍站立，若才欲学步的稚童。铺地时碎花床单儿，是通体舒泰之时，斜升或直立了，则似觉光照不足，甚有跂而望之之意矣。如给予充足阳光、长闲的时间，其茎伸展亦可达 20~30 厘米，合起来已是好大一片。深秋时候，棉花落光了叶子，蜷起的棉叶堆积于枯株之下，如大被覆盖了铺地而生的地锦草。地锦借着秋日的余温，在棉叶的缝隙中潜滋暗长，如一条大

南毂山蓮

鱼潜藏于水底，不起半点水花，人于其旁经过，仅见一二枝叶，往往会不屑地离去，只有经验丰富的老手，才会伏下身来，牵着它的细茎轻轻提起，找到根株之所在，然后拨开厚积的棉叶，让它现身于光天化日之下，这样的地锦草拔取一株在手，就已感觉沉甸甸的。虽拔取比较麻烦，收获却甚丰盈，何况伴随着如此郑重的仪式感呢。当年以拔草寻菜为营生，遇见地锦，手中镰刀好像也不曾迟疑，独自相对，或事后相忆，反觉得它那么楚楚可怜，惹人情思。

王磐《野菜谱》云："雀儿绵单，托彼终宿。如茵如衾，匪丝匪縠。年饥愿得充我餐，任穿我屋蔽尔寒。三月采，可作齑，此菜甚延漫，铺地而生，故名。"看得出，王西楼对此草亦多怜恤之情。可当年吾辈所得之地锦草，或与苦荬菜、蒲公英一起，剁碎后喂了鸡鸭；或与牛筋草、马唐草一起锄碎饲了牛羊，没承想小小地锦，居然也是野菜之一种。三月采之作齑，想想也觉得不错哦。

地锦属于野草，不光其形柔弱，繁殖力和竞争力也说不上出色，与那些擅长死缠烂打的马齿苋、牛筋草固然没法相比，相对于尽量缩短生长期，趁人不注意，三下五除二已完成全部生命历程的夏至草和香丝草，也显得不够机警。它就那么萌呆呆地，摊卧在地上，须等到秋深时候，才肯开花结籽。在生存压力日益增大的今天，地锦的能事也就剩下示弱这一点，以纤枝细叶，秀雅可人，诉诸人们的同情之心，让人觉得不忍，或得网开一面，借以实现基因的传递。可是，农人一天到晚累个臭死，哪有闲心情欣赏你的柔弱之美？所以有一段时间，地锦草眼看越来越少，以致很难找到，曾让我郁郁不欢者数年。近来我发现，这小东西终于找到了生存的诀窍，那就是放弃乡村，转来城市，进入绿地草坪之中。对地锦草来讲，新植的草坪不是首选，那些花大价钱新买的草皮密如马鬃，很难找到下脚的地方，有时在那边看到一茎两茎，皆被逼得往高处发展，无法铺展得舒坦。要进就进渐已退化的，昂贵草皮皆非本地物种，初来乍到，适应性总是个问题，尽管有专人呵护，终也撑不了许久。这时，本土种属才不避嫌疑，蜂拥过来补充，进来的野草七色八样，唯地锦最能适应。盖草坪之养护，过些日子就有人过来修剪，身量高的那些，如灰藜白蒿，尽管努力放低了身段，终是感到憋屈，一不小心，就给切去了半个脑袋，岂不晦气。地锦就不同了，铺地而生是它们与生俱来的姿态，论株高，超不起一厘米，所以再锋利的割刀，在它们看来，也只是在天空中旋转，与我何干。有时蹲在草地边上，看着它们一家人丁兴旺、子孙繁盛的样子，心里挺高兴的。

某次在手机版《中国植物志》中查找地锦，输入名字后，跳出的居然不是我想要的地锦草。原来《中国植物志》中文正名唤作地锦的，还有一位，那就是葡萄科（*Vitaceae*）地锦属植物，木质藤本的爬山虎（*Parthenocissus tricuspidata (S. et Z.) Planch.*）。爬山虎也是我所喜欢的植物，因其攀缘特性而广为人识，头一次听到有人将它称作地锦，真有点儿不习惯。

爬山虎又名爬墙虎。山体堆叠渐高者多，壁立而起者少，所以爬山还容易，爬墙才见真本领。爬山虎是如何爬山爬墙的，叶圣陶先生有一篇短文，题目是《爬山虎的脚》，已收入小学语文课本，在此我们不妨复习一下：

原来爬山虎是有脚的。爬山虎的脚长在茎上。茎上长叶柄的地方，反面伸出枝状的六七根细丝，每根细丝像蜗牛的触角。细丝跟新叶子一样，也是嫩红的。这就是爬山虎的脚。

爬山虎的脚触着墙的时候，六七根细丝的头上就变成小圆片，巴住墙。

细丝原先是直的，现在弯曲了，把爬山虎的嫩茎拉一把，使它紧贴在墙上。爬山虎就是这样一脚一脚地往上爬。如果你仔细看那些细小的脚，你会想起图画上蛟龙的爪子。

爬山虎的脚要是没触着墙，不几天就萎了，后来连痕迹也没有了。触着墙的，细丝和小圆片逐渐变成灰色。不要瞧不起那些灰色的脚，那些脚巴在墙上相当牢固，要是你的手指不费一点儿劲，休想拉下爬山虎的一根茎。

叶老文中所说的"小圆片"，其实就是爬山虎的卷须前端形成的吸盘。爬山虎作为葡萄科植物，叶腋例生卷须，卷须 5～9 分歧。然爬山虎的卷须，与葡萄卷须的功用不同。葡萄卷须通过缠绕而抓牢攀附物，爬山虎采取的则是另一种策略。卷须幼嫩时，顶端膨大为一个圆珠形，遇上附着物，无论墙壁还是树木，便紧贴其上，然后逐渐铺开，扩大成一个吸盘。叶老将其比作"蛟龙的爪子"，如从整撮卷须观察，自是十分形象，若单看一个吸盘，则与壁虎的脚趾极似。壁虎能缘着垂直光滑的墙壁行走，全靠它脚趾上的吸盘。由此亦可推知，爬山虎的"虎"，并非老虎的"虎"，而是壁虎的"虎"。如叶老文所说，"那些脚巴在墙上相当牢固"，想拉下它需要费点力气。研究表明，干枯的爬山虎吸盘能承受的拉力是其自身重量的 280 万倍。何以至此呢？据说卷须顶端圆珠在接触物体后，受到刺激的它，会分泌出大量黏性液体，使之紧紧地黏附其上。借助电子显微镜对吸盘进行观察，可以看到许多微管和微孔，而微管之间的连接，就像大城市复杂交错的道路交通网。

爬山虎的脚可不是白给的，它是拿来用的。有了它，爬山虎就没有去不了的地方，无论陡峭的悬崖还是壁立的古堡，只要时间充裕，攀缘而上不过小菜一碟。所以这个家族一向被视为良好的垂直绿化植物,生长条件要求不高而攀爬迅速。影视作品中常常看到,在一些老房子、旧城墙上,爬山虎有时会将整面墙壁覆盖,这种被藤蔓和叶子遮蔽得严严实实的建筑,看上去很有历史沧桑感。敝人曾多次观察临清市第一中学的青砖小楼,其三面墙壁布满了爬山虎,唯余几个方形的窗口。住在这样的房子里,会不会有别样的感觉?这层绿色的覆盖除了观赏的意义,还能隔绝恶劣天气带来的气温波动,使建筑物内部冬暖夏凉。

春夏之季,房子披了一身的绿叶,人住在披着绿叶的房子里,已经妙不可言;到了秋冬之季,这一帘绿幕渐渐转换成一壁红艳。其他植物都在萧瑟秋风中摇落,爬山虎却向人们贡献出最后的艳丽。也正是由于这一点,让有些分类学家觉得,非地锦一名,对不起它们贡献的这场华丽的色彩盛宴。

关于将爬山虎命名为地锦,《中国植物志》第48(2)卷这样解释:"本属植物在我国记载较早并能从形态上识别者可见于《本草纲目》,称之为地锦;在近代志书中较早可见于陈嵘编著的《中国树木分类学》(1937),称为红葡萄藤,下列别称爬山虎;刘慎谔等人(1955)编著的《东北木本植物图志》中把本属称为地锦属;胡先骕(1955)编著的《经济植物手册》则把本属称为爬山虎属,此后我国大多数志书或文献中记载本属植物时均照此称谓。近年来本属植物多用于城市垂直绿化,不同的种类附着并铺散在墙壁上构成不同风格的图案,有的种类分枝后仍向上垂直生长,有的斜向两侧并不断分枝呈扇形扩展或向两侧平展,春夏翠绿,秋天有的种类叶色变成鲜红或紫红,甚为美丽;野生群集铺地者,远可见一片绯红,盛似'地锦'。作者与园林学者们讨论认为,恢复本属植物原称地锦,较能表达该类植物园林上雅致的特性。"

平水禪兄南毅小蓮

志书作者为了将地锦之名用在爬山虎身上，想象出一个"野生集群铺地者，远可见一片绯红"的场景，这场景如果存在，当然也很漂亮。然而须知，如爬山虎之卷须性状，对于攀爬场所还是有要求的，那就是附着物须有足够的硬度，粗糙且有裂隙最好，平滑无隙亦无不可，所以山也好，石也罢，墙壁也行，唯是松软的壤土不大对它的脾胃，它这边一抓你那边就散了，使爬山虎的壁虎脚无所施用其技。我曾多次看到壁虎跌落地上时那副张皇失措的尴尬相，也曾看到平地生出的爬山虎，沿途爬行寻找攀附物的途中，也是一百个不情不愿，恹嗒嗒打不起精神，一遇到树干或墙壁，才立马来了劲头。如果确有集群铺地者，恐怕也是山中，也是石上。所以，我觉得如果一定将这个"锦"字用在爬山虎身上，不妨称之山锦，或者树锦，再不就是墙锦。唯是这个"地"字，太让它们勉为其难了。

《中国植物志》所言"能从形态上识别"者，见《本草纲目》卷十八，"地锦"附录于"木莲"条下，李时珍引陈藏器《本草拾遗》云，"生淮南林下，叶如鸭掌，藤蔓着地，节处有根，亦缘树石，冬月不死。山人产后用之，一名地噤"。紧接着是"时珍曰：别有地锦草，与此不同"，而卷二十则直书"地锦"，对地锦草的性状描述亦更详确。

志书作者提出的文献依据为《本草纲目》。而《本草纲目》中同时有两个"地锦"，而彼一地锦列入条目，此一地锦仅处附录地位。若以此为据，一定将此名用在爬山虎身上，也无不可。可是我想，人们所以不考虑如此处置让地锦草何以自处，只因它仅是大戟科的一茎纤草，卑微琐屑无关紧要之故。莫非草木亦如人类社会，一定分出贵贱高低吗？如果与牡丹、玫瑰发生了矛盾，也会硬生生攘而夺之吗？自 1955 年胡先骕先生编著《经济植物手册》，将此属命名为爬山虎，到 1998 年《中国植物志》第 48（2）

卷出版，爬山虎一名，在中国分类学界已经使用了将近半个世纪，民间也已经约定俗成，口口相传。从民间的接受情况看，胡先骕先生的观点才最切合实际。

关于地锦，吾乡当年曾经流传一个故事。说是上古时代，后羿射杀九日，剩下最后一个凄凄惶惶躲藏在地锦草下，才得逃过一劫。事后重归天庭，临御下民，赏赐有功者，却错将救命恩人认成了马齿苋，当即封它个暴晒不死。地锦草身为草木，并无呶呶之口，只好吃下这个哑巴亏，竟也气得周身充血，细茎绯红。这当然当不得真。可发生于 20 世纪之末的名字之争，却有可能让地锦草更加默默无闻了。

正像前一个传说中的马齿苋，爬山虎也是一个无辜者。在我看来，称它爬山虎，未必是对它的贬抑，叫它一声地锦，它也未必多么高兴。对于爬山虎，地锦一名一是与事与理俱不切，二也显得空阔无当，哪里及得上爬山虎一名的生机勃勃。

说到底，还不都是人类自己玩儿的把戏，与草木何干。

2021-09-11

饭包草

老实说，我与饭包草相识较晚，了解也有待加深。

数年之前，曾对鸭跖草发生兴趣，连带知道饭包草这么个名字，可能因为见到的实物不多，故未能一路追寻下去。后来在龙湾小花园草坪的拐角处，看见一片绿草匍匐，枝叶婆娑，间有蓝花点点，心想这应该就是饭包草了吧，可没等我腾出时间，过来细加考究，辛勤的园丁即以迅雷不及掩耳之势，挎了个嘟嘟响的割草器，将它们一扫而光。今年初秋时候，友人英杭君散步时遇到一草，见其蓝花开得漂亮，引得他诗兴勃发，因拍张图片发来，问我这是什么植物。事不过三，对于此物，我还有什么理由继续视若无睹。此之后，在道路边和绿丛中，发现饭包草竟然也是所在多有。于是知道以前的错失，多因为心无此物，而并非世无此草。

然而此草与敝地的关系如何，它是一直繁衍于我们身边，还是近年才藉了现代交通的便利，跑过来与我们相会，我一点儿也不知道。《中国植物志》第13（3）卷关于此物的产地分布，首列山东，后面却紧接着加一个括号，里面写着"泰山"二字；邻省河南后面也有一个附注：太行山。据此可以推测，敝地以前即使已有此草，也存量有限，族群发达起来，在我们这边极有可能是近些年的事。

历代本草著作中，均不见关于此草的记载，连《救荒本草》这种为了饥年民人果腹活命而毫纤不遗的著作，也不见它的大名。莫非这饭包草不光躲着我，连古代先贤们也避而不肯相见吗？

在寻绎此物的踪迹时，我发现饭包草与鸭跖草有太多相似之处。首先，饭包草（*Commelina bengalensis*）与鸭跖草一样，均为鸭跖草科（*Commelinaceae*）鸭跖草属植物。二是二者的三瓣花形和碧蓝花色如出一辙。第三个也许更重要，《本草纲目》卷十六"鸭跖草"条，给出的别名中有一"竹叶菜"；而《中国植物志》饭包草条所列别名，也有一个"竹叶菜"。两个相邻种拥有一个相同的名字，这仅仅是一种巧合吗？我们也许可以由此联想到些什么；此外《中国植物志》所列另外两个别名则为"卵叶鸭跖草"和"圆叶鸭跖草"，在使用这个名字的苏南地区的人们看来，饭包草就是鸭跖草，只是叶形稍异而已。因为此草的模式标本采自孟加拉国，故其英文名为 *Bengal Dayflower*，意为孟加拉鸭跖草。于是一种猜测在我心中愈来愈清晰：在当时的人们看来，二物之别，仅长叶圆叶而已，有必要分得那么清楚吗？也就是说，古籍之中记载的鸭跖草，其实很可能已经将饭包草也包含其中了。

这种猜测也并非没有半点实据。《中国的野菜轻图典》（江西科技出版社 2012 年 9 月版），是一部指导人们采食野菜的书，于鸭跖草科仅收录鸭跖草一种，而所列别名中，亦有与饭包草共有的"竹叶菜"。介绍篇幅虽仅一页，配图却有两帧，下面摄影图片中的一朵花和几片叶子，与鸭跖草的生物特征甚合；而右上一图似是手绘，从花与叶观察，则显是饭包草无疑。恐怕也是将鸭跖草与饭包草看作一物之二型了也。

平水禅舍
南薇小蓮

　　一种植物往往有好多别名。分布地域广的，尤其如此，一地有一地的叫法，这不可避免带来一些混乱。为了防止张冠李戴，西人林奈发明了二名法，给出的拉丁学名很像今人的身份证，每一个都是独一无二的，从此一牲口一个桩，再也乱不起来。然而，那些看似五花八门的别名与地方名，却也并非白给。北京大学刘华杰先生一向重视植物的别名与地方名，认为这些名称本身具有丰富的历史文化痕迹，包含着某个民族或某一地域的人们与植物之间的情感关系。

　　经常会遇到这种情况，只需将其众多别名稍加梳理，此物的形貌、性格也就昭然若揭。不少别名看似率意，却也隐含了命名者独特的观察角度。这些命名者或猎手樵子，或田夫野老，大都不是专业人士，没时间对某种植物做全面研究，只凭一时印象，名字便冲口而出，举个不够恰当的例子，就像那群摸象的盲人，所感知的并非不是事实，唯是不够全面而已。只需将柱子、扇子、棍子、绳子和墙壁之类的印象整合在一起，这头大象也就呼之欲出了。然而我们不得不说，饭包草的别名却有些特别。除了前面提及的三种，犹有竹菜、竹竹菜、竹仔菜、大叶兰花竹仔草、千日菜、千日晒、马耳草、火柴头、大号日头舅，等等。前四名中皆有一个竹字，与竹叶菜可归为一类，饭包草与鸭跖草皆茎细而有节，青翠如竹，以竹取喻，以显彰隐。五和六两名或与饭包草乃多年生植物，虽多生于湿地，却喜欢朗照的阳光有关。"马耳草"一名，说的应该是饭包草的叶形。可这"火柴头"与"大号日头舅"两种，却着实让人摸不着头脑，在此只好存疑。"饭包草"为其中文正名，出自《广州植物志》，应该是那边人们的叫法，其含义是什么，也不好琢磨。有人将"饭包"二字倒置，以为可以之裹饭，故有此名。揆之实际，此说似犹未契。比之鸭跖草，饭包草叶子当然略为宽展，然其大小，仍不及一汤匙头儿，如何包得了饭。必欲包饭，至少也得用苘麻叶子、蓖麻叶子啊。如不调换位置，则"饭包"与"饭袋"何异？此草何辜，它也不会吃饭呀，何以受诬若此。退而思之，名字嘛，不过是个记号，呼之人知其物，且与他物不相混淆，也就是了。于是我想，如饭包草，真可谓野草群里的孤独者，所以才有了这么多匪夷所思的名字。

饭包草与鸭跖草同科同属，禀赋相近，神似之处尤多。然二者既非一物，只要仔细辨识，区别仍在在昭然。最突出的，鸭跖草为一年生草本，而饭包草虽也是草本，却属多年生植物。今年在某处发现了鸭跖草的群落，如果它们有幸长到种子老熟，且播撒于植株附近，次年春来，水肥充足，气温适宜，种子又肯于放弃休眠，此处或仍有新的植株出现；这些条件但有一项不具备，欲看鸭跖草，就不得不到别处找寻。饭包草就不一样了。除草工人胸前挎着嘟嘟响的机器，将它们杀个片甲不留，等他前脚离开，后脚这边也许就要萌生新芽。只要此地已有饭包草生长，冬来持续的严寒，冰封雪压，它宿存的根株不死，不必重新播种，也会春风吹又生。当然，这一点在辨识二者时，因须耗时太久，故其可操作性不是太大。

乍看之下，二者最明显的区别在于叶形。鸭跖草叶窄，为披针形或卵状披针形，先端锐尖，与竹叶相似度高，我怀疑凡与竹子有关的别名，皆因它们而起；叶片虽长却无柄，或柄极短，多直接贴在草茎上；饭包草的叶片宽圆而有柄，"卵叶鸭跖草""圆叶鸭跖草"两个别名，就是对这一特征的强调。与鸭跖草叶仅中间有一条叶脉不同，饭包草叶脉多条，皆由叶柄向前发出，再到叶端会合，故其叶形与车前、玉簪颇有几分神似。叶宽圆，整个植株在观感效果上便不再如鸭跖草之支离疏朗，同样情况下，饭包草的群落更显得葱茏茂密。

其次，二者的花差异明显。鸭跖草与饭包草花皆为深幽的蓝色，鸭跖草的别名"碧蝉花"和"蓝姑草"，皆因其花色而来。然鸭跖草花侧立时，宛似一个蓝色精灵，其上面两枚花瓣分列，如精灵的蓝色发髻，下面一瓣为透明的白色，有似它的下巴，雌蕊与雄蕊伸出又低垂下去，就像它花白的胡须；饭包草就没这么多花里胡哨儿，它的三个花瓣都呈蓝色，120°旋转对称，并花丝也常呈蓝色。碧丛中看上去老老实实地点缀着蓝莹莹的小花者，那就是饭包草了。

第三，花苞不同。二者的总苞形状特别，如一巨大的鸟喙，专用名曰"佛焰苞"，鸭跖草的总苞具有较长的柄，显得远离茎秆，且花苞下部边缘不相连，可铺展开成为一个心形；饭包草的总苞无柄或柄极短，直接着生于茎秆上，苞片基部连合成漏斗状或风帽状。

最后，我们还可以从果实进行区分：饭包草蒴果3室，其中2室各具种子2枚，室背开裂，另一室不开裂，种子1枚。鸭跖草蒴果2室，2片裂，有种子4枚。

我一向觉得，植物虽有大小，却无高低贵贱之分，因其形貌各异，才构成自然万物的丰富多彩。既然为天地自然所化育，就没有一种是不美的。如果感觉不到草木之美，一般不能责怪草木，回头应该从自己的眼睛上脑袋里找原因。然而面对饭包草和鸭跖草，我不能不说，此二位的颜值既已相当高，又显而易见。鸭跖草以其株型的疏朗，得其隽雅；饭包草以其叶片之舒展，挹其清新。二者皆喜处下湿之地，所以在其初发之暮春时节，尚不能尽展其风采，一旦雨季来临，洼地的边缘处，林中的隙地上，那些少人光顾的所在，是它们最感到舒服的环境。我曾在一个初秋的早晨，于某林阴之中发现过一个饭包草的群落，一年蓬和牵牛花环绕四周，露珠莹洁，悬挂于叶尖之上。阳光从叶隙投射进来，落在娇嫩的叶片上，我站在一边，为那特异的静谧清幽之美所感动，刹那之间，忘记了身外的喧嚣世界。

饭包草，特别是鸭跖草，因为其有节的茎秆和平行的叶脉，一眼望去，感觉它们与禾本科植物相似度颇高。这当然是一种错觉。禾本科植物茎叶富含的粗硬纤维，在它们这边极其稀少，它们的叶子虽薄，却是肉质；茎秆亦非禾本科植物的中空。如果生长环境合适，它们通常比较脆嫩。饭包草的这种特性，便为饕餮之徒备下了别致的食材。据说此草营养丰富，春夏之季，采撷嫩茎叶，用开水焯过，凉拌、做汤或炒食皆可。现成的菜谱就有"红油竹叶菜""竹叶菜炒鱼丝""里脊丝炒竹叶菜"等。

从目前情况看，在本地，饭包草的存量还较为有限。这次从沪上回来，赶紧来到龙湾小花园，看看草坪拐角处的饭包草群落。此物大约比较畏寒，小雪未至，香丝草、夏至草犹在展枝布叶，苦荬菜隐藏于落叶之中，兀自开着它的小黄花，唯是不见了饭包草的踪影。疏林中的那一片，也已经声销迹匿了吧。待到来年，饭包草长得多了，瞅个机会，不妨也采些嫩茎叶品尝一下。

2021-11-22

杠板归

在我们这边，杠板归应属于远方来的客人。田畴阡陌之间，平常难得一见。我与此物相识，说来颇为迂曲。好些年前，从网上浏览安徽农科院的"农业病虫草害图文数据库"，于蓼科杂草列表之下，看到"杠板归"三字，觉得这名字笨拙有趣儿，点开来看，其中有图片数帧，有幼株茎叶，也有果实种子，此乃最初之印象。其后未久，与家人来到洞庭东山。东山亦人文繁盛之地，物产则有乌紫杨梅、白沙枇杷之属。那一日，正在太湖岸边眺望浩渺烟波，无意中于乱石杂草间看到杠板归的真身。时虽已届晚秋，灌丛中的此草渐显没落之态，茎与叶都未免枯黄，但那相貌神情实在别致，当即就认出了它，于是心中又多了一重欣喜。

对于异乡草木，感情上难免有些纠结：一则觉得新奇，觉得好玩儿，心里满蕴了艳羡之意，恨不得据而有之；二则觉得既然非吾土之所有，所以即使再好，也只得一面之缘，难以朝夕相守，于是在观察欣赏之时，也就难免泛泛，事后想想，那次在东山面对杠板归，亦是如此。直到有一天，于马路对面的荒园之中发现此物，诧异惊喜之余，这才认真起来。

那园子距离寒舍未远，平日即为我消闲地之一。老实说，园子荒不荒的，我一点儿都不在乎，心里甚至有个未曾告人的念头：荒芜也没什么不好，荒了才好玩儿呢。那时候，园中有一片悬铃木的幼林，周遭植些蔷薇以为屏障。那一日我在蔷薇篱墙外侧徜徉，恍然于枝条缝隙中，看到几片异样的叶子，三角形，犁头状，最是弱弱的淡绿色，十分的陌生，却又如此熟悉，稍一愣神，然后不禁惊呼：杠板归！

于是绕道进入园圃之内，找到大大小小杠板归数株。此地壤土有些贫瘠，光照尤其不佳，所以这些植株皆比较纤弱，短小者细茎乍伸，稍长者已开始施展攀缘的本领。蔷薇之枝虽然多刺，它也浑不介意，一叶一叶平匀地端着，缘着凌乱的蔷薇枝向前攀升。

看着它们不卑不亢又一丝不苟的样子，我久久伫立，猜度它们的来历。蔷薇生长于此，已不下十数年，杠板归的出现，显然不是随着蔷薇移栽被裹挟而来；杠板归的种子球形，高粱籽粒一般大小，百里千里的，风吹过来的可能也小；如此，那就是鸟儿衔来嘛。看看蔷薇之上，犹有高树掩映，鸟儿们嬉戏于柯上，种子播撒于树下，于理似也可通。后来的发现，则进一步证明了这一点。于此向东百余米，有一道曲折的紫藤廊架，因多年无人照看，紫藤们渐有些漫不经心，而架子两侧，却成了藤蔓类杂草的乐园。到了盛夏之季，雨量渐丰，葎草与茜草纠结成团，左冲右突，绿浪涌动，简直波诡云谲了。此处偏僻清静得很，是我喜欢驻足的地方。就在这里，我发现了杠板归的群落。

起初只看到孤单一茎，已经甚是欣喜。后来渐渐发现，那纠缠不清的绿色波涛，也有杠板归的参与。到了秋来，它们也渐成气候，其茎如灵蛇一般，前端翘然而起，像是探寻着什么。有一次，我特意披开丛莽，沿着小河土岸绕到绿草背后，发现那些更为寂寞的地带，杠板归存量益夥。从此，这一带纠缠不休的野草丛隐藏了我心中的一个秘密，所以每来园中，此处是一定要到的。

杠板归（*Polygonum perfoliatum L.*），蓼科（*Polygonaceae*）蓼属植物，一年生藤蔓类草本。杠板归别名好多，不下几十上百。若将别名写于一处，乱纷纷简直没个头绪，细看则知，所有别名都在试图对杠板归进行描述，甚至命名者的感情也依然鲜活。在此，我们不妨将其分门别类，由此出发，来观察体认杠板归的植物特征。

第一类名称有犁头草、三角藤、贯叶蓼。

此三者皆描述杠板归的叶形。杠板归单叶互生，叶形作相当特别的三角形，叶脉似有若无，直如平板一片，盾状着生于纤长的叶柄上，遇有微风即摇摇不止，十分轻盈而优雅。有人怀疑，杠板归一名亦应与这种叶形有关，我觉得颇有道理。三角叶片之外，杠板归还有一种圆环形的叶子，亦即托叶鞘的圆形叶翅，其细茎不偏不倚，恰从圆环中心穿过，像极了以前水车铁链上的橡胶皮钱。贯叶蓼一名，即由此而来。个人觉得，杠板归三字固然古雅，贯叶蓼一名则更为严谨准确。叶片与托叶相互映衬，凭多一种翩翩之美，何况杠板归的托叶那么精美，几乎是数学意义上的圆形。

第二类别名则有倒金钩、烙铁草、猫爪刺、蛇牙草、猫公刺、鱼牙草等。

杠板归引蔓细长，蜿蜒若无穷尽。其腾挪攀附，缘竹上树，既无卷须之助，亦无旋转之功，端赖其锋利的倒刺。杠板归茎上密生倒刺，叶柄亦具倒刺，连背面叶脉上，也倒刺间出，不使资源浪费。倒金钩一名，正是对这种倒刺的刻画；而烙铁草说的则是人体不小心与此草接触时的感觉；至于猫爪蛇牙，更是对其锋利倒刺的夸张形容了：此刺不单具消极的防御功能，几乎如动物之利齿，可以主动出击了。吴其濬《植物名实图考》卷之二十一"刺犁头"条，附线描图一帧，对此草茎叶刻画颇细，茎上着刺细密，毫发毕现，美中不足的是，叶柄上密刺画错了方向；高明乾等著《植物古汉名图考》，看出了这一点，其书"刺犁头"条亦有一图，整体风格与前书略似，却避免了前人的错误。倒刺是植物的手，用以抓住攀附物，借以向上攀升，刺若生倒了，就只好委弃于地，那日子可就没法过了。

此外，还有好多与蛇相关的别名，如蛇不过、蛇倒退。二名看似说蛇，其实仍在说杠板归之倒刺。杠板归倒刺密生，且锐不可当，故其丛生缠绕之处，连最善钻窦穿穴的蛇类都难以通行，不得不退行改道了。可能是令蛇感到畏难这一意象，启发了江湖郎中的想象，于是便拿了它来作蛇毒解药。有个故事流传很广，说一位农夫被毒蛇咬伤，一同劳作的人见了，赶紧回到村上，摘下个门板过来，当担架抬着他去找郎中。他这边忍着伤痛，随手采些杠板归茎叶吃下，蛇毒竟然自解了。于是郎中不须再寻，他也竟自己扛着门板回家了。据说这就是"杠板归"一名的来历，至于"扛板归"为什么变成了"杠板归"，那就没人知道了。于是就有专家告诫：果若被虫蛇咬了，还须赶紧找医生，否则，任是吃光天底下所有的杠板归，怕也起不了什么作用。

此物还有一类别名，其中多有一个酸字，如三角酸、刺酸浆、酸藤等。

杠板归乃蓼科植物，据敝人经验，蓼科植物有个共同特点，那就是味酸。本地常见的几种酸模，如刺果酸模、皱叶酸模等，都曾采来品尝，就不必说了；马颊河岸边的酸溜溜（酸模叶蓼），那味道生吃，也往往酸得人一激灵。杠板归茎叶俱有刺，品尝之前，也曾略为踌躇。初入口时，果然感到微微有碍，可一旦置之牙齿之间，它也就只好甘作刀俎间的鱼肉了。杠板归的酸味幽淡，不及酸模叶蓼来得强烈，却更加平缓而悠长，虽少刺激，可我更喜欢。

鸡眼睛草与白大老鸦酸二名，显是由果实与种子而起。

杠板归果实很特别，因其花序总状，着生于枝端与叶腋，所以果实也簇生于花梗上。果实圆形，形较大，初为碧绿，渐为淡紫甚至深蓝，成熟之时，如璀璨的宝石攒聚，于碧绿丛中擎出，特别的惊艳。只是杠板归果期较晚，所以一般不易得见，这就如杨家有女，养于深闺之中，到了秋末之时，基部叶子已经开始枯黄，那果序才现出诡异之色，因此也更具魅力了。其种子藏于果实之内，色黑形圆，乌亮乌亮的，直如白大老鸦的眼睛。

实不相瞒，虽然杠板归浑身长刺，我对它仍有些偏爱。其理由亦有两端，一是日常少见，二是长相呆萌。我比较喜欢它文文弱弱的样子；喜欢它一边攀爬一边擎起的三角形叶片，居然还盾状着生；喜欢它往复于枝梢之间如履平地，犹不改若无其事的神情。

自去年开始，马路对面的园子被人用薄铁板围住，大门口也建造了岗亭。据说要以此地为依托，建设本市的植物园。这当然再好不过。乍闻此事，简直不敢相信自己的耳朵，掐掐自己的大腿，该不是做梦吧。园子建设之中，我曾多少次站在门口向里张望，只见各类车辆来来往往，唯有头戴安全帽的人在里面忙碌；也想进去看看，但感觉气氛不对，不敢愣往里面闯。

一年半载下来，新园果然建成。比之旧园，当然漂亮多了，路也平了，桥也修了，奇花异树也种植不少。唯是东南方向的紫藤架已不复存在，附近的葎草茜草嘛，没了也就没了，此处没了，别处还多的是，唯是这杠板归，让我到哪里去寻找它们。园子西部，叠山前面有一条小河，河上有座小桥，桥下右边新植两株灯台树，左边草坪上种了一小片绣球，绣球当年种上，似尚没缓过苗来，花也没开多少。所以对这一带比较留意，因为在绣球丛

平水禅 寫 南嶽小蓮

的内侧，我发现了一株杠板归。这杠板归形单影只，从叶片的厚度与刺茎的粗壮看，长势还算旺盛，唯其叶子不是惯常的淡绿，而如久病之人，惨白若无血色，起初以为是一种病态，没少为它担心。后来知道它还有一个别名，唤作河白草，才稍为释然。

盛夏来临之后，骄阳当空，溽蒸之气充斥天地之间，让人几乎无地藏身，所以植物园里，除了清晨，也不再是个好去处。兼之其后外出月余，回来已是初秋。那日经园林专家李保忠先生介绍，得识植物园杜瑜女士，杜女士是植物园的主事，又是园林专业出身，对分类学颇有造诣。于是在杜女士引领下，观看园中花木，经过这座小桥时，我想趁机将杠板归托付给杜女士。可转到绣球内侧，杠板归已踪影全无。

仅有的一株杠板归消失之后，我也并没绝望。眼睁睁看着我喜欢的植物遭遇灾厄，已经不是一次两次。不知是变得坚强还是麻木，总之不再急赤白脸，呼天抢地。另一个可能是我对这杠板归仍然抱有信心，觉得这东西既然生为野草，在基因传递上必也有些手段，哪会这么轻易绝迹灭踪。此一株被人剪除，而在更为隐秘之处，那一株也许兴致勃勃，长得正开心呢。即使这是仅有的一株，也未到彻底绝望的地步，既然鸟儿已经衔来以前的种子，为什么不可以衔来以后的。只要竹树还在，鸟儿就会过来栖息，只要壤土犹存，杠板归就仍然还有希望。

数日之后，我从植物园观景台上下来，经过那片红瑞木，忽然看到一株龙葵，贴近竹林长到一人多高。龙葵株型庞大的，以前也曾看到过，而长到如此规模的，却不多见。观看龙葵的目光稍稍上移，一个发现令我惊喜莫名，杠板归已经攀爬到丈余高的竹林梢头，在上面经营起自己的世界了。其时天色已晚，光线有些暗淡，我沿着竹林边的小径，挤到近前，看到杠板归的果实累累，紫蓝相间。

　　再次发现杠板归，让我心中的一块石头落了地。植物园领导思想开明，见解独到，他们已经有了计划，并付诸行动，允许本土植物和野生植物为植物园的丰富多彩效力。所以，既然杠板归种子已经成熟，那么，杠板归婀娜的茎叶，呆萌的姿态，就再也不会消失。

2018-10-10

黄顶菊：岂必以邻为壑

　　与黄顶菊初次相遇，我记得很清楚，是在它们从美洲南部远道而来，登陆中国的第十一个年头，环保部门将其列入《中国外来入侵物种第二批名单》的次年，亦即 2011 年的秋天。此前，刚刚得读刘华杰先生《天涯芳草》，书中即谈及此物，且配以图片，印象殊为深刻。所以，那天下午，当我沿着湖南路西行，于某建筑工地门外看到一茎小草，在夕阳下兀然而立，当即就认出了它。

　　小草也就一尺来高，却已枝丫俨然。它就站在门外道边，周围既不见其同类，也绝无其他绿色点缀，不远处即有杂沓的车迹。它形单影只，立此陟危之地，粉身碎骨的危险随时都可能发生。不过至少此时，从它身上尚没看到这个族群惯有的任性跋扈之态。虽然在这座城市之中还没几个人认识它，更没多少人知道，如果任其泛滥，后果将会多么严重。但是，它还是遭遇了不测。等我再次经行此地，它已不见了踪影：附近既无断梗残枝，地上也不见锹镢之痕，就像它根本不曾出现过一样。

　　我记得当时曾经为它拍照。

　　后来，对那一带也曾持续留意，看黄顶菊是否会再次现身。那茎消失

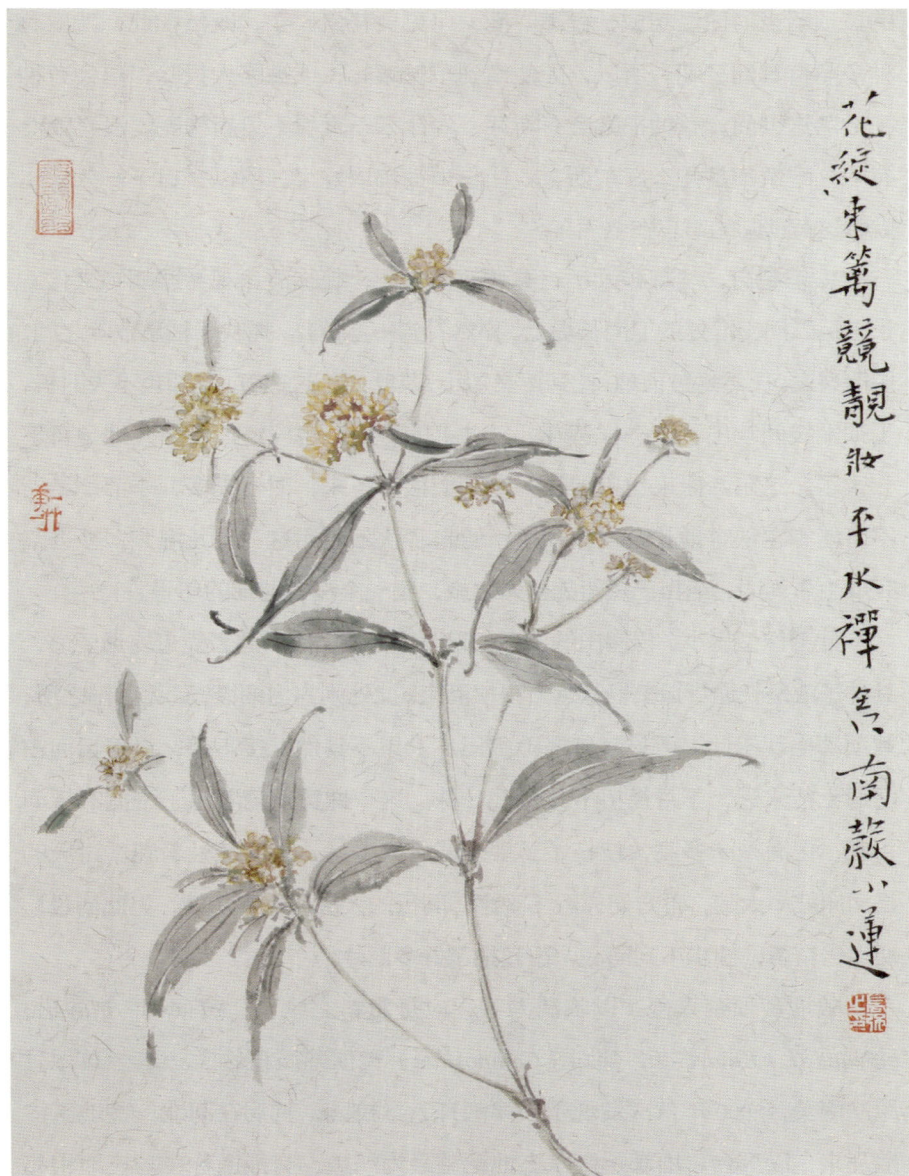

花总束篱竞靓妆　平水禅气　南薇小莲

的黄顶菊当时已经老成，枝端叶间，可见黄花累累了，既然如此，就应有种子孕育其间了吧。所以，即使遭到车轮碾轧，或被路人拔除，总会有种子散落这世间。有种子就会有新芽，为什么一直看不见新株呢。没有就没有吧，既然不是什么好东西，就让它声销迹匿好了。所以，日子一久，也就将这黄顶菊的事忘在脑后了。

去年冬初，与聊城大学赵勇豪教授一行，赴临清参观考察胡同文化。于卫运二河交汇处的卫河长堤上，猝然看到一茎黄花，掩映于枯草败叶之间。俯而察之，居然是黄顶菊。此菊更其短小，其叶亦不过三五片，却也不失时机，于顶端枝间吐出了谜一样黄花，三寸丁的身量，也已经悄没声儿地孕育下一代了。这东西原来也鬼得很，它知道秋尽冬来，时日无多，季节严酷，不可能等它从容地长全枝枝杈杈，便趁了秋阳最后这一点儿温煦，抄近路完成生命周期，给自己短暂的生命之旅，画一个没有遗憾的句号。

此菊株型虽小，传递出的讯息却足可惊心。上次所遇者靠近交通要道，其种子或是长途货运车辆从远方裹挟而来。此处则古堤细径，荒芜偏僻之所，黄顶菊出现于此，可见其传播范围已广。果不其然，接下来，沿着运河古河道上行未远，于月径桥下又发现一株。这一株黄顶菊着生于干涸的运河谷底，已有一米多高，枝枝丫丫地长成好大一丛，枝间随处着花。讨厌的是河床坡岸太陡，不方便靠近了观察。同行的大庆兄身手矫健，见此情景，便自告奋勇，健步下到河底，帮我拍了好多图片。

敝地黄顶菊入侵，以临清为甚，应是意料之中事。黄顶菊（*Flaveria bidentis (L.) Kuntze.*），菊科（*Compositae*）黄顶菊属植物，一年生草本。原产南美，2000 年首次发现于天津南开大学校园，其后在河北一些地区扩散开来，以邢台、邯郸、衡水三地泛滥最为严重。有报道称，与三地相邻的山东德州亦曾有黄顶菊为害。临清与上述河北三地或相邻，或相距未远，又与德州接壤。如今交通发达，杂草传播速度因之加快，所以黄顶菊侵来，临清可谓三面受敌。敌人故家如今亦归临清管辖，位于偏远的东乡。东乡之地，更与德州夏津为邻。这些年，每年都要回去多次，也曾走进田野间，差可欣慰的是，在那一带，尚不曾看到黄顶菊的身影。

入秋以后，太阳渐已不再炙人。于是一早一晚的，又开始到植物园里走走。由东偏门进入右拐，不远处即是一片草本花卉。起初，蓝蓟与蚓果芥来势迅猛，碧叶杂花，日子未久已生得密密匝匝。这时候，也没看出什么异常，其实我想，那黄顶菊当时肯定已经隐匿其中了。蓝蓟花期与寿命皆比较短促，被袅袅秋风一吹，那一带便只剩下些稀稀落落的秋英与百日菊，水落石出，黄顶菊这才暴露于游人的目光之中。从远处看，以为一大一小的两株，走近观察，竟然仅是一株，骨架如此巨大，枝丫尤其繁密，以至于根系无力承受其躯体之重，不得不倾倒于地。其主茎粗壮而暗紫，坚硬若木质，仆地后不甘沉沦，枝梢复又翘然而起，形成依然旺盛的两丛，且各自枝枝杈杈，更不失时机地黄花历历了。稍后，复于其旁看到一些，我清点一下，竟也有五六株。

我觉得此事非同小可，幸好园中尚有熟人，便告之园方，晓以利害，请他们着人过来剪除。

据我观察，黄顶菊的株型比较特别。虽然它身高有时可达两米，却并非凭了主茎向上伸展。如其名字所示，它们的头状花序总是着生于茎顶与枝端，花序一旦出现，其向上延伸的趋势便戛然而止。可是，贪得无厌的黄顶菊怎么可能善罢甘休。主茎的生长趋势被阻断之后，其对生叶子的叶腋间，粗壮的侧枝马上就生出来，倾斜而上，很容易超过主茎的高度，努力向高处拓展，再将主茎的故事重新搬演一遍。如此循环往复，所谓好吃不撂筷儿，只要严霜不至，它们就不会停止向上延伸、向四周拓展的努力。黄顶菊株型的这种结构方式，使得它们即使长得好高，给人的印象也终是丛丛杂杂的一团。

黄顶菊叶子交互对生，长椭圆形或披针形，基生叶脉三条，略平行延伸。我曾多次摘了黄顶菊的叶子抚摸，叶面、叶缘皆相当柔滑，虽然比不上丝绸，洗过几水棉布的感觉总是有了。可看上去，绿中泛白的叶色，略显粗糙的叶缘，无不透露出强烈的粗涩之感，让人觉得凭有一种叵测之意，说实话，真的让人怎么也喜欢不起来。

黄顶菊的花序生得浑身上下都是，看上去密密麻麻。头状花序攒聚于顶端，密集成蝎尾状聚伞花序。我不得不说，黄顶菊的花，真可谓徒有其名。四五条短短的蝎尾从中心向圆周辐射，一簇花就是一枚并不规则的五星，鲜黄的颜色，淡漠的神情，阳光之下，不知它打些什么主意。俗语云，破瓜种子多。这类不好看的花常常具备另一种优势，那就是能干。据何家庆先生《中国外来植物》统计，黄顶菊"生长与繁殖能力极强，一株黄顶菊可以开 1200 多朵花，每朵花能结出 100 多粒种子，一株黄顶菊一个生长周期可以生产 10 多万粒种子，来年可繁殖几万株黄顶菊"。我不知道这种繁殖速度是否算得上世界之最，总之，莫说一般作物，如玉米小麦无法与之抗衡，即使杂草，据我所知，灰藜每株可产种子 5 万粒，已经够惊人了，却也才及黄顶菊子孙的半数。

我喜欢植物，乐见草木种类繁多，希望它们和谐共生。所以，本土植物与外来植物的疆域，在我心里并不明显。我的想法是，多一种总比少一种好。有用的当然好，无用的，只要它好看，或者好玩儿，我也忍不住喜欢。唯独这黄顶菊是个例外。推其原因，恐怕也不是因为它繁殖过于迅速，虽然有些过分，却也可以理解，人家的生存策略嘛。对黄顶菊的厌恶之情，来自对它的另外一种能力的反感，它的"根系能分泌一种特殊物质，这种物质会抑制其他植物生长，并最终导致其死亡"（《中国外来植物》）。一片土地如果容许黄顶菊生长数年，到时候这一带无论是作为作物的小麦玉米大豆高粱，还是作为杂草的马唐牛膝羊蹄豨莶，其种子发芽率都会受到黄顶菊毒素的抑制，久之，就会形成它们一家独霸天下的局面。

黄顶菊的这种做派，让人联想到人类社会。人生在世，可以天真活泼，也可以老成稳重；可以豁达大度，也可以谨小慎微，甚至顾影自怜、孤僻自私也都无妨，唯须不忘检点自己的行为，不管有心还是无意，皆不可以对他人构成损害。如黄顶菊这般，光天化日之下，闷声不响地出些阴招，将全世界当作敌人，唯损人利己是务。这种以邻为壑的东西，怎么可能不让人讨厌呢。

2018-10-02

阶下决明

欣赏草木之美，敝人大抵有点儿叶子控。对于世人仅以草木之花判断其美丑高下，颇难理解。据我观察，植物叶子往往蕴含大美，凡庸者犹不失其风致，英秀者尤令人流连难舍，有杰出者，无论其形其色，其质其神，皆已臻于至境，可谓美轮美奂矣。而且相对于花，叶子另有一个长处，那就是比较持久。植物花开，长则数日，短仅数时，如昙花者，仅是刹那之间，未如叶子之自春及秋，与我相伴长久。是以敝人虽然如今也渐能欣赏百花之美，同时仍然不忘称赏叶子的另一种风神。

如决明，即属于叶美之突出者。

以前所见过的决明，多散生于道旁或树下，往往等不到开花结实，就给行人随手撷去，或被园丁当作杂草锄掉。然其精致秀雅的叶子，临风摇曳的株型，还是烙印在我的脑海之中。上苍似乎知我感觉木然，对决明之美体会不深，便赐我一个机会，将我昏昏欲睡的神经进一步唤醒。这契机就是某年月日忽然发愿，买一部《杜诗详注》来读，及《秋雨叹》，其一云：

雨中百草秋烂死，阶下决明颜色鲜。

著叶满枝翠羽盖，开花无数黄金钱。

凉风萧萧吹汝急，恐汝后时难独立。

堂上书生空白头，临风三嗅馨香泣。

　　诗中"颜色鲜""著叶满枝翠羽盖"等字样，似亦无甚特别之处，却一下子将以往对决明的印象重新唤回，电影一般在脑中回放，鲜明无比，较之亲临目睹，感触更加强烈。此之后，再遇到决明，虽未曾如老杜"三嗅馨香"，却也总是反复致意，久久舍不得离去也。

　　然而这种局限于株型与叶子的欣赏，认识上的片面性显而易见，茎叶有了，那花与果呢。分类学家确定种属，喜欢从花入手，肯定不是一时心血来潮。喜欢茎叶当然无可厚非，若株守于此，终也难窥全豹。后来，这种认识上的片面还害我闹了个笑话。

　　某日回临清老家，顺便看望一位老同学。同学家的院子有名的大，嫂夫人犹有种花植草的雅好，所以院中颇不空旷。堂屋门外即有一丛绿植，已有一米多高，开满了浅黄色花。此乃嫂夫人向人讨要花种，随手撒下的，长这么大了，犹未知其名。二人知我在这方面有所偏嗜，便指着花丛问我。我走近前，叶子太熟悉了，小叶三对，个个前大而后小，非决明而何？可再看那花，却又犹豫起来。决明（*Cassia tora Linn.*）嘛，说好的豆科（*Leguminosae*）植物啊，为什么黄花五瓣分张而非蝶形？兀自沉吟半天，仍不能确定。这时，嫂夫人拿来剩余的种子，褐色不规整的小颗粒，还是决明啊。可心下仍然忐忑：那花形呢，为什么呢？其实，豆科之下有三个亚科，只有蝶形花亚科中的植物才长蝶形花；苏木亚科与含羞草亚科的植物皆各开自己的花，决明归于苏木亚科决明属，当然其花就不必蝶形了。

其实这一点我早该料到，比如随处可见的合欢树，也是鼎鼎大名的豆科植物啊，因其列于含羞草亚科，所以其花便如马鞭子上的红缨，与蝶形就更不搭界了。认识的片面，再加上学艺未精，这个教训我算是牢牢记住了。

当时所以能一眼认出决明种子，原因是某年贱躯染疾，病虽不大，无奈遇上庸医，致久拖而不愈，心情烦乱得很，就诊治疗之外，凡有利于消炎祛火的方子，都不惮拿来一试。于是那段时间不光见识了绞股蓝茶，决明子茶也喝了好一阵子。绞股蓝茶叶子团缩起来，冲泡后才缓缓舒展开，决明子茶却是整个儿的种子，或许焙炒了一下而已。《本草经集注》卷四云：决明"叶如茳芒，子形似马蹄，呼为马蹄决明"。古人果然一派浑朴天真，见事直抵本质，一喻之出，便不可改易。马蹄之喻，即属此例。决明子虽小，因荚中拥挤而形成的不规则形状，除马蹄之外，还真找不出更好的喻体。将"小马蹄子"们置于玻璃杯中，再以滚开之水冲入，顿见气泡于粒外生成，然后齐刷刷泛起，一种奇特的焦香气便在空气中弥漫开来。决明子茶有一种苦味，不是所有人都消受得了的，可既然有病在身，心中之苦已甚，也就不觉其苦了。那个夏天决明子与我为伴，挨过了多少个日出日落。也算一段难以忘怀的经历吧。

植物叶子里，我比较喜欢掌状复叶。决明的复叶虽为羽状，但叶柄短促，小叶仅三对，而且排列紧凑，不仔细掰扯，羽状、掌状还真不好判断。决明有一别名，唤做假花生，所说即其叶子。花生亦羽状复叶，小叶一般2～3对，与决明神似。关于决明叶子，《广群芳谱》卷九十六这样讲："叶大于苜蓿，而本小末奢"，苜蓿之叶，亦相当秀美，而"本小末奢"，是说叶子先端圆阔，后部收窄，于是更显现出别样的风致。面对决明叶子，私下曾产生疑问，美感与食欲也是相通的吗？为什么看到它们，总有恋恋

不舍之意，甚有将其吞入腹中的冲动。可看看叶形叶脉，又与鸡眼草叶子有几分相像，其中恐怕也含有好多粗硬纤维吧。后来，于吴其濬《植物名实图考》卷十一"决明"条看到"东坡云，蜀人但食其花，颖州并食其叶"，觉得很是好玩儿。后经查考，乃知博雅如吴先生，亦有记错的时候。好在虽不中亦不远，说此话的不是子瞻，而是乃弟子由。苏辙有一首七言绝句，"秋蔬旧采决明花，三嗅馨香每叹嗟。西寺衲僧并食叶，因君说与故人家"，诗题为《蜀人旧食决明花耳，颍川夏秋少菜，崇宁老僧教人并食其叶，有乡人西归，使为父老言之，戏作》，比诗还多出九字，可真够长，不过我一点儿不觉得，在我看来，题目比其诗还有意思。古贤皆知生生不易，遇有可以果腹活命之物，虽千里万里亦托语相告，此真仁者之心也。然而决明叶子如此之美，好看之外，犹复可食，更是锦上添花。崇宁老僧的经验，也说明我之面对决明叶子产生吃它的念头，不是没有缘由。

　　《本草纲目》卷十六"决明"条"时珍曰：此马蹄决明也，以明目之功而名。"盖决明一名，即源于其医疗功效。《中国植物志》第 39 卷亦云："其种子叫决明子，有清肝明目、利水通便之功效。" 何家庆《中国外来入侵植物》引用"古诗"，说明决明用途云："遇翁八十目不瞑，日书蝇头夜点星。并非生得好眼力，只缘常年食决明。"诗实在不敢恭维，亦恐非古人所为，然关于决明的药用价值，表达得通俗易懂，终是其长处。李时珍《本草纲目》中甚至附有医治"积年失明""青盲雀目""补肝明目""目赤肿痛"等有关目疾的药方，在古人看来，决明医治目疾的功效决不含糊，并运用于医疗实践之中。然苏辙又有《种决明》诗，其后半云："老人平生，以书为累。夜灯照帷，未晓而起。百骸未病，两目告瘁。决明虽良，何补于是。自我知非，卷去图书。闭目内观，妙见自如。闻阿那律，无目而视。决明何为，适口乎尔。"书生久累于书，既老则目瘁，虽良药亦于事无补也。然道家内观，佛子无目而视，亦人生之境界。如决明者，适口充肠，以佐晨烹足矣。如苏二先生亦是旷达人。

除了以上用途，据说决明子还可以拿来装填枕头。这一点甚合我意。敝人以善睡著称，对枕头装填物却比较挑剔，既无法欣赏日常惯用棉絮与碎麦秸，亦无法适应带有现代科技色彩的泡沫和乳胶，这些东西软则软矣，头颅放在上面，却不免滚来滚去，靠脖颈之力使其固定，久之亦劳矣。所以一直使用的，是从老家带出来的秕谷枕头。时间久了，充填之物便会产生气味，很想换它一换。听说荞麦皮可用，无奈敝地不产，致之亦复不易；又听说香蒲种子柔软体贴，而今水边多有，也一直没过去收拢，怕它与棉絮差别无多。有人向我推荐铁观音的茶梗，便邮购过来，然茶梗条偏长，相互衔接紧密，可塑性仍不够强，虽然茶香悠悠，凭多了一重享受，仍是枕不习惯。如决明子者，我想无论其硬度、其形状、其大小，均与吾意甚合。《广群芳谱》云，"作枕头治头风"。治不治头风我不在乎，头放在上面，自然形成一个凹坑，将脑袋稳稳托住，对我来说，已是再好不过。唯是装填之前，我想，须将决明子晒得干干，或者干脆炒熟，否则酣睡之中口水淋漓，里面的种子得到水分，加上适宜的温度，一个个幡然醒来，生豆芽儿似的弄出一口袋小决明来，那可就热闹了。

决明属植物全球约 600 种，中国原产 10 余种，引入者 10 余种。此处所说的决明属于后者。方万浩等《生物入侵：中国外来入侵植物图鉴》认为，决明原产地为热带美洲，入侵中国的最早记录为："20 世纪中叶。1955 年出版的《中国主要植物图说——豆科》有记载。"何家庆《中国外来植物》认为，决明作为药材有意引入，引入时间则是唐代，所依据的文献为白居易《眼病二首其二》，诗句为："医师尽劝先停酒，道侣多教早罢官。案上谩铺龙树论，盒中虚撚决明丸。人间方药应无益，争得金篦试刮看。"其实，《本草经集注》卷四已载："决明子，味咸，平……生龙门川泽。"陶弘景注云："龙门乃在长安北，今处处有。"并言子形似马蹄，此马蹄决明显为今之决明矣。《本草经》成书于汉代，陶弘景为南朝时人，如此，则决明传入中土，时间应不晚于东汉时期。至于其时航海业尚不发达，新大陆亦未被发现，决明它究竟如何来到中国，就不是我所能解释的了。

《广群芳谱》卷九十六引镏绩（字孟熙，明末山阴人）《霏雪录》云："陈白云家篱落有植决明，家人摘以下茶，生三女皆短而跛，而三女甥亦跛，予皆识之。又会稽民朱氏一子亦然。其家亦尝种之，悉拔去。"陈白云家种了决明，生三个女儿皆矮小且跛足，二者之间是否有因果关系？陈家除了篱间种的决明外，恐怕还吃白米，睡板床，穿鞋子，盖被子，难不成也与生跛女有关系。天下种决明者多矣，搜韵网站上一查，仅诗题为《种决明》者即有三首，一则如上所引，苏子由所作，其余二人为黄山谷和查慎行，亦未听说他们三人家里，谁曾生出了瘸腿的孩子。前些年吾乡曾有人在责任田中种决明，收为药材，其子女个个顽健活泼。李时珍闻听此说，颇不以为然，于《本草纲目》中写道："又镏绩《霏雪录》言，人家不可种决明，生子多跛。此迂儒误听之说也，不可信。"

索尔·汉森在《种子的胜利》（杨婷婷译，中信出版集团 2017 年 1 月第 1 版）一书中，言及因产于印度拉贾斯坦邦的瓜尔豆提取物瓜尔胶价格飞涨，导致北美几家页岩油气钻探企业破产关闭，迫使许多食品企业到处寻找另外的增稠剂，"它们在其他干旱国家'含胚乳的'豆类种子中找到了替代品，包括长豆角（*carob*，来自地中海地区的一种槐树）、云实（*tara*，来自秘鲁沿海地区的一种灌木）以及肉桂（*cassia*，来自中国的决明子）。这三个品种的好运——以及它们种植者的财富——将会在瓜尔豆热潮的裙摆效应下激增。"在屠呦呦女士发明青蒿素之前，黄花蒿在敝乡被蔑称为"臭蒿子"，牛羊不顾，鹅鸭不啄，连割草少年都不把它们放在眼里。可一旦找到"芝麻开门"的咒语，这种人皆嫌弃的乡野杂草提取物成为人类健康大敌——疟疾的克星，拯救了上百万人的性命，回头再看黄花蒿，虽然生长的处所未变，敬佩之感已悄然而至。如果汉森发现的这一趋势延续下去，决明或也将成为一颗新的植物明星。然而，无论黄花蒿还是决明，它们身上所蕴含的秘密就此已被穷尽了吗？一花一世界，一叶一菩提，事情哪有那么简单。

最后，黄庭坚《种决明》一诗，将决明之植物特征及各项功用逐一写出，堪称一篇决明小百科，特别说装填枕头之妙用，更是深得我心。因将全诗录于兹，作为小文之结语：

后皇富嘉种，决明注方术。

耘锄一席地，时至观茂密。

缥叶资芼羹，缃花马蹄实。

霜丛风雨余，簸簸场功毕。

枕囊代曲肱，甘寝听芬苾。

老眼愿力余，读书真成癖。

2021-09-07

窃 衣

到目前为止，我之得见窃衣的真身，不过寥寥数次。凭借如此粗浅的了解，就拿它过来作草木记，是否有些孟浪。然而与草木结缘如同交友，朋友间日久情深固是常态，而投不投缘也很关键。有些人相识多年，见面打个招呼，过后却不复记起，说得好听点儿，是相忘于江湖，其实终是泛泛之交。而有一些相识未久，却一见倾心，甚有相见恨晚之感。我与窃衣，大抵属于后者。

初次相见是那年夏初，诗人张栋先生光临敝地，饮酒畅谈之后，到了次日，与兴来君一道，陪他就近看看景点。上午看蚩尤冢，冢上刺槐花繁香冽；下午又来到景阳冈。数年不至，见林中杂树长得更其连天蔽日，其下枯枝荒草，森然布列，荒野的气息确实更浓了。沿着林间小径向前，两旁有绿草婆娑，隐约觉得其中可能隐藏着以前所未曾见者，俯而察之，竟是窃衣。于是心下大喜，逡巡多时，不肯遽离，心中的欣慰满足，比转过碑林看到关在笼子里的老虎，还要强烈。

窃衣之名，此前已有所耳闻。植物爱好者里，小丸子林捷的公众号不时推出些令人惊艳的品类。忝为忠实的读者，去年就曾看到《小窃衣，看

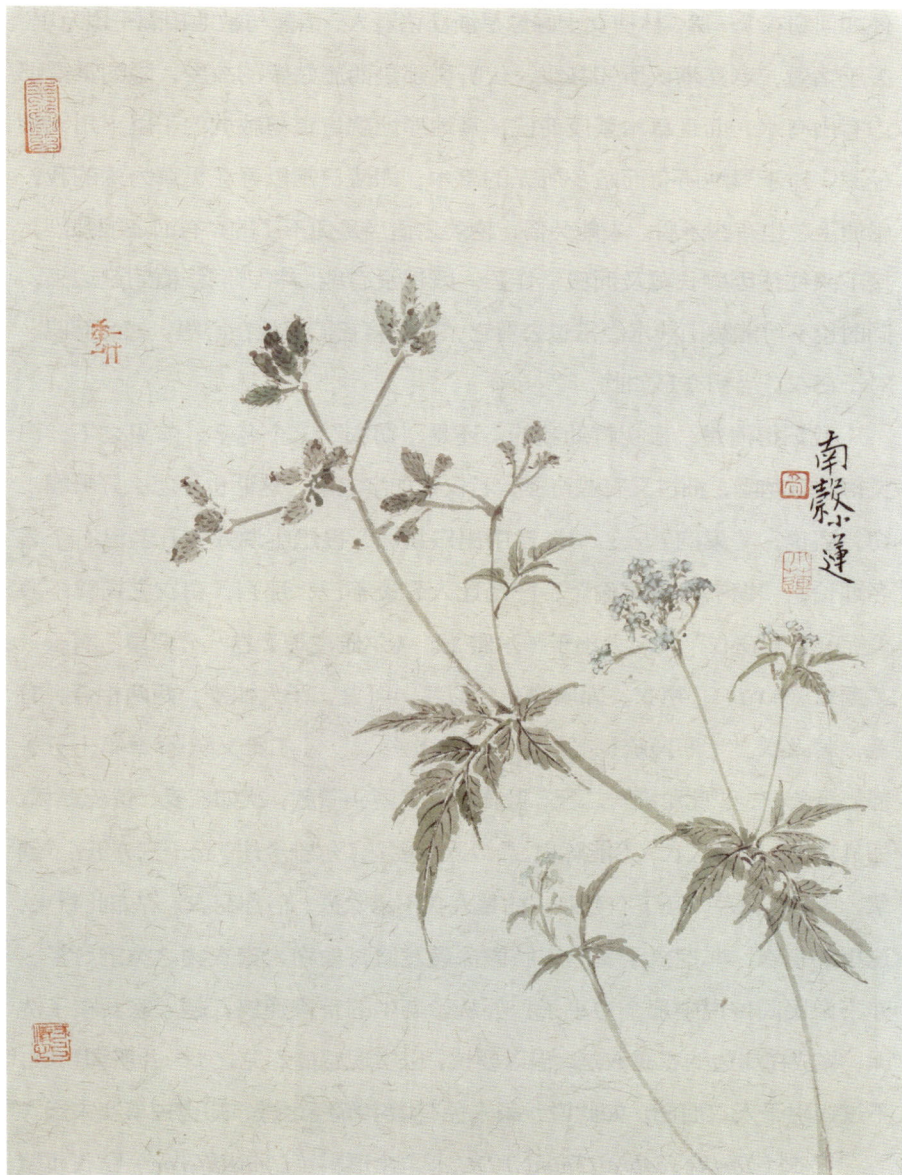

你如何窃衣》一篇。林捷女士好像是浙江诸暨人，诸暨与敝地相隔千里万里。关于诸暨，老实承认所知甚少，仅听说那是西施姑娘的故乡，隐约觉得那边有山有水，而且草木繁茂而已，其地形地貌肯定与敝地的千里平川大相径庭。对于异地所有而敝乡所无的草木，即使日常以寻花觅草为乐的我，感情上总也有些矛盾。未能免俗，艳羡之情当是免不了的，有时还很强烈，接下来往往因鞭长莫及而废然作罢。既然没有能力将它们移植到这边来，同时也不可能跋山涉水经常过去看它，只好将它们安放在心里，如此而已。对于窃衣，当初亦是如此。

我记得清楚，最初打动我的，还是"窃衣"这个名字。乍见之下，已觉得雅意幽幽，细忖又有些奇怪，若仅作如字之解，这话也不怎么好听啊。窃，盗也。《集韵》云："盗自中出曰窃。"鲁迅小说人物孔乙己有个著名理论，"窃书不能算偷"，已经让人忍俊不已，那么，窃衣之窃算不算偷呢。查"窃衣"一名，出于《尔雅》。《尔雅注疏》卷八"释草"有云："蘮蒘（jì rú），窃衣。郭璞注：'似芹，可食，子大如麦，两两相合。有毛，著人衣。'邢昺疏：'俗名鬼麦者也'。"《尔雅义疏·释草第十三》郝懿行疏曰："此草高一二尺，叶作桠缺。茎头攒簇，状如瞿麦。黄蕊蓬茸，即其华蕣，粘著人衣，不能解也。"今人徐朝花《尔雅今注》卷十三亦云："蘮蒘，草名。似芹，花下有芒刺，粘著人衣不易除去。俗称窃衣。"如此看来，这里的窃衣，非指入于室内，胠箧探囊发匮，偷窃人家衣物之类的行径，亦不像民间传说中那个穷小子，听从了老牛的荒唐建议，趁人家女孩子洗澡，将放在岸边的衣裙取走，借以要挟，以实现感情勾兑之类。此所谓窃衣，不过窃附于人衣而已。如此说，虽未免有增字解经之嫌，却也去事实未远。

窃衣（*Torilis scabra (Thunb.) DC.*），伞形科（*Umbelliferae*）窃衣属植

物，一年或多年生草本。伞形科据说是一个令植物爱好者望而生畏的地带，里面陷阱较多。我虽不想做这一科的专家，然而有几个种我还是认得出的，比如胡萝卜，比如芫荽、茴香。对于前者，从种子处理、起畦撒播到薅草定苗，以致收获贮藏，每个环节都曾亲力亲为，更兼有些日子几乎顿顿吃它，甚至一日三餐，锅里碗里都是这厮，从气味到形态，可算熟悉到了骨子里。后面二者，无论气味之奇异，还是叶子之细碎，园地里也可以一望而知。若由此再往下说，茴香与莳萝如何辨别，野胡萝卜与蛇床怎么区分，也就有点儿头大。窃衣么，似乎还好，好就好在它的花序，并不组成胡萝卜式那种碟子。有人说，窃衣的花序看上去与芫荽有些相像，纤细的绿枝，支撑着细碎的白花，盈盈然一副小清新做派。可往细处一看，二者的区别仍然很明显，那就是芫荽花序边缘部位的花朵，向外伸展的那四个花瓣格外宽大，努力将整个花序整成一朵花的样子，用以吸引蜂蝶过来帮它传粉，而在窃衣身上，这个特征并不明显。此外，芫荽的幼株已有特别的气味，虽然有些人觉得受不了，更多人还是觉得香，可到了开花时节，那种臭大姐（椿象）的气息才格外强烈起来，这更是与窃衣不同的地方。

郭璞注曰，窃衣"子大如麦，两两相合"，这一观察比较准确；窃衣果实长圆形，腹有纵沟，论大小与形状，确与小麦籽粒相仿佛。窃衣的学名亦在解释着种子的形状，《植物学名解释》云："*Torilis*，窃衣属，［（拉）*torus* 肿大］指果实具突起的棱——伞形科。"种加词 *scabra*，意为"粗糙的"。论种子外形，窃衣与胡萝卜仍有几分相似，其上有纵棱，且被糙毛。胡萝卜种子上的糙毛稀疏而长，种子多了，就会絮结在一处，所以到了播种时，须将它们取出来晒干，然后放在簸箕里，用鞋底一阵猛搓，将表面糙毛搓掉，才得粒粒清爽；窃衣种子的糙毛稠密，却短得多。另外一个不同处是，胡萝卜成熟时，会将碟形花序再度收拢，将种子紧紧抱在怀中，一副恋恋不舍之态；而窃衣的种子却光明正大地亮出来，擎在整个植株的最外层。所以长成各自不同的模样，显然是基于各自的繁衍策略。作为栽培种的胡萝卜，已经进化出肥硕甜美的根茎，不用再为有没有人种植它而发愁，将种子揽在怀中，则有利于种植者的收集；窃衣属于野生种，舅舅不疼姥姥不爱的，一切都须依靠自力更生，只好将种序努力向外伸展，以便行人经过时，惹上他们的衣袂，借助他们的双腿，将基因传递到别处。

窃衣属里，《中国植物志》还著录了另外一个种，那就是小窃衣（*Torilis japonica (Houtt.) DC.*），种加词 *japonica*，意为日本的，虽然模式种取自日本，其实也是中国的本土物种。小窃衣也是一年或多年生草本，其株高可达 1.2 米。所以名字里这个"小"字，并非从植株高低着眼。分辨二者，其实也不难。一是察看其花序伞辐，窃衣仅为 2 ~ 4，显得比较清爽；小窃衣则为 4 ~ 12，较为繁复些。二是观察其总苞片，小窃衣具线形苞片 3 ~ 6 条；而窃衣则通常没有总苞片，偶尔有了，也就敷衍了事的一条，呈线形或钻形。

当年在吾乡，即与田野杂草比较亲近，近期来，又以拈花惹草打发时光。留意本地花花草草多少年，却一直未曾遇上窃衣。我觉得，此足可支撑这样一个判断：此物在敝地即使未曾绝迹，其分布至少已不大普遍。这片平原虽然很大，却已经无寸土不耕，精耕细作之下，窃衣之类杂草的生存余地日渐逼仄，既然死缠烂打的勇气与本领不那么突出，最终只好选择放弃。

景阳冈景区虽然林木森然，地形起伏，总归仍是平原的一部分，为什么窃衣独能在这里着生？是因为环境朴野，无人过来喷洒除草剂么，也许吧。后来想到窃衣种子特有的窃附人衣的本领，心下这才豁然开朗。景区虽然不大，游客却来自天南地北。有些窃衣种子原本附着于他们的衣服皱褶里，多少次拍打都未曾令其脱落，偏巧来到景区之中，鬼使神差般掉落下来，混入野林小径的尘埃之中。春天再次来临时，被渐渐强劲的春风春雨唤醒，于是便在这个地方落地生根，繁衍不息了。

让种子窃附于人（或兽）衣，是植物著名的繁衍策略，窃衣之外，悍然采取这种办法的，在本地，还有苍耳子与鬼针草。

苍耳乡间野地多有，种子形如枣核，周身具刺，刺生倒钩。印象中它们一般不大著于人衣，倒是喜欢纠缠人的头发，不小心粘上一枚，刺挠得难以忍受，解下来又颇费力气。绵羊们有四肢没有双手，偶经其旁，不小心粘在身上，就只好默默忍受，实在痒得不行，就着树干蹭个不休，掉下一个半个，也就遂了苍耳之愿。苍耳子又名"羊带来"，说的就是这个意思。鬼针草的种子状若渔叉，叉上有倒刺，它们喜欢黏附于衣裤上，前些年，我曾数次为其所乘。低头看到，一枚枚悬挂，若虫豸然。个人也觉得，如苍耳子鬼针草辈，虽然其志可嘉，其情可悯，但是这种霸王硬上弓的做派，未免有点儿流氓无赖之气。与苍耳子和鬼针草这种顽劣霸道的黏着不同，窃衣以其种子之小，并糙毛的柔软多数，其冒挂只可谓一种小顽皮。何况人家并没有真的窃了谁的衣，只不过悄悄地黏附于你的衣袂，试图借机做一回免费旅行，待看到哪儿山青水绿就落下来安个家罢了。这样的缘分，错过了岂不是可惜？

既然种子善着人衣，则其传播开来便是可期之事。窃衣的种子依然擎在枝端，待它成熟之后，游客们将它携带到什么地方，窃衣们就会在那里生根发芽、开花结籽，一代一代过起它们的日子。也就是说，既然景阳冈上已有，距离来到我们身边，或已经为期不远。

2019-05-27

雀瓢流浪记

那日从外面回来，顺便到南园散步。停放自行车时，看见红叶石楠丛中，有缠绕藤蔓数茎，初以为是鹅绒藤，可是叶子狭长，近之方知是老相识，一直认为名叫地梢瓜的。此物本就柔弱，加上此处上有悬铃木密叶笼罩，下有石楠丛枝丫挤压，所以显得更其纤细。此物存量锐减，在本地渐成稀罕之物，而偏着此车马辐辏之地，真让人为它们命运担忧。继而想到，我也许该写写这个小东西了。

于是将资料收拢起来查考排比，恍然觉得，我平素呼之为地梢瓜，也许并不确当，这可能是与地梢瓜并列的另一个种，其名叫作雀瓢。雀瓢（*Cynanchum thesioides (Freyn) K. Schum. var. australe (Maxim.) Tsiang et P. T. Li*）与地梢瓜（*Cynanchum thesioides (Freyn) K. Schum.*）同属萝藦科（*Asclepiadaceae*）鹅绒藤属植物，而且同居于地梢瓜组，二者直可谓是亲兄弟了。

此物当年在吾乡，父老呼之为"地瓜瓢儿"。此乃乡野俗名，指向显然即为"地梢瓜"。多年来我对它的误认，亦根源于此。父老口口相传，所谓载之口碑者，可能毫无根据么。雀瓢一名，《本草经》已载，卷五女青条注云："一名雀瓢。"苏敬《新修本草》卷十一女青条注则云："此草即雀瓢也。叶似萝藦，两叶相对。子似瓢形，大如枣许，故名雀瓢。"《本草纲目》卷十六女青条【释名】："雀瓢。"《新修本草》所描述者，果实差似，而叶子宽狭显然对不上。吴其濬《植物名实图考》卷五"地梢瓜"条云："惟女青有雀瓢之名，而诸说纷纭无定解，故不以入女青。"王家葵等《救荒本草校释与研究》"地梢瓜"条注云："《植物图鉴》第 3 册将其变种订为雀瓢。"而《中国高等植物图鉴》第 3 册初版于 1974 年。在那之前，吾乡人将地梢瓜与雀瓢合而观之，一并呼之"地瓜瓢儿"，应该没什么毛病。

名实厘清之后，心下豁然之余，对自己的粗疏孟浪仍感内疚。其实，关于二者之区别，志书已经写得很清楚，地梢瓜为"直立半灌木，地下茎单独横生，茎自基部多分枝"，与吾乡当年所有者，已经颇异其趣儿，我们这边的"茎柔弱，分枝较少，茎端通常伸长而缠绕"，则非雀瓢而何？但凡细心一点儿，完全有可能杜绝这种似是而非的判断。于是又觉得对不起雀瓢，此物虽为地梢瓜的变种，门第说不上高贵，但英雄何必问其出处，既为天地所化育，便是自然之一物，再琐屑卑微，亦复何惭之有。草木生于田垄间绿丛中，只要好玩儿，只要有趣儿，便可引为好友。盖我与雀瓢相遇相识，当在其定名之前。比之学童，上学之前可以狗剩铁蛋一通乱喊，入学之后老师赐以学名，再呼乳名就不大相宜。人家明明已经有了自己的官讳，我这边仍呼他们兄弟的共名，它们当然不会发声抗议，但在我，总是与交友之礼未合。

如雀瓢者，大抵属春草之列，最初相遇，也是在春天的风沙之中。外出寻菜，田野上一半麦苗稀疏，一半土块枕藉。随着麦苗返青，其中渐有

平水禪寺南轂小蓮

麦蒿与涩荠之属；而棉花播种之前，白苍儿地里亦有点点绿色，这边品类相对较多：刺儿菜最为肥硕；猫眼草即乳浆大戟瞪着绿黄色的眼睛；苣荬菜最受欢迎，且喜欢扎堆儿，不过找到它们并不容易；猪芽草低调，匍匐在黄土地上等待我们的到来，将它收入筐中。在它们中间，雀瓢才生出十数片狭长叶子，兀自在春风中摇曳。

再次遇到雀瓢，已到了深秋之季，在已然删繁就简的棉花田里。盖雀瓢之生，以其茎柔弱纤长，总须有个依靠，有个攀附物支撑着日子才过得舒服。棉花的株型，对雀瓢来说再合适不过。雀瓢的生长期，也与棉花正好对应。当然，它们着于棉田中，一路走来也是险象环生，大锄小镂的，不知道在头顶上挥舞了多少遍，只有凑巧生于棉株近处的，才因投鼠忌器的考虑，侥幸躲过随时发生的灾厄，活到开花结果的季节。入夏后，棉花进入快速生长期，枝叶迅速遮盖了田垄，雀瓢被棉花枝叶厚厚遮蔽，当然气闷得很，可总算不再有性命之虞。等到棉叶凋落，阳光重新照彻一切，雀瓢已经缠绕着棉秆儿，爬到半身腰，准备开花结果了。

雀瓢叶狭茎细，储存的能量有限，与茎叶之纤细相比，果实却又过于硕大，与人小马拉大车的感觉，所以任它憋足了劲儿，结出一两组果子已经了不得。而且据我观察，这组果子还是一只的时候多，一对的时候少。如此低效的繁殖能力，在自然界的物竞天择中显然处于不利地位。此外，雀瓢的蓇葖果纺锤儿状，样子呆萌，十分好玩儿，给拾棉花的妇女看见，忍不住摘下来，带回家给儿子把玩。平平安安长到老熟，熟到开裂，让尾带绒毛的种子飞出去，寻找自己的着生地，那种概率可谓少之又少。

吾乡当年乃著名棉区，植棉面积大，且历史悠久。然而到了 20 世纪 80 年代后期，棉铃虫泛滥起来。为了对付它，人们发明了那么多烈性农药，终显得力犹不逮。棉铃虫以棉铃为食。没有了棉铃，也就没有了棉花，植棉还有什么意义。正如小小蓝榆金花虫败坏了朴实健硕的榆树，闷不唧唧的棉铃虫也悄然终结了吾乡植棉的历史。从此村前村后，春一季小麦夏一季玉米，雀瓢们再想寻找个合适的附着物，已经不大容易。它当然可以潜入麦田，整个春季不会有人过来打扰，麦田中的杂草如麦蒿、荠菜、麦瓶草，都是如此。可人家生长期恰好与小麦重合，这边小麦黄稍，那边结籽成熟，接下来小麦的收割运载，便成了帮它们播撒种子的过程。可雀瓢不行，小麦收割与玉米播种，恰将它们的生长期拦腰切断，此情此景，你让它何以自处。

屋漏偏逢连阴雨。人工除草已经让它们难以躲避，种植作物的变更让它们手足无措，接下来的才是最可怕的事情：化学除草剂来了。对长期与农人斗智斗勇、此消彼长、胜负难定的杂草们，这绝对不是一个好消息，而对于已经处于艰难竭蹶中的雀瓢，几几乎陷入了灭顶之灾。野草们聪明得很，几千年的历练不是白给，它们似乎已经感到大事不好，祭起人类在相互杀戮争斗中发明的游击战术，敌进我退，既然乡村无法藏身，只好纷纷向城市溃逃。近年发现，好多无法在乡村立足的杂草，相继出现在城市的小区内、绿丛中，甚至建筑工地上，在这里重新找到自己的繁衍之所，开始了它们新的生活。比如牵牛，比如萝藦，比如鹅绒藤。我隐约感到，雀瓢似乎也加入了迁徙的大军，故乡的土地上，已经看不见雀瓢的身影，而在本市城区的几个地点，倒是发现过它们的踪迹。但是，比之上述那些种属，雀瓢的性情不够泼辣，适应与繁衍能力不够强大，数量较少是一方面，从生存状态上看，也不及上面提到的那些如鱼得水。

城市中首次发现雀瓢，在龙湾小花园的石缝里。无山之地，拳石为宝，说的就是我们这边。小花园有池有树，其东首入口处也摆上两块石头作装点。石头平常得很，唯是中间有一罅隙，隙中填满原生泥土，泥土中一块长有胡枝子，另一块则同时长着一株雀瓢。雀瓢当初肯定长于山中，如今随着石头百里千里，被转运到这座小城之中。雀瓢的种子会飞，飞翔是它们传播的主要方式，却也不拒绝人类无意间的"帮忙"。罅中之土不接地气，可用者只有上天降下的那点甘霖，几日不雨，胡枝子的叶子都会闭合起来，以减少水分的蒸发。雀瓢的日子也同样不好过，看着它徘徊半日，对它能否维持现状，蔫嗒嗒苟活下去，都不甚乐观。

第二次遇上雀瓢，在湖南路运河桥的拐角处。沿路是扶芳藤篱墙，其内有棣棠石楠之属，还有些冬青卫矛。卫矛丛中，远远看见细蔓纠缠腾挪，上有白花亦繁。跨越绿篱走近，发现竟是久违的雀瓢，其欣喜则何如。继而发现这边的雀瓢不是一株两株，而是十几株甚至几十株，好大一个群落。不知是群落较大，还是土质肥沃的缘故，雀瓢日子过得较有声色，卫矛绿叶青枝之间，细蔓旋转着挑起老高，试探着挑选落脚之地。小白花在叶腋间，开得也十分卖力。这里虽然地处冲要，但却人迹罕至。若想走到雀瓢跟前，必须像我一样，仄身穿过绿篱。绿篱植得密而且厚，除非闲人如我，谁会舍得蹭一身灰土，来到这种平淡无奇之地。这让我稍稍感到放心。如雀瓢这种默默无闻的植物，就需要这种僻静无人之所，只有这种地方，才适合它们那种慢吞吞的生长。这一发现让我很欣慰，有点儿像买彩票中了一注小奖，回到家中，特意斟一杯浊酒，悄悄庆祝一下。没人知道我是为了什么干杯。

近年常有这种感觉，好消息传到最后，证明多属谣传；坏消息却迟早会得验证。好事情即使出现了，也每每不可持续；坏事情总是接踵而至。

某日经行此地，看到有人将冬青卫矛挖走一些，坑犹未填，不知道拿去做了什么。语云，皮之不存，毛将焉附。兴致勃勃攀附于卫矛之上的雀瓢，当然也不见了踪影。进去察看，令人稍可欣慰的是，随卫矛消失的，只是部分雀瓢，尚有一些活跃在剩下的绿丛之间。面对这种情形，一个局外人会感到特别束手无策。只盼着这种破坏不再继续，让剩余的这些雀瓢过完它们的余生，完成它们生儿育女、传宗接代的使命。俗话说得好，福无双至，祸不单行。打击有了第一次，也就不缺第二次。没过多久，就见有人用薄铁板将绿化区域全部封将起来，连个缝隙都不给留下。某次看到有人扒开铁板出来，赶上前去叩问，这样兴师动众，是个什么工程啊。对方说，要建街边花园。建花园当然是好事情，可如此大兴土木，地覆天翻的，那些可怜的雀瓢，谁还顾得上它们。花园尚未建完，那些蓝色铁板依旧没有拆除。不过我想，参差绿丛上我的那些小朋友，恐怕早就消失得无影无踪了。

　　看见南园这边的雀瓢，忽然想起小花园石头缝里的那位。前天早上，特意弯到这边来，支下车子，绕到那块青石边。石头旁边长出一株构树，构树如一座绿塔，枝丫自然伸展，走近石头必须由枝底钻过。这些都难不倒我。其实，我对这株雀瓢的存在，也已不抱太大希望。石头缝里的那点泥巴，天空中降下的那些雨滴，果然能够为一茎细草续命么。所以，即使看不到半点绿色，我也能淡然接受。这些年了，这类事遇到太多，心都有些麻木了。可出我意外的是，那雀瓢不光仍在，好像还强壮了些。虽然限于天性，它不会发展出多大的格局，但叶色更绿，茎秆更粗，它不光在此坚持下来，而且已经适应了这里的贫瘠。我想，构树的枝叶笼罩其上，对它的生存环境可能是一种改善：虽然可能得雨更少，但阻断直射的阳光，水分蒸发肯定也少啊。

　　在繁杂的草木世界里，雀瓢可算卑微得很，甚至在杂草之中，此物也是个默默无闻的角色。有它一个不多，无它一个不少。就算它们一家就此灭绝了，对于这个世界也不会产生什么影响。但是我不这样认为。我与它自幼相识，虽然在很长时间里相忘于江湖，却还是未免有情。我希望它们好好的，运用起自己的生存智慧，寻找到生存的缝隙，将自己的基因传递下去。这个世界上，多一种东西总比少一种的好。

2021-08-30

田菁与合萌

与田菁相识，在我乃晚近之事。

此物生长南国，而我却生活于北地。尽管近年闲散无事，我也到南方走走，却亦来去匆匆。足迹所至，多为收拾光鲜之城市，与这种喜欢着生于阴湿之地的野生植物，终悭一面。得识田菁，还是拜了新建植物园之赐：从园方的态度看，多半是引进其他高贵品类时，无意裹挟而来，如同过去大户人家娶媳妇，没承想还带来个丫环。

那日傍晚，斜阳犹明，独自来到植物园中，立于白石桥头向左边眺望，坡岸上草木多已老枯凋零，唯河中香蒲历历，蒹葭苍苍。忽然发现河浜南岸若有一丛碧色，且有黄花点缀其间。晚秋时节，如此富于生机，一时想象不出它是何许人也。于是便绕道过去，穿过疏朗的秋英花圃，来到松软的坡岸上。我的预感果然不错，河边枝叶婆娑者，果然是个新家伙，而且还是一个大家伙，尤其令人欣慰的，它还是一个漂亮家伙。

这是我与田菁的初次相遇。搭眼之间，已为其婆娑之态、秀雅之姿所深深震撼。

我清楚记得，此河浜开掘之前，这里是一片无拘无束的土地，自然成

平水禪為南轂小蓮

为了杂草们的天堂。记得绿草中间多有裂叶翅果菊，雨季来临后，每长到半人多高，长叶碧青如带，葳蕤飘拂，仪态之美，真可赏心悦目呢。待到园子重建，河渠开挖，它们也就失去托身之所，从此不知去向了何处。我对野生物种的生命力抱有信心，知道它们不会善罢甘休，所以一直充满期待。可时至今日，裂叶翅果菊并未出现，却迎来了青青田菁，此即所谓失之东隅，收之桑榆么？

这田菁近着水边，加之壤土肥沃，所以格外蓬勃茂盛。其茎长到一米来高，便径向河面伸去，沿途生出纵横的侧枝，努力向四面八方扩展，虽仅一株，却硕大蓬松，几成一片密林了。明亮的阳光之下，绿叶婆娑，临河照影，清风徐来，宛似一位身着碧罗裙的古典美人，在翩翩起舞。

最能体现草木之美的，当然还是花。对于花之美，我还能理性对待，独对叶子之美一直无法脱敏，一不小心就会成为它们的俘虏。而田菁最独特最精雅的，便是其羽状的叶子。叶子生成羽状，本身的繁复之美已令人动容。在此之前，羽状叶子最让人心仪的，当数决明，还有茑萝松。此次看见田菁，才知什么叫作精致玲珑又不失雍容大气。田菁之叶轴纤长，可长到一尺多呢。碧绿色小叶矩圆形，边缘流畅圆融，已经让人爱煞；更兼小叶数量繁多，几乎令人眼花缭乱了。随便挑一茎点数了一下，居然有 38 对之多。那小叶之叶形相似，规格却不肯整齐划一，着生于叶轴中部的最大，趋于两端则渐小，于是全叶之外缘又形成一道柔美的弧线。田菁有一别名，叫作"向天蜈蚣"，说的应该就是它羽状复叶的形状。若单以外形而论，这个比方还说得过去，若从神采上着眼，美轮美奂的田菁碧叶，与凶险叵测的多脚大仙，可就绝对的大异其趣了。

与优雅的叶子相比，田菁的花说不上多么出色，绿丛之中，黄蝴蝶间或点缀而已。其特别之处在于，虽说貌不惊人，却心机甚深。田菁之花蝶形，最大花瓣为旗瓣，未开之前与授粉之后呈合拢之状，包裹着全花，其旗瓣的独特设计是：花被里面为鲜艳的黄色，表面则散生着大小不等紫黑色的点与线。于是花蕾未开时，看上去满被污渍，有似麻脸婆娘，甚是肮脏兮兮。当其盛开之时，旗瓣向后反卷，将紫黑色斑点遮掩起来，花色甚为明亮，宛如一只翩然欲飞的蝴蝶，足以引诱真正的蜂蝶过来传粉。而完成授粉之后，其花复又闭合，再次以暗淡的颜色告诉殷勤的客人，我们这边就不劳您费心了。它们好像天然明白这个道理：作为资源，蜂蝶之力也须节省着用，才能实现效益之最大化。

闭合的花朵老气横秋，与未开之花蕾几无二致。但过不几天，就有小小荚果从前端伸出，将花瓣撑得支离破碎，待花瓣脱落，豆角则渐长渐长，一一悬垂下来，碧绿纤柔，有如丝绦。面对如此别致的荚果，踌躇再三，终也舍不得摘一个，拿回家解剖观察。据说田菁的种子亦为圆柱形，有人比之小枕头。又有说可以用来装填枕头的，这就不能不令我心动了。只是在敝地，田菁应是初来乍到，总共才这么一株两株，结出的这点儿种子播种都不够用，装填枕头的事，还是俟之来日吧。

辞别田菁回来，心里多了一个秘密。河边生长着那么个尤物，弄得人都有点儿心旌摇荡。我就像那个幸运的农夫，掘地时一不留神，挖出一个金元宝，光灿灿耀人眼目。虽然从不想攫为己有，可是，即使渴望与人分享，看看周围的朋友，还是开不了口，我能想象出他们的表情：田菁？什么东西啊，能吃吗？无奈，只好将所拍图片存入电脑，然后放大了欣赏，从从容容重温昨日的幸福。这时才又觉得，就这么几十张，拍得委实少了，等过些时日，再去看它，多拍一些才是。

田菁(*Sesbania cannabina (Retz.) Poir.*)，豆科(*Leguminosae*)田菁属植物，一年生草本。

与田菁相遇的次日，植物园小庞发来几张植物图片，与我商量。图片上那东西亦具极细致的羽状叶子，枝丫之间似乎更加疏朗。小庞预先提供了三个选项：一、豆茶决明；二、合萌；三、田菁。对于田菁，我已经有了一面之缘；而前边二种，此前不光未曾得见，且是闻所未闻。一时不敢确定。傍晚散步时，来到植物园中，想起庞女士照片上的植物，便奔了水生园方向而去。

傍晚时分，天色有些阴沉，园中似已阒寂无人。走过菊花畦边的蜿蜒长径，穿经巨大的中山杉树林，从悠然亭旁侧往前走，不远即看到塘边这坡岸上，偃卧的顽石边，有别样植株孑然而立。它一茎直上，枝丫俨然，亭亭几如一株小树。一望可知，此必非本地习见者。叫人纳闷儿的是，季节才届清秋，它叶子已似零落殆尽，也未免过于性急了吧。等走到跟前，才发现其细叶犹在，只是兀自闭合了而已。如合欢树，如含羞草，小叶并拢，又尽量附于叶轴上，远远看它形销骨立的，还以为只剩叶轴了呢。

我将它的这种表现理解为此物对我的冷淡与拒绝。犹抱琵琶半遮面也好，草堂春睡犹未足也罢，其实我并不在乎，心里不光毫无愠意，还满蕴着抑不住的欣喜，心想，你纵有再大的脾气，量你也没办法赌气跑开，这就是草木的好处了。你今日不开，我就明日再来。次日天晴，阳光明媚，我不敢怠慢，及早地赶到。还好，远远可以看到，今天它似乎已经气顺颜霁，怡怡然心平气和了。

与田菁相比，此物的羽状叶子同样精致，却更为纤细，更为疏朗。蝶形花有的正开，浓黄颜色，花心却发散出一缕紫晕。荚果长圆形，有的微弯如刀，有一些已经枯熟。如此豆科植物特征明显，可与那边的田菁，显然并非一物。

后经查证，此乃合萌（*Aeschynomene indica Linn.*），豆科（*Leguminosae*）合萌属植物，一年生草本或亚灌木状，又名田皂角、水松柏、水槐子、水通草等。

这天再次专程过来拜访合萌。看到塘岸上有工人三三两两在薅草，心先已悬得老高，生怕它有个三长两短。遥见它安然卓立，心下这才释然。拍照时，因枝纤叶细，傻瓜相机成像甚是不易，便忍痛摘下几片叶子，放在旁边顽石上，以期拍出稍为满意的效果。谁知刚才还好好的如片片羽毛，放在石头上摆好，打开相机，将镜头对准它时，那边小叶却已闭合起来，整个儿缩为细长的一条了。这下倒提醒了我，于是试着触摸枝上的叶子，初无异样，可一分钟不到，小叶便循循合起，紧紧抱于一处了。再试数叶，亦毫厘不爽。感情此物亦如含羞草，具备知羞害臊的敏感啊。我立在一旁，静观其变化，大约过了十多分钟，终于慢慢有了动静，首先沿着叶轴裂开一条缝，然后两端的小叶试探着张开，真可谓小心翼翼了。合萌属名 *Aeschynomene*，《植物学名解释》这样解说："（希）aischyne 羞耻 menos 月亮，指叶夜间合闭。"夜间合闭，如我们初次相见时，仅为其一；具备"羞耻"感，遇到触摸即有反应，作为植物而女孩儿一般知羞知臊，这种特性就特别好玩儿了。

合萌一名，其"合"字，当同于"合欢"之"合"，乃是小叶闭合之意；这个"萌"字，却不光体现在其相貌上，小叶之转动，更是呆萌呆萌的。仔细观察，可知其小叶叶柄功能之奇妙：它几如动物的关节，不光可作垂直折叠，还能沿叶轴旋转角度。与臭椿、火炬树之类的小叶不同，即使不

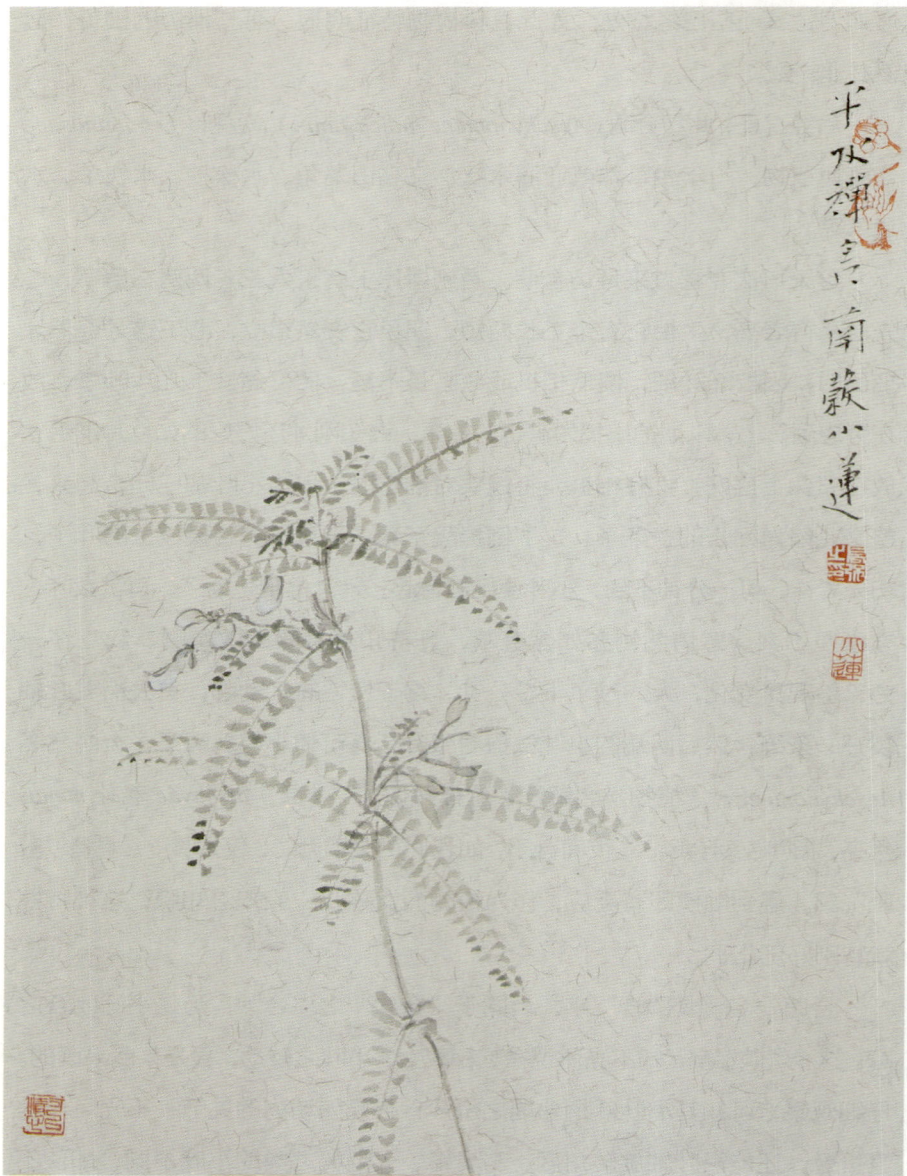

平水灘多 南薇小蓮

被惊扰（触摸），合萌的小叶也并非自始至终保持不变姿态。阳光之下，合萌的小叶每每随时调整着角度，以实现对光源的合理趋避；受到惊扰自行闭合时，亦非如我以前所想象，仅是小叶简单地两两并拢，而且所有小叶同频向叶梢方向旋转 90 度，然后如推倒的多米诺骨牌，循序叠合在一起，使整片羽状叶子变成与小叶同等宽度的一根儿。让自己变到最小，最大限度地避免伤害，这应该是最佳设计方案了。我不禁想，即使聘请人类顶级的数学家过来设计，在这个地方恐怕也无法超越。

《中国植物志》以为，合萌在全国各地均有分布。而在敝地，以前却未及见到。当然，如吾师四十年前谆谆告诫的，说有易，说无难。见不到可能只是视野所限，没有找到看到而已，与无不是一个概念。合萌形体巨大，而吾乡一带无寸土不耕，存量不多已在意料之中。可是，不知道从什么地方裹挟来一粒种子，丢落在这一方荷塘边，数月之间，它已经长成了如此规模。最是与那边田菁之荚果青青不同，这合萌的荚果如小小悬刀，有的已经变为黄褐色，显然已经成熟。合萌荚果有一个特点，虽然长相与豆角一般无二，却不学一般豆角的从两侧开裂，它是依据种子进行分割，一粒一节，既然已经成熟，则稍有风吹草动，便一节节断开来，随便撒落进入土壤之中。这是野生植物的看家本领，为了生存与繁衍，种子一旦成熟，马上设法逃逸。合萌荚果不肯像刺槐合欢一样傻傻地缀于枝头，那样的话，遇上割草拾柴的人们，太容易使自己陷于灭顶之灾了。

此前看到几篇讨论田菁或合萌的文章，总是将二者放在一起加以比较，说明此二物无论长相还是习性，都有些相似之处。敝人将二者放在一篇短文中，却非刻意模仿。所以这样安排，源于我与二物的奇特遇合。在我遇到青青田菁的次日，得到合萌的信息，再过一天，在同一个园子里，在同一条水流的另一端，看到了合萌。想不将它们放在一起，都觉得无计可施。田菁与合萌，历代本草俱不著录。吴其濬《植物名实图考》卷之十五有"田皂角"条，说的即是合萌："江西、湖南坡阜多有之。丛生绿茎，叶如夜合树叶，极小而密，亦能开合；夏开黄花如豆花；秋结角如绿豆，圆满下垂。土人以其形如皂角树，故名。"从所附插图看，合萌的茎、枝、叶和荚果，都精确无误，可知吴先生当年必已亲见此物。唯描述"结角如绿豆"，与事实略有出入，稍觉遗憾而已。

　　合萌的种子渐渐成熟，庞女士也已采集了一些，明春即可播种，可以无虞矣。唯那边田菁荚果依然垂垂，依然青青，它们原生南国，如今初来北地，不知它们懂不懂得夜以继日，赶在霜降之前让种子成熟，真有点儿替它们着急。至于如植物志书所说，田菁的"茎、叶可作绿肥及牲畜饲料"，合萌"茎髓质地轻软，耐水湿，可制遮阳帽、浮子、救生圈和瓶塞等"，我都不大关心。盖植物之生长，不过尽其天性，进而昭示自然造化之妙，展现天地万物之美，如此而已。人类从一己之私出发，做出的那些盘算，还真不好意思说出口。

2018-09-27

旋覆花：一串金铺簇碧丛

旋覆花虽名曰花，身份却是野草。对自己卑微的处境它们好像已经安之若素，总是躲在幽僻荒芜的角落，人迹罕至的旮旯，寂寞地布叶伸枝。初生时叶子参差铺地，日久才缓缓挺出暗紫色茎。叶形似柳而阔大，表面似乎有些粗糙，叶脉也不大明晰。无论幼苗还是成株，未着花时给人的感觉就是木讷，像一位安分守己的农夫，一天到晚闷声不响，兀自盘算着自家的日子。

观此木然戆拙之株，绝然想象不出它竟能开出如此精美的花朵。对旋覆花之美，见到者必有深刻印象。花型不大，却极圆融饱满，活脱脱一个迷你型向日葵。纯金的颜色，太阳之下，几十朵甚至上百朵同时绽放，黄灿灿一片，既经得起谛视，亦适宜于远观。夏秋之季，天地间一派浓绿，在此背景下，更显得格外夺目。花型与之相似的，当属一年蓬。花皆如钱币之大，舌状花齐刷刷向四周辐射，管状花则密密排列于圆盘之上，形成一个球面，造型之精雅，简直不可思议。唯是一年蓬花略小，舌状花色纯白，管状花色淡黄，而旋覆花型较大，管状花丛密攒聚，无论管状花还是舌状花，一例金黄，绝然是一枚金币模样，以是之故，才有了"金钱花"之别名。

公园里沿着便道种些草本花卉，是为花境，其中例有金鸡菊、大滨菊、荷兰菊、波斯菊等。但使阴差阳错，让旋覆花侧身其中，与那些栽培种并肩而立，待到花开时节，论颜值恐怕也高下难分。

　　旋覆花发生很早。初春时节，紧跟在泥胡菜、香丝草、婆婆纳的身后，已经开始铺展它长枪大戟般的叶子。就在这时，我对它的观察也已经开始。在城乡之间，杂草是一个竞争激烈的世界，丛林道边地头田间都是它们表演的舞台，不同的种属不择地而出，个个拿出自己的绝活儿，悄然搬演一出出悲欢离合，说是八仙过海，各显神通，半点儿没有夸张。在这些出来混世界的角色中，也可谓高手如云，所持奇技淫巧不一而足。如旋覆花者，最初在我看来，总属于颟顸笨拙的一类。

　　我觉得，作为杂草，旋覆花至少有两个弱点，对其族群繁衍的影响几乎是致命的。一是叶形过于宽展，株型又偏于高大。旋覆花一般会长到一米多高，这等身量，在整个植物世界算不上高个儿，但作为野草就未免过于魁梧。野草与人类相互依存，虽然人类永远不可能将它们彻底剿灭，但处于被动地位的"这一株"，随时有可能遭遇灭顶之灾。这种情势之下，野草能否生存下来，人类的视觉印象至为关键。那些肯于示弱的植物，比如地锦草，比如碎米荠，以其茎之柔弱，其叶之细碎，无论长在什么地方，皆似有若无。手持镰刀的人经过，即使发现了它，也会踌躇一下，值不值得为这些小把戏弯一下身腰？旋覆花那就不同了，它一出场就显得颇有派头，虽然低调逊退，阔大的叶子终是过于碍眼，而待到茎秆挺起来，少则一二尺，多则三四尺时，再让手持镢锄的农人假装看不见，也太难为人家了。

　　旋覆花的另一弱点是生命周期过长。生命周期的长短，乃是经历千百万年自然演化而成，旋覆花它自己哪里做得了主。然而作为杂草，周期的长度与存活的概率成反比，缓慢的生长过程，为镰锄之厄预留了太长的窗口期。夏至草与旋覆花的植株高度不相上下，人家一个冬天都匍匐在地，春天一到，便骤然而起，才过清明，其他野草还在慢吞吞地拔高，它这边已经完成了开花结实，在柳絮飞扬的日子，悄然枯死了。园丁也许想到过将它拔除，等他们安排好时间，磨快了镰刀，这边传宗接代的使命已经完成，再过来将它砍掉，恰好遂了它的心愿，帮它把种子播撒开来。香丝草的策略更为奇特，其发生时间与夏至草相近，草叶却蔫嗒嗒扭曲着，一副病恹恹、不久于人世的样子，可眨眼之间，钵盂似的花序擎出来，花也不用展开，果实却已珠胎暗结，暮春的太阳照拂着，种序突然参开如绒球儿，经风一吹，种子便飘去了四面八方。第一波繁殖结束，香丝草并不急着死去，其实，即使此时遭遇毒手，它也已死而无憾，而一息尚存，基部又会冒出新枝，结出第二波果实。这可是好吃不撂筷儿的那种。旋覆花呢，从初春敷叶，到寂寞地延茎分枝，需要酝酿发育整整一个春和满满一个夏，到了夏末，才终于熬到开花的日子。有多少旋覆花的性命，在这漫长的时光中，被随便一场意外给断送掉了，所以，获得开花结实机会的，必是运气甚佳的极少数。

　　在繁衍能力上，旋覆花处于此等劣势地位，作为一个以拈花惹草为事的闲人，对这个家族的基因传递一直感到忧心忡忡。可是，虽然春天看到一百株旋覆花，也难得有一株走完生命的全程，而此物的存量，却仍能维持在一定水平上，不见增多也不曾减少。粗心大意如我，一直不明白暗地里它们还有什么妙招绝活儿。

　　旋覆花（*Inula japonica Thunb.*），菊科（*Compositae*）旋覆花属植物。志书中"多年生草本"一句话，帮我窥见到一点门道：旋覆花植株下面，

陰陽為炭地為炉鑄出金錢　不用模

莫向人間選顏色不知還解濟貧無

皮日休詩句

平水禪客南蓀小蓮

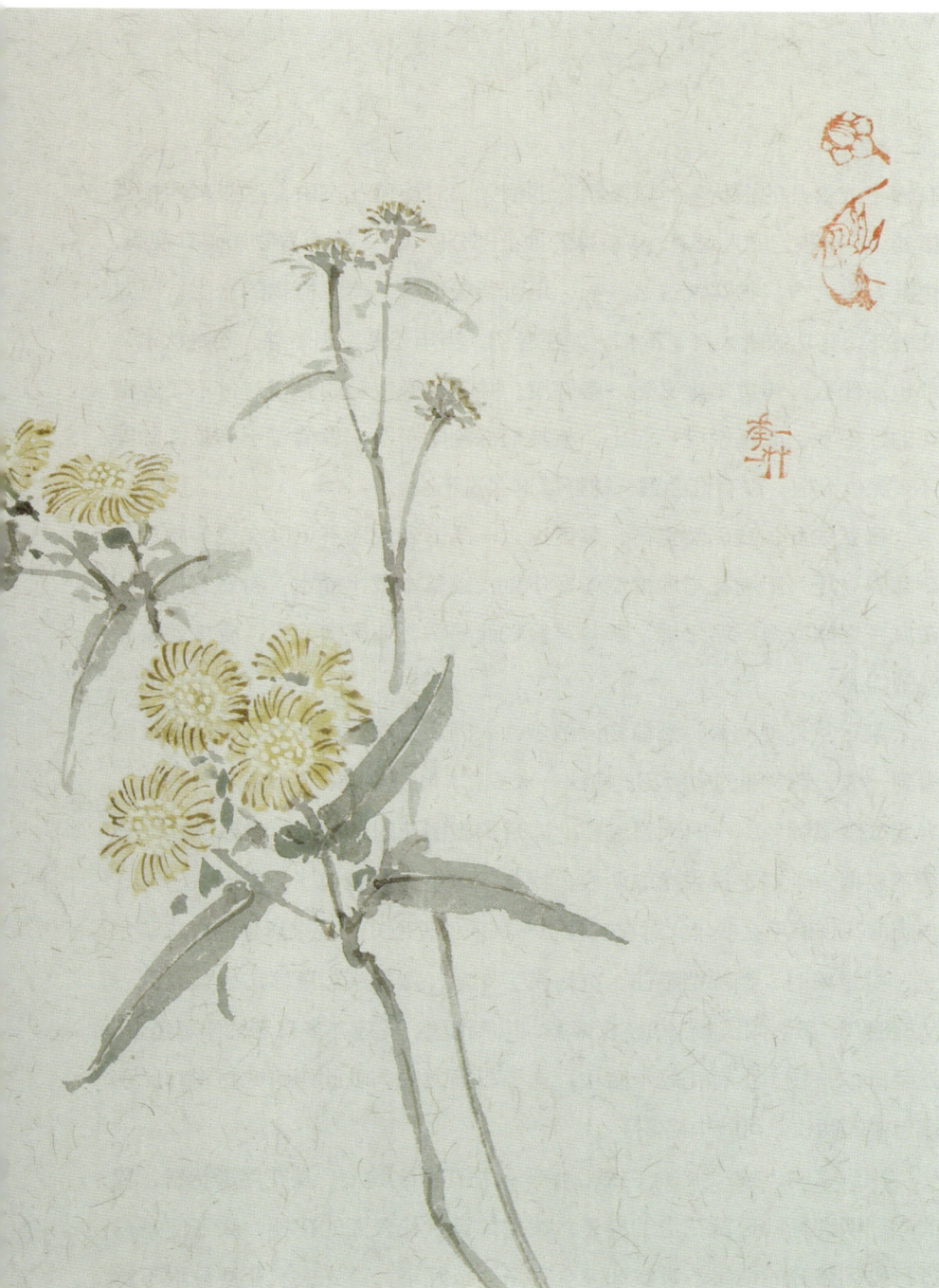

有横走或斜升的根状茎，以及粗壮的根须，对旋覆花来讲，这些东西相当重要。手持镰刀的人过来，将植株的地上部分砍去，不再有异物妨碍其视线，也就万事大吉。其实就这么一招，足可断送那些一年生植物的一生，可对旋覆花，其功效就大打了折扣。如在春初，当年还能发出新芽；若是秋末，那也没什么，转过年来又是一条好汉。并不是说锋利的镰刀对付不了旋覆花的地下茎，而是说挖开泥土，将其根株剔除干净，事情过于麻烦，除非怀有深仇大恨，没有谁会跟一株野草这么过不去。

虽然如此，我仍然觉得，单凭这么一条，恐怕还不足以在竞争激烈的杂草界立足。田旋花与地梢瓜皆多年生，或草本或半灌木，看看它们，想在城乡之间取得一席之地，哪有这般轻而易举。如旋覆花者，应该还有另外的门道。

某日从外地回来，到植物园散步，入门后过左边白石桥，于花境区内看到一株长到老熟的旋覆花。植株一米多高，叶已半枯，头状花序一枚枚，半变成暗黑颜色，一时大喜过望。盛开的旋覆花时或得见，老熟的花冠却甚不易得，于是走过去撷取两枚，找张纸巾小心翼翼包了，带回来研究。与旋覆花相识那么多年，对它的种子一直茫然无所知，说来真是愧对它了。

机缘来时，挡都挡不住。次日来工作室，复在路边草坪边缘处看到一丛旋覆花，虽然倾仄着，却枝杈繁多，花序海量，花冠亦多有老枯作黑色者。就手折取一枝，上有花冠十余枚，置于车篓之内，以此作研究材料，比那纸包中的两枚，可就丰裕多了。

来到室内，找一张 A4 白纸，摘一朵枯花置之其上。从花序形状看，我的心理期许是向日葵花盘的样子，拨拉掉管状花表面的花梗，底下便是一行行排列整齐的瘦果。事实却完全不是这么回事。首先人家花梗黏附不肯脱落，瘦果更不肯轻易露面，只好用力撕开揉碎，它们也就乱作一团，掰扯半天，仍然看不出种子在哪里。我曾以为颜色黯黑的长条即是，可它赋质柔软，这样的外壳如何保护里面的植物婴儿（胚及胚乳）？根据植物志描述"瘦果长 1 ~ 1.2 毫米，圆柱形，有 10 条沟，顶端截形，被疏短毛"，可那黑色长条容有 7 ~ 8 毫米，明显对不上哦。借助放大镜做进一步探究，这才看到其庐山真面目。

即使将种子分解为一枚一枚，宿存花梗仍与种子连在一起。捏起一茎，轻轻拨动末端，惊喜来了：淡黄色短物掉落，身上还有白色的绒毛参起，整个儿轻盈无比，操作时我大气儿都不敢出，生怕将它吹跑。知道了这便是旋覆花种子本尊，继续此项操作，长脚小蜘蛛般的种子渐积渐多，最后攒作小团，有若柳絮然，而悬浮其中的种粒，比柳絮中的种子还要细小。志书上说的"圆柱形"，约略可以想见，至于"有 10 条沟"，则只可存在于想象中。

至此，一种压抑不住的惊讶缓缓而至：一是如此健硕木讷的植株，种子却如此细微，简直就是一头母象分娩，生出的却是一群鼠崽儿。反过来看，这比粒米小上不知多少倍的种子，植入土壤之中，最后竟能发育成那般高大的植株，大自然的伟力真是无所不能。二是每株充分发育的旋覆花可开花几十上百朵，每一枚花冠之中，包含的种子更是几百上千，这种繁殖能力，谁曾想象得到。旋覆花可能是这样想的，你们可以不让我寿终正寝，但凡给我一次机会，就不必再为种子的事发愁，什么少生少育、优生优育，那是别人的事，我可管不了那么多。而且种子虽纤小，却每个都附有细毛，遇微风即可翩翩飞翔，而且没有穿不过的罅隙，也没有抵达不了的地方。

至此，我们终于可以松一口气，再不必为旋覆花一家的繁衍操心了。

那日折取旋覆花枝时,最初没看仔细,放入车篓之后,有帆布包做背景,便看见枝上蚂蚁乱爬,赶紧取出,稍加弹弄,蚂蚁受到惊吓,纷纷狼奔豕突,多有失足掉落地上者。从及身高度坠落,对于蚂蚁构不成伤害,于是便抖动花枝,将它们悉数赶跑。可来到室内取出花枝,花枝上蚂蚁犹有一匹。蚂蚁们到旋覆花的植株上来干什么,草坪那么大,没有别的地方好玩儿了吗?次日清晨,再次经行其地,凑近了观察,蚂蚁们仍在上下奔忙。于是我想,旋覆花的植株上,肯定有蚂蚁感兴趣的东西;蚂蚁虽然聪明,审美的心理能力恐怕还没进化到这种地步,所以它们过来,应该不是因为旋覆花的美,它们心心念念的,也就吃的东西,这种东西在旋覆花植株上肯定存在。旋覆花借助这些东西,将蚁群吸引过来,就等于养了一个卫队,再有植食昆虫过来,少不了先须过蚂蚁这一关。

《尔雅·释草》云:"覆,盗庚。"郭璞注:"旋覆似菊。"旋复即今旋覆;《本草纲目》卷十五"时珍曰":"尔雅云,覆,盗庚也。盖庚者金也,谓其夏开黄花,盗窃金气也。"旋覆花始于夏末,花色正黄,是盗秋花之色也;王富祥《尔雅草名今释》:"寇宗奭曰:'花缘繁茂,圆而下覆,故曰旋覆。'生原野中,水湿之地尤多。大如红蓝而无刺,茎高三四尺,叶似柳稍宽大,无柄,互生,干燥后即带黑色。夏末,茎上分枝开花似菊,花如铜钱大,深黄色。干之可以入药。一名金沸草,一名戴椹,《本草纲目》又有金钱花,滴滴金,夏菊等名。"旋覆花发夏时,形如菊,故又名之夏菊;花开朵朵金黄,灿若金币,点点闪烁,若滴滴金也;旋覆花连类成片,花开时一派金黄色,加之金色阳光照耀,望之眼花,果若金沸也。

《尔雅》关于"覆,盗庚"之说,逗起吴其濬先生感慨,于旋覆花条后，发一通宏论，兹节录数语，以见先贤体物厚生之仁心："覆，盗庚。释者以为未秋有黄华，为盗金气。《列子》有言：人之于天地四时孰非盗，而况于小草？虽然造物者，亦何尝不时露其所藏，以待人之善盗哉？……是故欲取姑与者，使人不觉其为盗；多与少取者，使人乐于其为盗；与与取均者，使人不敢不听其为盗；有取而无与者，将悖入悖出，使人不能听其终于为盗。使人不觉其为盗者，老庄之学是也；使人乐于其为盗者，官礼之法是也；使人不敢不听其盗者，轻重之法是也；使人不能听其终盗者，孔仅、桑宏（弘）羊之属是也。（《植物名实图考》卷十一）"

旋覆花是本土物种，还是外来植物？何家庆先生《中国外来植物》不载此种；方万浩等《生物入侵：中国外来入侵植物图鉴》亦不载。然段成式《酉阳杂俎》卷十九有云："毗尸沙花，一名日中金钱花，本出外国，梁大同一年进来中土……金钱花一云本出外国，梁大同二年进来中土。梁时荆州掾属双陆，赌金钱，钱尽，以金钱花相足，鱼弘谓得花胜得钱。"段柯古乃晚唐著名博物学家，尝自言"成立以君子耻一物不知"。则其说或别有所据，亦未可知。唯是第二条说到南朝鱼弘，与人赌双陆，别人尝以旋覆花，居然不以为忤，以为胜过尝钱，真亦一奇葩人物也。

2021-09-13

大豆与野大豆

据说，大豆由野大豆驯化而成。这么说，野大豆是否可以算作大豆的父辈？然而野大豆的身份，至今仍然只是野草。当年在吾乡，田畴之间杂草也不老少，拔草寻菜例是逃不掉的活计，却不记得遇到过野大豆。第一次看到它已是好多年后，在东阿县保晶莲藕种植场。莲塘之间的空地上杂草丛生，其中就有野大豆缠绕不已。所以能一眼认出它，就因为它们父子的面目神情何其相似。

那时已经知道野大豆身份特殊，被列入《国家重点保护野生植物名录（第一批）》，为二级保护植物，所以对匍匐脚下的这些绿色藤蔓顿生敬重之意。第二次看到它，则在运河东岸的鱼梁堤上。运河来到这里，朝东北方向引出一条支流，其上建了个石桥，桥下水流并不通畅，所以南来之水经行这边，便将所挟带的泥沙弃置于此，久之，形成了一道半月形的鱼背脊。泥沙之中往往隐藏着植物种子，于是这鱼脊背上由星星点点的绿意，渐长成一片绿色森林，最为繁茂者，还要数香蒲与芦苇，站在石桥上向下观望，微风时至，颇有偃仰摇曳之致。后来，芦苇香蒲丛里就有了野大豆。

野大豆（*Glycine soja Sieb. et Zucc.*）为豆科（*Leguminosae*）大豆属植物，

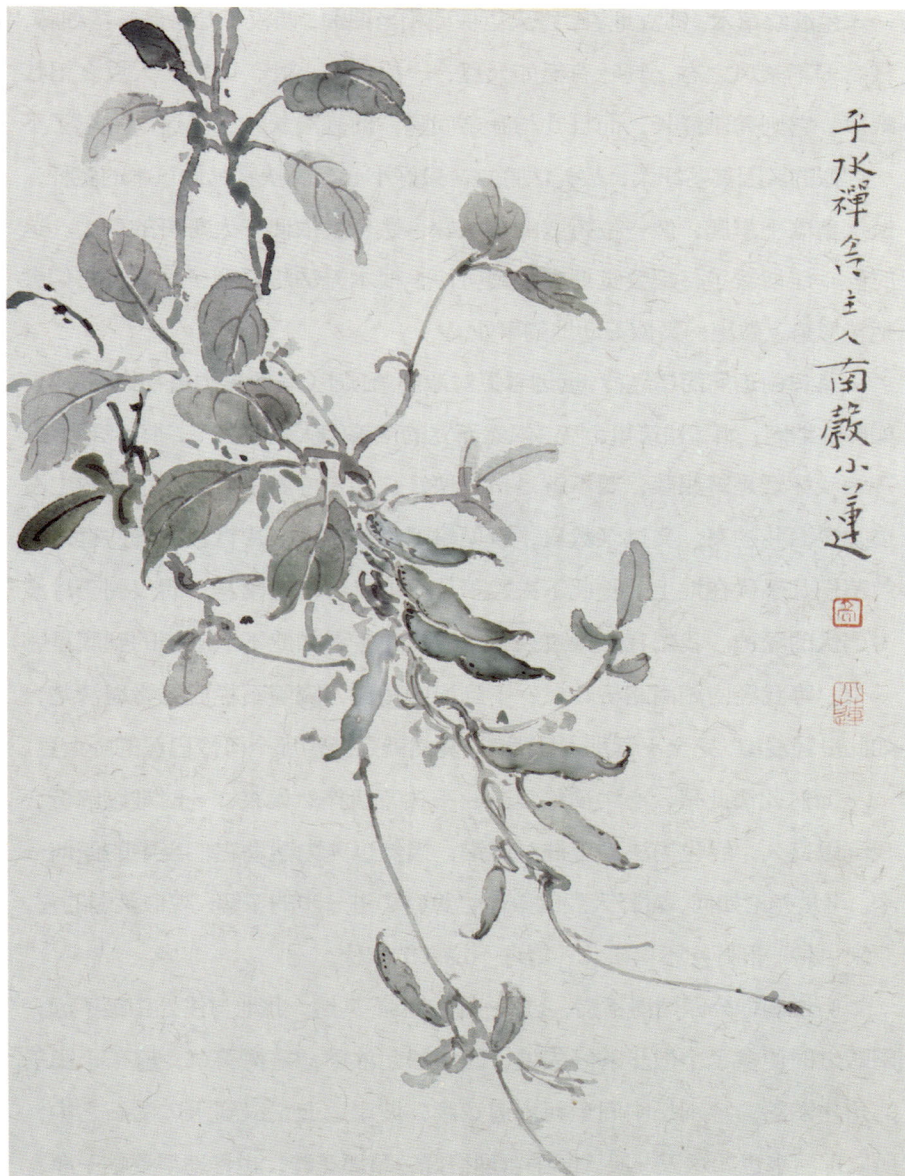

千水禅舍主人南薮小莲

一年生缠绕草本。孤立地看，野大豆株型相当细弱，两枚子叶含着一茎细藤，甚有弱不禁风之态，其叶有毛如大豆，一枚具三小叶，可较之大豆之粗壮敦厚，它则秀雅纤长，而且叶与叶之间隔，何其漫长，长了这一片忘了下一片似的。因其茎纤柔，故无法直立，只好小心翼翼扶着其他草木的茎秆，试探着向上攀爬，像一位娇弱的小妹妹，怯生生依偎于大哥哥的身边。这时候，任谁看了，都会觉得它楚楚可怜，根本无法想象到了后来，它们会翻转形势，做出一番惊天动地的事业。

某日由运河西岸经行，远远看见对岸芦苇顶上，有藤蔓类植物纠缠不清，如蜘蛛结网，如鸟雀筑巢，搞得飒然而立的芦苇们仄歪着身子，很不舒服了。开始我怀疑是鸡屎藤，要不就是拉拉秧，它们二位若是疯起来，常做出没边儿没沿儿的事。又过了数日，看见攀附物渐积成一片青色的云，直压得芦苇们几乎伏在地上，长此下去，苇丛可能就不再是苇丛，而仅剩一片波涛起伏的绿毡。我想我必须过去看个究竟，看看如此不依不饶的到底是哪一个。等我经由湖南路桥转过，下到河中甬道，隔着石栏已经看得清楚，如此没轻没重，完全不管别人死活的，竟然就是当初那个可怜巴巴的野大豆。

面对此情此景，心中情绪复杂，千头万绪猝然集来，一时难以解析。我沉思良久，终也无法判定谁对谁错，当然也无力帮助它们当中的任何一个。可是无论如何，对野大豆的秉性也算有了进一步的了解：貌似柔弱的它，原来也是一群好吃不撂筷儿、得理不饶人的家伙。

听说湿地公园建得不错，过去一看，果不其然。此地与住处相距不远，闲暇之时便多了个散步的好去处。园中绿色浓重，嘉树碧草，遍布于园子的角角落落，特别是中间运河水道宽阔，坡岸逶迤，绿到水边乱石之中，所以那河水也如绿玉一般。园子管理得好，草坪花畦，也打理得妥帖干净，植物凡不是他们种植的，一般不允许出头。然而据我观察，对于水中野生植物，可能是鞭长莫及，还能网开一面。沉水的如菹草、狐尾藻等，别处水体中也有，却随时被人清理干净，而这边却可以坦坦然然地安享天年；挺水植物无论水葱还是蒲草，也都着生处处，任意自如，与之杂然相处的，慈菇、水蓼、紫菀、苍耳之属，虽然身材略短小，又参差散乱，也无人过来剪除。为便于观赏，有栈道曲折延至水上，我常常推了车子，来栈道上欣赏它们的自然如意之态。

既然是水边，家口最众、气魄最大的还是芦苇。而芦苇身旁，依然活跃着野大豆，这是缠上它了吗？这边的野大豆看起来更加肆无忌惮，齐刷刷的芦苇来不及吐穗，已被整片整片地按倒在地，如同骤雨疾风后倒伏的麦田。初秋的傍晚，宁静的落照里，水鸟翩然掠过，发出寂寞的叫声，站在栈桥上，望着眼前的世界，思考着野大豆与芦苇、与其他植物间的相生相倚、是非曲直，黄昏缓缓地降临了。

我发现，被野大豆按倒在地、恣意蹂躏的，并非芦苇一家，举凡与它相近，让它够得着抓得住的，都是它攀附和欺压的对象，甚至人工种植的秋英，水岸新生的绒子柳，都无法逃避野大豆的嬲戏纠缠，更不用说野生的小蓬草和钻叶紫菀。自身柔弱，总须有所攀附才可畅情，最后却将侥幸遇上的依附物压倒在地，这果然是它们的初衷吗？我想恐怕也未必。

生于整齐草坪上或柔软荒草中的野大豆我也见过，虎落平川，只好将就着过，显得闷闷不乐而已，却不曾拒绝生长，最后少不了也要开花结荚。它们是植物，无法像小狗小猫一般跑来跑去，生在什么地方是命中注定，也只好随遇而安。如果将攀附物按倒，其结果与在平地上窝窝囊囊的自我纠结有什么不同，这显然不是它们所希望的。它们找到攀附物，就像冬天来冰上嬉戏的小孩子，人少时，冰层的承载力没有问题，可后来人越聚越多，越玩越嗨，大家全都忘乎所以了，最后坚冰轰然开裂，后果可想而知。试想，当初谁愿意落入冰冷的水中啊。

显而易见，攀爬不止的野大豆需要比较硬朗的支撑物。

如果有人心血来潮，在草坪上新植一株树，固定新树的斜立木棍恰好伸到了野大豆的旁边，蔫耷耷的它当即就会焕发精神，茎端蜿蜒伸展，呼朋引类地开始了它们的攀爬。由运河甬道过桥进入湿地公园，沿着石岸有一道冬青卫矛篱墙。篱墙薄而高，却年年修剪，不留柔软的新枝。我在这边看到野大豆，皆堆积于篱墙之上，已有半尺多厚，依然缠绕不已，却也安然无恙，并卫矛亦不见痛苦难忍之状。对于野大豆，比较适宜的攀附物还有月季花丛。月季的株高与行距，都像特意为野大豆设计。当然，月季梗上满身棘刺，属于不好招惹的美人儿。不过月季棘刺之生，目的是对付动物和人，不会对野大豆构成伤害。胭脂湖边有一道长长的绿色铁丝篱墙，其上最多的是拉拉秧，也就是葎草。但个别段落也有野大豆厕身其间，那也是比较稳妥的支撑物和承载物，人由旁边经过，可以看得出上面的野大豆过得如何开心。

我所见过的野大豆最惬意最风度翩翩的攀爬，还是在湿地公园里。公园南部有几个芒草群落。细叶芒状似芦苇而更加纤细，它们不一定生于水边，平地上日子照样过得舒服。芒草叶子爽俊而硬挺，如美女洗濯完毕又梳理通透的青丝。芒草丛里，一两株野大豆出现了，它们先是沿着草茎爬上来，直至纠缠到叶尖儿，叶子不堪其重，便低垂下去，野大豆乘势抓住另一植株的叶子，然后在疏朗的芒叶上开始了它的悠然自得之旅。在这里，没有惯见的堆叠，没有没轻没重的挤压，细茎悬于空中，伸缩自如，人在一边看了，有一种特别的美感。当年在吾乡，从长者口中听说过一种绿色的蛇，可在草叶尖儿上爬行，其速如飞，名曰"草上飞"。这种蛇我老实没看到过，而此时的野大豆着于芒草之上，让我首先想到的就是草上飞。

野大豆当然也开花，但花很小，淡紫颜色；也结豆荚，形如弯刀，外被粗毛，与大豆之荚极似，唯是个头儿小了点，肚皮瘪了些，种子也不像大豆的珠圆玉润，金光灿灿，野大豆种子为扁椭圆形，颜色也未免暗淡无光。据说此物油脂与蛋白质的含量也不含糊，不过那不是我所关心的，我要说的是，野大豆的籽荚成熟后，不像大豆那样傻傻地等待，等待人们过来，用镰刀或者收割机将它们收走。野大豆的豆荚野性未泯，它们从不甘于束手就擒，种子一旦成熟，豆荚便自行爆裂，然后凭借自身张力，将种子弹出 2～5 米之外。这是植株与豆壳最后的努力，也是这个种族的最后愿望，它们希望自己的孩子走得远远的，将种族繁衍的疆域拓展得更大，然后子子孙孙千秋万代昌盛繁荣。

母体能深谋远虑，种子也不负厚望。野大豆种子黑不溜秋，貌不惊人，竟也历练成一种特异的秉性和能力，那就是休眠。种子落入土壤中之后，即使外面已有春风与雨露的召唤，它们也不急于抛头露面，它们深知韬光养晦的重要，所以总能耐住性子，等待最佳时机。这种等待也许是一两年，也许是十几年，甚至几十年。如此，任何突如其来的灾难都休想将它们一网打尽。以敝人经历论，一场灾难持续十年八年，也算不短了吧，可总有过去的时候，到那时，隐藏于土壤中的另外一部分种子苏醒过来，种族延续的工程又可以开始了。

仅仅靠上面两条就足以实现基因传递与种族延续了吗？也许吧，在我们人类看来，有了这两种看家本领，已够令人啧啧称奇的了。然而我想，恐怕还有其他。比如，为什么这一带的野大豆群落多在运河沿岸？须知这一段运河开挖修复还没几年时间，以它们每年五米的扩张速度，怎么可能形成现在的群落。特别是鱼梁背那边，孤零零的一片泥土，四围皆是硬化的道路与石质的桥涵，五米弹射距离，那可是永远无法逾越的，然而野大豆它就过来了，它以"存在"的事实告诉我们，野大豆的种群扩张，还有更加快速有效的渠道。于是我就想到了水流。目前运河之水皆来自黄河，黄河之水挟带大量泥沙。泥沙之中肯定不乏野草种子，野大豆的种子虽然个头较大，或许就是其中的一员，因了自然之力，凭着偶然之缘，得以移兵此地，在这片新生成的泥地上，扮演起其家族生生灭灭的故事新编。

长期在野生环境中摸爬滚打，独自面对各种病虫灾害，野大豆练就了一身的本领，多少年来，无须人类帮助，与身边其他植物斗智角力，盈虚消长，使种群得以绵延至今，足以证明这一点。话说回来，野大豆如此泼辣强势又数量繁多，无论如何都不像濒危物种啊，甚至会产生这样的疑问：将它们列入重点保护野生植物名录，有这个必要吗？

专家给出的解释是：要保护的不是它的数量，而是植物的多样性。《中国植物志》第 41 卷云："大豆是我国重要粮食作物之一，已有五千年栽培历史，通常被认为由"鹠"豆 Glycine soja Sieb. et Zucc. 驯化而来。"科研人员曾对大豆与野大豆进行基因测序，也证明了这一点。在漫长的作物驯化过程中，人类为了最大限度得到想要的性状，往往会因为选择而失去一些看似无用的基因，比如抗病性、抗虫能力等。可发展到后来，情势出现了变化，反过来想让植株具备这种性状了，植物野生祖先的特殊作用就凸显出来。就像一部汽车，在使用过程中发现某些改进是有缺陷的，不如原来的设计更安全、更耐用，就要进店甚至进厂改装，更换一些部件，甚至更改一些设计，储存这些部件和设计的仓库在哪里？对于大豆这种种植广泛的农作物而言，野大豆就是为它准备的基因仓库，其重要性也就在这个地方。

　　作为粮食，大豆对于人类的重要性不言而喻，所以野大豆虽然身为杂草，也不可易视之。尽管野大豆们有时过于放肆，对于其他野生物种，不是个友善的邻居，但想想它对大豆的安全价值，也多少原谅了它。虽然我曾自诩为草木的泛爱主义者，人类本位的意识还是无法蠲除。想到这一点，未免心怀惭愧，也是没有办法的事。万物都有私心，这是老天爷默许了的，人类是自私的，我也不能例外。

2021-09-03

第二辑　果蔬之什

黄鹌菜：取为羹茹，甚香美

黄鹌菜一名黄花菜，虽与萱草之名重叠，却还不难理解：其花虽琐细，黄却是如假包换。叫人不解的倒是它的初名，黄瓜菜。姚可成《食物本草》卷六云：黄瓜菜"其花黄，其气如瓜，故名"。花黄肯定没问题，其气如瓜则未免含混笼统，是花气如瓜，叶气如瓜，还是做熟之后，吃起来气味如瓜？别管哪一种，我看都有点儿玄。何况瓜类也夥，其味各别，是冬瓜西瓜，还是南瓜北瓜？

黄鹌菜敝地以前少见，当年乡居割草寻菜，不记得遇上过，或是近年才传过来。那一日，蹲在花池边石楠树下为它拍照，同院住着的老蒋施施然过来，问我在干什么，就手指给他看。老蒋在本市农业局退休，是农林方面的专家，端详了半天，嘟哝了声"外来的"，便转头去了。经常有这种情况：虽属于本土植物，却因交通不便，传播不广，于是就有了较强的地域性。即如黄鹌菜，虽然种子上生绒毛，可借以乘风飞翔，然而传播的速度与广度还是受限；如今汽车火车的，一两千里朝发夕至，人也不再株守一地，为植物的传播提供了很好的助力。黄鹌菜与并生一处的花叶滇苦菜，大抵都属于此类受益者。它们来到平原之上，来到黄河岸边，对这边环境

芳心有意賦新詩
平水禪兄　南翁小蓮

绝无半点不适应，无论着生何处，道边也好，沟沿也罢，甚至绿丛的缝隙中，也个个长得健壮肥硕，不曾见新来乍到的腼腆与拘谨。时下已近中秋，看它们仍然忙着抽茎献蕾，铆足了劲儿，要在时令允许的时间内完成基因传递的整套规定动作。

　　总有人说，黄鹌菜长相与蒲公英相似，又有说与荠菜容易混淆，对我来讲这却不是问题。是自幼与杂草耳鬓厮磨的经历，练就了通过茎叶辨识植物的独门绝活儿，还是它们自身的差异足够明显？我想属于后者的可能性更大。黄鹌菜与蒲公英同属菊科菊苣族，皆着黄花，且头状花序上全是舌状花，但黄鹌菜花型可是小得多了，此其一。第二，从铺地莲座状叶子中心挺起的，黄鹌菜那是植物茎，蒲公英不生地上茎，上指的一根仅为花梗；植物茎可以蘖生分枝，花梗只可一莛直上；蒲公英的花梗顶端只可着花一朵，黄鹌菜茎端则是整个花序，无论伞房状、圆锥状还是聚伞状，一个花序往往簇生着十几上百个花蕾，可以陆陆续续开出好多花。第三，将二者折断了看，差别就更显著，蒲公英花梗肉质而中空，黄鹌菜的茎秆则实打实的粘皮带骨，且纤维粗硬近乎木质了。

　　黄鹌菜与荠菜的区别就更加明显，首先荠菜发生早，初春时节最早开花的就有它，等荠菜一家的节目差不多搬演完毕，黄鹌菜这边才开始郑重其事登场。即使着生同时，也仅有叶片附地的幼株，粗看上去有些可比性，等到花莛探出，再粗心的外行也一望而知它们原非一家。荠菜乃十字花科植物，花白色而极细小，花序总状，与黄鹌菜的头状花序，根本就不一码子事。荠菜花次第开过之后，结出一串三角形的小籽荚，与黄鹌菜爹开着缀有白毛的种子，更不可同日而语。

　　黄鹌菜与此二者容易混淆的，也就它们的叶子。三位的基生叶皆大头羽状深裂，皆贴地而生，以根部为中心，向四周铺展。然而在我看来，它们面目神情各异，压根儿就不像一家。第一，荠菜株形小，叶子也小，蒲公英次之，黄鹌菜叶片最阔大；第二，荠菜与蒲公英叶子多为碧绿色，黄鹌菜则有时近褐色，或具褐色斑块；第三，蒲公英叶片光洁，荠菜叶也基本光洁，黄鹌菜的全部叶及叶柄被皱波状长或短柔毛。这种事说起来颇为词费，有实物在就方便得多，与它们接触得多了，大脑会将三者的信息收集起来，然后归类整合，久之，人的辨识能力也将进入一种全息状态，到时候根本用不着一一核对，即便同样踞坐于地，谁是张三李四王五，搭眼即明。

三者中虽与黄鹌菜相识最晚，少说也不下十余年了。论交集，印象较深的有这样一次，在对面园子里。那时园子渐向荒芜，荒园自有荒园的意趣：人类撒手不管的地方，自然之力就会乘虚而入，按照天地自然的法则重新进行塑造，如果你肯于放下人类固有的傲慢，忘掉"荒芜""败落"之类先入为主的观念，就会发现丰富多彩的天然之美。我一直喜欢这座荒园，不敢独享，便邀几位朋友过来，共同寻访其中的盎然野趣。暮春时节，入园即见遍地的葱茏，花是野花，草为野草，大家玩得不亦乐乎。有些野草野花，换一番眼光其实就是野菜，后来便开始挖野菜。其时荠菜已老，拔葶结荚了；苋菜形单影只的，遍搜园中，也未必可以盈筐，可以采撷的，一是生机勃勃的酸模，再就是这黄鹌菜了。

园子的前身为科技农业园，虽向荒芜，其中的果树，如核桃柿子之类犹在，其中间偏西方向，长杨高柳后面掩藏着一片杏林，那杏树渐已长成，枝上青杏已多，树下则是密密麻麻的黄鹌菜。记得昨夜好像才下过雨，石径之外还比较泥泞，可才经新雨洗濯，又有杏枝庇护，黄鹌菜叶色绿嫩而鲜明，虽属临时起意，镰刀铲子之类的工具一件也无，而赤手薅取，也很快就已满载。最后将所得野薪分作数份，用塑料袋子装了，让各人拎走，我因身为东道，所以不取。此次留给我的印象是黄鹌菜可以怎样地鲜嫩，却错失了一次品尝的机会。

吃到黄鹌菜已在数年之后。

有位同学知道我有草木方面的癖好，经常拍些图片发来，让我帮着辨识。那次发来的，最初怀疑是蒲公英，又说续断菊，对方皆说可能不是。通过照片鉴别植物种属，图片的拍摄颇有讲究，距离与角度之外，拍哪里不拍哪里，都不能乱来。老友马公经常外出散步，有时也会拍图发来，问我什么树或什么花，时不时就被他考住，只好歉然说不知。倒不是他拍到了什么罕见之物，而是他的图片里什么都有，唯是观察鉴别所需的要素比较含混。

当然，这位同学的图片还不至于含混到完全无所取用，可我说了几个名字，都没能得到认可，我就知道有可能确实没说到是处。她那边与朋友正争得不亦乐乎，互不相下。最后问我在什么地方，我说个地点，她说您别动，我们这就过去。来到楼前小广场上站立未久，一辆白色汽车开过来，在我身边停下，同学手中持一把绿草，递过来让我看，还没递到我手上已经看得清楚，是黄鹌菜啊。这几株黄鹌菜简直肥美至极，又鲜嫩无比，打拿在我手上那一刻，就再也不想还给她们了。于是又说，这菜就送我吧，二人欣然同意。

青青一把野菜拿回家来，当即着手收拾。拣择洗净，放入开水中焯过，然后置入清水中浸泡，再捞出攥干，细切剁碎，加上精肉粉丝调馅儿，无移时，水饺就已经包好了。

包水饺用野菜，本地所有的，已尝试殆遍。我的体会是，毕竟野菜，尝鲜儿而已，切莫贪多。馅中野菜，意思意思，领个路儿就行了，拿它当口粮饭吃，殊失采食之趣味。譬之禽畜，耕耘耙耢，还是用牛，喜鹊固然吉利，请它过来驾车，肯定力不胜任。另外，野菜必须细切碎剁，掺入碎粉条以破其顽硬，精肉则可多可少。荠菜在野菜界名声最大，其口感气味，也确有不可及处，一股朴野的清香，却也仍有一丝淡淡的苦味儿；枸杞芽采得嫩时，也能对付一气，似乎苦味更甚，而香气却淡；与恒蔬距离最近的，野菜之中当数苋菜。敝地苋菜种类繁多，从分类学的眼光看，这里边复杂得很，但拿来做野菜，却不必那么纠结，管它反枝苋、皱果苋，还是合被苋、凹头苋，只要鲜嫩，掐其顶芯下来，就是上好的野菜。如上这些，都是野菜中的佼佼者，可这一顿黄鹌菜水饺，却远在上述诸种之上。当时的感觉是，这是我毕生所吃过的最好吃的野菜水饺。简单概括说是，柔软，野气不浓，却含异香。

吴其濬先生乃清代著名植物学家，堪称中国古代植物学第一人，敝人自染上拈花惹草的习好，其《植物名实图考》和《植物名实图考长编》两巨著须臾不离左右。然而《图考》卷四"黄瓜菜"条却云："《食物本草》始著录，似苦荬而花甚细，《救荒本草》黄鹌菜即此，此草与荠苣齐生，而味肥俱不如，彼为膏粱，此为草芥矣。翦以饲鹅，盖鸡鹜不与争也。"据此，足可证明吴先生并没有亲尝此菜。与荠苣一起着生于地，第一眼看上去，黄鹌菜叶色或许不及那二种鲜亮，人不可貌相，野菜也是一个道理。所以每读此，常常感到遗憾的是，吴先生之著后出，反不及其所据《食物本草》说的更切合实际："黄瓜菜，一名黄花菜，……野生田泽，形似油菜，但味少苦。取为羹茹，甚香美。此菜二月生苗，田野遍有，小稞如荠。三、四、五月开黄花，花与茎并同地丁，但差小耳。一稞数花，结细子，不似地丁之花成絮也。野人茹之，亦采以饲鹅儿。""取为羹茹，甚香美"七字，道尽黄鹌菜的妙处，与我心有戚戚焉。

黄鹌菜（*Youngia japonica*（*L.*）*DC.*），菊科 *(Compositae)* 黄鹌菜属植物，一年生或二年生草本，生长于山坡、路边、林缘和荒野等地。关于黄鹌菜一名的来由，《本草纲目》不录，首用此名者《救荒本草》亦不言及，正百思莫解，俄见宁波胡冬平先生公众号"小山草木记"有尝试解说："黄者，黄花也，说明此物开舌状黄色小花。鹌者，鹌鹑也，和雀一样，为鸟之小者，常用来指代物之细小，比如雀舌草，黄鹌菜亦同。"首先必须承认，胡先生思路颇具启发性，植物名如小雀儿卧单、雀儿酸、雀瓢等，其中"雀儿"所示皆细小之义。然而，既然"雀儿"之喻已经用熟，所表之意也渐成共识，为什么此处一改其常，转而用一个"鹌"字。我想命名者当时可能已经想到过"雀儿"之类，但觉得如黄鹌菜者，虽亦细草，毕竟不像小雀儿卧单一般琐屑，于是换了个个头儿稍大一点儿的鸟。且鹌鹑毛色黄褐，形体滚圆，肉味肥美，与此草的叶色滋味亦略为相通。

草木生于天地之间，所以历百千万年犹生生不息，必有其独门妙招，舍此无以躲过一场场浩劫，使自己免于灭顶之灾。苋菜、荠菜、蒲公英如此，黄鹌菜也是这样。

种子借助所附细毛乘风飞翔，是部分菊科植物的贯技，兹可不论。看见过黄鹌菜成株的人都会发现，其株型相当特别。基生叶铺地，忽然蹿出一茎直上，或中间分枝，颜色暗淡又极细长，茎生叶退化，乍看只是一根好长的光棍儿，顶端簇生细小蓓蕾，然后开花结实。黄鹌菜之茎，矮的半尺来高，还不算什么，高的竟达一米以上，让人觉得特别不合情理，长那么长，有那个必要吗？看得久了，才隐约觉得其中或有深意存焉，茎不生叶，尽量不事招摇；颜色暗淡，希望过往之人习焉而不察；其茎细长，为的是尽量使花序远离主体，让全身的亮点分散开来，不被过往行人过度关注，宁愿在被漠视中度过一生，但求少一些被铲除的可能。

据我观察，黄鹌菜的花果期很长，并非如《食物本草》说的三、四、五月，而是从春4月一直到秋10月。观察不同时期的植株，会发现其生长形态之异。春天的黄鹌菜，基生叶一片一片长个没完，什么时候叶部营养发育充足了，叶片数量够了，才开始抽茎。中秋以后的黄鹌菜就没那么从容，基生叶才长出四五片，至多五六片，就忙不迭将细茎探出，酝酿蓓蕾了。与好多植物一样，黄鹌菜对季节的变化能敏锐感知和预判，作为一二年生草本，秋风一起，它好像已经知道留给自己的时间还有多少，必须在霜降之前，完成生命过程的整个起承转合，若不早点行动，就只能等无情的冰霜冻毙于畦间。

前边已经说到，黄鹌菜的叶色不大鲜碧，有时还会呈现出浅褐颜色；叶面也不光洁，叶及柄被长毛或短毛。叶附于地，地表多尘土，有毛之叶则易沾惹；春季杨柳花飞，被叶毛胃挂，植株就更显得脏兮兮。黄鹌菜之所以生成这副模样，我相信同样有自我保护考虑在：我不好看，所以也不好吃。国人中最不缺少的就是饕餮之徒，被那些人盯上，任是再强的繁殖能力，也难填其欲壑。至此，忽然想到吴其濬先生所论，是被此草骗了，还是对此草的有意回护。

2021-09-15

蕙草、罗勒与荆芥

"蕙"字笔画繁多，却不生僻。典籍中屡屡现身不说，今之口语与书面语中，如"蕙风""蕙帐""蕙心兰质"之类，出现的频率亦颇不低，特别此字每每被用在人名上，日常生活中碰面的机会更多。因敝人平日以寻花觅草为乐，某日忽有朋友相问："蕙字从草，是一种什么植物啊？"我听后抓耳挠腮半日，只好老实承认："我不知道。"

盖"蕙"字虽然《说文》失载，其出现却并不晚。《离骚》名句有"余既滋兰之九畹兮，又树蕙之百亩"；张衡《南都赋》亦云："其香草则有薜荔蕙若，薇芜荪苌，晻暧蓊蔚，含芬吐芳。"《楚辞》嘛，当年课堂上也曾听先生讲解，多少年过去，脑子里已经所剩无多，隐然觉得此蕙也就如兰一般，是为一种香草而已。既然见之《楚辞》，查书最便当的，当数潘富俊先生《楚辞植物图鉴》，薄薄一册就在案头，其说也直截了当："蕙或菌均是九层塔，又称零陵香、薰草、罗勒，是《楚辞》中的主要香草。全株具芳香，能去除恶臭，随身佩带可散发香味。"前几个名字较为生疏，至于罗勒，却还熟悉。关于罗勒，虽较少亲见它生长于园田之中，餐桌上可没少遇到，因味道别致，引发了我长久的好奇之心。莫非那令泽畔行吟

南越小蓮

的屈夫子念兹在兹，听上去如此高雅神秘的东西，与案前盘中这青青菜肴竟是一物？

潘先生的书我一向很看重，自己欣赏之余，还曾买以赠人，多少年来，此书也助我良多。可单文孤证的，直接当作定论拿来，心下仍未免忐忑。且蕙之为物，何其高大上，在中国文化史上承载了那么多美好的情感；而罗勒，作为一种新兴食材，从邻省传来未久；若二者果为一物，与敝人的心理期许也太相符合了。越是如此，越要证据充分才好。

于是便继续查书。

宋吴仁杰《离骚草木疏》卷一云："'岂惟纫夫蕙茞'，'既替余蕙纕兮'，'荷衣兮蕙带'，凡此皆以为服饰也；'薜荔柏兮蕙绸''擗蕙櫋兮既张'，此则以为屋饰也，皆取香洁自修饰之意。'蕙肴蒸兮兰藉'，则取其芬芳以为俎羞也；又'植（树）蕙之百亩'，则以喻贤人君子，欲其众也。洪庆善引《本草》云：'洁草，一名蕙草。'《山海经》云：'薰草，麻叶而方茎。'陈藏器云：'此即是零陵香。'"苏颂《本草图经》卷七云："零陵香，生零陵山谷，今湖岭诸州皆有之。多生下湿地，叶如麻，两两相对；茎方，气如蘼芜，常以七月中旬开花，至香；古所谓薰草是也。或云蕙草，亦此也。"朱熹《楚辞集注》卷一云："蕙，草名。《本草》云：'薰草也，生下湿地，麻叶而方茎，赤花而黑实，气如蘼芜，可以已厉。'陈藏器云：'即零陵香也。'"《汉语大词典》亦云："蕙草，香草名。又名熏草、零陵香。"《汉语大字典》引沈括《梦溪笔谈·辨证一》云："蕙，今零陵香是也。"如上诸书，皆以为蕙草即零陵香，可这零陵香又是一种什么植物。

零陵香一名最早出现于掌禹锡《嘉祐本草》。陈藏器《本草拾遗》卷三云："生零陵山谷，叶如罗勒，《南越志》名燕草，又名薰草，即香草也。《山海经》云：薰草，麻叶方茎，气如蘪芜，可以止疠，即零陵香也。"在我看来，这段文字意蕴颇丰。首先作者已经观察到，所谓零陵香者，其叶与罗勒相仿佛。其次，引《南越志》，言零陵香即香草也。由此处之香草，不禁联想到《救荒本草》之香菜。盖香草香菜，香者，物之体；草与菜，物之用也。由不同的眼光看去，其用或相异，其体则一也。在药物学家那里，牛溲马勃，凡物皆药；在救荒活人的仁人志士眼中，恨不得世间草木，皆得茹以果腹。所以，个人觉得，朱橚的香菜，与陈藏器的香草，或即为一物。关于香菜，《救荒本草》云："生伊洛间，人家园圃种之。苗高一尺许，茎方，窊（wā，低凹）面四棱，稊叶似薄荷而微小，边有细锯齿，亦有细毛，梢头开花作穗，花淡褐色。味辛香，性温。"香菜条后，附有王家葵等先生按语："本品即是罗勒，载见《嘉祐》，掌禹锡云：'此有三种，一种堪作生菜，一种叶大，二十步内闻香，一种似紫苏叶。'故《图考》卷四罗勒条云：'《救荒本草》香菜伊洛间种之，即此。'其原植物为唇形科罗勒（*Ocimum basilicum L.*），王作宾先生亦订为此种。"如上引述，虽然未免烦琐夹缠，连缀在一起，却大致已经构成一条完整的证据链：零陵香者，今之罗勒也。

此外，检《中国植物志》第66卷，"罗勒"条下，列出其别名（不含重复）26个，其中即包括"零陵香"（《植物名实图考》）、"兰香"（《齐民要术》）、"香菜"（《救荒本草》）、"翳子草"（《邺中记》）、"薰草"（《南越志》）、"光明子"（《中国药用植物志》）、"香草"（北京）、"香荆芥"（河南）、"荆芥"（湖北）、"九层塔"（广东）等。又，《*Eflora* 中国在线植物志》之"植物名片"列罗勒"俗名"30个，如上别名，奚在其中。《广东植物志》"罗勒"条下列有别名四个："零陵香、九层塔、千层塔、金不换"。有现代植物分类学权威著作之支持，所谓零陵香亦即今之罗勒，则可以无疑矣。

单说罗勒，好多人仍会觉得陌生。此名所以隐而不彰，或与历史上其名被迫改易，未能一以贯之不无关系，贾思勰《齐民要术》"种香兰"第二十五云："香兰者，罗勒也。中国为石勒讳，故改，今人因以名焉。且香兰之目，美于罗勒之名，故即而用之。"

设若不言罗勒，而径说荆芥，则至少在吾乡一带，情况就迥乎不同。邻省河南流行一种风味特别的菜蔬，民间即以"荆芥"相称。敝地与河南濮阳市毗邻，采食此物的风气近年亦稍稍漫延过来。我之与此物初见，已是十数年前，在光岳楼下的一间饭店里，侍者端上一碟翠绿，问之则曰"荆芥"。那日也不过尝其一茎，其特异之香气，已经留下难以磨灭的印象。

多少年后，在本市棉麻公司的小院内，与朋友一起品尝刘焗掌的"一桌老味儿"，再次与"荆芥"相遇。刘兄虽非厨师出身，而于烹饪之术，却颇为用心。此次荆芥之用，已非一途。首先一道荆芥拌梢瓜，以梢瓜之脆嫩，触牙即碎，配以荆芥之异香，入口冲鼻，真是珠联璧合，不要太清雅哦；最后则是一碗"小暑面"，肉丁卤汁，其上荆芥绿叶数茎，何其莹莹可人，不等下箸，早已经馋涎津津。

酒宴已罢，荆芥的余香犹在。刘焗掌见大家意犹未尽，给每人分赠一袋荆芥种子。面对这包种子，我心却是一以喜一以忧，包装袋内嘁嚓作响的，那是多少株碧绿的新苗，在我，哪有不喜欢的道理。回头想想，以天下之大，并无半寸土地属我，于是又觉得为难。回来后，种子把玩之余，曾将它们撒入花盆内，可能土壤与光照的原因，小小荆芥长得支离纤长，茎若游丝而叶细若无。幸好勇豪教授家窗外有地一小片，他那边种成了青葱数畦，且持以相赠，亦聊可补吾之遗憾了。

2018 年 5 月 19 日，"植物人史军"在其微博上发文：《别吃惊，河南朋友吃的荆芥压根就是罗勒》，其中有云："很多河南朋友非要说自己有吃荆芥的习惯，然而大家并不知道，自己吃的是罗勒而已。"又说："罗勒的老家在印度，随着人类的活动被带到了世界各地。今天罗勒的分布区域已经变得很广，从赤道一直向北，跨越北回归线，经过广阔的亚热带区域，直到进入暖温带，都有罗勒的势力范围。河南烩面里面添加的'荆芥'，傣味牛肉里的香叶，冬阴功汤中的九层塔其实都是罗勒。"

史军博士的博文引发网民热议，河南一地反应尤其热烈。"大河网"与"郑州资讯"皆就此事发文，并采访"专家"，颇有以正视听之意。然而不幸的是，史军博士所说恰是事实。据 1997 年版《河南植物志》，唇形科（Labiatae）荆芥（Nepeta cataria L.）描述不言菜蔬事，及罗勒则曰"栽培蔬菜"，"嫩茎叶可作蔬菜食用"，其义亦甚明。

关于罗勒，《河南植物志》著其别名曰"香荆芥"。另据《中国植物志》，在湖北丹江口市，罗勒的别名干脆即是"荆芥"了。盖植物之中文学名外，别名相互交叉重叠，甚至学名与别名相互交叉的，往往多有，即以荆芥为例，在陕西被叫作"薄荷"，甘肃则呼为"香薷"，四川叙永却称作"大茴香"（《中国植物志》）。再如植物志上的柽柳，吾乡一带偏偏称之"荆条"，这边柽柳既不以为意，那边荆条也不过来追究。所以，分类学家眼中的罗勒，河南人称之荆芥，既无伤大雅，也犯不着与分类学家较劲儿。正如史军博士说的，荆芥与罗勒，"不过是一个俗名和正式中文名之间的误会而已"。

2018-11-19

菠　菜

今秋北方多雨，淅淅沥沥不肯休止者月余。枯熟的玉米站立于积潦之中，令收获者望而却步；园圃也因无从打理而渐向荒芜，于是市上菜价腾然而起。多少年来与黎民百姓相依为命，也同样不登大雅之堂的菠菜，一时也涨了身价，几几乎与猪肉等值。这或是它们进入中土以来最为难得的高光时刻了吧。对于菠菜，或许是体现自身价值的天赐良机，但对于人们的日常生活，影响却也显而易见。

个人觉得，作为日常菜蔬，菠菜虽然城市之中也有，却与乡村最相宜。无论菜畦中还是餐桌上，此物最不缺乏的就是乡土气。多少年来，无论饥馑年代还是温饱岁月，菠菜与白菜、萝卜、黄瓜、茄子一样，与百姓日常生活最是不离不弃。在匹夫匹妇心目中，这些东西熟稔如左邻右舍，从内到外都让人感到踏实和亲切，觉得它们与世世代代生于斯长于斯者一样，已然属于本地的土著了。其实，菠菜看似其貌不扬，却与番茄、辣椒、洋葱、土豆一样，属于地地道道的外来物种。有一种说法认为，菠菜乃张骞出使西域时带回来的，这种猜测不为无由。《植物名实图考长编》卷五引刘禹锡《嘉话录》云："菠薐生西国中，有自彼将其子来，如苜蓿、葡萄因张

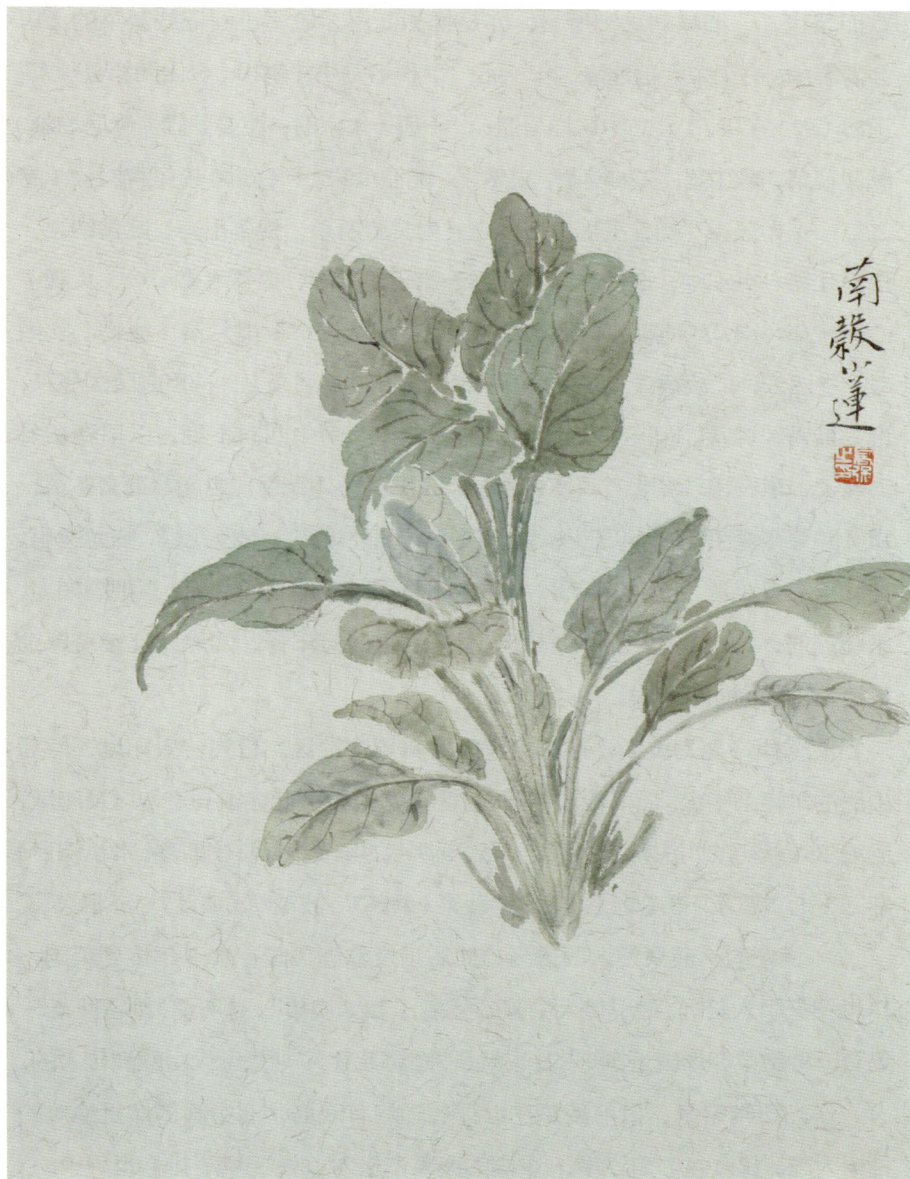

骞而至也。"细味刘禹锡所言，亦是推测而已。最早正面记载菠菜的《唐会要》，成书于宋太祖建隆二年（961），作者乃"并州祁（今山西祁县）人"王溥（922～982）。书中这样写道："（唐）太宗时，泥婆罗国（今尼泊尔）献菠薐菜，类红蓝，实如蒺藜，火熟之，能益食味。"《新唐书·西域上》（卷二二一）亦云："初，王那凌提婆之父为其叔所杀，提婆出奔，吐蕃纳之，遂臣吐蕃。贞观中，遣使者李义表到天竺，道其国，提婆大喜……（贞观）二十一年（647），遣使入献波棱、酢菜、浑提葱。"吴其濬《植物名实图考》卷四云："菠薐，《嘉祐本草》始著录。《嘉话录》：种自颇陵国移来，讹为菠薐。味滑，利五脏。此菜色味皆佳……南中四时不绝，以早春初冬时嫩美，东坡诗：'北方苦寒今未已，雪底菠薐如铁甲。岂如吾蜀富冬蔬，霜叶露芽寒更茁。'大抵江以南皆富冬蔬，而北地窖生者色尤碧，味尤脆也。惟此菜忽有涩者，乃不能下咽，岂瘠土不材耶？北地三四月间，菜把高如人，肥壮无筋，焯而腊之入汤，鲜绿可爱，目之曰万年青。闻黑龙江菠薐厚劲如箭镞，则洵如铁甲矣。"

菠菜原产地为波斯，亦即今伊朗及其周边地区。首先传入印度，然后由尼泊尔转来中土。最早传入中国时，名"菠薐菜"，此名或与产地以及印度、尼泊尔人最初的叫法有关。菠菜一名，到明代才开始出现，李时珍《本草纲目》卷二十七"菠薐"条【释名】云："菠菜《纲目》、波斯草《纲目》、赤根菜。"

11世纪时，菠菜传入西班牙，此后渐及欧洲各国，1568年传到英国，19世纪又引入美国。最早传入中国的菠菜，"实如蒺藜"，是所谓"刺粒菠菜"；另有一种胞果卵形或近圆形的，也就是"圆粒菠菜"，则是近代由欧洲传入的。

作为日常菜蔬，目前菠菜在世界各国均有栽培，而中国仍然是绝对的种植大国。仅以2011年为例，中国的菠菜产量为1878万吨，排名世界第一。

排名第二到第十的美国、日本、土耳其等国家的产量合在一起，尚不及中国的九分之一。菠菜种植如此普遍，其在国人日常生活中的地位，可见一斑。

我与菠菜，也熟悉得不能再熟，打从省事，既见它著于庭院之中，不光看见它在畦中渐长渐大，还曾亲手种过它。

那时的乡村穷乏已极，庄稼当然也是要种的，可一年到头雨里风里，所收粮食凑在一起，果腹犹觉勉强。久之，人们的心理期许也就降得很低：只要填饱肚子，哪管它是谷子高粱，还是芋头地瓜。至于下饭之物，还能有什么奢望。一日三餐，佐餐之物都是从窗外那口咸菜缸里往外捞。菜蔬嘛，还剩下那么几种，一是白菜，二就是这菠菜了。持续的生存压力势必导致种植品种的简化，如菠菜白菜者，就是正常年景里众多蔬菜的孑遗。仅凭这一点，菠菜有多皮实，与乡人生活关系有多密切，也可体会一二了。

作为日常菜蔬，菠菜所可称道的，最是它的颜色。此亦菠菜自身特性所致，土壤无论肥与瘠，年景也不管涝和旱，只要有缘萌发，一旦拱出地表，那青碧之色永不改易。据《植物名实图考》记载："广舶珊瑚，以色如菠菜茎者为贵，则亦可名珊瑚菜矣。"可见以菠薐菜色为美，古来如此，非独今人而然。

语云，人无完人，物性也容有所偏。产量既然那么巨大，食用者肯定不是少数，莫说菠菜，再高段位的品类也无法做到普适众口。于是就有人出来挑剔。什么口感温吞，挥之不去的土腥气，等等。但我的感觉有所不同，土腥气偶尔也觉得，可敝人土里生土里长，住的是土屋，睡的是土炕，沿着土街土路出村，日日活动于黄土地里，春天遇上风沙，莫说裤脚衣领，连头发鼻腔中皆是尘土，还有什么资格挑剔菠菜那一星半点儿。至于口感，则不光不厌其温吞，反而喜其绵柔，被高粱面、地瓜面蒸食折磨已久的口腔，好不容易遇到如此不怀敌意的食物，哪还有排斥的道理。

人们吃下的食物，经食道进入胃囊，胃是一盘软磨，经过胃囊细磨的食物到达十二指肠。据说，十二指肠是一个奇妙的区域，它会根据经行此处的各类食物，产生不同的蛋白酶，以帮助对此物的分解与消化。一个"人还未发育成熟的时候，蛋白酶的构成有很多可能性，随着进入小肠的食物的种类，蛋白酶的种类和解构开始形成以至固定"（钟阿城《常识与通识》）。青少年时期未曾遇到的，到了成年再吃，往往就不容易分解吸收，表现为消化不良。好多人的肠胃无法适应牛奶，就是明显例证。反之，自幼形成的饮食上的偏嗜，有时会相伴终生。菠菜乃是与我共过患难的蔬菜，所以时至今日，无论口腔还是肠胃，都觉得它是个好东西。

菠菜吃过不老少，至于吃法，却也惭愧得很。袁枚《随园食单》记录了一种吃法："菠菜肥嫩，加酱水、豆腐煮之。杭人名'金镶白玉板'是也。如此种菜，虽瘦而肥，可不必再加笋尖、香蕈。""金镶白玉板"，名字不要太漂亮哦，且用料亦不多，若今天，做来已方便得很，可在当年，莫说豆腐不易吃，食油也金贵得很。平时吃菠菜，口上也说炒，可那几点油星儿，锅都滋润不过来，几乎就是热锅焙加清水煮。另一种吃法就是凉拌，洗净切为寸段，用开水焯过，加食盐和蒜蓉调一下即可。毕竟新鲜菜蔬啊，与咸菜缸里捞出来的那些，根本不属于一个阶级，所以盛入盘中，看上去已令人馋涎欲滴，大箸夹起，迫不及待送入口中，那种狼吞虎咽的感觉，至今仍记忆犹新。记得当年吃菠菜时，总有人喜欢提起乾隆皇帝和"红嘴绿鹦哥"的故事，内心隐约浮起一种智力上的优越感，虽然未免好笑，却也是真实的场景。最是晚春时节，菠菜长到二尺多高，价极便宜，整捆整抱地挟回家来，择去黄叶，截掉紫根，茎中空而犹鲜嫩，炒出来一点儿不让柔软的叶片。王象晋《群芳谱》有云："麻油炒食甚美，北人以为常食。春月出苔，嫩而且美，春暮薹渐老，沸汤晾过晒干，备用甚佳，可久食。诚四时可用之菜也。"此处所谓的"薹"，当即我们今天所说的"茎"。王老先生家新城（今桓台），其地去吾乡未远，虽时代悬隔，对于菠菜嫩茎的感受却是相通的，思之真令人感动莫名。然王先生所说的，将老梗用开水焯过，然后晒干以备他日之用，则吾乡人不见有人实行过。以晒茄干、晒白菜帮的经验度之，那口感也应该不错。只是时至今日，再也不方便尝试了。

　　菠菜值得一提的吃法，还是烙合子。

　　吾乡所谓合子，例是两张薄饼，中间夹上调好的菜蔬，四周捏严，放到鏊子上或者铁锅中烙熟，取出后切为四瓣或八瓣，再卷而食之。烙合子用菜，与包饺子相似，以韭菜最为当行，香气既浓烈，含水也不多不少。用菠菜就稍微麻烦，那就是洗净碎切后，先须放入开水焯过，捞出后挤掉多余水分再用。菠菜用水焯过，从科学的角度看，可以去掉其中富含的草酸，减少它与钙离子结合的机会，从而使食用菠菜的安全性得到进一步提高。其次，焯水后的菠菜，土腥气和青草味儿去掉很多，只剩下特有的绵软和温柔。尝试过的人都知道，用菠菜做出的合子，比之韭菜做的，风味迥乎不同。如果食材凑手，若先摊一层韭菜，再摊一层菠菜，就可以鱼与熊掌得兼了。这当然已是后来的吃法。

　　统而言之，终以吃炒菠菜最多。然而同一个炒菠菜，似乎也有不少道道。那年家母病重，回乡侍奉母亲。某日，三弟告我，他有一手绝活，炒菠菜，颇得乡里好评。暮春时节，菠菜多现成啊。等炒好上桌，样子与平时所见果然有所不同，一是菜段长，一棵菠菜顶多截为两段；二是火候较重，已经炒到近于烂熟，那颜色当然也就更深；三是汤多，显然不适合宴席，当然，人家根本没考虑过上席的事。吃一口果然味道特别，不光青草气全然杀去，就连土腥气也所剩无几。只是口味偏重，也就是咸了些。我想，其特别的气味一来自火候，二就是其咸度了。必须承认，三弟的炒菠菜，与我平时吃的，确实有所区别，而且还比较可口，最是用来下饭，咸不咸的，也可以忽略不计了。

如今菠菜种植，已经不怎么分季节。温室大棚的普及，深冬也不乏新鲜菜蔬，更何况菠菜是相当耐寒的品类。当年吾乡种菠菜，大多是深秋撒种，次年春天收获。也有春天种植，夏日收获者，但不容易获得人们的信赖。乡人认为，菠菜叶上易生蝇蛆，只有经过严冬之淬炼者，才可避免。此事虽不曾亲见，可人们言之凿凿，不可不防，所以春菠菜虽然也吃，总也是小心翼翼，不如越冬菠菜吃得那么坦然。

当年菠菜一般种于庭院之中。田野上也不是不可以种，可土地早已归了集体，集体偶尔也种菜蔬，却以那些易于存贮的为主，如白菜萝卜之类。庭院中家家例有鸡鸭饲养，所以种菜前须先扎起篱笆。篱笆用高粱秫秸扎就，半人来高，这在禽畜看来，活脱脱已是牢笼一般，除非特别调皮捣蛋胆大妄为的家伙，一般就不敢往里钻了。《农政全书》卷二十八："《农桑辑要》云：菠薐，作畦下种，如萝卜法。"吾乡种萝卜，一般先密起土埂踩实，然后于埂上以手指戳一小窝，就手将种子三五粒置入其中，再敷土按实，如儿戏一般。菠菜之种法则较郑重，先起宽畦，以铁筢子细碎其土，使尽量平展，再浇一遍透水，待畦水耗尽，便将搓去蒺藜尖刺的种子浑撒其中，最后薄覆一层细土，也就是了。菠菜种子极易发芽，但有适当的水分，一般不会耍赖装死。出土时两枚子叶已经笨拙可爱，将过于稠密处薅去一些，也就再也不用操心。此时，枣叶开始凋落。枣树虽然叶子稀疏，又菲薄如纸，落在菠菜畦子里，看上去也觉得挺温暖的。

北方的冬天免不了落雪。此时的菠菜有的已经长出两片真叶。那叶子虽小，也肉肉的富含水分。在极度严寒之中，与冰雪冻结于一处，居然不被伤害，此亦一奇也。知其耐寒，所以每到落雪，院中积雪扫起来，都要隔着篱笆，抛到菜畦之中。语云，"九里的雪，硬似铁"，等积雪慢慢化掉，经过雪水的滋润，菠菜也开始返青了。

作为蔬菜，菠菜大小皆宜。所以一畦菠菜，几乎可以吃上一个春天。等它们长到二尺来高，叶子越发宽厚，那蓬勃的姿态，看了让人特别受用。对于小孩子，菠菜不光可以吃，还可以拿来玩儿。菠菜茎长而中空，拔取一株完整的，以细线系于基部，倒持着将清水灌满空腔，然后挂在门吊上，可数日不萎，称之为"养老牛"。好端端一株菠菜，怎么就成了老牛，我也说不清楚。只见那老牛倒悬于门上，久之，前端还会微微弯曲，若做翘起之状。这菠菜的生命力，也真够强大的了。

菠菜虽为舶来物种，可一千几百年来，一直与国人相伴，成为百姓日常生活中的一个重要角色。虽然一直都有菠菜与豆腐不能混烧的传闻，可积习已成，难以找到合适的替代物时，仍是照吃不误。可如今一场连阴雨，使得菠菜价格腾起，于是从此萧郎是路人了。普通人家的餐桌上，一时不见了菠菜的踪影。于此可见，我们与菠菜的关系虽然历史悠久，又情意绵长，却又是何等脆弱。所以我希望这种不正常的天气很快过去，让那些陪伴清淡生活的菜蔬，重新回到我们身边，让百姓平平安安过几年太平日子。

2021-11-19

地接鱼山番薯香

前些天整理旧稿，顺便将短文《吃货的原野》发在公众号上，校改时看到"焖地瓜"一段，心想，如今北方的田野尽被小麦和玉米所遮蔽，焖地瓜之类的事，怕也要成为绝响了。没承想时间过去没几天，就接到立勇兄电话，说天气渐凉，田中禾熟，何不找个地方焖地瓜玩儿呢。立勇毕竟年轻，时有奇思妙想。想一想晚秋的旷野，地迥河长的，满目丰饶的秋色，兼之荒草野树，鸟语虫鸣，三五好友一起，呈向老之逸兴，发少年之痴狂，其欣悦则何如。

于是次日一早，便与兴来兄一道，驱车来到黄河岸边。车子缓缓爬上长堤，找地方停了，下车放眼四望，精神便为之一振。长堤去河床未远，抵达之路径蜿蜒，隐约可见；上游一段为东西走向，至鱼山则折而向北，其下不远处就是著名的艾山卡口。黄流骎骎寂寂，多么沉着内敛，谁知道它已经流淌了几千百年。对岸可见群山逶迤，浮云掩映下，显出一副高深莫测的样子。

踌躇间，坡路上见一部车子驶来，在不远处停下，门开处，下来的正是立勇和玉新兄。现代通信设备何其不可思议：我们依照导航的指引而来，停车之处，恰是与立勇兄约定的地点。

长堤高耸，如巨蟒偃卧，其上有柏油道路一条，路旁的黄山栾树不大，如列队的童子排向远方天际，其上红色灯笼果已艳丽若花。道路外侧就是朴实无华的地瓜田了，藤蔓匍匐于地，叶如碧瓦，鳞鳞然密不透风。玉新兄是老东阿，不光是鱼山和曹植的研究专家，对于东阿县境内的风情民俗，说来无不如数家珍。他介绍说，地瓜田所在之处，阔约二百米，是为黄河大堤之"淤背"，淤背之设，堆积黄土而成，其用在于固堤。以壤土平阔深厚，潜力甚是巨大，其上或种核桃牡丹，或植绿化苗木，唯这数百米一段，有朋友承包下来，种上了番薯，也就是地瓜。

此淤背虽较大堤为低，而视外面相邻的土地与村落，却已高出了数十米，堤坡平展而陡峭，其上亦遍植树木，为防积水冲刷，淤背之边沿处又筑一道小坝，时日既久，颇有灌丛杂草生其上。这小坝与大堤之间，就是这地瓜的疆域。立勇兄心细如发，竟随身带来了军工铲。只见他从挎包内一件件取出，拼装起来，果然成一把铲子模样，可这铲子尽管工艺与材料俱佳，拿在手里，终觉得像一件玩具。恰好同行的还有杜主任，她婆家即住堤下这个村子，便自告奋勇，到村里借来一把铁锨。这才像个样子嘛。

偌大一片地瓜田，分割为四个方子，以三道界墙界开，界墙高约半米余，清理掉界墙上附着的野生植物，于北侧选定一处，即着手起灶建窑。

焖地瓜之事，说说嘛挺诱人的，操作起来还是比较烦琐。当年亲力亲为虽也不止一次，却已久历年所。那时大家都是割草少年，手提镰刀来到田野深处，偶然凑在一起，四顾无人，凑巧哪一个身上带着火柴，便急火火干将起来。可这类事田野之间虽也多有，毕竟算不上光明正大，被村上管事的撞见，追个鸡飞狗跳也是题中之义，所以一边干着，一边心里也慌慌的，如此或也增加了几分冒险的乐趣。小伙伴中，笨手笨脚如我，总是沦为边缘人物，只要肯于远远近近地拾柴，也就够了；至于垒灶烧火，多么郑重，自有经验丰富者操持。事到今天，凭我半个世纪前那点儿似是而非的经验，来复盘焖地瓜的全部程序，心里还真有点儿忐忑。

对于此事，玉新兄似乎有些经验，却迟迟不肯出手；立勇与兴来二位年少，自幼被圈在学校课堂上，这事儿可能只有耳闻，亲历机会不多。所以我也只好当仁不让。其实土灶并不难挖，界墙已高出地表，看准风向，择地切出一平面，就近挖一个直径尺余的圆坑而已，既已铁锨在手，还不唾手可成。唯这垒窑，想象中最有意思的环节，做起来却未免捉襟见肘，囧相迭出。当年焖地瓜，选址常在翻耕的田亩中，土块累累堆叠，小者如掌，大者如枕，林林总总，且状貌各异，要什么样的，就有什么样的，无不唾手可得。这土窑虽然简陋，好歹也是个建筑，这大大小小的土块，就是必不可少的建材。而这一次，除了界墙土坝，就是碧绿的地瓜田，薯块生于地下，已将地表拱得处处坼裂，然虽有裂纹，却仍属土地的一部分，想取来为我所用，还须费些开采的功夫。好在玉新兄手既巧，又有耐心，这才有大大小小的土块，络绎不绝输送过来。

这长堤淤背，本乃抽取黄河泥沙淤积而成，成型后自是沙质，然沙土松软，于固堤非宜，事后人们又花了大价钱，买来黏土敷陈其上，所以这片番薯田里，尽是僵硬的红土块。红土脾气倔强，一旦结成，便顽劣支离，一副我行我素的样子，哪肯轻易就范。垒窑时，看看这一块大小相当，放上去却还是撑了点儿，欲将那一角掰掉，它却死活不肯配合，拿铁锨铲一下，它又颓然断为两截，或碎为数瓣，自绝于人类了。这些性格古怪的家伙，生来如此，没办法和它们一般见识，只好对对付付，因物赋形吧，好在窑

体总是渐垒渐高，口径也渐收渐小，最后吁请立勇兄停止拍照，过来帮忙相扶着，等放妥最后一块土坷垃，鸡窝状的拱窑并没有即刻塌陷，这才起身卻立，长长地出一口气。

适才只顾垒窑了，回头才看见窑边地瓜已挖来好多，散散乱乱的柴火，更是一堆一堆的，远近皆是，且软的（枯草）硬的（枯枝）皆有。点火之事当然难不倒我，可灶口低而小，枯草也才半干，起初难免烟多于火，白烟絮絮如棉，从土块缝隙间溢出，复为长风吹散，朝着曹植鱼山方向飞去了。蹲踞灶前，弯腰曲背的，折叠久了，便觉腿也酸脚也麻，处处都不是自己。玉新兄见了，上前将我替下。看不出玉新兄烧灶火亦如研究曹子建，活脱脱一个行家里手。只见他将枯枝架起，其间留隙，土窑内火焰马上熊熊腾跃，呼呼作响，坷垃缝里的浓烟，也顷刻换成火舌，跳荡出没，引得众人纷纷拍照。人要实心，火要空心，半点儿不假啊。

这火烧到什么时候才算恰好呢，还真拿不准，其实不光是我，其余几位同样茫然。记得某次焖地瓜是在夜间，眼看土块给烧得透红，可如今是白日，即使已到那种程度，强光之下如何看得出来。无奈，就以收拢来的柴草为度，将荒草与树枝全部烧光。如此处理，虽也难说恰到好处，而宁过勿欠，多烧一会儿，应该不会有什么闪失。

往窑内放地瓜时，立勇兄放下录像的手机，走过来参与，他为人仔细，必令一块块由灶口往里推送，半天放不进多少，而且圆滚滚全堆在灶门口，害怕炙烤似的不肯往里走。最后只好用火棍捣开拱顶，使其洞然朝天，这时候，地瓜无论大小，皆可一股脑儿置入其中。余下就是轻车熟路：将烧热的土块拍碎，棰实，复从旁边挖来松软的湿土堆培其上，使形成一个浑圆漂亮的小土丘。

做完这一切，剩下的就是等待。地瓜们躺在灼热的灰土中，如深冬之夜，小伙伴们赤条条蜷缩于热被窝里，须是美美地睡上一觉，次日一早才得满血复活。当年焖地瓜时，焖成半熟的时候多，挖出来只能啃一层皮。于今想来，经验不足只是一端，做贼心虚和耐不住性子也是重要原因，所谓心急吃不得热豆腐，即是此意。而今大家早已非少年，再不会犯当年的错误。

既然时间充裕，不妨到处转转，将土丘中的地瓜暂且放下，这才抬头欣赏四围的风景。小坝上丛生的杂草多已老枯，沿着它向北，来到另外的方子里察看一下。谁知杂草间鬼针草颇多，且种子多已岔开，所以走出不远，俯视衣上，小虫子似的已经爬了许多。大家惊呼着，忙不迭往下摘取，既讨厌又兴奋。

这边方子里的地瓜，单看叶色叶脉，已知与刚才我们所用者不是同一品种，挖出一枚掰开了看，其芯果然是淡黄颜色，于是心下便暗暗失悔。根据以往经验，红芯儿地瓜总比白芯儿的好吃。为什么当初不能多走几步，来这边探访一下呢。正唏嘘间，主人带了一帮朋友翩然而至，承其相告，所种地瓜共为四种，分别是济薯26、龙9、北京红和板栗薯。此时觇视者，乃是北京红，而我们误打误撞，挖出来焖于土窑中者，居然就是大名鼎鼎的板栗薯。就算当时已经掌握这些信息，再让我们挑选，也不过是这个结果啊，于是大家又深自庆幸起来。

言笑之间，不觉已过去半个时辰。板栗薯的香气，不时由大脑中泛起。为确保瓜熟，大家强忍着蠢动的馋虫，围绕着小小的圆丘，愣是又等了十多分钟，这才决定开窑。当初挖灶坑掘地瓜时，借来的铁锨是本色当行，到了将土丘破开，将熟热地瓜取出，军工铲更加得心应手了。将覆土一层层除去，就见覆土渐细，颜色渐暗，我低头开灶，窑中挥发出来的热气一阵阵扑来，更加灼热的，是那七八个人的目光，全部聚焦在那把军工铲上，所以不由自主地，动作加倍小心翼翼，生怕有什么疏忽，对不起大家的期待。

地瓜终于现身了。

放进去时，它们一个个肤色红艳，血脉充盈，何等的生动鲜活。此一刻却变得灰扑扑，脏兮兮，傻不唧唧的，十分暗淡无光。我一边将它们一一托出灶外，放置在预先备好的草絮上，一边心里替它们感到害羞，这副灰头土脸的模样，对得起大家如此热切的期盼吗？

凡世间之物，表里不一的往往不在少数。对那些外表光鲜，内里不堪者，文雅的说法是"金玉其外，败絮其中"，吾乡父老则直谓"驴粪蛋子外面光"。同是表里不一，这焖地瓜正好相反，它们一一僵卧于草间，莫说筵席间讲究形色的菜品，即使刚出笼的煴地瓜，论品相，也不知高出它多少倍，就算街头烤炉上摆放了一周遭的烤地瓜，那凹凸有致的模样，也比这焖地瓜有意思得多。可丑陋归丑陋，寒碜归寒碜，终是费了一番心血，自己弄得啊，娶来的媳妇再丑，也得见公婆呀。再说了，忙碌了整整一个上午，就算没有功劳，苦劳还是有的。别人嫌弃不嫌弃，可以暂且不管，自己好歹总得尝一尝。

于是上前，挑一个小的，从中间掰开，刹那间白玉般的内瓤绽现，一下子吸引了众人的目光。其薯肉之洁白，与薯皮之灰暗，对比如此强烈，尝一小口，哎哟，那个绵软，那个甘甜，那个清香，瞬间将人的味蕾击中，美妙之感觉迅速传遍全身，几乎是眩晕的感觉啊。

予一生有二十余年，大部分时间里以地瓜为主食，累计起来，吃过的地瓜直可车载斗量。多少次我暗自揣测，我可能是这个世界吃地瓜最多的人。而吃地瓜，煮熟的偶尔也有，平时总以煴熟的为多，此亦无他，以煴食最为方便故也。不过与其他几种比起来，却也以熥熟地瓜最为平淡无奇；我的经验是，熥熟的地瓜头一顿还好，下一顿就硬挺挺的，甚有冥顽不灵之感，煮食似乎更能令其甜软。烤地瓜偶尔也有吃，例是先祖母预埋于灶间热灰里，待晚饭后，到街上疯跑上大半夜，回到家肚子咕咕直叫，这时候将那地瓜扒出来，其软与香，就几乎与后来城市街头的烤地瓜相仿佛了。当然，记忆里最好吃的，还属焖地瓜。焖地瓜所取用的，都是才从土中挖出者，这时的地瓜富含淀粉，尚未来得及糖化，以熥地瓜例之，应该比较艮硬。可从土窑中取出的焖地瓜，总能出人意料地泥软香甜。有一段时间里，我曾对这一记忆的可靠性深致怀疑，是不是其中掺杂的太多的想象。此次焖地瓜再次确切地告诉我，焖地瓜是天地间最好吃的地瓜，这绝非记忆的美化，而是近在眼前、确定无疑的事实。

后来我想，同一种地瓜，做熟后的口感气味，可能与加工时给予的温度与持续的时间有关。放在锅里熥熟，蒸汽充足时，也许会达到 100℃，而持续时间之久暂，一般难以保障，当年柴火也如粮食，艰窘得很，岂可大手大脚。而煮熟，地瓜淹没于开水之中，受热均匀且时间持续较久。烤炉中的地瓜直接面对火焰，其温度自会高出开水与蒸汽许多。我们焖地瓜的灶窑，放入地瓜时，虽已不再烧火，可柴草燃烧时，温度可达 2300℃，被它炙烤许久的土块，总也有几百上千度吧，这样的土块被碎为细土，再将那地瓜包围起来，热土复又包裹于土丘之中，可持续很长时间，进入这种环境，地瓜的性子纵是再倔强，到头来也没有不老实服软的道理。所以焖地瓜比所有地瓜都好吃，并非仅仅因为好玩儿。

虽然玉新兄屡屡提醒，少吃点儿啊，肚子留点儿空，一会儿还有精美的酒席呢。可谁还留得住嘴。

　　收拾完残局，驱车北行，来到艾山脚下，进得临河酒店之中。这店虽地处僻野，菜肴却颇丰盛，有黄河鲤鱼，还有长江白鱼。酒也是好酒，最新版本的"曹植醉"。鱼山艾山，卡口黄河，名酒珍馐，胜境良朋，快何如之。然而许多日子过去，回想起那日情形，印象最深的，居然仍是那些蓬头鬞面、貌不惊人的焖地瓜，以及那一段忘掉个人年龄，忘掉世间忧愁的快乐时光。

2020-12-17

酸浆与灯笼果

那日整理屋角厨桌上的杂物，有只袋子提起来轻飘飘，查看其中若有皱缩的纸团，这才想起"姑娘果儿"。撑开袋口点数一下，尚有一十五枚。那还是去年晚秋时候，一早去市场买菜，看见摊位上此物有卖，感觉新鲜可爱，便顺手买一些带到这边，一为了品尝其味，二也可于暇时摩挲把玩，增加些感性了解。

如今人们的生活日趋精致，对水果品质的要求也水涨船高，比如苹果，为避免鸟雀啄残，或者农药沾染，早早弄个纸袋套将起来；成熟之后拣选装箱，又怕途中磕磕碰碰，还要戴一个白色网套。但这姑娘果儿，则无须这么麻烦，人家衣服是投胎时候带过来的，天赐一副钟状花萼，待果子生成，花萼日渐增大成一个缩口布袋。那形状，又如旧时年节纸糊的灯笼，将果子妥妥安置其中，莫说风雨，就连刁蛮的虫儿，想进去逛逛也要费些周折。待到成熟之日，青囊皱缩成淡黄色的纸罩，采摘时任你抛掷堆放，手脚轻点儿重点儿的，它们一般都担待得起。

扯开纸质的宿萼，球形果实赫然在焉，金黄颜色，肉色亦如之。老实说，作为水果，姑娘果儿甜度不算太高，然果肉紧致，质地细腻，咀嚼之时，

平水禪寺南薇小華蓮

口舌间若有奇异的香味氤氲，略似奶油又不失自然之意。从咬过的切口处，可见金黄的种子粒粒如小米嵌于果肉中。

　　此类植物当年吾乡即有，父老名之曰"灯笼棵儿"。尽管不似枸杞、龙葵一般随处可见，人迹罕至处却是偶然也有。以其少见，更因其长相好玩儿，人人视之为稀罕物儿。对于植物，被当成稀罕物儿可不是什么好事，人见人爱的结果，是人人得而撷之，从此再没有好日子过。一旦被发现，当即被摘个精光，甚至连枝杈都给撅下来，整株拔下来，擎在手里到处显摆。在家乡生活那么多年，就不记得吃到过一枚成熟的灯笼果。正因如此，也曾兀自为它们家的香火延续黯然神伤。可自从看到果实切口上细密的种子，我那杞天之忧也终得缓解：十颗果子里纵使有九颗葬送于顽劣少年之手，只要有一颗长到老熟，被自由的鸟儿啄了去，也就可以确保基因传递无虞了。

　　得闻其"姑娘儿"之名，已是多少年后。从哈尔滨赶往牡丹江的路上，在亚布力一带停车休息，北望是起伏的山体，莽莽苍苍诱人，路基下而则是连绵的田畴，道旁有妇人二三，摆摊售卖土特产。筐篮中的灯笼果表皮干枯，皱巴巴如同用薄纸包了，挤挤挨挨地堆起。上前叩问，闻说*Guniangr*，不敢往"姑娘儿"三字上想，恳请人家慢慢说，说了一遍又一遍，最后仍是将信将疑，内心固执地认为，此即使不是故为笑谑，也可能是一种民间叫法，因有音无字，才拉她们仨过来顶缸。后来看书，见白纸黑字印着，才确信这世间果有此名。

　　茄科（*Solanaceae*）酸浆属的这几位，从外在形貌看相差无几，没有分类学的过硬功夫，想将它们分辨清楚殊非易事。不过，仍然无法排除这样的怀疑，我在黑土地上遇到的"姑娘儿"，与吾乡大野深处潜滋暗长的"灯笼棵儿"，很可能并非同一个种。东北地区种植的，据说是毛酸浆

（*Physalis pubescens L.*），《中国植物志》亦载：毛酸浆"原产美洲；我国吉林、黑龙江有栽培或逸为野生"。何家庆《中国外来植物》亦有"毛酸浆"条：别名黄姑娘、洋姑娘，因刘慎谔等《东北植物检索表》（1959）已有收录，故推断"至迟于20世纪50年代引入"。敝地与白山黑水相隔辽远，那些刚才远涉重洋引种而来的小可爱，无腿无脚的，如无人类有意相助，难以在短时间内跋山涉水过来。敝乡当年所有者，根据邻市《濮阳植物志》，我猜可能是苦蘵（*Physalis angulata L.*），此亦是一年生草本，与毛酸浆长得很像，只是果实略小而已。因为从来不曾吃到它们成熟的果子，不知道其口感味道与东北姑娘儿有什么不同。苦蘵据说同样来自美洲，归化后传遍全球热带和亚热带地区，传入中国的时间与渠道尚不清楚。从吾乡人对它的熟悉程度看，其来至少应早于东北地区的毛酸浆。上面二位之外，名声较为昭著，同时也已被栽培利用的，还有一个灯笼果（*Physalis peruviana L.*），其分布区域为广东与云南一带，万方浩等《生物入侵：中国外来入侵植物图鉴》认为，此物亦是美洲的种，直到1956年，才有《广州植物志》将其著录。

　　苦蘵与灯笼果，最初皆是酸浆的别名，后被现代植物分类学家拿来，用在这些来自域外的同属植物身上。这种命名方法好处当然很多，省时省力仅其一端，又因为这些俗名别称既已包含着前人的智慧，又经过了漫长的时光淘洗，所以看上去既贴切允当，又古色古香。不方便处也不是没有，如果不能将古今语境加以区分，很容易引发歧义，你这里呼一声"小石头"，那边张建国回过头来，满眼都是惑疑不解：咱们一点儿不熟啊，大庭广众之下，你干吗叫俺的小名？

　　酸浆属植物中，唯酸浆（*Physalis alkekengi L.*）可能属于本土物种。中国典籍中酸浆一名出现颇早，《尔雅·释草》云："葴，寒浆。"郭璞注云："今酸浆草，江东呼曰苦葴。"西晋崔豹《古今注》亦云："苦葴，一名苦蘵。子有裹，形如皮弁，始生青，熟则赤，里有实，正圆如珠，子亦随裹青赤。长安儿童谓为洛神珠，一曰王母珠，一曰皮弁草。"关于崔豹所说的苦葴、苦蘵，夏纬瑛先生说："案此所言之植物，当是酸浆。"

相对而言，酸浆与其他诸种区分度还是比较高的，别的不管，仅看其宿萼与果实成熟之后的颜色即可。诸种结子后，外边有个纸质外壳包裹，然始生青，熟则赤，却为酸浆所独有。其他各种灯笼果，熟后皆为浅黄色，宿萼则灰白如草纸。也就是说，别家的灯笼皆似白日所见，且是熄灭了蜡烛的；唯酸浆的灯笼属于夜晚，且是点亮悬于檐下，或提在手中。《本草经集注》卷四陶弘景云："（酸浆）处处人家多有，叶亦可食。子作房，房中有子如梅李大，黄赤色，小儿食之。能除热，亦治黄病，多效。"寇宗奭《本草衍义》卷九亦云："酸浆，今天下皆有之。苗如天茄子，开小白花，结青壳。熟则深红，壳中子大如樱，亦红色。樱中复有细子，如落苏之子，食之有青草气。此即苦耽也。"朱橚《救荒本草》说得比较详细："姑娘菜，俗名灯笼儿，又名挂金灯。《本草》名酸浆，一名醋浆。生荆楚川泽及人家田园中，今处处有之。苗高一尺余，苗似水荭而小，叶似天茄儿叶窄小，又似人苋叶，颇大而尖。开白花，结房如囊，似野西瓜蒴，形如撮口布袋。又类灯笼样，囊中有实，如樱桃大，赤红色。"最能刻画此草之美的，当数《本草纲目》卷十六引杨慎《卮言》云："燕京野果名红姑娘，外垂绛囊，中含赤子如珠，酸甘可食，盈盈绕砌，与翠草同芳，亦自可爱。盖姑娘乃瓜瓤之讹，古者瓜姑同音，娘囊之音亦相近耳。"而末句亦对"姑娘儿"一名，做了推测性解释。

酸浆熟后赤红，较之黄姑娘儿，囊状宿萼更为阔大，兼具纵棱数道，将红灯笼装饰得尤为俊气，灼灼然隐现于苍翠枝叶间，十分悦目赏心。以是之故，就有风雅之士特地将其种于花盆内，当作观赏植物侍弄。果熟如不被采摘，酸浆宁肯枯老于枝头，也不会随便陨落。到了深秋时节，萼片上的叶肉或会自行剥落，囊状宿萼外形依旧，唯是只剩下白色的网状叶脉，赤红的果实依然安住其中，这时候，益发令人惊叹造物之鬼斧神工，此亦红姑娘最为奇妙、最堪玩赏的时候。

读过《红楼梦》的人肯定记得这个桥段：西方灵河岸边三生石畔，有绛珠仙草一株，因有赤霞宫神瑛侍者以甘露灌溉，得以久延岁月。既受天地精华，复有雨露滋养，遂得脱却草胎木质，换为人形，修成一个女体（黛玉），只因尚未酬报灌溉之德，故其五内便郁结着一段缠绵不尽之意。后到警幻仙子的案前挂号，为报神瑛侍者（宝玉）的甘露之惠，发愿把一生所有的眼泪还他。

我们的问题是，这三生石畔的绛珠草，是一种什么草？《中国植物志》上肯定查不出来，那么，作者在此弄得什么狡狯？此事对于读懂《红楼梦》，也许无关紧要，将它搞个清楚明白是否更好？红学家周汝昌注意及此。他认为，《红楼梦》首章所写，虽恍兮忽兮，但此草断不会是凭空捏造，作者生活之区域内，大自然中必有与之对应之物。故在其随笔集《岁华晴影》中，周先生推断，曹雪芹所写绛珠草的现实蓝本即为酸浆草。

对于周先生的学问，我老实不懂。唯是关于绛珠仙草的这个揣测，简直让我佩服得不行。据说周先生所以产生此念，起源于酸浆的别名"洛神珠"。既然此草已与曹植所想象的洛水之神有了关联，作者拿过来用，与书中遥接娥皇、女英的潇湘仙子之名，恰可构成明暗呼应。

所以激赏周先生的猜测，因为除如上所说，我们还可举出更多直接与间接的例证：第一，杨慎《卮言》称酸浆为"燕京野果"，曹雪芹虽在江宁出生，十三岁已来北京生活，三十三岁更移居西郊。燕京野果与京郊雅士，这也太有缘了。故可推断，如此精雅漂亮的野果，肯定逃不过敏感博识的曹雪芹的眼睛。第二，雪芹绛珠草的"绛"，与升庵"外垂绛囊"之"绛"，乃同一个"绛"字，而绛珠绛囊之"绛"，与红姑娘的红，也是同一种颜色。第三，杨慎《卮言》又云，此草名"红姑娘"，红姑娘，林姑娘，皆是姑娘啊。第四，崔豹《古今注》所列，酸浆还有一个别名曰"王母珠"，此名看似与妙龄黛玉无甚干系，如将其与《红楼梦》中的其他人物联系起来考虑，也许能启发我们联想到些什么。

最重要的是第五。话说晴雯死后，宝玉一心凄楚，看见池上芙蓉，想起小丫鬟说晴雯做了芙蓉之神，便自作诔文一篇，用晴雯平日喜欢的冰鲛縠写出，名曰《芙蓉女儿诔》。复又备了四样供品，于黄昏人静之时，命那小丫头捧至芙蓉之前。先行礼毕，将那诔文挂于芙蓉枝上，乃泣涕诵读。这边致祭才毕，正欲回身，忽听山石之后有人笑道："且请留步。"宝玉被吓了一跳，细看不是别人，却是黛玉。于是二人就祭文中字句展开讨论，黛玉认为"红绡帐里，公子情深；黄土陇中，女儿命薄"，这一联意思不错，只是"红绡帐里"未免俗滥，"放着现成的真事，为什么不用？"又说："何不说'茜纱窗下，公子多情'呢？"宝玉听了，不禁跌脚笑道："好极，好极！到底是你想得出，说得出。"最后，由宝玉定稿为："茜纱窗下，我本无缘；黄土陇中，卿何薄命！"黛玉听了，陡然变色。虽有无限狐疑，外面却不肯露出。

此乃第七十八、七十九回中故事。此前第六十三回《寿怡红群芳开夜宴》

中，众人会于怡红院，行"占花名"酒令，宝钗抽得牡丹签，探春抽到杏花签，而黛玉掣得一签，看时却是芙蓉，众人见了笑说："这个好极，除了他，别人不配做芙蓉。"黛玉也自笑了。

芙蓉既已名花有主，此处却拿来移用在别一人身上，我想此既非作者一时疏忽，更不是作者才短，寻不出另外一种花给晴雯用，如此重叠交错，恰是作者匠心独运处。《红楼梦》人物设置，有复式对应之法，如写宝钗，犹觉不足，便辅之一袭人；既写黛玉，为了映衬，更著一晴雯，黛玉与晴雯，虽身份悬殊，但天资心性品格遭遇，无不暗相映带，二人可谓一而二，二而一。芙蓉既然名花有主，宝玉焉得不知，此处作者仍以此花致祭晴雯，意在对黛玉日后命运悲剧形成强烈暗示。而二人所论文句，明里说的晴雯，何尝不是暗指黛玉。

个人觉得，"红绡帐里"，其象正如酸浆枝上，红果垂悬，虽鲜艳夺目，终是累累太多，千人一面，宜乎黛玉深致不满；而秋深气凉，宿萼上叶肉落尽，唯余网状叶脉疏疏密密，红果得处"茜纱窗下"，当然更有风致。对于酸浆，曹雪芹肯定有过细致的观察，惊异于网状宿萼之美。这样推测，看似迂曲，或以为无稽之谈，但敝人却觉得有意思。我喜欢酸浆红果，也喜欢黛玉晴雯，更愿意将她们联系在一起。

刘夙博士《植物名字的故事》一书早已购得，置之枕边，读读停停。去年秋天买得姑娘果儿后不久，恰好读到这么一段："林黛玉的前身，众所周知是绛珠草。据说绛珠草就是酸浆（又名挂金灯、姑娘），现在已经开发为一种水果。尽管北京山区就有这种植物，我在野外也曾数次见到，但一直没有尝过。直到去年冬天，才在市场上买了一些，味道的确很好，甘甜之外，有一种淡淡的奇异香味。不过，在知道酸浆很可能就是绛珠草之后，我顿时产生了一种奇怪的感觉，不打算再吃了。"这时候，我所买灯笼果也已吃掉大半，剩下一些我也就随手放到了一边。

继之我想，即使绛珠草与酸浆属植物确有关系，其所对应的也只能是国产的酸浆，即红姑娘，与黑土地率先引种的黄姑娘实非一物。对林黛玉怀有特别怜恤之情的人，不再吃红衣红果的本土物种酸浆，深可理解；若毛酸浆这种舶来的洋姑娘，也就不必客气了吧。关于黄姑娘，有一事值得一记，那就是它们相当耐贮藏。此物从购得到今天，至少有四个多月，它们一直在袋子里躺着，相互枕藉，今日再看，除个别的略有皱缩，其余皆完好无损。我想，换成以耐贮存著名的苹果，怕也皆已烂掉了吧。

2022-01-20

胡桃叶大阴满庭

那日与大庆、和鹏二位在古楼北大街上行走，道旁所植为胡桃树，和鹏看了，忽然说道，胡桃叶子很香啊。我听了觉得有意思，就手撕下一片小叶闻一闻，没有啊。和鹏另择一茎嫩叶，揉一下递与我，果然异香扑鼻。和鹏说，小时候到他父亲工作的气象站院子里玩耍，常以闻胡桃叶子为乐。体味着胡桃叶子的特异香气，我心中暗想，也许该写写胡桃树了。

胡桃（*Juglans regia*）胡桃科（*Juglandaceae*）胡桃属植物，高明乾《植物古汉名图考》云："胡桃学名中的 *Juglans* 为胡桃的古名，来自【希】神话中的神名 *Jovis*（朱必特）与 *glans*（坚果），指果为美味之珍品；*regia* 意指高贵的。"朱必特乃古罗马神话中的最高神，与希腊神话中的宙斯相当，相当地高大上了。陈淏子《花镜》卷四云："胡桃一名羌桃，一名万岁子。"在日常生活中，吾乡则一般称之核桃，盖"核"与"胡"音既近，亦言此桃以核为种植目的也。

当年北方乡村贫瘠，生存压力之下，物种数量锐减，核桃树已比较罕见。碰巧我们村有位钟情园艺的老人，他家后园里收藏了好多奇花异树，方圆十里八里相当有名。我之较早认识核桃树，就是拜了他老人家之赐。那时

平水禪兄

南巖小蓮

老人已经过世，两个儿子也已析居。受外村亲友之托，过来向他们家讨要
几茎核桃叶子，做药引子用。核桃树归老人大儿子所有，至则见一树婆娑
立于庭中，树冠如绿色伞盖，有枝平伸，主人就手摘一些递与我。可能来
得不是时候，没记得看见核桃果实。核桃嘛，平时也偶或得见，收破烂儿
的西乡麻脸老人经常过来，他手推车上铁丝笼里就摆放着两三枚。核桃树
却是初次看到，虽仅此一见，此树也就住进我心。记得他们家仅有堂屋一座，
并无院落围墙，走过去看看核桃树，道路既不遥远，阻碍也无多。须知这
可是核桃树啊，核桃是多么稀罕的玩意儿，还不是人家一家人的心尖儿嘛，
外人，特别是小孩子怎么可以表现出过分的热心。后来外出谋生，人生如
船行浅滩急流，容不得心有旁骛，那株核桃树也就渐渐被我遗忘掉了。

多少年前，人们忽然作兴，在城南开辟了一个科技农业园，园中种植
了各类树木，其右边道路两侧所种为柿子，左侧道旁种的则是核桃。因与
寒舍相距不远，所以打那以后，我一直是这园子里的常客。有段时间园子
疏于管理，渐向荒芜，少人光顾了，这种自然空寂的状态特别适合我；后
来园子改建，那边柿树大部伐掉，而核桃树却得保留一些，所以对于核桃
树的体认与观察，一直不曾中断。核桃树生长旺盛时，枝条或直上或斜升
或平伸，其上阔叶扶疏，将一条曲径搭成绿色长廊，行走其中，即使盛夏
之时，也可得一份清凉。我承认，对核桃花与核桃果的观察，一直未能深入。
客观缘由是其树过于高大，站在树下仰望，多所不便；再就是核桃青果刚
才成型，眨眼之间就不知被什么人全部收走了，想细究也没了目标。主观
上的原因可能更重要，那就是我粗枝大叶、不求甚解的坏习惯。

那年春天，应朋友之邀，到东阿看黄河牡丹。牡丹田中恰有核桃间作，
核桃树也才一人来高，却已悄然著花。核桃花序如一条黄绿色的毛毛虫，

由枝间吐露出来。回来后特意来到园中，找寻低矮之枝，果然也看到花序垂垂然，其上还布满黄色的粉末。后来知道，那粉末就是它们的花粉。令我一直疑惑不解的是，既然花序已经如此纤长，结出的青果为什么个个皆紧贴于枝上？难不成它的花序具有伸缩的功能？查阅资料方才知道，细长悬垂着的是核桃的雄花，雄花之外，它还另有雌花，雌花和雄花并不长于一处。更加特别的是，核桃的雌花不像杏桃，把自己装点得缤纷艳丽，以招蜂引蝶，它们一直低调，以至于很难察觉到它们的存在。正因为它们这种谦逊的做派，才害得我为它们家的事纳闷了好多年。雄花悬垂于枝间，渐向成熟时，稍一抖动，大量的花粉就会释放出来。这是风媒花的典型特征，花粉借助风力传给雌花；雄花的花粉数量虽然很大，春天的风也比较常见，但作为传粉者，干起活儿来还是显得有一搭无一搭，你不知道它往哪个方向吹，所以花粉总是闲抛浪掷的时候更多。为了确保子孙繁盛，雄花就须格外努力了。因为核桃属于风媒花，其雌花疏于打扮，也就可以理解。既然无须蜂与蝶过来帮忙，还把自己搞得花枝招展，就太没意思了。

核桃树上的青果是后来看见的。那之前，我也不相信它能直接长成那种骨感模样。村上常有些博识的人，自觉不自觉间，起到知识传承的作用。承他们相告，核桃初成，外表裹有青皮，如青杏然，成熟后摘下来，将表皮沤掉，才是我们所看见的核桃。对于这种说法，我一直深信不疑。我也曾努力设想这核桃的沤法。村子里常见沤麻，将茼麻斩去枝节，捆扎成束，埋入浅水之中，数日后取出，则青皮尽除，只余白皙丝缕。这沤核桃恐怕不可以沉入水中，那么，埋入湿泥之中如何？其实不光村子上口口相传，典籍中也时见这样记载，如《植物名实图考长编》卷十七引《酉阳杂俎》云"（胡桃）结实如青桃，九月熟时，沤烂皮肉，取核内仁为果"。又《救荒本草》亦云："结实外有青皮包之，状似梨，大熟时沤去青皮，取其核是。"为了验证此事，我曾几次来到植物园中，希望得到几枚青核桃果，有一次经行树下，果然拣到两枚。书案上放得久了，只见外皮渐黑烂皱缩，并不脱落，似乎更加印证了吾乡人的说法。

前几年，老家院子里种了柿子核桃，柿子结实早，后来核桃也开始挂果。去年中秋回家，看到在树上成熟的核桃，虽然稀稀落落，却也个个饱满。我不知道这是不是已经改良过的品种，人家根本不用人来措手，到时候青果前端已自动开裂，且裂口渐张渐大，晃动树枝，有的整个掉落下来，取出核桃毫不费力；有的更干脆，只有裸体核桃跌落树下，青果皮参差着还挂在枝上呢。然而我还是攀着树枝，摘几个全毛全翅的青果，小心翼翼包好，带回来放在案头，等待青色外皮渐渐干枯。后来看到收获核桃的短视频，也大致这个样子，但有个别不开窍者，放在石头上用硬物一敲，外皮开裂处，它也就如美人浴罢，赤条条滚出，不费半点儿力气，哪还用得着泥里水里地沤啊。

种核桃当然是为了吃核桃。然而作为核桃，肯定不情愿被吃。为了不被吃或少被吃，核桃也就进化出一些自我防护的本领。核桃的果实与杏桃类似，皆为所谓核果，外面青色果皮，相当于杏与桃的果肉，呈现在我们面前的皱巴巴、硬邦邦的核桃，只是它的果核。核桃的果肉部分与杏桃的柔软多汁、甘甜可口不同，核桃果皮质地较为粗硬，又富含单宁类物质。单宁类物质的特点之一就是不溶于水，所以无论人还是动物，吃它到肚子里，会非常不舒服，此足以让那些嘴馋的动物望而却步。这只是第一重防护。砸开核桃外壳，种仁裸露出来，种仁肉质白色，外面仍裹有一层黄褐色的薄皮，这层薄皮仍然含有单宁成分，所以我们食用核桃时，也会有或轻或重的涩感。对于某些动物和昆虫，核桃的这些伎俩也许不无功效，可对于人类，就未免太小儿科了。

动物中吃核桃的能手当数松鼠。松鼠赋性所在，上树缘枝如履平地，没有它到不了的地方。松鼠名字中毕竟有一个鼠字，保留着鼠辈贪婪的天性。狮虎何其凶猛，据说它们的捕猎以满腹为度，吃饱了就不再去滥杀；鼠辈则不同，也许因其势弱，不得不计久远，即使已经吃得肚子圆鼓鼓，还要将更多食物拖回家，以备不时之需。松鼠不必穴地为洞，它采取的储存策略是随地掩埋，采摘了核桃，找个地方藏好，饿了再扒出来享用。它们想得很美，可惜记忆力不够强大，有一些也许记得，更多的却已迷不知处，于是到了次年，便有一株株新的核桃长出来。原初的核桃，山里的核桃，很大程度上就是借助松鼠们的帮助，才使自己的种群得到扩张的。

最会吃核桃的当然还数人类。在人类看来，核桃与扁桃、腰果、榛子一起，为天下四大干果。人是最会制造和使用工具的动物，所以不光青涩的果皮构不成障碍，核桃的那层硬壳，也根本算不了什么。以硬物击打，那就太笨了，他们不光发明了核桃夹子，让所有核桃望风披靡，更培育出薄皮核桃品种，皮薄如纸，手捏可碎。食用方法也已千奇百怪，无所不用其极。直接剥食就不必说，炒食腌食，糖渍蜜饯，林林总总，不一而足。好多人吃核桃不光为了享受核桃仁的馨香，而且相信可以补脑，著名广告词就有：经常用脑，多喝 XX 核桃。这种古怪念头可能与中国文化中"吃什么补什么"的执念有关，而且又往前推演了一步：核桃仁长相与大脑相似，所以必也有补脑的功效。核桃含有 Omega-3 脂肪酸和锌等确可以补充人体所需的营养成分，让大脑阶段性地更有活力。但是，人在出生之时就几乎已经拥有了穷其一生也用不完的脑神经元，大脑在完成脑裂后就不再生长，到了一定阶段，脑神经元将会随着年龄增加而逐渐减少，别说核桃，再高级的灵丹妙药都不可能将它补回去。

对敝人来讲，平时虽然也吃核桃，却不觉得它有多么好吃。感到好吃的平生仅有两次。一次是新鲜核桃。我们平时所吃，都是收获后晒干，再经长途贩运过来的。从核桃树上刚刚摘下，去皮去壳，其仁白亮亮富含水分，入口清脆而微甜，风味较为别致。有一次酒席上有这么一道菜，凉拌鲜核桃仁，也颇为受欢迎。

另一次是在太行山中。进入峡谷之前，谷口有出售山货者，若集市然。一老叟守着一堆拉长版的核桃，问之，则曰"楸子核桃"，亦即所谓胡桃楸（*Juglans mandshurica*）者，其形玲珑狭长，感觉挺好玩儿，便买一些带回来，准备慢慢享用。胡桃楸的果核皱缩硬韧，凭手感即可知道不是容易对付的主儿，对于它的冥顽不灵，核桃夹子根本无法奏其功，于是我只好备下砧子与锤子，闲来无事时，踞坐于客厅之中，与它展开一场斗智斗勇的较量。胡桃楸毕竟处于被动地位，即使我已失败十次，它也只好乖乖儿等着我的第十一次进攻。砧锤之间的核桃楸开始出现粉身碎骨者，其果仁也终于被我尝到。唯其外壳骨质太硬，内壁又沟壑太多而细，即使将其砸碎，也得用牙签循着壳壁皱褶慢慢挑着食用。不知是因为难得才觉得可贵，还是品质确实更胜一筹，感觉胡桃楸的口感与香味，高出一般的核桃仁太多。唯其性情太刚烈，动辄以玉碎示决绝之志，碎片迸得到处都是。起初，在果仁香味的诱惑下，活儿还干得津津有味，久之则有得不偿失之感，兴趣索然了。两斤胡桃楸没吃掉十分之一，就被冷落到一边。后来在植物志书中看到这样的描述：核桃楸果核"表面有八条纵棱，其中两条较显著，各棱间具不规则皱曲及凹穴，顶端具尖头；内果皮壁内具多数不规则空隙"。

毕竟科学术语，描述何其准确，不服不行。

核桃不光可以吃，还可以玩。以核桃做文玩，有时卖出很高的价钱。仔细体味一下，核桃确有一种特别的美。美这个东西，并非一味地光鲜漂亮。鲜花当然很美，老树同样也很美。俊秀是一种美，丑拙也是一种美。石涛应该懂得美吧，他曾自号苦瓜和尚；吴昌硕应该懂得美吧，他晚年自署缶道人；苦瓜一身疙瘩如瘰疬，缶则不过粗劣瓦器而已，可二位大师目光如炬，比我们平凡人看得更深。核桃之形，丑则丑矣，然丑到极致，美也就开始显现了。即以本人为例，虽对文玩细物兴趣不大，看到长得周正饱满的核桃，有时也忍不住把玩半日。

在吾乡，大人专注于某事，小孩子上前凑热闹，大人说话，小孩子忍不住插嘴，大人听了觉得不靠谱，就会说，你呀，玩儿核桃车子去吧。核桃车子是当年乡间巧手自制的玩具，看到别人拉得呼呼转，我也曾羡慕得很，终因核桃不易到手而作罢。后来有了核桃，又过了玩儿核桃车子的年龄，就这样与它失之交臂了。

核桃车子其制也简单，于核桃正中打一透孔，置细木轴于其中，轴端着一木制螺旋桨；再于侧面钻一细孔，牵引绳子进入，固定于立轴上。先将绳子绕于轴，然后左手握紧核桃，右手持细绳拉动不止，一扯一松，一张一弛，螺旋桨便于核桃上面旋转不止。龙二爷是村上有名的巧手，他的大儿子瑞河大叔好像继承了这种天分。一次，他拿一架核桃车子来街上演示，引得一帮小孩子围上去看热闹。他的核桃车子螺旋桨改用铁片儿，中部钻成两个针孔，立轴先端固定一个木托，托上嵌两根钢丝，使恰可插入螺旋桨的小孔中。绳子缠好，用力拉扯，螺旋桨居然离开核桃车子，歪歪斜斜向天上飞去，于是引起一阵惊呼。

　　其实就我而言，还是更喜欢核桃树。那种充满生机的树型与枝叶，真是格外漂亮。《中国植物志》第 21 卷这样说核桃树："乔木，高可达 20~25 米；树干较别的种类矮，树冠广阔。"描述树冠，这里使用了"广阔"二字，看似有点突兀，细想则极其准确，没有比这两个字更恰当的了。核桃树干一般长到齐腰那么高，就开始分布其枝枝丫丫。核桃展枝很长，动辄三米五米，奇数羽状复叶着其上，每一枚都充满了活力，而且自春至秋，它就那么全副披挂着，秋深之后，才渐渐变为淡黄色。有一株茂盛核桃树立于庭院之中，白天享受它的清阴，月下享受它的叶影，"胡桃叶大阴满帘"，多么令人神往的境界啊。

2021-08-24

大蒜与咖啡

一

前些年，听到有人议论吃大蒜的人与喝咖啡的人，顿觉脸红耳热，人也好像矮了半截。虽然如今敝人偶尔也喝喝咖啡，而且已好多年不怎么吃大蒜了，可听人家这么一说，仍然做贼心虚，一种自惭形秽的感觉挥之不去。

其实，大蒜与咖啡不过是两种植物，都是经过千万年自然演化而成，它们从不像智人族群一般热衷权力征逐，财富聚敛，而是安分守己过自己的日子，哪里有什么高下之分，贵贱之别。二物在不同的时期内，满足了不同人群不同侧面的需求，对于人类文明的延续与发展，做出了各自的贡献。然而一为新进的饮品，一为传统的作料，除非特意编排点什么，很难将二者拉到一处。

有意思的是，大蒜与咖啡都属于外来物种。

大蒜之来吾华的时间较早，吴其濬《植物名实图考长编》卷四引张华《博物志》云，"张骞使西域，得大蒜、胡荽"，则距今至少 2100 年；大蒜一入中土，即受到普遍欢迎，地无论南北，人不分华夷，无不竞相引种，很快成为百姓日常生活的必备菜蔬。北魏贾思勰《齐民要术》对于大蒜种植已有详细论述，可见在那之前，大蒜已被广泛栽培。作为调味品，大蒜与盐、豉齐名，《太平御览》卷九七七引《三辅决录》云："盐、豉、蒜、果共一筒。"据"产业信息网"数据，以 2019 年为例，中国大蒜产量 2330 万吨，居全球首位，为第二名印度当年产量的 8 倍。这些大蒜除去少量出口（约十分之一），其余都在国内消耗掉了，这个数量，应该不是三个人五个人能够吃得下的，所以说中国至今仍是大蒜之国，恐非虚言。而国人最早见到咖啡，可能始于元代。1275 年，年轻的马可波罗来到元大都，取得元世祖的信任，在此期间，经常邀请元朝的高官到家中品尝咖啡，还将咖啡当作礼物送给元世祖。不幸的是，最早喝到咖啡的这几个本土男人皆没能体会出咖啡的妙处，所以咖啡的引入又被向后推延了 600 多年。资料记载，1882 年，一位英国人首次将咖啡种植引入台北，后在台北与高雄两地集中种植。大陆种植咖啡更已是 20 世纪之初，某位法国传教士将第一批咖啡苗带到云南宾川县。咖啡中的优质品种小粒咖啡（*Coffea arabica L.*）的种植则更迟，到了 1956 年云南德宏州委才决定引进种植。

两种植物进入中土时间差距甚大，无论种植地域还是栽培面积，都相去甚远，从用途上看，二者也毫无关联，就像玉米与烟草，多少年来相安无事。即使到了此时，这两种植物依然自在单纯，仅为自然之物而非人类争执中的角色，不幸被毫无缘由地扯在一起，表达智人心中那点促狭之意。至于他表达了什么，恕我愚钝，还真猜不出来，总不过是自己如何优雅，别人如何粗鄙而已。其实，从这种声口调门看，这样说话的人还真不像个喝咖啡的绅士，倒像刚吃过几头生蒜的莽夫。

对此，我当然不想做什么辩解，说什么汉代以来，中国吃大蒜的人占

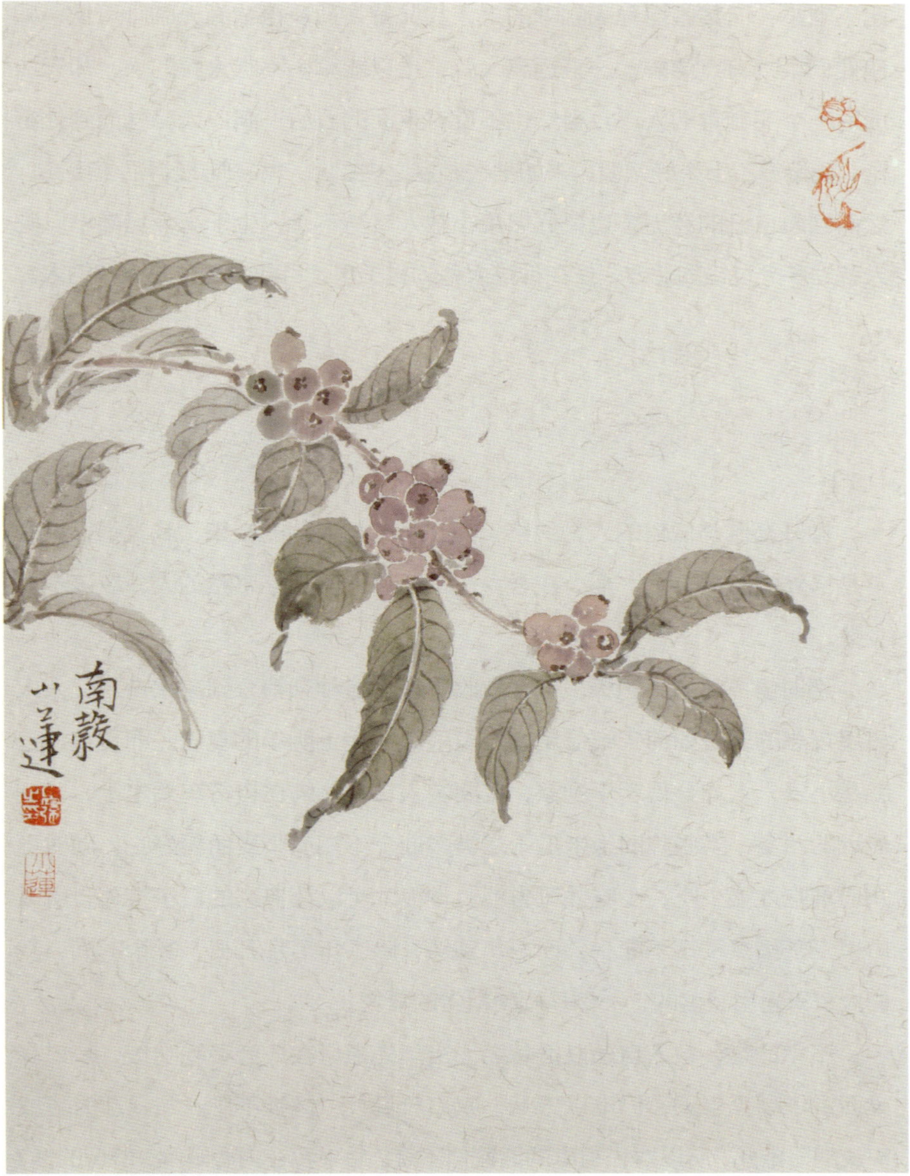

比不老小；而某些自称喝咖啡的人，其父辈，顶多祖辈尚无咖啡可饮，即使他们果然有点洁癖，一直远离大蒜，也只能算个不吃大蒜的人，却无法成为一个喝咖啡的人。我当然也不反对下面的看法：满口大蒜气而到处游走，确然算不上个好习惯；未如坐在雅室之内，品一杯咖啡显得品位更高。然而回想自己的经历，也只好坦承，敝人幸与不幸，生于至今仍然不以吃大蒜为多大过错的北方，住在种过大蒜的村子里，自幼就是个吃大蒜的人。

二

抛开高雅与低俗的人为纠结，回想一下与大蒜的交集，我觉得，只要不是格外的薄情寡义，至少在吾乡一带，对大蒜心存感激的人，应该不在少数。

那时候乡村穷乏已极。一个秋收下来，各种杂粮分到家家户户，人人日思夜想的，是如何省吃俭用，让有限口粮接上明年的夏收。而夏粮，也就是小麦，人均分得若干回家，也要装入口袋，绑在自行车后座上，载到遥远的西乡，换些陈旧玉米瓜干之类。谁个不知道小麦面粉好吃，同时更知道难吃才能少吃，少吃才可省粮，省粮才可以让自家的日子持久。所以田里麦子虽然种了不老少，而一年到头，除了年节那几日，其余时间，我们大家胃囊里装盛的，一例是顽硬粗劣的食物。

不幸的是，敝人自幼以馋著名。当年先祖母在一旁看我吃饭，一口高粱面饼子嚼弄半天，仍难以下咽，叹口气说："馋狗不肥。"我那时瘦成窄长的一条儿，所以对先祖母的话深信不疑。后来我在内心辩解，所谓的馋，其实可分积极、消极二种，积极者贪嗜美食，消极者厌食劣物，亦即村里话说的"细食"。我之所谓馋，显然属于后者。有时已经饿得前胸贴后背，拿起砖头一般坚硬的地瓜面饼子、高粱面窝头，相看半天，终也提不起兴趣。对于敝人的口腔，鲜地瓜较为柔软可欺，可惜好景不长，一年当中，地瓜总共吃不上三四个月，其余时间呢，黑窝窝所以难以下咽，口感的粗劣只是一个方面，气息的古怪更是其帮凶。此时最肯诚心帮助我的，唯有这大蒜了。大蒜从辫子上揪下来，剥去外皮，放入石臼中捣烂，以清水调匀，再将碎切的老咸菜放入其中。咬一口黑窝头急嚼数下，夹一箸蒜蓉咸菜纳入口中，一股强烈的蒜香气顿时洋溢于口腔内外，陈旧瓜干高粱的邪味被掩盖得无影无踪，加之口腔黏膜受到强烈刺激，催生出一种所向无前的吞咽欲，我这边则积极配合，趁势让口中之物通关，顺利进入胃袋之中。这个时候如果有人向我建议，将大蒜换作咖啡如何，我心里肯定怀疑他是不是疯了。

捣碎调稀这种吃法还算文雅。放学回家，扒着干粮篮子搬块凉饼子，掰几瓣蒜放手里一搓，一边往外面走，一边狼吞虎咽起来，随着蒜瓣儿微弱的脆响，辛辣味儿从舌尖出发，换算成蒜香由口舌渐入鼻腔，窝头什么味道，就可以不加考虑了。更为生猛的是饿透了，蒜瓣儿根本不用剥皮儿，直接纳入口中，一口咬下，咬断者入口，蒜皮儿仍然牵连着被扯将出来，抖落掉粘在蒜皮儿上的干粮末儿，接着又是第二口。多少年后，偶然心血来潮，仍会将大蒜剥皮洗净，以快刀切为薄片，均匀排列小碟中，就着新出锅的馒头，将自己辣一个满头大汗，也算是对过去那种简单粗暴吃法的一种怀想。

萧索的天空下，贫瘠的土地上的那段漫长日子，简直不堪回首，唯臼中的蒜蓉、院外的树阴和村前的池塘，可谓那段生活中仅有的亮色。

三

自西汉至今，大蒜与国人相伴历二千余年。其身份也由调味佐料，向日常菜蔬延伸。吃得既久又多，理应对大蒜的气质秉性，有透彻的了解，如何因势利导，如何扬长避短，经验与体悟更深。不同地域，不同文化环境中的人们，吃出各自的特色，也理所当然。大蒜起源于中亚和地中海地区，公元9世纪从中国传入日本和东南亚，16世纪以前已在非洲和南美洲栽培，18世纪复传入北美。目前已在世界各地广泛种植。食蒜并非中国人独有的习俗。德国人拥有全世界最早的大蒜节；西班牙则是著名的大蒜生产与出口大国；鼎鼎大名的法式蒜蓉面包片，即以面包切片，将蒜蓉与黄油涂于切片表面烤熟；在美国，有道菜干脆叫"40瓣蒜煨鸡"（*Chicken with forty cloves of Garlic*），一般食谱上更做出明确要求：3头整蒜并6条鸡腿。

大蒜之用，不可谓不广。穷乏时代食物粗劣，浓烈的蒜香足可文其窳陋；富足日子里又可为鸡鸭鱼肉提香，为人们提供更加新鲜强烈的味觉体验，诱导和启发着人们的味蕾，让生活变得更加美好。

作为食材，大蒜之用可分两个方面：生食与熟食。

先祖母曾经有言，卖姜的敌不过卖蒜的，卖蒜的再不济，到了归齐也不至于饿死。意思是同为辛辣佐料，生姜无论煎炸烹炖，终不改梗顽之性，而大蒜就不那么一根筋，一遇高温，就像换了个人儿似的，辛辣之气顿消，加上胖嘟嘟的躯体，一望即知富含营养。

熟食大蒜，当以黑蒜为其大宗。黑蒜之制由日韩传入，一般加工方式是利用高温高湿条件，再经 2~3 个月固态发酵而成。黑蒜的颜色来自高温下糖分和氨基酸发生的美拉德反应。在发酵过程中，一部分大蒜多糖被降解，转化为果糖、葡萄糖和蔗糖等，蛋白质部分降解，释放出多种氨基酸，合之则既增添了明显的甜意，又获得了多种口味。黑蒜我也曾偶然尝试，听介绍虽然头头是道，可那滋味，那口感，恕我直言，直是温吞吞并无多少特异之处。

吃火锅时，常遇到这种情况：开始是肉啊菜啊，吃个差不多，再来几根儿面条，以为正餐。捞面条的时候才发现，原来汤锅深处还有这么丰富的矿藏，大蒜粒粒犹整，白亮如新，入口则绵软如泥，而香味隐然。此时的大蒜真可谓由百炼钢化为绕指柔了。此外，街头的烧烤摊上，有时也看到将带皮儿的蒜瓣儿用铁丝串起，像肉片鱿鱼一样，放在火上炙烤。我平时不大吃烧烤，这种烤蒜口味儿如何，我想也不至太差。

在熟吃与生吃之间，还有些中间吃法。如夏初的糖蒜，冬至后的腊八蒜。虽然皆不曾蒸煮令熟，如腊八蒜犹可视作生食，糖蒜嘛，人家早已改邪归正，辛辣之气尽消，一股酸酸甜甜脆香，仍将其归入生食吗？至于用白菜猪肉粉条作馅包包子，要想出味，必须加些蒜末。如此包子出锅之后，取一个撕开来，扑面而来的香气中，蒜香自是最为生龙活虎，又能引领全局的那一位。敝人口味不登大雅之堂，喜食水饺与糊子饼。糊子饼的极简版，仅以水、盐与面粉做成，也已欢喜不置；后来也不安于简朴，逐渐发展出升级版，加鸡蛋、加牛奶之类姑且不论，掺入葱末，掺入香菜末，掺入蒜末数种，风味各自不同，敝人觉得，最具回肠荡气意味的，还属掺入蒜末者。此时的蒜末恰在似熟非熟之间，辛辣之气已消，而独特香味犹存。

平水禪朵
南巖小品蓮

我觉得，对于大蒜来讲，无论全熟还是半熟的吃法，都未免有点明珠暗投，优势强项没能得到充分发挥。生蒜才最具强烈的个性，最能体现波澜壮阔的气派，适合朴野而不当于文饰。如此说来，大蒜终于还是寒俭生活的最佳伴侣。

一般菜蔬清炒当然亦无不可，有肉类相陪才是锦上添花。肉有不凑手时，只剩下青菜，味道终是寡淡。特别是穷乏时期，三月不知肉味已是常态，偶尔吃顿蔬菜，为了让滋味不那么单薄，放几只辣椒之外，就是添加一些蒜蓉了。比如茄子切为四瓣，放入锅中煴熟，取出晾凉后，略加油盐调食，如果没有大蒜的参与，则水不唧唧的，有什么意思。再如春末菠菜长到二尺长，割取一抱过来，茎叶皆青嫩，洗净切段，放入开水中焯过，捞出来沥干，只有加些蒜蓉调匀，才可为粗面窝头饼子最佳搭档。近年日子稍为富足，酒席间常有蒸野菜一味，作为大鱼大肉的调节。蒸野菜碧绿清新，样子十分宜人，但是，也只有调以蒜蓉，才能发挥出它特有的朴野之气。

配菜如此，配主食亦然。吾乡过去集市上有卖大碗儿的凉粉儿，我曾在新集、康庄二处，多少次遥遥望见，垂涎三尺，最终也没能尝上一碗。然据我猜测，那透亮晶晶、从中间隆起的凉粉儿四围，一定会浇一些蒜汁。敝邑临清市如今有美食"什香面"名闻遐迩，以所配菜品精致繁多相招徕，一般场合不下十种八种，盛大宴席则须几十种。菜品种类中，其他菜蔬皆可调换，唯这蒜蓉一味例是必备之物。

四

个人觉得，大蒜与纸烟、臭豆腐性质有些相似，厌之者说它臭，喜之者觉其香。即使喜之者，吃入口中时或有其香，呼出气来则必为奇臭。所以吃蒜之后，如果处理得不彻底，再出来四处游走，讨人嫌是免不了的。

诗人范成大有一首诗，写到被蒜气所熏之事，题目是《巴蜀人好食生蒜，臭不可近。顷在峤南，其人好食槟榔合蛎灰。扶留藤，一名蒌藤，食之辄昏然，已而醒快。三物合和，唾如脓血可厌。今来蜀道，又为食蒜者所熏，戏题》：

> 旅食谙殊俗，堆盘骇异闻。
> 南餐灰荐蛎，巴馔菜先荤。
> 幸脱蒌藤醉，还遭胡蒜熏。
> 丝莼乡味好，归梦水连云。

诗题比诗还长，是否合于诗法，我说不准，但内容翔实具体，我很喜欢。作者来到岭南，见当地人喜欢食槟榔，食时裹以扶留叶子，在南人，以为"槟榔扶留，可以忘忧"，而诗人却觉得嚼后唾如浓血，十分讨厌。又说蜀人喜食生蒜，让他受不了。范石湖姑苏吴县人，喜欢江南清雅风味，想到莼羹鲈脍之类，梦中已经回到水天相连的故乡。范成大南宋时人，当时淮河以北皆非其土，所以范公足迹难及北方，否则，他之被熏恐怕就不限于巴蜀一地了。

先于范先生 680 年，他们吴郡出了个名人张融，据说此人生得形貌短丑，却颇有才华，更富个性。言谈、文章、草书皆"诡激"而"与众异"，因特立独行的个性、诙谐幽默的语言、机敏善辩的口才及风姿飘逸的名士风范，为他赢得了广泛的名声。《南齐书·张融传》（卷四十一）有这样一段记载："豫章王（萧嶷）大会宾僚，融食炙始［行］毕，行炙人便去，融欲求盐蒜，口终不言，方摇食指，半日乃息。出入朝廷皆拭目惊观之。"烤肉上来之后，张融按照自己的饮食习惯，提出特别要求，却不直言，只举着手指摇动不止，让人不明所以，恰合大名士言行必"与众异"的怪癖。而张融此时索要者，必是生蒜无疑。可见同为苏州人，不同时代，口味也并不整齐划一。

在张融摇动手指讨要大蒜以前约 150 年，西晋"八王之乱"进入白热化。成都王司马颖拥惠帝司马衷据邺城，闻部将为羯朱所败，连夜同几十个将军挟惠帝逃向洛阳。《太平御览》卷九七七引《晋四王起事》云："成都王颖奉惠帝还洛阳，道中于客舍作食，宫人持斗余粳米饭以供至尊，大蒜、盐、豉，到获嘉市粗米饭，瓦盂盛之。天子嗷两盂，燥蒜数枚，盐豉而已。"路上借宿吃饭，惠帝也真是饿极，连干两大碗粗米饭。这里"燥蒜数枚"，我想应该就是生蒜瓣儿了。

以上数人，食蒜也好，不食也罢，似乎皆未足为训。如张融者，虽大名士，但行为以立异为尚，不大合敝人口味。那个司马皇帝荒乱之际的行为，更没什么好说。然而唐赵璘《因话录》卷二有一段记载，其中人物却是我所佩服的："公（裴度）不信术数，不好服食，每语人曰'鸡猪鱼蒜，逢著则吃。生老病死，时至则生'。"在文学上，晋公主张"不诡其词而词自丽，不异其理而理自新"，与张融大异其趣。而"鸡猪鱼蒜，逢著则吃"的态度，也与敝意甚合。最重要的是，如裴度一流人物，亦不以食蒜为非，则敝人幼时的喜欢食蒜与今日的偶尔食蒜，也没什么好害羞的了。

五

我与大蒜很早相熟。不光剥蒜、捣蒜、腌蒜、食蒜，并种植收获之事亦曾亲力亲为，举凡栽蒜、浇水、除草、松土、打蒜薹、刨蒜直至辫蒜，一样都不曾落下。然而此时若问，我真的如想象中那么了解大蒜吗？恐怕也未必然。比如秋末要种蒜了，就到集市上买些蒜种；次年收获之后，挑那些蒜头大的、紫色重的辫在一起，晾晒之后，悬于高壁之上，人问之，亦曰留"蒜种"。然而种蒜时用手指撮着，按入黄土之中的蒜瓣儿，果然是大蒜的种子吗？

蒜（*Allium sativum*）乃百合科（*Liliaceae*）葱属植物，多年生草本。葱属中还有许多常见菜蔬，如大葱、洋葱与韭菜等。葱与韭的鳞茎皆具多层鳞叶，大葱的鳞茎我们经常看到，韭菜因给镰刀拦腰斩断，颇难窥其全貌，其实大同而小异。以分类学的眼光看，作为大蒜鳞茎的蒜头，看起来却与众不同。首先它结构比较复杂，剥开蒜头可见，蒜的鳞茎由鳞芽、叶鞘和短缩的茎组成。蒜头最外层的蒜皮，是生长结束后留下的叶鞘，干燥后成为收拢蒜瓣儿的外衣。谜语有云：

> 兄弟七八个，围绕柱子坐。
> 大家一分手，衣服就扯破。

蒜皮就是围拢它们兄弟的大被。大被里边，围绕柱子坐着的，就是蒜头中的主要角色：蒜瓣儿。栽蒜时，蒜瓣儿被当种子使用，其实只是上年生长形成的鳞芽。鳞芽发育之初，首先生成一件瘪瘪的外套，细小的鳞芽就藏在这外套的角落里，随着它渐渐长大，外套的细胞组织逐渐木质化，最终变成蒜瓣儿外边紧致结实的蒜皮。细心的剥蒜者还会发现，蒜皮与蒜瓣儿之间，还有一层透明的薄膜。二者配合无间，将白白胖胖的蒜瓣儿妥妥地包裹在其中。

蒜瓣儿外层又白又胖的部分，是这鳞芽的鳞叶。大蒜的鳞叶分化非常明显，最外层的这一片被称作贮藏叶，它努力膨大，其中储存了大量营养物质和呈味物质，我们平时吃蒜，这一部分是主要的目标。被这层肥厚的鳞叶包裹着的，是多层次的幼芽。一旦时机成熟，幼芽就会长大，从贮藏叶上部的小孔中探出头来。幼芽开始生长，贮藏叶负责为它提供营养，所以随着幼芽渐长渐大，贮藏叶就会渐行枯萎。

既然大蒜属于种子植物，那么，它的种子在哪里呢？

那七八个弟兄围坐四周的柱子，起初并非那么短，供它们围坐，也不是此物初衷。那是蒜薹提取后的遗存。蒜薹即大蒜的花序轴，长圆柱形，前端那细长尖削的蒜帽儿即为苞叶，苞叶里边就是大蒜的花序了。我想大蒜的种子也应如葱韭一般，黑色的扁形颗粒，虽然曾经种蒜多年，却也未曾一睹其面。因为蒜薹是一种广受欢迎的食料，种蒜人当然舍不得让它们白白老去，而是趁其青葱水嫩，将它提拔出来，拿到市场上，也是一项不菲的收入。即使偶有一两个漏网之鱼，兀自长到老硬，将脖子深深地弯下去，最后也因大蒜品种的原因，花序中或仅有几朵花开，又因雄性不育的原因而不能授粉结实；更有可能一朵花都看不到，而只长些参差攒聚的珠芽。

生长珠芽乃葱属植物的一个生存策略：既能开花结果，又开辟了以珠芽繁殖的渠道，如此双管齐下，确保基因传递忽替。珠芽是母株生出的不定芽，在某种意义上，是母株的克隆体。株芽的发芽率很高，可以落地生根，发育成一个独立的新株。

蒜头可食，蒜薹可食，并蒜苗亦复可食。炒腊肉，炒回锅肉，离开蒜苗恐怕就低了一个档次。如此一物而三吃，大蒜也可谓浑身是宝了。

六

详细区分，大蒜也有好多种。按蒜头外皮颜色，可分为紫皮与白皮。紫皮蒜辛辣味浓，体现大蒜之物种特色最强烈，所以颇受食蒜阶级的欢迎。大蒜中有个特殊的存在，那就是所谓独瓣蒜，又称独蒜、独头蒜、独囊蒜。与那些兄弟七八个的蒜头不同，这种蒜每株只结一个蒜瓣儿，瓣形也不似一般蒜瓣儿的弯腰踞坐状。明末彭孙贻有《独囊蒜》诗，其中写道：

> 胡地传孤种，奇苗冠五荤。
> 受辛中独结，解秽气遥闻。
> 铁瓮山形合，仙书薤叶分。
> 五时衣自佩，不夺麝氤氲。

独结于鳞茎之中，自呈铁瓮山形，准确描画出独瓣蒜扁圆而上微尖的形状。独瓣蒜市场上不易见，但收蒜时却不时遇上。即使不剥外皮，看上去也觉得与众不同，特别漂亮有趣儿。

关于独瓣蒜，民间一直流传着一种说法，意思是这种蒜所含活性成分——大蒜素比普通大蒜更高，抑菌效果更明显，辣味也更浓郁，营养成分更高于普通分瓣蒜。此外，过去乡村流行各种"四大"，其"四大毒"即为：独头蒜，羊角葱，后娘的巴掌，过堂的风。即说它辣得六亲不认。

独瓣蒜果然有这等奇效吗？我想恐怕未必。

种过蒜的人都知道，所谓独瓣蒜并不是什么特异之种，所以功用上也不会有什么特别之处，充其量不过是没能充分发育的普通大蒜而已。出现独瓣蒜的成因，或瓣种太小，或土壤贫瘠，或密度过大，或草荒遮蔽。北魏时期人们已经窥见到独瓣蒜形成的秘密，贾思勰《齐民要术》卷三云："收条中子种者，一年为独瓣。种二年者，则成大蒜，科皆如拳，又逾于凡蒜矣。"收取花序轴顶上结出的珠芽，那珠芽大者才如黄豆，小者仅如高粱，用这些小东西做蒜种，来年必收独瓣之蒜。再拿独瓣蒜种上一年，才能得到"兄弟七八个、围绕柱子坐"的典型大蒜。

受市场驱动，今天已经有人尝试种植独瓣蒜。种独瓣蒜当然不能以独瓣蒜为种子，种一收一的傻事没人肯干，不知是受到《齐民要术》的启发，还是从实际种植中摸索出了经验，有人还真取得了成效。播种珠芽当然不可能，因为没人舍得放弃蒜薹这项收入。不过办法还是有的，相向而坐的这些外围蒜瓣儿兄弟怀中，有时会揽着一些小兄弟，形状各异，或纤长如钉，或菲薄似纸，或蜷缩如豆，平时种蒜时弃而不用者，如今成了宝贝。唯是这些蒜瓣儿虽已瘦弱，却仍比珠芽大得多，所以栽种的时候，还须加倍密植，才可能有半数上下的成功。

大蒜全株带有独特的气味，而以蒜头气息最为浓烈。蒜瓣儿富含营养，很容易被各种动物以及微生物盯上，为了防身，这才进化出一种防御的武器——蒜氨酸。不过，它的防御武器并不随便使用，买一些大蒜头堆放在厨房中，从其旁经过，甚至取一头置之鼻端，一般也闻不到大蒜气。只有大蒜自身受到侵害时，细胞结构遭到破坏，譬如被谁人咬了一口，或者被菜刀拍了一下，蒜氨酸才会在蒜氨酸酶的参与下，分解成大蒜素，发出刺激性的气味。

大蒜以独特气味作为防御手段，没想到对于寻求刺激的智人来说，反而成了一种挑逗和勾引。这种刺激性的气味能够引起人类身体里的一些应急反应，给人一种醒脑提神的感觉。大蒜的拒斥终于演化成吸引，人类将大蒜拿来吃掉，看似不利于它们基因的传递，最后却因为人类的喜爱而被广泛种植，从而得使种子绵绵不绝。真是塞翁失马，焉知非福啊。

2021-12-09

卢橘杨梅次第新

北地少枇杷。听说枇杷，认识枇杷，从枇杷膏、枇杷露、枇杷止咳糖浆开始：感冒咳嗽固然令人难过，枇杷露却并不难喝。得见枇杷的真身，则已是多少年后，在江西九江，古之江州，白司马作《琵琶行》的地方。记得那天天气晴和，从庐山上下来，走在九江街头，道旁偶有出售古玩字画的地摊，肩挑售卖者施施然过来，竹筐中堆叠枕藉的，即是金黄鲜美的枇杷果。

清代褚人获《坚瓠首集》卷三"错写琵琶"条云："有人送枇杷于沈石田，误写'琵琶'。石田答书曰：'承惠琵琶，开奁视之，听之无声，食之有味。乃知司马挥泪于江干，明妃写怨于塞上，皆为一啖之需耳。嗣后觅之，当于杨柳晓风梧桐夜雨之际也。'又屠赤水、莫廷韩过袁太冲家，见帖上写'琵琶一盒'，相与大笑。屠曰：'枇杷不是这琵琶。'袁曰：'只为当年识字差。'莫曰：'若使琵琶能结果，满城弦管尽开花。'一座绝倒。"枇杷与琵琶虽是同音，却不可混用，将枇杷错写为琵琶，宜为沈周辈所笑。

然而枇杷与琵琶，一为水果，一为乐器，看似八竿子打不着，其实二者也颇有渊源。据记载，琵琶乃游牧民族之乐器，原名"批把"，形圆而具长柄，胡人于马上鼓之，大约于秦汉之际传入中土。汉代刘熙《释名·释乐器》这样记载："批把本出于胡中，马上所鼓也。推手前曰批，引手却曰把，像其鼓时，因以为名也。"后以其器木质，因从木而写作"枇杷"。这时，南方有种果树也被叫做枇杷，其得名之由，《本草纲目》卷三十【释名】这样说："[宗奭曰]其叶形似琵琶，故名。"然细味之，寇氏之说虽不为无理，似亦于义未尽。枇杷树上，叶子固以披针形为多，倒卵披针形的偶尔亦有，其先端阔大，其后渐削，确与琵琶之形差似；然而果实有的则更与琵琶相肖。枇杷果当然多为圆形，而梨形者也时有所见。若加上果蒂果柄，则圆形者恰如初始之琵琶，梨形者则逼肖改进后的琵琶之形也。大概到了汉末，为了与这个纠缠不清的果树撇清关系，名副其实地回归到乐器的队伍之中，才学着"琴瑟"的模样，更名曰琵琶。琵琶一名后起，主要目的即在与果树枇杷切割，所以追着赶着，再将枇杷写作琵琶，确实有些说不过去，沈石田的调侃不是没有道理；但若反过来，将琵琶写作枇杷，甚至批把，琵琶它纵使觉得此名过于土气，老大个不高兴，也没有反驳的理由。正像建国、爱民之类虽属于后来叫开了的官讳，而铁蛋儿、狗剩这些当年的绰号小名，在发小儿的记忆里总是磨灭不掉的。

那次偶然在九江街头遇见的，只是竹筐里的枇杷果，移用钱锺书先生的比喻，此仅是好吃的鸡蛋，认识生蛋的鸡则又在数年之后，在吴淞江畔，在太湖之滨。作为果树，枇杷并不特别伟岸，然而虽在绿色江南，与其他绿树区分度仍然相当的高，即使在公园里面，甚至丛林之中，搭眼望去，枇杷树也难以遁形。沪上小区中的枇杷树，长在屋宇旁侧，绿化丛里，其大小不一，株高数丈者有之，初具规模的新树亦有之，三尺二尺的幼树，更是所在多有。这些枇杷树或仄生于香樟木兰之间，或植根于危楼高墙之下，或散布于绿地篱落之中，无不以积极认真的态度，健康旺盛的长势，展现出一个个不一样的自我。所着位置则无一例外的古怪尴尬，一望可知皆非管理者有意种植。枇杷泼辣易生，随便丢颗种子，只要不被老鼠刺猬吃掉，来年就是一株新树。范成大的种枇杷诗前半说得生动：

> 枇杷昔所嗜，不问甘与酸。
> 黄泥裹余核，散掷篱落间。
> 春风拆勾萌，朴樕如榛菅。
> 一株独成长，苍然齐屋山。
> 去年小试花，珑珑犯冰寒。
> 化成黄金弹，同登桃李盘。

不必特意去种，也无须精心管理，只要将余核掷入篱落之间，一遇春风，勾萌即拆，再稍假以时日，便有亭亭一树长成，待凌乱白花开过，来年就已金丸满枝了。

相对于枇杷果的好吃，我更在意的，还是枇杷树的好看。察枇杷树之形，主干挺直之外，最具特点的是那层层堆叠的叶子。关于枇杷叶子，《本草纲目》卷三十引《本草图经》云："木高丈余，肥枝长叶，大如驴耳，背有黄毛，阴密婆娑可爱，四时不凋。"对比二书文字，觉得李时珍撮述的引文，竟颇胜苏书原文：驴耳之喻，不仅状其叶之大，更兼示挺然翘然之姿，极为形象生动。有人以为，枇杷叶子与荷花玉兰相像，敝以为也只说对了一小半。二者相同之处仅在于阔大浓绿，厚硬革质，叶子背面密布棕褐色短绒毛；而枇杷叶子披针形，与荷花玉兰的椭圆形，区别已显而易见；从叶面观察，二者竟无半点相同处：荷花玉兰侧脉不明显，叶片显得十分光洁，而枇杷侧叶脉量多而极清晰，常有十几二十对，羽状均匀排列，使叶面区划明晰，又凸凹有致，加上前端时而出现的锯齿状缺刻，赋予了枇杷叶子更多的故事。更不要说枇杷叶载之本草，人们一直认为它具有止咳化痰的功效，看了更有一种特别的亲切之感。

枇杷（*Eriobotrya japonica (Thunb.) Lindl.*）为蔷薇科（*Rosaceae*）枇杷属植物，常绿小乔木。

我一向认为，世间并无不美之植物，遑论其花。然与蔷薇科中那些娇艳欲滴的"美人"们相比，我们不得不说，枇杷花的长相确实有些寒碜；即使与那厚重繁茂、极富质感的叶子相比，也已逊色不少。枇杷花白色，花形既小，椭圆形花瓣又边缘参差，而且相距甚远，生了这瓣忘了那瓣似的，极易让人联想到龆龀小儿们那稀疏的豁牙子。它就那么有一搭无一搭地开放于巨大的圆锥形花序上，加之花序轴、花梗、花萼的外面散生着黄褐色的绒毛，一派黄褐色中那点点白色花瓣，如果不是有意观察，几乎就无从发现。

枇杷花不能让人赏心悦目，并非它的过错，人家哪有讨人类欢心的义务啊。然而作为基因传递之具，枇杷花自有其特别之处。一是花期长。其花蕾七八月间已开始孕育，十月间就陆续开放，然后一直开到次年二月。其花可分三批，分别称之头花、二花、三花。周紫芝《十月二十日晨起见枇杷花》有句"黄菊已残秋后朵，枇杷又放隔年花"，说的就是这种情况。这种马拉松式的开花过程，导致了下列情况出现：头花果发育时间长，果形大，但容易冻伤；三花果虽得免于受冻，但果实较小。其次，枇杷花无法以艳丽的色彩吸引蜜蜂，只好啖之以高浓度的花蜜。然而蜜蜂畏寒，气温低于 10℃，它们就懒得出来活动。为了避免这种尴尬，迁就蜜蜂的生活习惯，枇杷只好将花期提前到秋末，将凌寒越冬的生死考验留给自己的儿子。好在它的儿子们比较争气，孤悬于高枝之上，虽有冰封雪侵，风刀霜剑相逼，而面不改色心不跳。到了次年二月，枇杷果开始生长，先伸展纵径，长成细长形状；到了二月下旬至三月上旬，再考虑长粗；三月下旬至四月上旬，以增大横径为主，终于长成枇杷果的浑圆之形；进入五月之后，果实渐黄，成熟之期就要到了。从开花到果熟，秋、冬、春、夏四季统统经历一遍的，植物界里，也就枇杷果了吧。

　　小区中的枇杷熟了，枝头金丸攒聚，压枝渐低。因无人摘食，大多便宜了鸟雀。鸟雀啄食之余，仍有金果粒粒，悬于枝头，只见它果肉饱满，鲜嫩欲滴。那日得闲，就手摘取三五枚，带回家来研究。枇杷与苹果属于同类，皆属于所谓的"梨果"，是一种由子房与花筒共同发育而成的假果，金黄透明的果肉，是它肉质化的花萼。然而与苹果种子的有序排列不同，枇杷种子数量与所居位置好像十分随意，大小与形状也一任自己的心情，忽大忽小，想长什么样就长什么样。就果实而言，相对于苹果，枇杷果当然小得多，可其种子却相当硕大，李时珍觉得"如茅栗"，不为无见，然种脐却不分明。枇杷种子整个儿呈球形或扁圆形，外表褐色，光洁圆润，很适合放在手中把玩。解剖过程中，撕一点果肉放入口中，味兼酸甜，甜味或已足够，唯其酸味尖利，超出我的耐受度。恰巧孩子出差苏州，带回枇杷两竹篓，道是东山名品，个头儿也更大，尝之甚为可口。明王世懋《学圃余疏》云："枇杷出东洞庭者大，自种者小。"其言果然不虚。又陆放翁有《山园屡种杨梅皆不成，枇杷一株独结实可爱，戏作长句》诗，说得很具体：

杨梅空有树团团，却是枇杷解满盘。

难学权门堆火齐，且从公子拾金丸。

枝头不怕风摇落，地上惟忧鸟啄残。

清晓呼僮乘露摘，任教半熟杂甘酸。

诗末自注云："枇杷尽熟时，鸦鸟不可复御，故熟七八分则取之。"读之甚有同感。

南朝谢瞻《枇杷树赋》有云："伊南国之嘉木，伟邦庭而延树。"枇杷至今仍是一种南方之树。有专家这样推断，从其经冬不凋的常绿姿态，阔大革质的叶片，秋冬之季开花次年夏季成熟的生物节律，以及从小枝到花序轴、花苞甚至枇杷青果，表面都有一层细密的绒毛看，枇杷应是一种起源于热带、亚热带地区的植物。然而枇杷虽然从遥远的炎方诞生，其耐寒的本领有时让北地树木也自愧弗如。

北地向无枇杷。敝邑先贤于慎行（可远）曾有《纪赐鲜枇杷》诗：

佳名汉苑旧标奇，北客由来目不知。

绿萼经春堆笼日，黄金满树入筐时。

江南漫道珍卢橘，西蜀休称荐荔枝。

千里梯航来不易，怀将余核志恩私。

枇杷之名，载之《上林赋》，刘歆《西京杂记》亦云："初修上林苑。群臣远方各献名果异树。……林檎十株。枇杷十株。橙十株。"然当年交通不便，北地之人莫说品尝，看一眼的机会都少有。如今交通发达，运输便利，北人足不出户，品尝枇杷已非难事。而枇杷种子易生，吃后随手弃置，新株也不择地而生。寒舍楼下，数年前曾有一株，冬天降临时，它才筷子那么高，犹能擎着一大一小两片叶子，在冰封雪裹之中独力坚持，不见丝毫惧色。后来小区重整绿化，终因身份不明，给连根铲除了。

今天是下半年以来最冷的一天，预报气温为 -1℃ ~ -13℃。傍晚时分，我独自从外边回来，驻下车子，特意来到楼前枇杷树前，察看它们在如此酷寒中的情状。枇杷树共三株，皆生于绿丛之中，最小一株也已经着花，大的更是枝叶婆娑。伸手摸一下枇杷叶子，我以为肯定给冻得梆梆硬，没想到它竟如平常一样富于弹性，最不可思议的是，枝头散碎的小白花仍在开放。以前我以为，北地新春第一花，应是非蜡梅莫属，今天看到枇杷花开，虽观赏性无法与蜡梅竟胜，凌寒早开之殊荣，蜡梅一家是不可以独享的了。

因生长于自家窗外，老周对最大的一株格外上心。整枝、浇水、施肥甚至保暖，劳他出力最多。夏天时候，一次在院内遇上，问枇杷树可曾结果。老周说，今年终于结了些，可惜不多，才五六个，怕给鸟啄了，微微发黄就摘下来，送给院中小朋友尝鲜了。北地天寒，枇杷着花之时，蜜蜂早已归巢，尽管花蕊中满蕴着高质量的花蜜，可鸟儿大都没有进化出感知甜味儿的口腔，寄希望于它们，比较不大靠谱。于是问题就来了：即使枇杷能耐受北地之寒，如果授粉问题得不到解决，从经济效益角度讲，枇杷种植仍然不具备可行性。不过我的要求没那么高，吃枇杷当然是种枇杷的理由之一，却不是全部。北方所有，多是落叶之树，秋风吹过，天地间便尽显萧瑟之状，南方常绿之树可以移来，能令北方之冬增添一些绿色的，荷花玉兰之外，枇杷树也应算上一种。一株株枇杷树立于窗前，晨昏之际，甚或风雪之中，看看它满树堆叠的青绿叶子，已经是一种享受了。

枇杷果实颜色金黄，浑圆可爱，诗人往往昵称之金丸。此外，枇杷又被叫作卢橘，此名与东坡先生有关。惠洪《冷斋夜话》卷一有这样一段记载：

> 东坡诗曰："客来茶罢浑无有，庐橘微黄尚带酸。"张嘉甫曰："庐橘何种果类？"答曰："枇杷是矣。"又曰："何以验之？"答曰："事见相如赋。"嘉甫曰："庐橘夏孰，黄甘橙楱，枇杷橪柿，亭奈厚朴。庐橘果枇杷，则赋不应四句重用。应劭注曰：'《伊尹书》曰："箕山之东，青鸟之所，有庐橘夏熟。"'不据依之何也？"东坡笑曰："意不欲耳。"

文中所讨论的诗句，出自东坡《赠惠山僧惠表》全诗是这样的：

> 行遍天涯意未阑，将心到处遣人安。
> 山中老宿依然在，案上楞严已不看。
> 欹枕落花余几片，闭门新竹自千竿。
> 客来茶罢空无有，卢橘杨梅尚带酸。

此诗作于元丰二年（1079 年）。东坡之任湖州途中，与道潜、秦观游惠山，作此诗。友人张大亨读了，才有了这段关于卢橘的讨论。东坡所举司马相如《上林赋》中的句子，确如张嘉甫所说，逻辑未恰。张又特意举出李善注所引之语，意思是如果以此为据，就没什么问题了。谁知东坡听了，淡然一笑：非不知也，不欲为也。如此刁蛮痴顽，坦率任性的，也就东坡了。

　　而且说到做到。元祐四年，苏轼以龙图阁学士知杭州，次年（1090）四月十八日，与刘季孙（景文）往龙山真觉院赏枇杷，作五言律一首。诗题很长《真觉院有洛花，花时不暇往，四月十八日，与刘景文同往赏枇杷》：

　　　　绿暗初迎夏，红残不及春。
　　　　魏花非老伴，卢橘是乡人。
　　　　井落依山尽，岩崖发兴新。
　　　　岁寒君记取，松雪看苍鳞。

　　魏紫姚红没来得及赏看，而枇杷毕竟有同乡之谊。说到枇杷，仍用自己喜欢的别名。绍圣元年四月，以"讽斥先朝"的罪名，东坡被贬英州知州，未到贬所，八月再贬"宁远军节度副使惠州安置"，且"不得签署公事"。绍圣三年（1096）四月，作《食荔枝二首》有小序云："惠州太守东堂，祠故相陈文惠公。堂下有公手植荔枝一株，郡人谓之将军树。今岁大熟，赏啖之余，下逮吏卒。其高不可致者，纵猿取之。"其二极有名：

　　　　罗浮山下四时春，卢橘杨梅次第新。
　　　　日啖荔枝三百颗，不辞长作岭南人。

　　岭南气候温暖，四时如春，各类水果次第成熟，即使终老是乡，于愿亦足矣，然说到枇杷，仍用卢橘之名。这就是东坡。
　　李时珍为药学家，比较较真儿，其《本草纲目》卷三十"金橘"条有云："此橘生时青卢色，黄熟则如金，故有金橘、卢橘之名。……注《文选》

者以枇杷为卢橘，误矣。"显然不大认可东坡这种随意态度。其实，世间植物原本无名，人们与之朝夕相处，混得熟了，为了称呼方便，才给它起个名字。起初比较随意，不同地方的人，看到了不同方面，名字也各不相同。所以，一种植物有几个别名，并不稀奇；同一名字，被用来称呼不同的植物，也屡有所见。据说枇杷的英文名 *Loqua*，是对粤语"卢橘"的音译。我觉得斯事甚佳，于此至少可见：一、东坡的任性，已为粤语地区所接受；二、既然进入英语，此名之影响也已溢出汉语范围之外矣。

后来人或因东坡可爱而爱屋及乌，或觉得卢橘一名其实也挺好的，或因约定俗成，渐渐不以东坡为误，如乾隆《题沈周写生枇杷》诗：

> 卢橘非秦树，黄金本蜀珍。
> 文园早消渴，郭氏未为贫。
> 熨齿生凉乍，堆盘带露新。
> 仲长曾有论，缅想见斯人。

首句直书"卢橘"。画家吴昌硕喜画枇杷，仅我所见，即有两幅枇杷立轴，其旁题此诗：

> 五月天热换葛衣，家家庐橘黄且肥；
> 鸟疑金弹不敢啄，忍饿空向林间飞。

画既笔墨酣畅，形神俱备，而诗也格外的好。

2021-12-27

茱萸，还是花椒

那日回乡，经过前街胡同口，作兴绕几步路，来故宅看看。知道老屋早已拆去，旧院墙也已坍塌，其地唯有零乱的杂树与瓦砾，心下颇为怅然。然而世界那么大，唯此地与我关系最深，"生于斯长于斯"这句话，对我来讲指的首先就是这块地儿。后来外出谋生，所幸其地未远，可以常回家看看，可是不至此地，也有数年了吧。看见三弟已将中间空旷处掘起，栽上两排花椒树。那些树尚小，才有及胸之高，而枝叶纷披的样子，已经颇为可爱了。

其实，我与花椒树也算得旧相识。

当年吾乡百姓日子固极穷乏，据我所知，作料有时也还是要用的。葱姜芫荽，见于日常；花椒茴香，则现身年节。茴香一名，在吾乡实指二物，一为当时恒蔬，俗称小茴香者，乃伞形科茴香属植物；另一个则是木兰科植物八角的果实，也称大茴香。花椒茴香虽然经常连说，茴香（八角）在日常生活中露面较少，原因有二，一是此物非本地所生，获之不易；二则此料所配，多为肥腻之肉类，那时候肉味难得，茴香（八角）自就少了用武之地。花椒就显得更亲民些，调个杞馏馅子，腌个豆豉咸菜，处处都少

不了它；熬点儿花椒水，烹点儿花椒油，将花椒放入干锅焙焦，再平摊案板上，碾碎为花椒面儿，收入小壶中，便可随时取用，几几乎鞍前马后了。即使蒸锅花卷儿，烙个烧饼，也是本色当行。更重要的，花椒树虽然不够高大，也一年到头在篱笆墙那边站立着呢。

以自然之性论，花椒为小乔木，可在敝乡庭院之中，不知因为壤土瘠薄，还是水肥所限，它们总是不脱灌木之状：从基部即已分杈，渐上渐行开张，最后长成一个倒圆锥形，然后很谦逊地站在墙角或者篱外。那时乡间树木种类渐少，杨柳榆槐之外，任什么树木都成了稀罕物儿，即使如此，仍然感觉不到花椒树多么有趣儿。一是它不好看，花椒枝叶稀疏，叶面粗粝，茎皮灰暗更兼凸凹不平；二也不好吃，那时我们腹中空空，看见什么都要往嘴巴里塞，可它即使果实熟透，红彤彤擎于枝头，撷取一粒纳入口中，牙齿稍微一碰触，立刻麻得什么似的，无须大脑指令已经吐出三丈之外；三是不好玩儿，庭院植树，一般不可离墙太近，因为树一长大，自然成为逾墙之梯；唯种花椒无碍，花椒枝干上满生棘刺，看似老实巴交，其实颇不好惹。其刺之长相怪异，与皂荚之刺恰趋二极，皂荚刺虽锋利凶狠，令人望而生畏，然只要集中心神，觑准窾窍，避开锋芒，屏息下手，折取一丛，还是可以做到的，有段时间，案头就放着几枝皂荚刺，供暇时把玩欣赏；花椒之刺呈"基部宽而扁且劲直的长三角形"（《中国植物志》），先端不长而尖利，基座阔大故着枝甚牢。当然，你不惹我，我不会主动扎你，可是，像皂荚刺似的，掰下一根拿来玩玩儿，想都别想。花椒的英文俗名 *Hercule's club*（大力神的狼牙棒），即来自对花椒茎干上粗大棘刺的联想。想想《水浒传》里霹雳火秦明手中那件兵器，岂是容易招惹的。当年村人在园中起畦，起成的畦子背儿以直者为佳，这种活儿看似易为，却非富有经验的老手莫办。有懵懂少年不知深浅，也要过来显摆一下，一畦既成，回身四顾，问道："如何？"就有促狭者在一旁喝彩："好，好，好，快赶上棍儿抽的了！"吾乡言直，往往说"线儿绷的"，或者"棍儿抽的"。年轻人听了，益发踌躇满志，谁知接下来冷不丁补上一句："花椒棍儿抽的。"其人乃大窘。花椒茎干上的疙里疙瘩，那可是遐迩闻名的。

虽所处地位不同，效用各异，花椒终与谷子、黍子、高粱、地瓜们一起，陪着我们一起度过了漫长的困苦日子，不离不弃。既然朝夕相对，甚至耳鬓厮磨，也就相当熟悉了。我们栽种它，眼看它缓慢地展枝布叶，眼看它悄无声息地开花结果，待其成熟，择一个晴朗的秋日，将猩红的果实采摘下来，放在窗台上或盖垫上曝晒，看到其中乌黑明亮的种子滚出，内心感受到由衷的欣喜。然而对于花椒，我们究竟了解了多少？

为写这篇小文，不得不翻阅些相关文献。这时我才发现，以前我对花椒的了解，看到后识其为花椒树，知其种皮食之味麻，仅是皮毛而已。根本不曾想到，眼前这个其貌不扬的物种，在上古时期是怎样地鼎鼎大名，在它背后，又隐藏着多么丰富的历史文化内涵。敝人"拈花惹草"有年，追索其原委的过程一直伴随着发现的欣喜与快慰，给我惊喜与震撼最大的，到目前为止，恐怕就数这花椒树了。

首先，令我深感意外的是，花椒（*Zanthoxylum bungeanum Maxim.*）居然是芸香科（*Rutaceae*）植物。芸香科是个什么场所啊，这么说吧，这一带绝对人才济济，高手如云呀。当然，在水果界，蔷薇科大哥大的地位终难撼动，而芸香科，怎么着也算得上个二当家。在这个家族中，仅橘子就有一二十个品种，紧跟其后的，还有橙子柚子柠檬芦柑，以及香橼佛手什么的，哪一个不是身怀绝技、声名远播，哪一种不是鲜嫩多汁、甘甜可口啊。后皇嘉树，生于南国，"绿叶素荣，纷其可喜兮。曾枝剡棘，圆果抟兮。青黄杂糅，文章烂兮"（屈原《橘颂》），那是怎样的妖娆丰硕、琳琅满目啊。而北方穷乡僻壤中，农家院落里，一年到头默不作声，灰头土脸地株守一隅的花椒，如无人提醒，打死我也不敢做如是之想：它竟然同样出自这样一个盛产"美女帅哥"的家族。

然而一经分类学家指点，愚钝如我也恍有发现，花椒果然具备芸香科植物的某些共性：如聚伞花序与羽状复叶，当然，个人以为，最能体现它们兄弟共同点的，还是厚实而蕴含丰富的果皮。橘子与花椒虽然大小相殊，表皮的厚实粗糙也深度暴露了其渊源的一致性。取一粒发育充分的花椒，谛视可见外表并不光洁，其表面积虽然有限，凸起的小疙瘩照样均匀撒开。这些小疙瘩就是花椒满贮着芳香油的腺点。试着挤破一个，橙色透明的油脂顷刻溢出。剥过橘子的人应该都有这样的体验：用力稍大，橘皮受到挤压，淡黄色液体就会烟雾一般喷射出来，给手指弄得湿漉漉的，橘子的香味也随之弥漫开来。果皮生有腺点，其中蕴藏着芬芳的液体，虽然气味有别，方式方法却如出一辙。花椒溢出的，除了芸香科植物共有的柠檬烯外，还有月桂烯、α-蒎烯、松油醇等挥发物质——这些东西混合在一起，共同构成了花椒独特而浓烈的香气。

花椒与人类的深度交集，与表皮小疙瘩里的芳香油密不可分。

在《种子的胜利》一书中，索尔·汉森有这样一种观点："从意大利辣香肠和胡椒牛排到酸辣猪肉，我们最喜爱的荤菜的独特滋味往往来自香料，而非肉。这其中有一个基本的生物学原因。肉不辣，因为肉可以移动。当一只鸡、一头牛、一头猪或其他动物受到攻击时，它的移动能力让它有了多种选择：逃跑、飞行、爬树、滑入洞中或奋起反抗。另一面，植物是静止的。它们的命运是待在原地，默默承受，这是很适合化合物进化的一种情况。如果无法逃走或进行身体上的反抗（除少数的树刺或荆棘），那么用生物碱、单宁酸（*tannin*）、萜烯（*terpene*）、酚（*phenol*）或植物发明的其他各种化合物击退攻击者就很好理解了。"

花椒处心积虑，在果皮上进化出这些腺点，使其含有这么复杂的化学成分，散发出如此强烈的刺激性气味，其目的何在？这对花椒来讲，自是没有办法的办法。既然没有逃跑躲避的能力，只好用这种方法延缓或中止随时可能发生的侵害和攻击。以葱、蒜、辣椒为例，生长与贮藏期间，它们绝不会无缘无故地散发出辛辣之气，辣味不过是果实或鳞茎因外来伤害而激发出的防御性反应。然而，作为植物的花椒（包括葱、蒜、辣椒）可能没有想到，与它们共生于世的智人已经进化出怎样刁钻古怪的口味，更没料到费了千万年功夫进化出来的防身利器，恰好适应了人类复杂的味蕾。当然，也可以说花椒们因祸得福，从此借助人类的力量，得以广泛传播和大量繁殖。面对人与植物间的纷繁纠葛，常常使人产生这样的疑问，在漫长的历史过程中，究竟是人类驯化了植物，还是植物驯化了人类。

第二个想不到的是，花椒树竟然如此古老。

以前翻阅古籍，遇到"椒"这个字，看看注疏，椒即花椒。白纸黑字，言之凿凿。然而他们说归说，我心中却仍存疑惑。对于训诂学家的话，凡涉及名物的，在自己考实之前，一向不敢尽信。我深知他们处理这种问题的习惯，总是从书本到书本，张三怎么说，李四怎么讲，校勘排比，旁征博引，终不肯走到户外，实地观察一番。另一个原因或与敝人的自卑心理有关，《诗经》《楚辞》里与兰啊桂啊江离啊杜若啊并列的东西，何其高大上，难道就是穷乡僻野之中，农家庭院的犄角旮旯里生长的这种毫不起眼的植物？

可偏偏这一回，还真让他们说着了。

是的，虽然一提到这个"椒"字，好多人首先想到的，很可能是辣椒，甚至胡椒，但毫无疑问，先秦时期已经出现的这个"椒"字，最初显是专为花椒而创设。刘华杰先生在《天涯芳草》一书中，谈到判定植物的起源地，须从几个方面寻找证据，其一即为"语言文献学"，也就是看其地是否有一个与之对应的专用词语。花椒作为本土物种，与黍稷稻菽一样，很早进入了先民的视野。当然，这里的花椒，或亦并非仅指花椒这一个种，古人对植物的辨识还没那么精细，但其范围，当不出今天的花椒属（*Zanthoxylum L.*）。大名鼎鼎的胡椒最初生长在缅甸和阿萨姆，后经印度传入波斯，再沿着丝绸之路进入中国。胡椒一语，最早出现于西晋司马彪撰写的《续汉书》中，因非土产，故直到唐代，仍是一种奢侈品。辣椒原产于墨西哥和哥伦比亚，明代后期传入中国，首载于高濂《遵生八笺》（1591）之"四时花纪"："番椒，丛生白花，子俨秃笔头，味辣色红，甚可观。"辣椒从东部沿海登陆，最初被当作观赏植物，等它溯江而上，来到两湖四川之后，才开始以香料的身份受到普遍欢迎。辣椒在四川被称作海椒。无论胡椒、番椒还是海椒，皆由一个椒字为基础，再加一修饰语以示区别。而今胡椒特别是辣椒虽然名气很大，但从资历来讲，相对于花椒，它们终归是小弟弟。所以椒这个字，最初肯定与它们没有关系。

关于花椒的属名 *Zanthoxylum*，《植物学名解释》这样说："〔（希）*xanthos* 黄色 + *xylon* 木，〕指木材黄色。"此名为林奈所定，其模式种为美洲花椒（*Z. americanum*），种加词义为美洲的。可是当地人从来不曾想到，花椒这玩意儿居然能吃。索尔·汉森在《种子的胜利》一书中为香料植物专设一章，详细讨论欧洲人对香料植物的迷恋，甚至哥伦布和麦哲伦的远洋船队使命之一，就是寻找更多的香料。在那个时代的西方，香料几乎成为一种迷信。而作者述及的香料，从胡椒、丁香、肉豆蔻到辣椒、孜然芹、葛缕子、香菜、芥菜等，唯独不见中国人已经食用了几百上千年的花椒。

从早期文献可以看出，花椒在中国，最初亦非食用之物。《诗经·载芟》中有这样的句子："有椒其馨，胡考之宁。"先民们已经发现，花椒的气息能让人心境平和。西汉时期皇后所居，以花椒和泥涂壁，椒房一名，即由此而来，《汉书》卷六十六《车千秋传》颜师古曰："椒房，殿名，皇后所居也。以椒和泥涂壁，取其温而芳也。"《后汉书》卷四十一《第五伦传》李贤注则曰："后妃以椒涂壁，取其繁衍多子，故曰椒房。"温暖芳香而外，更增加了繁衍子孙的含义。《资治通鉴》卷五十七记载：窦太后崩于云台，宦官积怨窦氏，欲别葬太后。"太尉李咸时病，扶舆而起，捣椒自随，谓妻子曰'若皇太后不得配食桓帝，吾不生还矣！'"胡三省注云："按李咸捣椒自随，齐明帝将杀高武诸孙，敕太官煮椒二斛，盖其毒能杀人也。"其时已是汉末，仍觉得花椒虽香，乃是有毒之物。

此之后，情况开始发生变化。北魏《齐民要术》已将"种椒"单设一节，详述种植方法之余，犹说"其叶及青摘取，可以为菹；干而末之，亦足充食。"不光花椒可食，并叶子，即可当菜吃，晒干研末，也可代替花椒当佐料了。南北朝时，花椒渐为上等香料；到了唐代，高适《奉赠贺郎诗一首》云："清酒浓如鸡，臛豚与白羊。不论空蒜酢，兼要好椒姜。"椒与姜已赫然并列。寒山诗亦云："怜底众生病，餐尝略不厌。蒸豚揾蒜酱，炙鸭点椒盐。去骨鲜鱼脍，兼皮熟肉烊。不知他命苦，只取自家甜。"更将蒜酱、椒盐并举。

《诗经》中提及花椒的，《载芟》之外，《唐风》中还有一首曰《椒聊》：

椒聊之实，蕃衍盈升。
彼其之子，硕大无朋。
椒聊且，远条且。

椒聊之实，蕃衍盈匊。
彼其之子，硕大且笃。
椒聊且，远条且。

此处出现的"聊"字，恰与本市之名同。据说本地有位学者，曾考证说，因上古时期地多椒树，初以椒名，而椒、聊义同，后演变为聊云。椒乃古老之树，又是芳香之树，以此为名，那当然好。然敝人孤陋寡闻，翻阅资料时，并没发现其地多椒树的记载，而《齐民要术》卷四有一条，意思却正相反。《种椒第四十三》题下，有作者按语："今青州有蜀椒种，本商人居椒为业，见椒中黑实，乃遂生意种之。……数岁之后，便结子实芬芳，香、形、色与蜀椒不殊，气势微弱耳。遂分布移栽，略遍州境也。"《名医别录》卷三云："蜀椒生武都及巴郡。"《本草纲目》卷三十二引寇宗奭云："此秦地所产者，故言秦椒。"秦椒蜀椒，其为椒，一也，秦与蜀，标示产地而已，故贾思勰所说，当由蜀地贩来。敝地距青州才数百里，若盛产此物，商人却舍近求远，远赴巴蜀致之，恐怕于理未合也。

关于诗中"聊"字，古来解诗者众说纷纭。归纳一下，可分三种意见。第一，将椒、聊连读，视为一种植物。刘向《九叹》云："怀椒聊之蔎蔎兮"，王逸《注》："椒聊，香草也。"近人高亨先生秉持此种观点，《诗经今注》云："椒聊，一种丛木，今名花椒，长条，绿叶，白花，暗红色小球形的果实，有香气。"第二种意见认为，聊乃语助词。陆玑《毛诗草木鸟兽虫鱼疏》云："椒聊，聊，语助也。"罗愿《尔雅翼》亦云："聊，语助也。"朱熹《诗集传》采用陆说："聊，语助也。"朱熹之书，长期作为科举考试之教科书，故对历代读书人影响甚大。第三种意见的代表为清代学者焦循与马瑞辰。焦氏《毛诗补疏》与马氏《毛诗传笺通释》皆申此义。兹引马氏之说为例："'椒聊之实，蕃衍盈升。'《传》：'椒聊，椒也。'《笺》：'椒之性，芬香而少实。今一莍之实，蕃衍满升，非其常也。'瑞辰按：'《尔雅·释木》：'椒榝丑莍。'郭《注》：'莍，萸子聚生成房貌。'《尔雅》又曰：'朻者聊。'郭《注》：'未详。'今按：朻、莍古音同，朻即莍也，椒聊即椒莍也……窃疑《毛传》原作'椒聊，椒莍也'，故《笺》言'一莍之实'以申释之。后《毛传》脱去'莍'字，陆《疏》遂误以'聊'为语辞矣。"个人觉得，当以焦、马二位将聊字释为种序，于义为胜。

在梳理关于花椒的资料时，另一个植物名频繁出现，引发了我的兴趣，那就是茱萸。首先，《尔雅·释木》："椒榝丑莍。"郭璞《注》曰："莍，萸子聚生成房貌。今江东亦呼莍。莍、榝，似茱萸而小，赤色。"萸，应是茱萸之简称。其次，陆玑《毛诗草木鸟兽虫鱼疏》云："椒树似茱萸，有针刺，叶坚而滑泽，蜀人作茶，吴人作茗，皆合煮其叶以为香。"说得更加确凿。紧接着，北宋苏颂《本草图经》卷十二云："木高四五尺，似茱萸而小，有针刺。叶坚而实，可煮饮食，甚辛香。"南宋朱熹《诗集传》卷六云："椒，树似茱萸，有刺也。"明朱橚《救荒本草》：椒树"生武都川谷及巴郡，归、峡、蜀川、陕洛人家园圃多种之。高四五尺，似茱萸而小，有针刺，叶似刺蘗叶微小，叶坚而滑，可煮食，甚辛香。结实无花，但生于叶间，如豆颗而圆，皮紫赤。"前后几百年，几乎众口一词，花椒与茱萸长相极似。我觉得这里面可能有文章。

在古代典籍中，茱萸也算得上小有名气。杜甫七律《九日蓝田崔氏庄》"明年此会知谁健，醉把茱萸仔细看"，也许略嫌生僻，而王维《九月九日忆山东兄弟》"遥知兄弟登高处，遍插茱萸少一人"之句，可是家喻户晓，童稚能诵。敝人一向有寻花觅草的癖好，对古籍中提及的草木，也颇想一探究竟。可直到今天我才知道，因为自己的无知和自以为是，以及机缘上的阴差阳错，我对茱萸的猜测与想象，一直在错误道路上摸索。

我当然知道，敝乡有限的草木中，并无以茱萸为名者，父老言谈之中，亦未闻道及。便觉得此必为外地植物。想象中的茱萸，洁净漂亮之外，则一概莫知。某年到外地旅行，在一个阔大的园子里，一片草坪的旁边，临近丘峦的地方看到数株小树，看标牌知是山茱萸，高兴得什么似的。我隐约觉得，植物名中用作修饰的"山"字，与"野"字意义略同，每当两种植物血缘相近，命名时为了方便，就加上这么一字，以示二者之间的联系与区别。比如皂荚与山皂荚，石榴与山石榴，慈菇与山慈菇，还有葡萄与野葡萄，苋菜与野苋菜。如今既然已经看到了山茱萸，则茱萸离我也应该不远了。

接下来发生的事更加令人欣喜：山茱萸来到了敝地，且成了我的芳邻。本市将科技农业园改建为植物园，其地与寒舍仅隔一条马路，暇日过去走走便当得很。入门左转，竹林尽头的石桥下，临着溪流，山茱萸种下两三株；过此桥左侧是一片草地，不远处更种了七八株。当然，与茱萸本尊相比，这些小树仍多了一个"山"字，可从唐诗中酝酿出来的情感，已经不由分说，可劲儿涂抹在它们身上。然而不知是不服水土，还是侍弄未得其法，草地上的山茱萸竟如伯夷叔齐，态度决绝，相约不食周粟而死；小桥这边几株也一直病恹恹的，一副不情不愿的样子。每年春来，也发几片叶子，可三数年过去，仍不见它们开花，更遑论结果，完全无视我对它们的满腔热忱殷切期待。

至此，我仍然相信这世间有一种叫作茱萸的植物，所以到了去年夏天，与朋友来到古城内阿胶膏方博物馆，参观时经行小院，主人曾总知道我对草木有偏嗜，手指着院中一株小树，问我是否识得。此树着于院落右侧，虽才有两三米高，却枝丫扶疏，自然生成一口大瓮状，视叶形，当即想到植物园中的山茱萸，然此树不似那边的病态恹恹，叶子也不零乱稀疏，而且特别值得一提的，是其枝上偶有红色的果实，如珍珠玛瑙粒粒，相当璀璨夺目。再说了，曾总本亦风雅之士，精心选择的树木，怎么会只是一株山茱萸，于是询问道："这该不就是茱萸吧？"曾总含笑点头说"是的"，然后详述了他选择此树的意义。一群人里，只有我自己知道，当时最难抑止兴奋之情的就是我。众里寻它千百度，没承想它已经潜入本城，藏身于深宅大院之中。于是便与曾总相约，待到九九重阳日，我还要过来看这树茱萸。

没承想，梳理关于花椒资料的过程中，才渐渐觉得有些不对头，那日的开心竟也是一场空欢喜。

植物古今汉名虽然确实存在某种对应关系，有葱也有山葱，有蒜也有山蒜，有豌豆也有野豌豆，有绿豆也有野绿豆，可到了山茱萸这块地儿，事情却发生了变化，遍查《中国植物志》，根本找不出名为茱萸的植物。如此，则曾总院中所植，也只能是山茱萸了。

　　植物志中，名字中含有"茱萸"二字的，倒也不少。山茱萸而外，尚有吴茱萸、食茱萸，以及蜜茱萸、草茱萸、单室茱萸等，唐诗中的茱萸，究竟是哪个茱萸？后面三种皆为现代植物学家所命名，资历尚浅，必不是王维山东兄弟当年所插，亦非杜甫醉后所把。剩下的三种，山茱萸与吴茱萸二种首见于《神农本草经》，列于卷四中品。而食茱萸，北魏《齐民要术》、唐苏敬《新修本草》、宋唐慎微《证类本草》皆有载，来头也不小。

　　虽然经过多年追寻，山茱萸已近在咫尺，曾总院中那株也已经枝繁叶茂，对面园中数株，也有望开花结实；而另外两种，至今尚悭一面；尽管学界仍然有人坚持，唐诗中的茱萸即山茱萸。可平心而论，我觉得首先应当排除，还是这个，理由是，重阳登高所佩植物，古人是有讲究的，九乃至阳之数，九月九日阳气太盛，故常选用佩兰、艾、菖蒲、苍术等有浓烈气味的植物以辟邪气。所以古籍中的茱萸，也应该散发着芬芳之气。《太平御览》卷三二引周处《风土记》云："俗尚九月九日，谓上九，茱萸气烈，熟色赤，可折其房以插头，云辟恶气而御初寒。"《汉语大词典》尽采周处之说：茱萸，"植物名。香气辛烈，可入药。古俗农历九月九日重阳节，佩茱萸能祛邪辟恶。"历代诗人歌咏中，涉及茱萸者，也往往并言茱萸之香气。曹植《浮萍篇》云："茱萸自有芳，不若桂与兰。"南朝江总《宛转歌》亦云："蘼芜摘心心不尽，茱萸折叶叶更芳。"南梁何思澄《拟古》诗："故交不可忘，犹如兰桂芳。新知虽可悦，不异茱萸香。"初唐郭震《子夜四时歌》诗："辟恶茱萸囊，延年菊花酒。与子结绸缪，丹心此何有。"而山茱萸（*Cornus officinalis Sieb. et Zucc.*）乃山茱萸科（*Cornaceae*）山茱萸属植物，落叶乔木或灌木，其核果长椭圆形，紫红艳丽，着于细枝，折而插头，如簪镶宝石，想来亦颇不恶，惜其枝叶俱无气味，所以即使再合式，再漂亮，也必与杜甫王维之茱萸无关。

剩下的二位，吴茱萸和食茱萸，究竟谁是唐诗茱萸，公众号"物种日历"上有两篇文章，一篇题为《遍插茱萸少一人，插的到底是谁》（2018 年 10 月 16 日），作者为刘夙博士。从标题可以看出文章的论辩性质，文中作者以详尽的资料，力破"山茱萸"与"食茱萸"二说，结论是，古人所称茱萸，吴茱萸是也。另一篇叫作《林奈任性写下学名的时候，中国人已经吃了它 2000 年》（2016 年 7 月 19 日），作者为顾有容博士。很显然，文章主旨仅在于讨论花椒属植物的特性，说到食茱萸，只顺便提了这么一句："'遍插茱萸少一人'的茱萸就是它。"

以文章雄辩论，当然首推刘夙博士，且刘博士以植物学文献和植物学史为研究方向，怎么说，这里也是人家的专业领域啊。然而我不得不说，顾博士轻描淡写的那一句，在我心中却胜过了刘博士的滔滔论辩。虽然到目前为止，无论吴茱萸还是食茱萸，敝人皆未得亲见，可是我想，即使如此，也不妨将自己的想法说出来。识见浅陋，也不能作为言不由衷的理由。

所以赞成顾博士之说，觉得食茱萸才是唐诗中的茱萸，也不是一点儿证据没有。首先，刘夙博士文中提及王维《山茱萸》一诗："朱实山下开，清香寒更发。幸与丛桂花，窗前向秋月。"以为此诗所写，与山茱萸特征不符，而"朱实山下开"一句，一个"开"字，说的恰是果实熟后开口的吴茱萸。刘博士没有说，果实开口的，并非仅吴茱萸一种，食茱萸同样如此，而且古代药学家已经发现并记录下这一点。苏敬《新修本草》卷十三"食茱萸"条，介绍完食茱萸的药性及使用方法后，说了这么一句："皮薄开口者是，虽名为食，而不堪啖。"《证类本草》卷十三引述此语作："皮薄开口者是，虽名为食茱萸，而不堪多啖之也。"果熟开口，言之凿凿。此外，《齐民要术》卷四有"种茱萸第四十四"一节，北魏时期所种的茱萸，竟是哪个，幸好题下注："食茱萸也，山茱萸则不任食。"可见至少在北魏时期，在中国北方，已经普遍将食茱萸直接称作茱萸了。

食茱萸乃此物之古汉名，《台湾植物志》仍然沿用；在《中国植物志》里，食茱萸改称椿叶花椒（*Zanthoxylum ailanthoides Sieb. et. Zucc.*），亦为芸香科花椒属植物，与《诗经》《楚辞》里的椒，与吾乡院落中的花椒，原是本家兄弟。

2021-12-23

霜清木落栝楼红

　　某年在沪上，偶然吃到一种瓜子，印象颇为深刻。瓜子个头较大，颜色浅灰又透着淡紫，外若敷一层白粉，朴拙而浑沦，给人闷不唧唧的印象。尝试一下，入口甜甜的，唯是籽壳严裹，颇难对付：一是硬，二是脆。硬则嗑之难开，几次失败后，便觉得这家伙简直不可理喻；又因其脆，用力稍过它就整个儿碎掉，一副宁为玉碎的不合作态度。而其中籽仁饱满，又紧贴硬壳，外壳碎时，籽仁也不肯瓦全，到了此时，即使费事巴拉，耐着性子将籽仁剔出，收拢于一处，等吃到嘴里，味道或与整个儿的并无二致，挫败感却已挥之不去。虽然如此，但有空闲，指爪仍情不自禁伸向它，原因嘛，就是这瓜子实在太香。这么说吧，但吃此物，就永远别想瞒了他人。一人偷偷吃它，不过三粒，满屋子香气已经向所有在场的人告了密。

　　吃得多了，渐也摸到些诀窍。

　　盖此瓜子前端为其关籥，扃闭的密室只可由此开启。接下来的问题是，此物并不如西瓜子、南瓜子那样首尾昭然，好在摩挲有日，渐也略有端倪可寻：瓜子平面两侧各有一道凹纹，延至前后两端交合，交合处呈弧线圆融者，即其尾；而形成锐角者，即是可以叩关之处。不过事情既有成例，

也必有变数，对那些长相不大规则，个性特异者，边线于两端皆形成锐角者，此法就不大行得通。反不如用手去摸，瓜子两端厚薄有差，厚而圆者为其尾部，薄而尖者即其前端。当然此法也不能百发百中，最后只有放入口中试探：悠着劲咬一下，有松动意思者，可无须怀疑，遇有顽硬异常岿然不动者，那也没的说，自己改弦易辙，将掉转方向再嗑，也就是了。

本来我没有吃零食的习惯，可自从遇上它，又见茶几上放着，就有点欲罢不能。而且一旦吃开了头，就不想停下。自己也感到奇怪：籽仁之香当然是原因之一，而其坚守的秉性和火爆的脾气，对嗑瓜子者智力与耐心构成的考验，恐怕也是其独特魅力所在。如果将籽仁一一剥好，想吃了，抓一把撮入口中，当然方便得很，可与之较智较力的乐趣也就丧失殆尽。世间之事大抵如此，得之易者人皆易视之，唯有费尽了周折，终于到手的，才有意思。有人说，人就是容易犯贱。果真如此吗？我不知道。

吃上瘾来，就想了解一下，此物究竟是谁家的儿子。

回看包装袋，上书"吊瓜子"三字，于是就更纳闷了：瓜嘛，也曾见过不少，冬瓜西瓜南瓜北瓜，黄瓜越瓜甜瓜苦瓜，可这吊瓜是哪架上的鸡？莫说见过，听说也是头一回啊。可中国太大了，南国又过于神奇，其物产丰饶，多有我等北人所不能知者。追根溯源的事虽然可以暂且放下，瓜子的诱惑仍难以抗拒，况且，即使不知道这是哪家母鸡下的蛋，也不妨碍这鸡蛋的好吃。于是每次从沪上回来，吊瓜子总要带上几包。独享之余，偶尔也向朋友们谝谝能，朋友们尝到甜头，就问这是什么瓜子，我以"吊瓜子"回应。有不满意者则说："你不是一直研究植物吗？这点事儿还能难得住你！"

这话乍听像是表扬，我也尽量当作表扬理解，其实含意还是很复杂的，至少让我感到压力不小。老实说，我的植物之爱，纯属个人兴趣，与吃茶打牌一样，不过是休闲岁月的一种消遣；古人说的"一物不知，学者之耻"，这种态度，当年我也曾抱持过，至少今日已然十分淡薄。虽然我知道，这吊瓜肯定是一种植物，包含在《中国植物志》所收的31142种之内，但是，知不知道它长什么样，与我对本土植物的关心，并无妨碍。可是，既然话已经说到这里，闲着也是闲着，为什么不考究一下呢。

查考的结果还真出乎意料：原来它并非未曾谋面的生客，很可能还是一个熟人儿：有多条资讯皆指向了栝楼。回头一想，将栝楼称作吊瓜，虽与志书给的中文正名不一致，然于义亦通。高明乾等《植物古汉名图考》云："栝楼又称菰蓏、果赢、瓜楼、天瓜、黄瓜、泽姑、瓜蒌等。"《本草纲目》卷十八"栝楼"条云："栝楼即果赢二字之音转也，亦作菰蓏，后人又转为瓜蒌，愈转愈失其真矣。古者瓜姑同音，故有泽姑之名。齐人谓之天瓜，象形也。"从前时候，栝楼一般野生，《诗经·豳风·东山》："果赢之实，亦施于宇。"战乱频仍，墟落荒芜，栝楼都爬到屋宇之上了。栝楼引蔓极长，可攀缘于高树，结成果实，垂于枝上，所以吾乡人谓之"天瓜"。而今人们拿它来当作物种植，又扎成棚架，令藤蔓匍匐其上，果实则垂然于架下，基于这种现实场景的观察，所以就有了吊瓜之名，这一点都不突兀。

栝楼嘛，我可是熟悉的。

当年东门外棉花地里，栝楼秧子随处多有。特别到了晚秋时节，棉叶枯落，棉田中绿色点缀，就不乏这死缠烂打的栝楼秧。曾经多少次，我手持一把铁锨，独自来到田野之间，循着绿秧衔接的细根，挖开壤土，追寻栝楼的块根，回来切为厚片，晒为天花粉，然后售与供销社，可得几两咸盐钱。开花结果的栝楼我也见过，村子后寨墙边盲老人的植物园里，栝楼秧子攀上井边老树，然后缘着横枝延伸，悬垂下来皮球一般大小的果实。

栝楼成熟后呈金黄色，收集在一起，悬挂于屋前门楣上，形状与颜色皆十分诱人。记得我曾得到过一只，忍不住破开了看，充填其中的是浸着黄色黏液的一坨软物，其丝丝络络之中，最多的就是栝楼种子了。

栝楼（*Trichosanthes kirilowii Maxim.*）虽为葫芦科（*Cucurbitaceae*）植物，多年生草质藤本。栝楼的藤蔓与果实，均让人觉得像瓜，但它毕竟独领一个栝楼属，与冬瓜属、南瓜属特别是黄瓜属的诸种不同，虽为乡间顽劣少年，也不敢贸然食之。栝楼内瓤那一坨黏稠物，软塌塌殊少美感，那些浑身沾了黄色汁液的种子，也逗不起我们的食欲，更重要的是，人人知道栝楼乃是药材，是药三分毒，既然有毒，即使饥饿感再强烈，也不敢轻易下嘴呀。所以冬日闲时，连黄瓜子甜瓜子那么琐屑的东西都当成稀罕物儿，唯是从来不敢打这栝楼子的主意。

朱橚《救荒本草》是一部为救荒活人而编纂的书，关于栝楼，其中有云："采根，削皮至白处，寸切之，水侵，一日一次换水，浸经四五日取出，烂捣研，以绢袋盛之，澄滤令极细如粉。或为烧饼、或作煎饼、切细面皆可食。采栝楼穰煮粥食，极甘。取子炒干捣烂，用水熬油用亦可。"关于采根滤粉以为饼饵，周王书讲得多么详尽，以敝人挖栝楼晒制天花粉的经验，亦觉得其说可行。至于拿栝楼瓤子煮粥，则甚出意料之外，一则其瓤看似满壳，其中却多为丝络与种子，黏汁则为数有限，二是那味道，记得刘华杰先生曾描述品尝栝楼之后"舌头发麻，边缘和前部有烧灼感"，以之当粥食用，那得饿到什么程度。最后，周王终于说到栝楼籽，虽然处理方法有点简直粗暴，而从中取油，还是颇有见地的。吊瓜子之所以那么香，端在于含油量高。察栝楼籽仁的质地，晶洁透明，与蓖麻相仿佛，其中大部内容应该就是油脂了。

在沪上，居所西窗外乃一网球场，场地四周围以绿网，紧挨着绿网，种些珊瑚石楠之类，以为遮蔽。有些野生藤蔓就从绿丛之中探身出来，攀着铁丝网牵延而上。最初，那网上以黄独为多，好多状貌丑拙的零余子附着在浅绿色藤蔓上，形态各异。后来又有丝瓜，不知何人所种，也无人摘食，秋来老硬之瓜垂于网壁，经风一吹，撞得啪哒啪哒响个不休。最后出现了红色的果实，拳头一般大小，浑圆无痕，一个个精美绝伦。乍见之下，觉得甚是好玩儿，一边趸摸其下，一边暗自揣度，这该不是老舍《四世同堂》中提到的"赤瓟"吧。根据《中国植物志》的描述，赤瓟主要分布于北地，吾乃北人，却无由得见，难不成这东西耐不住寂寞，跑到江南这繁华都市来与我会面了。

一天清早，终于在珊瑚绿丛中拣到一枚坠地的红果，心下大喜，拿在手中把玩摩挲，最后剖开外壳，见其中乃是一团绿色的黏稠物，雅不似老舍先生笔下一经揉搓便透出黑色种子的模式。再将那一团墨绿色东西拨开，可见种子挤挤插插，数量甚夥。将丝络黏液去掉，拿它们来到水管前冲洗干净，摊放在白纸上，复擎到户外晾晒，这才发现，瓜子的形状与颜色，何其熟识，这不就是吃一粒即余香满室的吊瓜子嘛。

吾乡栝楼，老熟之后例是金黄颜色，这红彤彤的果实，竟然也是栝楼吗？有饱满敦厚的种子做证，不是栝楼又是什么。记得介绍吊瓜的网页上，配图中就有此种，可如今新的影像技术花样翻新，连蒙娜丽莎都可以让她挤眉弄眼儿，调换个颜色还不易如反掌，所以当时没敢轻信。想不到世间果然有这等奇异的果实，而且就在眼前，这侥幸，这欣喜，何可如之。

未加泡制的栝楼种子晒干之后，清爽雅洁，比香人半死的吊瓜子漂亮多了。掬它们于手中，心里立时涌起一阵激动。这么精雅的瓜子，种于壤土之中竟又长出那么光彩照人的果实，自然之力，何其不可思议。于是一个念头悄然产生：将它们带回吾乡，种于北方黄土地里，那边不也多了一种漂亮东西吗？

种子收集虽然费事，然一有机会，便不肯放过，干爽的种子在塑料袋中渐积渐多，这时，又觉得将它们全都带走，未免过于贪心。红果栝楼属于此地，须让它们在此地生得更多才是。于是便取出一部分，播撒于绿丛之中、密林之下。我想，既然它们无须人类的帮助，自己就能生存得很好，这次有我稍加援手，来年那红色的球果肯定会结出更多。绿网那一边，淡绿色的圆球飞来飞去，这一边则有红色的圆球挂了一墙，这可能是世界上最奢侈的网球场了。

种子带回来，这一次倒是没再为种于何处犯愁。对面植物园早已建成，经友人介绍，与园子管理者有了接触，为了园子的发展，他们同意引种一些异地植物，甚至杂草，只要它足够漂亮。此前我将黄独的珠芽带回来，交给了他们安排种植。栝楼的种子较小，我想就不必麻烦他们了。园子很大，平缓的草地当然也有，丛密的植株更多。风景树下，让栝楼进来掺和也许不大合适；围墙的铁栅栏上，足也可供栝楼攀爬，可一旦结了果子，又那么鲜艳夺目，还不被人就手顺走了？唯有沿墙的那一带竹林，才是供它们繁衍的上好处所。

园子距寒舍未远，近年长闲无事，天气晴和的日子，晨夕之间，经常来园中散步。对于撒下的那些种子，也一直不曾忘怀。一次次过来，看到的皆是旧日相识，什么牵牛花、打碗花、鹅绒藤、鸡矢藤，应有尽有，唯是不见我千里迢迢带回来的。这让我有些灰心，但仍没有绝望。我不愿相信这点儿地域上的挪移，会让它们产生如此强烈的抵触。我猜测，可能栝楼子外壳太厚，质地过密，水分难以浸入，我撒在竹林里的种子，还在呼呼大睡呢。保不定什么时候，它们就会懵懵懂懂地醒来，将华丽的人生在此演绎一番。

辛丑之秋，再次来到沪上。居所背后空地上，也长满了荒草，清理时发现，与葎草和鸡矢藤缠绕在一起的，也有栝楼秧子。虽然白纹伊蚊异常凶猛，我还是忍着奇痒，将杂草铲除干净，唯对栝楼细蔓网开一面。今年以来，小区管理者忽然改变了想法，绿网上的青藤剪个一茎不留。我撒下的种子，并去年的宿存植株，同样不被容忍，唯有树林边缘这些硕果仅存。所以我得留着它们，我知道，只要给它们时间，它们就会报你以惊喜。

树林与藤蔓同为浓重的绿色，叶子密密层层，枝丫纵横交错，栝楼的细茎穿插其间，几乎与绿叶融为一体。我去年撒下的种子，究竟长出了多少栝楼，长势如何，皆不易侦知。

不知不觉间，秋天悄然过去，随着一场凄风冷雨，冬天开始降临。江南之树毕竟不同于北方，秋天并不意味着落叶，个别强项者甚至不把冬天放在眼里。此时它们依然满身披挂，依然青翠如常。比如香樟，比如雪松。即使木兰，即使无患子，也仅是略微改换了一下叶色。可栝楼毕竟属于草本植物，它们的开花结果，不能与季节的脚步距离太大。其生长期既已延长，则花期与果期也可以稍为展宽。展宽归展宽，却不能没个限度。某个清朗的早晨，金子一般的阳光照彻了小树林，渗透进浓密的枝叶间，我站在树下仰望，蓦然发现，几只通红的圆球悬挂于高树之巅。你不让我挂在铁丝网上对吧，那好，我且爬到树上过我的生涯，这应该没毛病了吧。

红果悬挂在高树上，节日的灯笼一般。任谁都知道，它们肯定不是刹那之间长出来的。可能一个夏天了，它们都在那一带攀缘腾挪，吸纳着天地之灵气，享受阳光之照耀，默默地开花，悄悄地结果。果子披一袭绿衣，虽间有乳白色花纹，远观并不明显，于是被淹没于一派浓绿之中。而近期爽劲的秋风，冰冷的秋雨，送来了不情不愿的初冬，栝楼这才应时变为鲜艳的橘红，将自己的骄傲与美丽呈现出来，这时候，即使想掩藏，也已经不再可能。

明艳的栝楼悬挂于高树上，如此硕大美丽，对我构成巨大的诱惑。它们的位置当然够高，或许不下两丈三丈吧，但是这点高度对于今天的智人，又算得了什么。我已经备下了长竿一柄，而弯钩的铁丝也是现成的。只要我高兴，来在树下，举起长竿，将高高在上的它们扯到地上，也就分分钟的事。可是几经踌躇之后，我还是控制住自己的冲动。我知道它漂亮的外表之内，便便大腹之中尽是成熟饱满的种子。将那些种子收拢起来容易，做什么用途却是个问题。带回去种植嘛，我已经种下许多，至今音信全无，还有继续做下去的必要吗？显而易见，只要红彤彤的栝楼悬挂于高树之巅，那份美丽就不会消失于天地之间。当然，此乃小区的犄角旮旯，平时很少人来。即使来了，也没有谁对着高树仰颈张望，所以那红果的在与不在，除了闲人如我，大概率是没有第二个人在意，而敝人此时也已有了北归的计划。也就是说，从此之后，红艳的栝楼将独自悬垂于初冬的阳光下，除了鸣鸠时至，再也无人理会。我想这一点儿都不要紧。草木同于天地山川，自有大美而不言。它们的美只是自性的流露，至于是否有人过来流连低回，咏叹称赏，它们一点儿都不在乎。

当然，换一角度看，这些红艳果实中蕴藏的种子，也就是我所喜欢的吊瓜子。我以前所食，可能也是从如此漂亮的栝楼中取出来的，但栝楼的精美与取出的过程我不曾亲见，总算给我一些缓冲。如果将眼前的栝楼子炒成吊瓜子，即使它的香气一般无二，吃它之时，我又怎么能保持优雅坦然的心情。自家种的小麦玉米，我当然吃过，自家树上的枣子，也曾甘之若饴。可这是栝楼啊，如此红果，它是用来食用的吗？古人有云："君子之于禽兽也，见其生，不忍见其死；闻其声，不忍食其肉。是以君子远庖厨也。"孟子这种感觉曾经被人斥为虚伪，今天想想，他所说的恻隐之心，其实正是一种人之常情。

　　回到前面的问题，吊瓜子的外壳生得如此坚牢，让人几乎奈何不得，这仅是一种偶然吗？草木看似无知无识，其实无处不体现它极深的心思，它当然不会像动物一样，为了自己的生存主动攻击异类，而自我保护的意识，也相当绵密而周到。索尔·汉森在《种子的胜利》一书中写道："种子的外壳为何超想象地难以裂开？……这些问题的答案是最基本的，就像一只孵蛋的母鸡要保护它的一窝蛋，或者一头母狮子要保护它的幼崽一样。对于我正在研究的这棵树而言，下一代意味着一切，进化的需求值得它投入所有的能量和适应性的创造能力。"栝楼怀胎十月，腹中的籽实并不是为了满足人类的口腹之欲，其外壳坚硬到什么程度，就说明它的抗拒与保护决心有多大。其前端之容易开启处，就是它的阿喀琉斯之踵了，其实也并非设计不周，更不是为馋嘴的人类而准备，而是为胚芽发育预留的门户。至于奇香无比的籽仁，主要为其胚乳。种皮之外，种子一般包括胚与胚乳两部分，知道胚是发育新株的胎儿，就知道胚乳是干什么用的了。而人类炒而食之的行为，已不仅仅是偷窃，简直就是劫掠。

2021-11-20

香椿：一箸入口，三春不忘

我自幼与香椿相熟，虽然友情谈不上多深，总也算旧时相识。当年乡间此物种植尚不普遍，却也并不稀见。对香椿的印象，多在那时形成。后来发现，我对香椿的了解却远说不上全面。这当然也事出有因。那时我们所种香椿，一般着于庭院之中，篱边或者墙下，年复一年，见它也就长到一人来高，科条散乱，枝杈参差。以当日观感，觉得它就是一种灌木，比门前石榴稍为粗壮而已。我想这恐怕不只是我一个人的看法，村上人大抵都是这样想的。即使到了今天，回头再去询问父老，哪怕香椿在他家庭院中一直长着，也不觉得香椿是一种大树，更没有谁看见它开花结果。

其实不光偏居一隅的少年和无知无识的田夫野老会产生这种错觉，历史上那些著名的博物学家，也往往被香椿这种特殊的生存状态所蒙蔽。《本草衍义》卷十五云："未见椿上有荚者，惟樗木上有。"又《花镜》卷三亦云："椿，俗名香椿。树高耸而枝叶疏，无花而不结荚者是也。"寇宗奭与陈淏子，一为药物学家，一为园艺学家，算得上博学多识了，他们居然也一直没机会看到香椿开花结果。

植物从萌生到长成，必先有一个营养发育期，然后进入开花结果生殖生长阶段。就像人畜，须长到一定年龄，才具备生育能力。不同植物营养发育的时间并不相同，一年生植物安排比较紧凑，也是没有办法的事，多年生植物就相对从容一些。吾乡谚语有云："桃三杏四李五年，枣树当年就还甜"，说的就是开花结果的年龄。香椿树需要多久才能开花结果，我没具体考究过。不过我觉得，如果当它是一株乔木，予其良好的生长环境，其间不进行人为干预，五六年，或者七八年或许就能可以了吧。我读书写字的地方，窗外就有一丛香椿，它们生长于杏树旁边，树龄少说也有二三十年，至今仍未有着花的意思。所以如此，并非这丛香椿格外的清心寡欲，执意抱持独身主义，要怪只能怪我们这些馋嘴之人。不幸的是，香椿的花序既不能像梅花生在旧年枝上，也不能像紫荆着于老干，与同科植物苦楝一样，其花序必须着生于新枝顶端。而香椿最具诱惑力的，就是它的新芽，总是萌芽未久即被掰下，焯水切碎后和鸡蛋打在一起，炒熟吃掉了，那芽纵使着生得再高，也有长竿铁钩伺候。香椿它有什么办法，只能默然忍受而已。人群散去之后，独自舔舐伤痕，重新积蓄力量，酝酿着二次萌发。可是，只要其芽脆嫩依然，香味犹在，人们还会围拢上来。正常的生长过程就这样一次次被打断。它们不是不会开花，也不是不想开花，是人类无休止的劫掠，使它们实在拿不出精力开花结果而已。

当年的另一错觉就是，香椿嘛，不过是个长相支离的小把戏。很显然，香椿所以如此，同样是拜了人类所赐。俗语有云：不怕蛇进门，就怕香椿高过房。香椿高了，不方便采摘仅是一端；香椿树枝缺乏韧性，较易折断，上树采摘易生危险。所以家家香椿树都给弄成了这副模样。后来读《庄子·逍遥游》，其中有云："上古有大椿者，以八千岁为春，八千岁为秋，此大年也。"虽然同一个"椿"字，可从来不曾考虑过这里的"大椿"，与我们村子上的香椿树有什么关系。其实香椿（*Toona sinensis (A. Juss.) Roem.*）作为楝科（*Meliaceae*）香椿属植物，是一种高大乔木，其高可达 25 米。有资料显示，野生香椿在深山中能长到 40 米高，胸径 1 米以上。某日饮酒闲聊，玉新兄告诉我，东阿某处有一片香椿林，树龄皆四十年以上，其高数丈，干可合抱。我想，那才是它们一家的正常状态啊。

发现香椿开花结果，是数年前的一个初春。我在运河左岸绿化带里徜徉，偶然拣到一串果壳，形状十分特别，椭圆而微具五棱，前端如花瓣张开。惊奇之余，仰视其上，枝上垂垂然犹有。围绕此树徘徊半晌，最后猜到并证实这是一株香椿。初次看到开花结果的香椿树，其果壳又如此漂亮好玩儿，当时的快慰简直难以言表。带回家中，放在案头仔细研究：果壳前端张开，多数种子已经掉落，或已飞走，但缝隙中仍有二三遗留，小心翼翼将其取出，放在白纸上仔细观察，种子扁条形，胚与胚乳位于前端，后面则是轻而薄的长尾，深褐颜色，酷似一尾尾小蝌蚪。

进化出好吃的椿芽，反成了香椿之厄。百密一疏，偶尔遗漏掉的那几茎，最终还是生出了花序。香椿花序巨大，长可二尺以上，悬悬下垂着，花白色，极细小。开花时节，花序轴柔软，花蕾朝向随意，可一旦结成果实，果蒂都会反折上来，将椭圆形的果实一一向上擎起。在地球引力作用下，自然下垂才是常态，可香椿它偏不，由此亦可窥见香椿的小心思：蒴果上擎，前端开裂之后，种子仍可以住在壳内，只有风动枝摇，才能请它们出山，而风，恰是香椿的翅果一直等待的，"好风凭借力，送我上青云"，说的不光是杨花柳絮。如果垂然向下，蒴果一旦开裂，种子就散落于地，无论遇上打扫卫生的工人，还是嘴馋的老鼠，稳妥妥就被一网打尽了。

上次从果壳中找到的香椿种子皆过于扁平，我怀疑还应有稍为饱满者。

那日之后，果序虽然经常看见，然皆高悬于枝头，可望而不可即，不借助工具只有望洋兴叹的份。去年冬天，与朋友相约来到黄河岸边的寿张镇，任务很单纯：品尝这里的名吃——蒸碗儿。备料、煎炸、盛碗、生火、上笼这一套，用不着我们这些吃货插手，便到街头走走看看。胡同口恰有一株香椿倚墙而立，其时叶已落尽，仅存枝柯，我也是凭那支巨大低垂的果序认出了它。此枝斜伸，果序距地面也就两米多。搬来几块砖石垫上，即可抓住最下面那枚蒴果，缓缓往下牵扯，想不到果茎忽然脆断，树枝回弹力猛，摇荡之间，果壳中的种子顿如急雨一般撒落下来，不偏不倚，撒了我满身满头。在大家的嬉笑声里，我费了好大的劲儿，才将头上、衣上扑打干净。当时的我肯定十分狼狈，心里却特别高兴，至少，我浑身上下皆与香椿种子密切接触过了，而且即使我扑打得再彻底，或也会有一两粒种子遗留在衣服皱褶中。如果这时淋一场透雨，说不定从我身上就会长出几株小香椿呢。

香椿为中国本土物种，古代典籍中，多有指称此物的专用名词，《本草纲目》卷三十五"椿樗"条云："香者为椿。集韵作橁，夏书作杶，左传作櫄。"椿，《说文》写作杶，段玉裁注出《尚书·禹贡》。又引《山海经·中山经》云："成侯之山，其上多櫄木。"郭璞所注"似樗树，材中车辕"，此亦椿树也。

既为本土物种，其味又如此美妙，然阅读古籍时觉得，国人之食用香椿，一是开始得较晚，二是不够普遍。香椿从来仅属于边缘菜蔬，所起作用不过点缀补充而已，距离恒蔬之地位还比较遥远。朱橚《救荒本草》仅言其"椿木实而叶香可啖"，给出的食用方法为"采嫩叶炸熟，水浸淘净，油盐调食"，与其他粗劣野菜的吃法，一般无二。徐光启《农政全书》卷三十八依然将香椿列为救荒之材："椿，《禹贡》曰杶。玄扈先生曰：椿宜于春分前后栽之。又曰：其叶自发芽及嫩时，皆香甘；生熟盐腌，皆可茹。"谢在杭（肇淛）福建人，生于杭州，出仕后曾任东昌司理，又奉命巡视河道，驻张秋镇有年，其人对北方风土名物，多所留意，所著《五杂组》卷十云："燕、齐人采椿芽食之以当蔬，亦有点茶者，其初茁时甚珍之，既老则菹而蓄之，南人有食而吐者。"据此可略见食椿芽风习之演进。

　　对于个中原因，史军先生在其《物种日历》公号文中提出自己的看法，我觉得颇有道理。

　　一是香椿时令性太强，嫩芽可食之时间短促，机会稍纵即逝，你这边稍一分心，它那里已经老硬不可向口。这种时令性在漫长的农业社会里，对于普及自是个无法克服的障碍，在当时条件下，难以进行大规模种植与销售。

　　其二，与香椿并列的，还有一种曰臭椿，二者长相相似，不易分辨。王家葵先生《本草博物志》有云："古人认识植物，对草本的精细程度远胜木本，面对高大乔木，观察尤其粗疏。"我觉得所以如此，古之人亦自有其难处。以敝人寻花觅草的经历为例，亦觉得低矮的小草更亲切易与，高大乔木嘛，除了搬个梯子上去，想观察一下它们的芽叶，都不是容易事。这种对高大乔木的观察粗疏，导致《本草图经》《本草衍义》《本草纲目》甚至《植物名实图考长编》等著作皆合"椿樗"为一条，《本草纲目》甚至说"香者为椿，臭者为樗"，"椿、樗、栲，乃一木三种也。"谢肇淛《五杂组》亦云："然椿有香臭二种，臭者土人以汤瀹而卤之，亦可食也。考之《图经》，疏而臭者乃樗耳。盖二木甚相类，但以气味别之，今人不复认识，概呼为椿也。"学者粗疏含混，民间也难得完全拎得清，民人无知无识，一不小心吃错了，管保日后不再动这份心思。

敝以为香椿作为菜蔬普及率不高可能还有另外一个原因，谢肇淛《五杂组》提到的"南人有食而吐者"，即道出了部分事实。世间之事总是如此，气息越是强烈，越难以得到普遍认可。比如葱与蒜，对南人与北人，简直就是天上地下。又如芫荽，其名已为香菜，然据研究，东亚人中讨厌其气息的，竟占 21% 的比例。据说，人类的嗅觉受体有着不同的 DNA 序列，使得不同的人对某种气味产生完全不同的反应。根据遗传学的调查，嗅觉受体上的几个重要基因，如 OR6A2，控制了人们对芫荽的好恶，拥有这个基因的人，便觉得芫荽的气味不可忍受。香椿对有些人如此甘美，可另有一些人却觉得它有一种臭虫味儿。芫荽的属名 *Coriandrum*，此语来自古希腊语 *koris*，指的即是一种臭虫。当然，排斥香椿的人，从比例上看，应该比拒绝芫荽的人要少很多吧。

香椿与榆钱、槐花一起，并称三大树蔬。榆钱与槐花，野蔬之中已为上品，而椿芽显然又出于二者之上。槐花有香而淡，榆钱质绵而软，似纯然为果腹而生，而椿芽之香浓烈至极，虽为菜蔬，却兼有荤菜之特点，不但胜任乡里人家之日常饮馔，即使豪华宴席上，亦可独具一格，与山珍海错并列毫无逊色。陈淏子评论椿芽所用四字为"香美绝伦"，以个人感觉，并非夸饰之词；近人汪曾祺先生于饮食之道颇有讲究，他在一篇文章中谈到椿芽，说是"一箸入口，三春不忘"。椿芽适应性颇强，即可与油蛋为伴，如椿芽炒蛋，炸香椿鱼，做天妇罗，浓油不掩其异香。亦可走轻简淡雅之路。高濂《遵生八笺》卷十二："采头芽，汤焯，少加盐，晒干可留年余。……煨豆腐素菜，无一不可。"煨，熬也，煮也。此亦一种吃法。简单些的，切为细末直接拌水豆腐，入口后豆香与椿芽之香并行不悖，相得益彰。

当年在吾乡，记得一次听某位老饕谈论香椿，至今印象深刻。那时温室技术尚不普及，全县范围之内，只听说城里公园中有一间玻璃温房，里面却又以养花为主。煤油灯下，只见他双眼微眯，述说着他的奇思妙想："香椿选最背阴向阳的那几棵，春节过后，用棉絮厚厚地将枝梢裹了，再以空蛋壳罩于其上。等过了五九六九，蛋壳下面渐有了动静，再破开取芽，然后碎切打入蛋液，炒出来尝上一口，那个鲜哦。"近年来，椿芽市场已得相当发育，食用此物的机会也多起来。初春时节，人家餐桌上也不难看到，可即使制作再用心，终也不及当年听老饕讲述留给我的印象难以磨灭。

当年椿芽也吃，却不及老叶吃得更多。记得父老呼曰"老揿巴叶"，是自己亦贱之也。时间约在入夏之后，香椿叶子疯长到二尺来长，从集市上买回来，往往整篮整筐，以其价廉故也。回家后将小叶一一摘下，洗净，控干，然后放入大盆中，撒上碎盐揉搓，直揉得它软了皱了，脾气消了，颜色却益发青绿。再撒些盐巴，就让它在这盆中酝酿着。起初，我以为是吾乡人为度荒岁而琢磨出来的权宜之计，后在谢肇淛《五杂组》中看到"既老则菹而蓄之"之语，才知道此事竟亦是古已有之。

这种腌渍好的香椿老叶，一般拿与咸菜合拌。将青叶碎剁为细末，胡萝卜咸菜亦如之，如果胡萝卜不凑手，可以白萝卜代之，然后将二者拌于一处，即是佐粥的妙品。如果凑巧能沥上几滴老棉油，那就更是锦上添花。最是麦收过后，每人三十斤五十斤麦子终于分到手中，虽然以后漫长的日子都需要这点小麦来打点，吃一顿面条打打牙祭，也还是必要的。面条从井拔凉水中捞起，盛入碗内，香椿叶碎咸菜匀撒其上，可能的话，再加些蒜泥，那可是寒素生涯的顶级大餐了。其实吃香椿老叶有时也无须如此费事，放学回家，搬起半个黑窝头，偷偷捏一撮椿叶攥在手中，一边往街上跑，一边啃个不休，给小朋友看见，也是很可夸耀的事了。

2021-08-14

溪童相對采椿芽指似陽坡說種瓜
想得近山炊爨馬少青林深處有人家

元好問詩句
平水禪舍 南薇小蓮

种香椿

对我来说，种树已是撂下的活儿。少年时代即热衷此事，自家院里院外但有隙地，无不种之殆遍。不过那时所种，多为杨柳榆槐等寻常种属。香椿嘛，也是种过的，却是来城市谋生之后。某一日，邻人贻予一茎树苗，细如小指，长也不过尺许，就手种在了窗外花池里，看它样子木呆呆的，不承想不用几年工夫，就长到及檐那么高，且枝丫俨然，颇具规模了。春来发芽，须以长竿绑上钩子，才能将枝头新芽够下来。然而好景不长，接下来迁居至城南夏庄，住了多年的那一排红砖平房随即被人拆掉，然后建起了楼房，我的香椿树也不知给弄去了什么地方。事后想起，也曾后悔当初考虑未周，在城南所赁乃一独门院落，容下一株香椿还是绰绰有余，为什么不将它一并移栽过来。可赁屋而居也仅年余，然后搬入如今惯见的折叠起来的房子。所以即使当初将它移来，终也是没办法长相厮守的。想到此也就释然了。

庚子仲春，疫情高峰渐将过去，日子终需要过，公司要求员工上班，唯学校尚不敢贸然开学。于是便不得不只身南下，过来陪伴在家上网课的小学生。动身之时，椿芽已然上市，便采买一些带上。到后吃着椿芽炒蛋，话头便说到香椿树。邻人梅兄窗外种了几株，渐繁衍成林，来这边后，平时尝鲜多是拜他所赐。于是就商量，何不自己也种上几株。

想法一旦产生，实施就简单了。种树首先要有树苗，都市之中难得有卖此物，只好到网上寻找。如今网络是个奇妙世界，极像一个万宝巨囊，无论什么东西，只要你想得到的，它肯定早已在那儿等着你呢。孩子知道我一向留意花花草草，就让我拿主意：树苗是要大一点还是小一点？品种要绿芽还是红芽的？我自信对香椿还算略知一二，想当然说，什么绿芽红芽，初生都是微红，长开就成绿的了。至于树苗嘛，也不必太大，一以大则价昂，二也不便邮寄，再说了，种它在那里，不就是让它长的吗，只要能成活，还愁它长不成树。于是依我之言定了十株。不几天，一个两头大中间细哑铃状邮件送达，我一看知道树苗到了。剪开密密层层的胶带，抽出蛇皮袋中的树苗看了，却未免失望，灰不溜秋的颜色，与垃圾堆上的枯枝别无二致。为了便于邮寄，根须也给剪得仅剩榾柮，略具意思而已。好在我知道香椿成活容易。只要它活下来，余下的慢慢将养也就是了。

平时挖点泥土，换下花盆什么的，一把小刀子小铲子足可对付；而栽树，再拿它出来就有点像乡谚说的：让兔子驾辕。恰好梅家有铁锨一把，便借来使用。梅兄听说栽香椿，忙不迭说，买什么苗子啊，来这边拔几棵不就得了，我连说已经买好，赶紧提了铁锨出来。

房子坐落于小区一角，屋后即是一小片空地，虽也曾种些绿化植物，却因地处偏僻，未免潦草应付，管理也较懈怠。物业方负责修剪花木的老蒋与我聊得来。老蒋湖南湘潭人，五十多岁，短小黑瘦，我试探着问他，栽几株小树如何，他眼睛看着别处微微点一下头。过一会儿，又指指珊瑚篱墙说，不要高过这个。前些年，楼上顾大嫂将这一带铲平，种一些日常菜蔬。而今染疾，不大下得了楼，就一直荒着。地块嘛，看上去倒也风平浪静，其上还散生着杂草。可一锨下去，立马知道满不是那么回事，大大小小的砖石如水下暗礁，你无法预测它的形状和所处位置，挖一个树坑要费上三倍的气力。有什么办法呢，哪个小区的地下不掩埋建筑垃圾。其实也没什么大不了的，不就多耗费些时间，多劳动下筋骨嘛。树坑挖好，将小树一一植入其中，上学时学到的栽树要领，忽然奇迹般浮现于脑际：什么先填表层阳土，再填底层阴土，一边填埋一边踩实，栽毕，再将小树往上拔一下，以使其根须舒展，最后是浇水，令土壤与根须接触得更紧密。商家为了邮寄之便，将树苗上端截齐。我怕新斫的茬口暴露在阳光之下，水分流失过快，影响成活，就找些塑料薄膜过来，将其顶端包裹上，再用红绳捆扎结实。完事后起身回顾，觉得十株小树有若十个头戴白帽儿的小学生，颈项间还系着红领巾，齐刷刷的样子颇为不恶。这时我想，该做的我已经做了，剩下的就看你们了。

　　本以为至此事情即可告一段落，且也将铁锨擦拭干净，送还回了梅家。

　　时间大约过去半个月，记得是个周末，一大早门铃响了，以为又是快递，开门看见梅兄，一边将手中铁锨递与我，一边说："栽香椿去吧，苗子给你放后边了。"昨晚开始下雨，黎明才住，泥地潲湿，下脚都难找地方。可梅兄已经踩着黄泥拔了树苗送过来，我若再迟疑含糊，那可真就不大够意思了。于是接过铁锨，当即转到屋后干活。

　　梅兄送来的树苗斜倚在绿丛上，鲜活漂亮。与网上所买的死气沉沉，简直不可作同日语。这些树苗一是颀长苗壮，皆有齐胸之高；二是才离壤土，犹然活力四溢；三是根须长短参差，真正全毛全翅儿，有的还附着着原生地的土块。我知道这种苗子的好处不光是成活率高，从那边来到这边，相距不过三十米，就像邻人串门儿，几乎用不着缓苗。高兴之余，也就管不了那么多，踩踏着烂泥，拨开乱草，一一将树坑挖好，再将它们妥妥种下。栽种完毕，后退几步，挂锨而立，长出一口气，看着排列整齐的小树，真有点儿"为之四顾，为之踌躇满志"的感觉。点数一下，梅兄所赠者，大大小小竟然有十六株之多。

香椿种下，浇一次水，就不用再操心。然而既然是亲手所栽，便与我有了关联，难免常常惦记在心。每到屋后侍弄花卉盆栽，或者晾晒衣物，都要绕到香椿树旁，察看其表皮色泽的变化，观察其节间芽蘖的动向。欣喜来得很缓慢，但却很扎实，更是渐积渐多。一根根插在土壤里的小木棍儿，它们居然真的成了个活物，像一条翘然而起的蛇，缓缓吐出它们的信子。后来我发现，梅兄所赠树苗虽晚种，可发芽早而快；先前的小白帽红领巾们却慢吞吞，显得不情不愿。这也不要紧，只要你发芽，就说明你活着，至于长得快点儿慢点儿，没什么了不起，等待的耐心我还是有的。唯是红巾白帽所发芽微红淡绿，与梅兄所赠的胭脂一般的红艳欲滴，差别甚是显然。

恰在此时，郝福平兄在微信群里发图，内容为其墨尔本家中的香椿，叶芽鲜红，几近透明。福平兄自己也纳闷儿，以前在临清老家时，香椿叶芽不似这般颜色啊。查一下资料知道，香椿（*oona sinensis (A. Juss.) Roem.*）作为楝科（*Meliaceae*）香椿属植物，分类学上虽为一种，其栽培种类却比较复杂，从大处着眼，有紫香椿与绿香椿两类，紫香椿中主要有黑油椿、红油椿和西牟紫椿等，绿香椿中则有青油椿和黄罗伞等品种。如此，从网上购买的树苗属于哪一种，一时还拿不准，而福平兄在大洋洲所种，与邻居梅兄所赠，则大概即所谓红油椿了。

夏天到了，第一波新冠疫情已然过去，学生也不必躲在自己家里上网课，我的任务已经完成，也就告别了我的小香椿们，回到自己家中。

国人春节皆有假期，可成人与孩子假期不等长，大人要上班了，孩子还不到开学时间。于是春节之后，再一次赶赴外地，来与在家写作业的小学生做伴。

来到即绕至屋后，察看我的小香椿们。虽然冬天尚未远去，过去一年的生长，搭眼就看得出来。梅兄所赠树苗虽也有一二株没能成活，可大多数状态良好，新枝上的叶柄疤痕历历，显示它们体内满蓄着力量，正等待春天的来临。而白帽红巾的十株，则干枯而死者几近半数。于是，一边将枯死小树收拾起，一边又悄悄打起梅兄苗圃的主意。

梅兄慨然应允，一边将铁锹递与我，一边说："这几天我有点儿感冒，就不过去帮您，树苗嘛，您径自过来挖取好了，看上哪棵挖哪棵，无须客气。"

我回头将树坑再次挖好，然后来到梅兄家的园圃。为了不影响小区绿化景观，梅兄已经将他家香椿全部锯断，小树皆仅二尺来高。粗壮一点的当然不错，梅兄去年给的，就是例子，可做人不能贪心不足，向别人索取东西，不能只考虑自己。于是挑那筷子粗细的新生苗，拔一些过来种上。某日梅兄到这边晾晒被褥，看了我的香椿排阵，回去对老伴说："等他们家那一片长起来，将不输于我们这边。"话传过来，我听了颇为得意，心想，就盼着那一天呢。

就近住着，关注香椿的萌芽，近水楼台。具体记不确切了，大约总在元宵节前后，香椿树新枝顶端的叶痕上方终于有了动静，米粒大小的圆苞悄然隆起，此后每一个夜晚过去，那苞就长大一分，渐大则渐红，待其长到花生米大小，已经红艳欲滴，鲜嫩莫名，简直爱娇得不行，那种红色，绝对为我平生所未见，其中所洋溢着生命活力，令人看了，心里充满欣喜，隐隐感受到的是上苍的爱意。每天清晨我都要转过来，观察它，拍照记录它的成长，也记录着自己的欣慰。那段日子虽然平淡，却已几乎将我心中郁积多年的惶惧与晦暗洗去了不少。

关于香椿的移栽，陈淏子《花镜》卷三有云："其根上孙枝，春秋二分日移植即活。"梅兄所赠树苗，显然如陈氏所说，即所谓根上孙枝；而从网上所购者，我想恐怕不能一概而论。如今出售苗栽者，固然有自家园圃繁衍出的，更多可能是另一种情况。据说椿芽生产早已进入集约化阶段，其操作大概是这样的：首先收集香椿种子，漫之于肥沃壤土，经过一两年生长，即将其刨出，令其密密麻麻集中于温室大棚之内，给予充足的水肥，适宜的温度，令其尽早萌芽，以抢占市场先机。如此采过几茬椿芽之后，小树的能量已近榨干，这时再拿到外面，作为树苗出售。至于香椿的栽种时间，徐光启《农政全书》卷三十八"玄扈先生"曰："椿宜于春分前后栽之。"比陈淏子的春分秋分当日，要宽泛多了，也符合实际多了。其实，香椿生性泼辣，甚易于移栽，只要不过于难为它，它都会将就着活下去。比如我之种香椿，网上购来时，也已在四月下旬，而梅兄赠予树苗更已是五月之初，它们照样倾力配合，换一片土地，重新开始生活。

此时我忽然想到，如此费事巴拉栽那些香椿，目的究竟何在。种香椿当然为了吃香椿，这一点毋庸讳言。就在那鲜红的芽苞如小手张开，怯生生地敷展它的叶子时，我发现领先发育的那一茎，不知道什么时候已经被人给顺走了。虽然小树就在窗外，也不可能每时每刻在那儿盯着。踌躇再三，也只好忍痛掰下一些，就开水中焯过，碎切后炒蛋用了。老实说，自家的椿芽味道，与市场上买回来的，几乎别无二致。就我而论，品尝炒蛋时的快感，更远不及看着它一天天长大所感受到的欣慰更加强烈而持久。

梅兄赠我树苗那天，我在泥泞之中栽树，脚上穿的是孩子刚为我买来的新鞋，买鞋所花的钱，足够买上好多椿芽了。然而鞋子脏了，回头洗刷一下，晒晒干，与原来没大差别，可小树的生长，一天一个样子，已然成了我心中的一个牵挂。身处两地之时，时间一久，小学生嘛，当然也想念，与其视频通通话，聊几句，问完学习生活，每还要问他，过去看看我们的小香椿了吗？我知道小香椿对于小学生，远不像对我那么重要，所以我也知道注定问不出个所以然，不过，他毕竟与小香椿住得近，呼吸着同一方空气，顶戴着同一片天空啊。

2021-08-14

第三辑　花卉之什

香菇草 ◎ 桔梗花 ◎ 黑种草 ◎ 凌　霄 ◎ 毛樱桃 ◎

流苏树 ◎ 秋英与黄秋英 ◎ 鸡冠花 ◎ 猥　实 ◎

木芙蓉 ◎ 蜀　葵 ◎ 紫叶小檗 ◎ 牵　牛 ◎ 落地生根

香菇草：蒙茸光泛碧罗裙

　　与它相遇那天，听人叫它铜钱草。名为铜钱草的植物我认识几种，比如喜欢着生于阴湿处的积雪草，即兼有铜钱之名。不过，积雪草的叶子虽然看去像是圆形，其实它的叶缘并不闭合，叶柄着生处即使再怎么深凹，终也属于叶缘，不像香菇草叶柄妥妥着于叶子中央，如杂技演员用一根细棒顶着的碟子。此外，闻知此名，心中略感不惬的是，香菇草叶碧绿光鲜，与铜钱之锈迹斑驳可是差得太远了也。

　　我承认，我对它一见钟情，从看到第一眼就喜欢上了它。原因呢，却也说不清楚，不过总是觉得好看好玩儿而已。香菇草好看么，好看在哪里？老实说，这个问题仍然让我有点为难。

　　敝人拈花惹草多少年，一直是个"叶子控"。虽也明白植物的花季才是它们的青春期，似锦繁花是草木之美的集中体现，但仍坚持认为叶子亦是上苍的造物，其美同样不可忽视。首先，我认为植物叶子几乎没有一种是不美的，即使最凡庸苟且的种属，阳光之下或新雨之后，与之相遇时，也觉得清雅可观。至于其杰出者，则更是美轮美奂，甚至不亚于花开。能同时欣赏叶子之美，使我寻花觅草的内容更加丰富，也让我倍感忻幸。在

所有植物叶子当中，我最欣赏掌状复叶，这种叶子既不单调，又不过于繁缛，妙在繁简得中。其次就是盾状着生的叶子了。大自然力量如此奇妙：将叶柄安放于叶子中央，多么不可思议，但它却如此自然天成，一点儿不显得勉强。这种叶子我见过的，株型大的有蓖麻，蓖麻如今种植数量已少，当年可是遍布房前屋后、渠沿道旁，蓖麻之叶背辐射状叶脉凸出，如手掌血脉偾张，又如伞盖巨大，折一柄擎起可以遮阳；藤蔓类的则有旱金莲和蝙蝠葛，此二位的叶子亦美到极致，我曾多次发愿，来年一定养上一株旱金莲，不为其花，就为它那片片平端的叶子。盾状着生叶子最著名的还数莲叶，"江南可采莲，莲叶何田田"，两个"田"字连用，将莲叶并肩而立，说得何其简约而生动，甚至连叶柄着生点都给刻画出来了。"接天莲叶无穷碧"，多美的诗句，香菇草的叶子最像莲叶。香菇草的生长方式也最像莲藕。与直径将近1米的莲叶相比，香菇草的叶片确实不够大，但是小未必不对，也未必不好，有时小了才显得精巧，大了反见粗夯。同样一茎从水中擎出，颤巍巍平端上来。油绿的叶面上亦有叶脉清晰可见，从中心出发，向四面八方辐射，数量竟也多达十几二十条。曾有一次看到杨丽萍滇池别墅内的图片，茶几旁有一胆形花瓶，腹大而口小，口中露出来的，就是两三茎香菇草的叶子。打那以后，再看到香菇草的叶子翩跹，总是忍不住联想到舞者的碧罗裙。

香菇草养在盆中，置于案头，呈现在眼前的，也就那几片叶子。相对于那些名贵的盆栽，香菇草未免过于简单。然而简单不等于简陋，而往往与简约、简洁相通，简约之美，在所有美学范式中居于不低的段位。面对香菇草，我从来不觉得它简易，道理或许就在这里。以平视的角度看它，也就是层层叠叠的"丁"字；从色彩角度观察，只是一片绿色。可就这一片绿色，一个个玲珑的小"丁"，排列出不可思议的优雅与爱娇，不用清风吹拂，不用细雨迷蒙，就在安静的室内，让它们静静地立着。初栽时疏朗的数叶已经美不胜收，长到后来，大家蜂拥而出，挤得密不透风时，仍觉惹人爱怜。

朋友送我几茎香菇草，用一塑料袋提过来，看似空空如也。我急忙寻找器皿为它安家，笔筒么，好像太深了；茶杯么，似乎又小了点儿；适有一青花瓷笔洗闲着，虽嫌略浅，但外沿内收，还算比较适宜。到院中挖些黄土，将三根白嫩的细茎铺入其中，再注满清水。叶柄倚在盆沿上，歪歪仄仄的站立不稳，与人家养好的盆栽，简直不是一种光景。我便问："这就完了吗？这样真的能行？"朋友说："没事的，等茎节上的根重新生出，叶子就立得稳了。"我问："要多长时间？"朋友说："快得很，会让你受不了的。"

笔洗中的香菇草果然不负所望。次日过来，就见昨天还醉汉一般踉跄欲倒的它，一夜之间，已经找好了支点，调整了姿势，端平了叶片，看去舒服多了。没过三天，细茎前端，黄泥之下终于有了动静，先是黄泥小坟似的隆起，泥破处，黄绿色的新芽开始显现，这是我的香菇草发生的第一枚新叶。

香菇草新叶也很聪明，在茎间生成的时候，叶柄虽已足够粗壮，但叶片却不肯长大，且如小手掌般微蜷，并调整角度，使如铲子似的上指，以尖锐的一角刺破黄泥。出水之后才渐渐伸平，叶片居然也能向四周拓展，由绿豆大小长到黄豆大小，再到纽扣大小以至铜钱大小，随着叶柄的伸长，整套动作有板有眼，有条不紊。叶子生长的同时，泥中的根茎也在稳步推进，长一段生一茎节，茎节处长出一绺根须的同时，再探出一叶。如此没用几天，三条细茎已发出七八枚新叶，这时，将移栽时带过来的叶子贴水剪掉，一个生机勃勃的盆栽就已经形成。

依其天性，香菇草的地下茎一往无前，遇到无法突破的障碍时，才改变方向。笔洗直径有限，所以长不了多久，就要拐弯儿。最后只好沿着弧形瓷壁转圈儿了。一圈两圈不算什么，三圈五圈也还容纳得下，时间久了，太多的茎与根絮结于边缘地带，甚至拱出了笔洗之沿。眼睁睁看着这小小的盆池就要容不下这条青色蛟龙。若任其如此拥塞纠结，而不管不问，岂不与养花怡情的初衷相悖？

附近就有个土杂市场。市场里店铺鳞次栉比，平时购买日常用品，常去那边，于是来到店中。可是，作为炊具的锅碗瓢盆，是生火做饭用的，做饭与养花，毕竟不是一类事体，盆子碗子瓶子罐子看了个遍，皆觉得不甚合用，最后才选个汤盅，此物四壁垂直如矮桶，深约半尺余，较之那小小的笔洗，回旋余地可是大得多了。

这时，我养花也已养出一些经验，应该置办的东西，多少也已齐备。比如花肥，比如花土。所以汤盅买回来，换盆已是驾轻就熟了。先将盅中铺一层花土，然后施足底肥，搅拌均匀再稍稍压实，将笔洗中的香菇草整个儿提溜过来，放置于盅之中央，四围复填些花土，最后将水浇透，也就一切完结。

迁居到汤盅之中，香菇草们可就舒服多了。加上水肥充足，它们便铆足了劲儿地长，在四周的缝隙中恣意驰骋，很快填充得满满当当，不光水面之上叶子又大又绿，排列得密密匝匝，泥中的根、茎也银光闪烁，如箭镞，如利矛。上面铜钱层层叠叠，叶下林立的叶柄，也渐密不透风，浇水时将它们往一边轻推，绪结的根部白花花整个儿翘起，原来下面又绪结成一个整体了。

我所养的香菇草一直放在窗台上，阳光必须通过窗玻璃，才能照射到它，所以尽管长势良好，但与放置于自然阳光下的，仍然不可作同日语。某年到杭州梅溪游玩，在镇子上用晚餐，看到店家用巨型石臼养的香菇草，叶子竟如茶杯口大，叶柄也有半米之高，且随便摆放，与木槿一起，作篱墙用，看了心里那个震撼。记得当时曾写一首诗，题为《咏香菇草》，诗曰："翩然一茎秀，赋形夺天巧。趋光非倾日，饮水腹已饱。泥淤柔条运，孤贞色不挠。郁郁西塘岸，绵延近东泖。或有岁寒心，节序终难拗。晓霜侵天物，吁留惊鸿爪。溪头花残日，凌波看夭姣。"诗或未必佳，表达的感怀却是真实的。

香菇草（*Hydrocotyle vulgaris*）伞形科（*Umbelliferae*）天胡荽属，多年生挺水或湿生观赏植物。何家庆《中国外来植物》以为，原产地为欧洲、北美洲南部及中美洲地区，至迟 20 世纪 90 年代引入中国，是作为观赏植物有意引入的。

香菇草不光可以在室内植为盆栽，还是水域景观细部设计的好材料。最初我并没意识到这一点。那一年在崇明东滩湿地，景区大门之外多有纵横的河浜，香蒲兼葭之外，水体之中一派绿意蒙茸。走近了看，油亮翠绿的叶子富有光泽，挨挨挤挤地遮蔽了水面与土岸，从脚下向远处蔓延开去，一直到目光所不能及处，这场面，这气魄，简直让人目瞪口呆。起初，我曾怀疑，这是不是香菇草，香菇草也能种在盆盎之外，而且长得如此无边无际么？极力想在这些叶片与我所养过的之间，找出什么不同处。最后我只好承认，这就是香菇草，与我在汤盅中培养的那些，属于同一个家族。

为了进一步确认，撷取几茎带回来，种植于鼓形玻璃花盆中。然而此物好像是野惯了，初入盆中，一副不情不愿的样子，连续数日无精打采。然而，胳膊终究拧不过大腿，最后只好勉强住下，老老实实延茎生叶，安安心心地过起日子，最后也长成一个生机勃勃的盆栽。

江南气候温暖，雨量丰富，香菇草在野外着生，这可以理解。北方是不是也可以呢？在人家店铺门外，我曾多次看到用普通花盆养的香菇草，也是乌青乌青、根深叶茂的样子。普通花盆能养，野外呢，可不可以？当然，即使我有此心，也没条件进行实验。一般介绍上说，香菇草为挺水或湿生植物，那么，这湿生应该就是最低条件了吧。

今年秋来，天气不再溽热，便又开始到植物园中散步。过了左边石桥，沿着以前的核桃大道前行，将近栈道南口时候，看见左侧草坪上一片浓重的绿色，与周围殊不相类，知道那里肯定有情况，便沿着石径过去，走近一看，竟然是香菇草，旱地之上它们长势竟也如此之好，一时令我惊喜莫名。香菇草着于雪松树下，察其不规则阵形，必不是园方所植。不知哪位养花人忽然不耐烦，将清理花盆的宿土倾倒于此，里面残余的草茎才得以不择地而生，也许今年雨量偏多，也许沾雪松灌溉之利，一个春夏过来，已经蔓延出好大一片。虽然上面有松枝遮蔽，阳光不能朗照，但它仍然很感满足，看那一派郁郁葱葱景象，就知道它们小日子过得多么惬意。

为作此小文，我再次来到植物园中，来到香菇草群落跟前。虽然时近中秋，但香菇草扩张的兴头依然不减，那一边已经延伸到玉铃花树之下。谛视良久，似乎也看出点门道：此群落亦有一个中心点，此处长势最好，叶片也最密最大，从这里出发，如其叶脉一般向四面扩展。扩张靠的是地下茎，这根茎不是在盆盂之内，无须沿着器皿壁转圈子，所以就一往无前了。然而这里的壤土质量亦不匀衡，松软肥沃的地方，就延展得迅速，坚硬贫瘠之处，其推进也会受阻，这就形成了群落的不规则形状。新拓展出的疆域里苗较稀疏，叶柄亦短，我设法靠近中心处，抚摸一下，厚厚的，颇有质感。香菇草叶片一般直径为 2～4 厘米，这里最大的那些，应该不小于 6～7 厘米了吧。

如今秋意渐浓，秋天过后就是寒冬。北方的冬天十分严酷，雪压冰封的，总要持续好几个月。香菇草今天的幸福快乐虽昭然可见，但到了那时它们将何以自处？露出地表的部分肯定顾不上了，埋于地下的那些，可否捱得过漫长的冬季，将根茎的活力保存到来春，我就不知道了。到时候再看吧。

2021-09-09

闲看坡头桔梗花

很早就知道桔梗是一味中药。走方郎中的药方上，《赤脚医生手册》里，经常看到这两个字连写。孤陋寡闻如我，看到此二字便想到老树下碎断的枯枝，所谓"秸棒儿"之类。几十年后，与开着淡紫花的桔梗本尊在月季园中相遇，一时惊讶莫名，无法相信如此朴拙顽梗的名字下面，竟然是这么一位优雅的美人儿。

日常生活中，或许是为了简便，有人将"橘子"写作"桔子"，于是"桔"便成为"橘"的俗字。然而桔梗与橘子，半毛钱关系没有。橘子的中文正名为柑橘，乃芸香科柑橘属植物；而桔梗（*Platycodon grandiflorus (Jacq.) A. DC.*）则是桔梗科（*Campanulaceae*）桔梗属植物。需要特别指出的是，桔梗的"桔"字，在此读若"jié"而非"jú"。义由音生，二者已然区分得明明白白。然而桔梗一名取义何在？《本草纲目》卷十二有云："此草之根结实而梗直，故名。"李时珍此说或有所据。近人夏纬瑛先生却有不同看法，在《植物名释札记》一书中，他首先考释了"桔"字，"'桔'与'秸'一音之字。《说文》：'秸，禾稾。'《玉篇》：'稾，禾秆也。'《会韵》：'禾茎为稾，去皮为秸。'是'秸''稾''桔'都是同义之字。'桔'

平水禪意

南薇小蓮

与'稭'音义都该相通，而强分其去皮与不去皮耳。桔梗之'桔'该是'秸'或'稭'之借字，当为茎秆之义。"接着又寻绎"梗"字之义，"《尔雅·释诂》：'桔、梗、较、颏、庭、道，直也。'郭璞《注》云：'皆正直也。'……梗之训直，也当可以用为状物之词。"结论则为："今桔梗之茎直立，即是所谓'一茎直上'。'桔梗'之得名，当是以其茎秆直立之故。"桔梗之根部有似人参，虽以直形者为多，却是可食的肉质，说它梗直总觉勉强，还是夏说于义更胜一筹。且每见桔梗卓立草丛之中，一茎细长高挑，虽因花序重量而略为弯曲，但终然不肯分枝，一旁看了，都替它那一根筋儿的脾气感到不解。此亦是我倾向赞同夏先生释名的原因之一。

　　"桔梗"一语最早见于《战国策》，"齐策三"有这样一个故事：宣王令淳于髡甄选荐举人才，淳一天之内就带过来七八位。宣王有点受不了，质问淳于髡道："子来，寡人闻之，千里而一士，是比肩而立；百世而一圣，若随踵而至也。今子一朝而见七士，则士不亦众乎？"淳于髡为人词雄学富，又滑稽多辩，当然振振有词："不然。夫鸟同翼者而聚居，兽同足者而俱行。今求柴胡、桔梗於沮泽，则累世不得一焉。及之睾黍、梁父之阴，则郄车而载耳。夫物各有畴，今髡贤者之畴也。王求士于髡，譬若挹水于河，而取火于燧也。髡将复见之，岂特七士也？"抓鱼么，就到河里海里撒网，树上花叶再繁茂，鱼也是求不来的；找桔梗则到山间，逡巡于下湿之地必将无功而返。此处提及柴胡、桔梗，虽仅为举例，却也已道出二者的生存习性，桔梗是山地所生植物，平旷之野，沮泽之地不是它们喜欢待的地方，所以来到睾黍、梁父二山之阴，就可以用车去装载了。睾黍今地不详，梁父则为泰山下的一座小山，在今新泰市西。

　　我与桔梗相遇之处，虽非山中，但其地形却亦略似。

　　植物园东侧，过了竹林石桥，对面是一座观景台，高台建于隆起的土丘之上。土丘并不险峻，其北坡亦复平缓，坡上植以月季，是为月季园之一部分。就在这些满身棘刺的花丛中，我第一次看见桔梗花开。如桔梗者，原亦非珍奇种属，然敝地平旷无垠，且无寸土不耕，父老劬勤，锄镬频至，野生物种除了那些勇于死缠烂打的杂草，但凡体魄大一点儿、态度矜持一点儿的，皆难以立足。所以我猜度这些桔梗便是随着月季的移栽，被裹挟而来。然而无论道途远近，也不管是明媒正娶，还是陪嫁丫头，只要来了，又长得漂亮，一介闲人如我，见了都觉得高兴。唯是这种"妾身未分明"的尴尬地位，让人常常为它们今后的日子里埋伏的凶险感到担心。

　　某日再来园中，隔着小河看见有人俯仰于月季园中，心知大事不好。这些除草人我是知道的，他们多是附近的农人，趁了农闲过来，打点儿零工赚点儿小钱，以补贴家用。活儿既脏又累，弯腰曲背的，露水浸湿了裤脚，荆棘划伤的皮肤，哪还有什么好心情。在他们眼里，牡丹园中除了牡丹，月季园里除了月季，其他着生其间者，任是天仙一般美丽，赤子一般柔弱，都无法引动他们的恻隐之心，成为刀下留人的理由。他们这样做也不为无理，受人之托，忠人之事。如果此人看这个好，留下了；彼人看那个好，也留下了，野草各具姿色，到了最后，这草还除不除了。幸好有位熟人在园中就职，且对野生植物富有同情之心，于是微信给她，请转告除草人，别的暂且不管，这桔梗是否能放它一马儿。当然，即使特别关照过，此次或可保其无恙，而下次的除草人已是另外一拨。管得了一次终也管不了长久。唉，管一次是一次，能让它们多活几天算几天吧。有什么办法呢？

　　月季的缝隙里，与荒草着生一处，看得出来，桔梗过得并不开心，性格耿直，违逆了一茎向上本性，不得不因势揖让躲避，也够难为它的了。

关于桔梗，吴其濬《植物名实图考》卷八这样描述："《本经》下品，处处有之。三四叶攒生一处，花未开时如僧帽，开时有尖瓣，不纯似牵牛花。"语虽简略，却大体不差。面对草丛中的桔梗，有时忍不住想，它们一家的风光，尽被其花朵占去了，剩下的，茎秆既少婀娜风致，叶子也说不上漂亮。我一向认为，植物无论大小，其叶无不各擅其美。然而还是感觉桔梗的叶子长得太随意了。叶形从条形到椭圆，随意变化。叶上主脉还算清晰，侧脉却未免笼统含混，甚至不明所以。叶缘锯齿毫无规则，猜不透它在何处出现，然后又通向哪里；叶子着生更是不守故常，此叶与彼叶的距离全凭心血来潮，且时而互生、时而对生，有时甚至如吴其濬所言，"三四叶攒生一处（轮生）"，着生角度也乱得一塌糊涂。我甚至想，造物者那一刻不是情绪不佳，就是体力不支，事先一点儿规划也无，临事只好潦草从事。所以未着花时，桔梗与乱草攒生一处，没有任何违和之感。

桔梗之美尽在其花。其花未开之前，已经呆萌呆萌地充满了喜感，一个个渐长渐大的淡绿色气球，试探着向外伸展，你就知道，令人眼前一亮的时刻即将到来。在英语里，桔梗有一个名字叫做"*balloon flower*"，翻译过来即是"气球花"，着眼点即在于此；这气球微有角棱，如一顶迷你型和尚帽子，所以吴其濬称之"僧帽花"。淘气小朋友看见了，很难忍住恶作剧的冲动，上前伸手捏一下，"噗"的一声，前端裂开了。桔梗之花虽简洁明了，但花形较大，直径约5厘米，学名中的种加词 *grandiflorus*，意思就是大花；花开之后，正面看如星星，侧面看如铃铛，故又名之"铃铛花"，属名 *Platycodon* 来自希腊文，本意是宽阔的钟，说是即是桔梗花冠的形状。桔梗的花着于枝端，花形又大，开放于绿草丛中，微风吹动，摇摇不止，特别能吸引行人的眼球。花开五瓣（偶有四瓣，还有六瓣的），最是梦幻般的蓝紫颜色，因而格外摄人心魄。

桔梗花开了，人们惊异于它的美艳与规整，往往留意不到其花蕊的机巧变化。相对于桔梗的花冠，其花蕊不太起眼，一是细，二是短，谦逊地踞守于钟形花冠深处。如果有闲有心，进入花丛之中，比较一下不同的花朵，就会发现它们的花蕊形状并不相同；如果对一朵花的花蕊进行持续观察，也会发现其发育变化。花初开时，雌蕊与雄蕊抱在一起，随着时间的推移，性急的雄蕊率先成熟，向四面八方散开，吐出发育成熟的花粉，等待蜂蝶过来，将它们带走；等雄蕊所生花粉释放个差不多，渐向枯萎了，雌蕊这边才渐向成熟，柱头裂作五瓣向后弯曲，等待昆虫过来，将其他植株上的花粉带给它。桔梗虽然雌雄同株，但一直努力避免自花授粉，避免近亲繁殖。桔梗的这种智慧是与生俱来，还是历经千万年进化而成？我说不清楚。我所能做的只有惊叹：植物这东西，别看它们一天到晚木木的，毫无心肝一般，其小心思还是相当细密的。

桔梗原产于日本等东北亚。在这些国家和地区，桔梗不单单是观赏植物，也不仅被用作药材，还积淀着深厚的历史文化。日本《万叶集》成书时间相当于中国的唐朝，收和歌四千余首，其中《秋之七草歌》云："萩の花 尾花 葛花 抚子の花 女郎花 また藤袴 朝貌の花。" 湖南人民出版社《万叶集》（1994 年 7 月版）杨烈译为："秋花与尾花，石竹葛花加。藤裤朝颜外，女郎花不差。"诗中"朝颜"所指何物，论者颇有分歧，释为牵牛、木槿与桔梗者皆不乏其人。有人考证说，在《万叶集》的成书时代，被今人称作朝颜的牵牛花，刚刚经中国传入，分布既不会太广，人们对它的感情积累也有限，所以被写入和歌中的可能性不大；而木槿，对于日本总属外来物种，不如解释为桔梗这种本土物种更为恰当。古时朝鲜人亦以桔梗花为清高的象征，比喻为"花中处士"，远离纷争，不慕浮华。朝鲜有民歌曰《桔梗谣》，"桔梗"在朝鲜语中的发音，精准地对应了汉语中"倒垃圾"三个字，所以音译只好写作"道拉基"，歌词中有这样的句子：

> 道拉基，道拉基，道拉基，
> 白白的桔梗哟长满山野，
> 只要挖出一两棵，就可以装满我的小筐……

他们上山挖桔梗做什么用啊？做药材么，也许，但是，在朝鲜，桔梗白嫩肥硕的肉质根也是很好的食材。朝鲜人以之做泡菜，做韩式拌菜，特别是石锅拌饭，其中肯定少不了它的身影。说起石锅拌饭，我倒曾有幸领教，那年来到韩国光明市公干，某次午饭即品尝了这种石锅拌饭，至今记得其特异的焦香，对于配菜，相陪的某"担当"当时一定做了介绍，或因语言交流上的障碍，没有特别在意，我想，那些品类繁多的鲜红的小碟中，一定就有这位"道拉基"。

中国东北地区也有食用桔梗的习惯。用桔梗根制作的"狗宝咸菜"，可谓鼎鼎大名。当然，这里的"狗宝"不是狗子胃里那种的石头。据说此称呼来自日语"牛蒡ごぼう（*Goubo*）"的发音。日本人喜欢食用牛蒡的肉质根，来到东北之后，牛蒡没的可吃，就拿当地人爱吃的桔梗来代替。日本人走了，食用狗宝咸菜的习惯却留了下来。网上短视频有记录这种咸菜的制作过程：取桔梗根洗净，用小刀或者瓷片将外皮刮掉，然后切丝，置清水里浸泡以弱化苦味。浸泡时间的长短，以自己的口味为度，然后取出控干。以辣椒粉拌入糯米糊，再加入姜丝蒜末、米醋食盐等，回头和浸泡过的桔梗根丝拌在一起。红彤彤的"狗宝"咸菜，看了就让人胃口大开，咬一口"嘎嘣"脆响，鲜咸爽辣，苦中回甘。有一次在视频上看到演员方青卓，一听说"劲饼"卷"狗宝"咸菜，立马两眼放光，那种不能自已的馋劲儿，虽然尚不确知东北"劲饼"是怎样一种饼，也觉得那就是天下美食之一种了。

对于我们这些生活在平原上的人，无论道拉基泡菜，还是"狗宝"咸菜，距离都比较遥远。如今流通便捷，有兴趣了，从网上，甚至超市里买一点儿来尝尝鲜，也已轻而易举了。然而自己跑到外边挖桔梗，回来如法炮制，就不大现实。就我所见，本市范围内也就月季园附近才有。在数年的关注中，所经见的，加起来大大小小也就几十株。凡物以稀为贵，若马唐、牛筋二草，因陈、黄花二蒿，附地、泥湖二菜，非为不美，但随处着生，便用不着格外珍惜，嘴馋时自可随意采食。桔梗就不同了，每届夏秋之季，园中除草都是必修课程，此课一开，对于园中桔梗就是一场劫难，它们没有双腿，无法遁逃躲避，只有硬着头皮等待，将一切都交付给命运。起初我还曾试图加以保护，终觉得斯事太难，最后也只好硬起心肠，任其自然了。

为了写作这篇短文，再次来到月季园。由观景台上下来，发现磴道左侧的那一株仍在。它着生于牡丹丛中，与花国天后为邻，不知是它的幸运抑或不幸。被强壮的科条叶片挤压着，日子过得虽然勉强，但总算没有被当作野草除掉，已是不幸之中的万幸。枝上的花朵不见，果实零星，仅有的一个花苞才如黄豆大小。这本来已是它的花期，可花呢？它着生于道边，距离行人太近，而花朵又太大，太艳丽，太诱人，无数游人之中有一个半个手贱，就足可令其全部心血化作泡影。对于月季园中的桔梗，我已不抱希望，甚至有了这样的心理准备：此桔梗已经是全园的孤株。然后下了磴道，转到这边，于月季丛中还是发现了三五株。它们无一例外地贴近月季，有一株已经结出了累累果实。本是新雨之后，地上犹然黏湿，我还是绕开月季科条，走近桔梗，为它们拍照留影。我知道，这些桔梗之所以得以苟活，并非因为除草人的心慈手软，特意网开一面，而是因为月季的棘刺。月季生刺，本是为了自我防护，无意间也使生于身边的桔梗得到庇佑。自然界的事，相克复又相生，谁说丛林法则一味地冷酷无情呢？

2021-08-22

黑种草：灌丛中的魔鬼与迷雾中的爱人

与黑种草相识纯属偶然。尽管多少年以寻花觅草为事，却从不曾听人说起这么个名字。夏日清晨，我独自来到植物园中，想趁朝露未晞，拍一拍那些细碎的小花，像亚麻、勿忘我，以及矢车菊。有些小东西过于精致柔弱，阳光朗照之下总显得不胜娇羞。我的想法是，夜来清凉，氤氲的露气或许会使它们显示出不一样的情态。没想到的是，会在这个地方与黑种草相遇。

进入植物园西偏门右拐，是通往水生园区的石径。石径左侧，濒临着蜿蜒河渠，新种了一带草花。草本植物生长期短，长不了二尺来高，花就五彩缤纷开将起来，鸟鸣树上，蝶舞花间，好不热闹。傍着彩带似的花畦行走，搜索着今天的目的物。就在这美不胜收的百花丛中，我平生第一次看到了黑种草。它的出现令我猝不及防，我怎么也想象不到，一株小小草花居然可以如此与众不同，可以美到这样的程度。

对草木的态度，我曾力求一视同仁。但感情的浓淡深浅，不受理性控制，所以亲疏上终不免有些分殊。我觉得，认识一种植物，如同结识一位朋友，而友情的滋生与积累，却也各不相同。有一些相识已久，见面也知它姓甚名谁，转头离开后就不复记起，如此淡淡的君子之交，也许一年两年，也许十年八年过去，终于有一天，一个特殊的契机出现，如同一道闪电照亮了暗夜，以往的点点滴滴，刹那间成了莫逆之交。另有一些却简单得多，初次相见即诧为天人，如林妹妹千里迢迢来到贾府，宝玉在一边看了，就觉得好像在哪儿见过，谙熟得很；即使缘分有限，在一起时间短促，甚至如电光石火，很快就消失不见，总也令人感念不已。对我来讲，黑种草显然属于后者。

其实，即使这片花畦之中，黑种草的数量也并不多。比起畦中其他种类的挤挤插插，黑种草算得上寥若晨星。我曾暗自揣测，当初规划花畦中的品类时，黑种草可能并不在名单之内，只是在掺兑花籽的时候，有几粒种子被裹挟进来。只有这样，才可以解释，为什么任凭我姑娘篦发一般在花畦里反复找寻，最终也仅觅得十株八株。看得出来，花畦之中，黑种草的日子过得并不开心，有几株花未及开，基部叶子已然枯黄。又有两株恰巧长在灌溉水管旁侧，而软管的拆与装，有时须用铁丝缠绕加固，没理由让园丁们每一次都那么小心翼翼，对这两株羸弱的小草格外施恩。其境况如何，甚至能活到几时，都得凭自己的运气了。生长最充分的一株，已经逸出于花畦之外，长在一株新栽白蜡树坑的围堰上。这一带杂草参差，那株黑种草就挺出在杂草之上，与他处长相不同的是，从基部即已分蘖，分作四五枝伸向不同方向，然后再缓慢斜升。

毋庸讳言，所以对黑种草一见钟情，原因就在于它的美。然而每当我打算将这种感受告知朋友，又因深感词不达意而废然作罢。我知道这里面有一个悖论：以人类创造的语言，去描摹自然造化历千万年而生成的草木，注定会吃力不讨好，却又因爱之弥深，而欲罢不能。最后也只有知其不可为而为之。

黑种草之为物，文弱不失妖娆，细致而又华美。综其动人之处，一在其叶，二在其花。

关于黑种草的叶形，《中国植物志》这样描述："二至三回羽状复叶，末回裂片狭线形或丝形，顶端尖锐。"所使用的术语固然枯燥，准确性却无可比拟。"裂片狭线形或丝形"与"顶端尖锐"二语，刻画黑种草的叶子，可谓抓住了要害。然而在我们外行看来，这种需要仔细琢磨才渐可明了的语言，总有点隔，也不够生动。就鄙人所见，以叶形论，与黑种草相似度最大的，当属茴香。除了叶柄外，二者叶子皆层层分裂，以至如线如丝，"叶面""叶背"之类，或亦犹有，但肉眼已经难以分辨。虽如此，二者在观感上的差异仍十分明显：茴香叶子似乎是尽量地密而柔，而黑种草叶子则力求疏且挺。这也难怪，茴香被当作蔬菜栽培，叶子当然以多以大为尚，鲜嫩细密的茴香叶子堆积于菜畦之中，真叫个密不透风；黑种草为观赏型花卉，以美感为指归，故虽青碧颜色不改，却网络似的凌空展布，度的掌控恰到好处，小范围内构成如梦似幻的奇特氛围。

黑种草的花着于茎端，或蘖生枝枝端。看到黑种草花，最令人惊异的是它的繁复结构。就这么一朵花，却能集色彩美、线条美与排列组合美感于一身，给人的感觉竟如此秀雅多方。其花大多重瓣，被片重重叠叠，既可为普通的匙形，也可作鹿角似的分叉状，花朵中央端坐着子房，上有五枚柱头，雄蕊则分列于四周。垂直观察时，花呈星形，颜色或淡蓝，或粉紫，与钻石颇有几分神似，已经相当夺目了。而苞叶的参与，越发加强了神秘的感觉。紧贴着花朵，有五枚大型苞片，苞叶也如叶子，一次又一次分裂，化作柔软而富有弹性的线形，又盈盈然向花冠之外伸展，织成错综复杂的网络，衬托于花朵之下，又逐渐向上反卷，显得既灵动又朦胧，如迷雾，如烟云，如安娜·卡列尼娜帽子前面网状的面纱，将本来已经层级分明的花朵笼罩其中。

花开之初，花瓣艳丽，自为花朵的主角；久之，花蕊与子房渐渐膨大，令花朵结构更加繁缛，内容也更加丰厚。待花瓣凋落之后，枝头亦不似杏桃，只留下点点虚空，令人怅惘低回。甚至花蕊也枯萎以后，里面也并不显得空虚无着，此时的子房已经发育成果实，稳坐于反卷苞叶构成的迷雾之中，即仅从观赏角度着眼，也并无太大损失。蓇葖果依然呆萌可爱，具不明显的五棱，起初通体绿色，后才渐形成五条紫黑色的带状条纹。

黑种草（ *Nigella damascena L.* ）是毛茛科（ *Ranunculaceae* ）黑种草属植物，一年生草本。原产地中海沿岸、西亚一带，种加词 *damascena*，意为"大马士革的"。毛茛科是一个盛产高颜值品类的大家庭，与这个家族中的著名美人牡丹和芍药的雍容华贵相比，黑种草的美属于另一种类型，它体态轻盈，又风姿绰约。在英文世界，黑种草名为 *"love in a mist"*，意思是"迷雾中的爱人"。英伦绅士们的这种感觉，我自觉颇能体会。迷雾的印象来自于黑种草的叶形，将花与果笼罩其中的苞叶，更给人一种雾里看花的朦胧。著名植物人蒋某人以为，黑种草是他所拍过的最上镜的花。他说："除了美妙的花朵，还要归功于它那细碎如烟般的叶片，这使我们在拍摄黑种草花朵时，能得到一个柔和、虚幻的背景。"

与此相对，黑种草还有一个英文俗名，即 *"Devil in the Bush"*，意思是"灌丛中的魔鬼"。这个名字看起来很突兀。"魔鬼"一语，代表着力量强大的邪恶存在，同时又具有强烈的感情色彩，是个板上钉钉的贬义词。所以无论如何，此语与前面名字中的"爱人"都有着强烈的违和感，与黑种草的花语："清新的爱情"和"对你无尽的想念"，更是搭不上界。不过我想，"魔鬼"一语中的"魔"字，或是与黑种草给人的梦幻感觉有关联；而黑种草的蓇葖果在英文中也有一个名字，十分有趣，叫作"*alien in a tutu*（外星人的脑袋）"，人们在灌丛中追逐鸟雀，或者寻找野果，忽然看见花落果成之际的黑种草，那果实被一根单弱的细茎擎举着，颤巍巍探将出来。成熟的黑种草果实外面，即使已经干枯，依然被线形网状的苞叶围络着，前端5枚柱头的遗存犹在，且弯向不同的方向，那形状，特别像中国现代童话人物三毛的脑袋，不同之处仅在于多了两根头发，变成"五毛"罢了。这个脑袋让英国人感到惊讶，如遇到神秘的外星来客。我想，这种感觉，或者也与"魔鬼"一语有关。*Devil*，既有魔王、魔鬼、撒旦、恶魔的意思，又可翻译为淘气鬼、冒失鬼、调皮鬼。如此，则"灌丛中的魔鬼"的玩笑意味，也就更加显然。

虽然网络上关于黑种草的精美图片随处皆是，像素既高，拍摄技术也属一流，从那些图片观察黑种草，甚至比我当初从花畦中看到的，还要清晰，还要完美。但我还是将自己为黑种草拍摄的图片一一找出来，归置在一起，满满登登占了一屏，点数一下，竟然有86张之多。我将这些图片逐一点开，从头到尾察看，当时寻觅与拍摄的情境，再一次浮现于脑际。我发现，我对黑种草的观察，持续了好长一段时间，从初夏着花开始，一直拍摄到晚秋时节，果实由青葱而老熟，最后变为枯草的颜色。

黑种草的蓇葖果成熟之后，向四外分张的柱头内侧，出现了5个小孔，摇动草茎，可以听见其中窸窸窣窣的声响，我知道那就是黑种草的种子。将果实倒置，种子便跳蚤一般跳入手掌之中。种子黑色，据说这也是此草得名之由。据《植物学名解释》，黑种草属名 *Nigella*，"〔（拉）*nigellus*

黑色的〕指种子黑色"，可见"黑种草"一名，可能就是从拉丁学名翻译而来。其实从得知此名时起，就觉得"黑种草"一名未免含混随意，也疏阔无当，很为美丽的黑种草感到抱屈。草本植物之中，种子黑色的，所在多有，以路边习见者为例，像夏至草，马齿苋，灰灰菜，野苋菜，特别是鸡冠花，用手轻轻拨弄花冠基部，黑色种子如受到惊吓一般，一通乱跳。为什么它们都能各有自己的名字，独黑种草以此为名？不过名字既已叫开，再怎么不满意也都无可如何了。好在植物听不懂人类的语言，它们也不把人类的说法当一回事。

看到黑种草的种子，心中特别激动，即使不是视同拱璧，也已是如获至宝。赶紧找一方纸巾，将种子收起。此时，旁边还有几个外星人的脑壳儿，擎在枝头，就趁机多收一些。回家之后，装入塑料袋中，好好庋藏。据说，黑种草的种子富含芳香油，在土耳其等地被当作烹饪香料使用，称之黑种茴香。我当时收它，却绝无一饱口腹的念头。我对种子感兴趣，说白了，仅是爱屋及乌而已，觉得它们是草木的儿子，是保存于盒子里的胚胎甚至婴儿，是孙行者身上掉下来的毫毛儿，只要给它适当条件，就会变成新的植株，开出精雅绝伦的花朵。

然而我不得不说，我的种植计划最后仍然没能实施。我将种收藏好，就开始为种植之地进行筹划。绕敝庐三匝，最后只好发一声长叹。既然溥天之下没有一寸土地属于我，种在什么地方都名不正言不顺，最重要的是，我无法确保它们的安全。这种结果确实令人沮丧。好在此类事我已经历多次，所谓债多了不愁，虱子多了不咬，我也不再以这种沮丧为意。于是趁了到园中散步的机会，将种子撒到收集它的地方。来自哪里，最后又回到哪里。至少在这一点上，我还不曾辜负它们。

前面我们讨论的，是所谓狭义黑种草。黑种草同时又是属名，其中还包括其他的种。在医药及食用领域经常使用的则是果黑种草（*N. sativa*），又名家黑种草。实用价值提高了，美貌方面就略逊一筹。在中国新疆广泛应用的，还有一种瘤果黑种草（*N. glandulifera*），也叫腺毛黑种草。此种的花朵比较单薄，所以不被当作园艺品种使用。它的果实瘦长，是维吾尔族的传统药材之一，也可用作烹饪香料。新疆传统面食"馕"的烤制，离不开香气四溢的黑种草种子，当地人将这种子呼为"斯亚旦"。新疆库车之馕以形大著名，"库车馕大如车轮"，当地人将这车轮一般广阔的馕，称之为"恰乌塔（*Qawuta*）"，这馕虽然很大，但比较薄，烤制之前需要在馕胚上刺出花纹，再撒上黑芝麻、洋葱末和斯亚旦，烤熟之后香气浓郁，故远近闻名。

有人说，黑种草"始于颜值，终于才华"，虽似玩笑话，评价亦可谓确当。

2021-12-03

凌霄：一条龙甲入清虚

初读舒婷《致橡树》时，还没见过凌霄花。近些年城市绿化成为潮流，奇花异草被次第邀请过来，凌霄之属才不再稀见。到目前为止，孤陋寡闻如我，也已说不清多少次看到凌霄花了。可是，我果真见识过凌霄么，此事若在以前，回答是肯定的；到了此时此刻，却不能不踌躇再三。

昨天下午，冒着淅沥小雨来到摩天轮下。此地距敝人住所不远，因环境雅洁道路通达，成了我早晚散步的去向地之一。其他花木暂且不说，仅凌霄花就有好几个群落。今天过来，再也不是漫无目的随意溜达，而是想利用刚刚学到的分类学知识，确认一下这些凌霄的身份。

《中国植物志》第 69 卷紫葳科（*Bignoniaceae*）凌霄属下仅列两个种，一种为凌霄（*Campsis grandiflora (Thunb.) Schum.*），原产东亚，又称中国凌霄，可以说是中国的本土植物，早在《诗经》时代就已经进入人们的视野。《小雅·苕之华》前二章云：

> 苕之华，芸其黄矣。心之忧矣，维其伤矣！
> 苕之华，其叶青青。知我如此，不如无生。

直饒枝干凌霄去猶有根原與地牢不道
花依他樹發強攀紅日斗鮮明
宋楊繪詩句于水禪盦南巖小蓮校連華池館

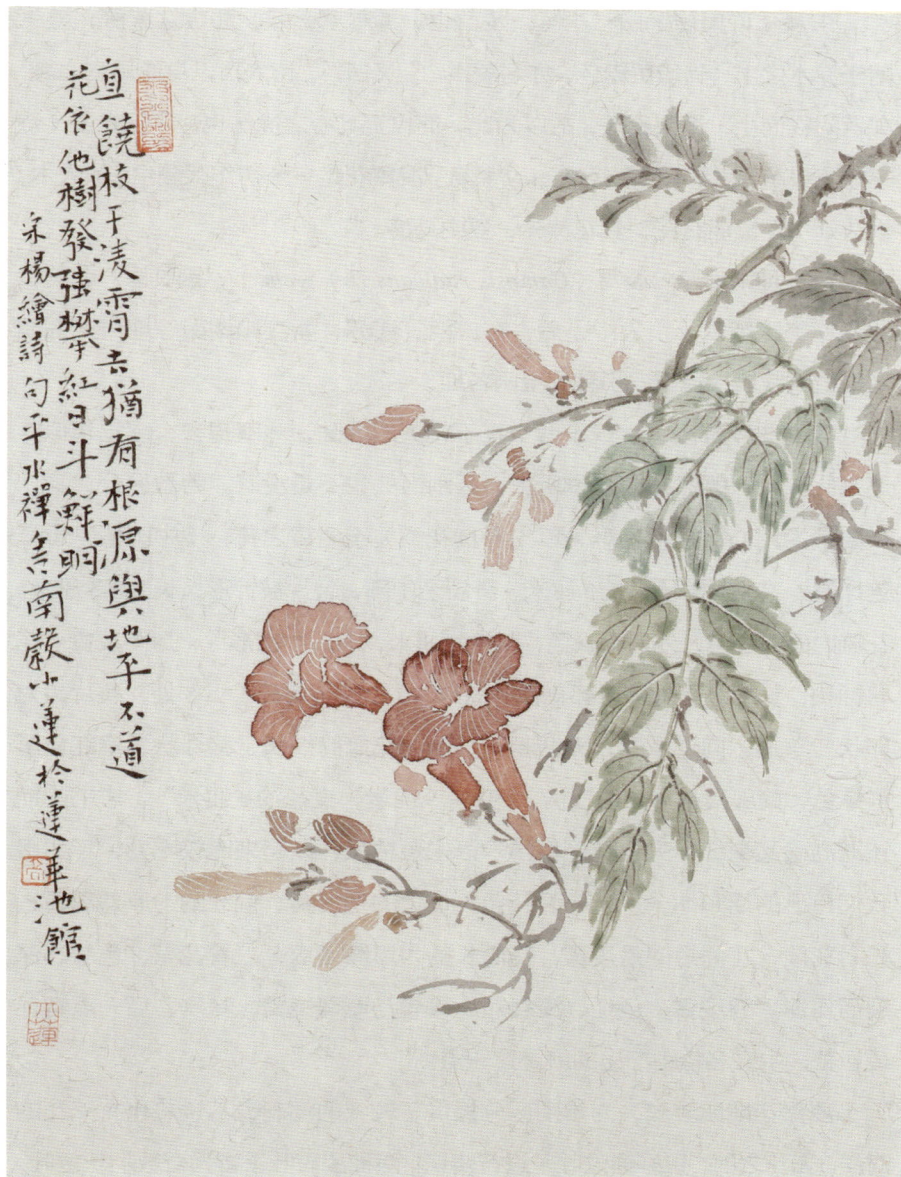

朱熹《诗集传》曰："苕，陵苕也。《本草》云，即今之紫葳，蔓生附于乔木之上，其华黄赤色，亦名凌霄。"又曰："诗人自以身逢周室之衰，如苕附物而生，虽荣不久，故以为比，而自言其心之忧伤也。"王先谦《诗三家义集疏》引《本草图经》云："紫葳，凌霄花也……初作藤蔓生，依大木，岁久延引至巅而有花，其花黄赤，夏中乃盛。"

另一种则为厚萼凌霄（*Campsis radicans (L.) Seem.*），因其原产北美，故又称美国凌霄。引入中土后，在广西、江苏、浙江和湖南等地作为庭园观赏植物栽培，目前已引种到全国各地。

凌霄与厚萼凌霄生成于两个互不相关的大陆，一眼望去，感觉相似性还是比较大，既然并非一母所生，区别当然也不是没有。若想区分二者，只要稍为用心，并不困难。首先看其花。关于凌霄之花，《中国植物志》这样说："花萼钟状，长 3 厘米，分裂至中部，裂片披针形，长约 1.5 厘米。花冠内面鲜红色，外面橙横色，长约 5 厘米，裂片半圆形"；厚萼凌霄"花萼钟状，长约 2 厘米，口部直径 1 厘米，5 浅裂至萼筒 1／3 处，裂片齿为卵状三角形，向外微卷，无凸起的纵肋。花冠筒细长，漏斗状，橙红色至鲜红色，筒部为花萼长的三倍，约 6～9 厘米，直径约 4 厘米"。志书的描述既准确又毫纤不失，唯是科学术语未免枯燥，读起来比较吃力，不如用我们自己的话归纳一下：一看花色，偏黄的是凌霄，偏红的为厚萼凌霄；二看花筒，花筒短的是凌霄，花筒长的为厚萼凌霄；三看花萼，色绿、深裂而质薄者为凌霄，色红、浅裂而质厚者乃厚萼凌霄。其实，后一点特征最显著，中文名特别指出的就是这一点。

凌霄花期比较长，为辨别区分提供了较大的便利，不过总也有无花的时候。无花之时，只好通过叶子进行辨识。两种凌霄叶子皆为奇数羽状复叶，细微的差别很多，皆可略而不计，只看它们小叶的数量与形状。凌霄小叶形尖，一般为 7～9 枚；厚萼凌霄小叶形圆，一般为 9～11 枚。到了冬季，花叶皆无之时，欲加区分，我们仍然有办法弄清楚谁是张三、谁是李四。二者茎蔓长相差不多，可茎上的气生根却不相同，凌霄的气生根比较稀疏，老茎上才明显，而厚萼凌霄泼辣，根本不管这一套，老茎嫩茎皆生，而且气生根长相比较夸张，有点张牙舞爪的意思。

同为凌霄属植物，《中国植物志》未收录的，敝地可见的还有一种。因其乃以凌霄与厚萼凌霄杂交选育而成，故名曰杂种凌霄（Campsis × tagliabuana），又叫红黄萼凌霄。此凌霄算得上一个"宁馨儿"，在它身上，将"杂种"二字演绎得十分到位，其父母的各种性状，它皆得其中，花冠颜色与萼裂深度，均取二者之中间值，萼筒有纵肋却不明显。因具杂交优势，所以适应性特别强，而且生长迅速，目前园林、景区、街道引种的凌霄，多为这种杂交凌霄。那日我冒着绵绵秋雨，来到摩天轮下，发现那边无论拱门外、墙壁间还是花架上，所有兴致勃勃开在雨中的橙红花，皆是这杂种凌霄。

而凌霄，据说栽培较少，一般不容易看到。我是不是有幸看到过呢？别的不说，运河小广场周围，沿河垂柳长杨上，常看到凌霄攀缘欲上，长到树半腰就被人当作杂草清除了。然百密一疏，老虎也有打盹儿的时候，除草人也一样，他心下一软，或者除恶未尽，就有几茎爬到两丈高，显露出老硬的木质茎，来年再有除草人过来，下不下手就得考虑一下了。那些凌霄以前曾经观察过，因一直不曾开花，所以只能数叶子，小叶一般为 7～9 枚，你看，这不恰是凌霄的标配吗？再说，虽然屡遭砍斫，凌霄们却依然不屈不挠，缘树植株之外，其旁更衍生出一片幼株。我曾设想，厚萼凌霄与杂种凌霄皆不易结荚，凭种子繁衍幼苗的，多半是凌霄本尊了。为了进一步确认，雨停之后，我专门绕到那边，下边叶子确如此前所数，而长到一丈来高，好像忽然来了精神，叶子骤然增加了长度，小叶数量也达到 11 枚。虽然至今未开花，无法辨别是厚萼还是杂种，但不是凌霄已经可以确定了。

其次，回到开头的问题，我究竟看没看到过凌霄呢？在另外几处凌霄未得确认之前，我也只能说记不确切了。

作为大型攀缘藤本植物，凌霄与紫藤一样，在园林营造中不可或缺。《广群芳谱》卷四十三引《学圃余疏》云："凌霄花缠奇石老树，作花可观。大都与春时紫藤，皆园林中不可少者。"李渔极喜凌霄花，其《闲情偶寄》云："藤花之可敬者，莫若凌霄。然望之如天际真人，卒急不能招致，是可敬亦可恨也。欲得此花，必先蓄奇石古木以待。"《诗经》以后，历代诗人对凌霄吟咏不绝。苏轼《减字木兰花》词，前有小序："钱塘西湖有诗僧清顺，所居藏春坞，门前有二古松，各有凌霄花络其上，顺常昼卧其下。时余为郡，一日屏骑从过之，松风骚然。顺指落花求韵，余为赋此。"词曰："双龙对起，白甲苍髯烟雨里。疏影微香，下有幽人昼梦长。湖风清软，双鹊飞来争噪晚。翠飐红轻，时下凌霄百尺英。"僧人清顺卧凌霄花下，已是风雅难及，更兼坡公妙人儿前来，其情其境，真真令人神往。陆游《夏日杂题八首　其二》云："耽耽丑石罴当道，矫矫长松龙上天。满地凌霄花不扫，我来六月听鸣蝉。"满地凌霄花不扫，独立落花听鸣蝉，那境界，亦非俗物所能知。明代张弼《题凌霄》："吟风百尺松，凌霄千岁石。一翁处其间，相对无愧色。"百尺松、千岁石与老翁相对，有凌霄花着色其间，凭增几分风韵。

陈淏子《花镜》卷五云："（凌霄）蔓生，必附于木之南枝而上，高可数丈。"必有所依附才活得舒服，是藤蔓类植物的赋性特点，凌霄与紫藤皆属此类。然攀缘之法，二者却不尽相同。紫藤的看家本领为缠绕，其枝条纤长，右手性旋转，借以抱持高树长枝；凌霄依于树石，总能一茎直上，所赖者乃其气生根。气生根者，发生于植物茎节间，无须着地，在空气中即可生长。以常见植物论，扶芳藤的气生根生性收敛，总是隐藏于茎后，不经细察，还以为与攀附物长在一起的呢。凌霄的气生根没那么逊退低调，这也难怪，凌霄体格庞大，非着大力不足以支撑。气生根之先端分泌黏液，牢牢黏附于攀附物上，亦即《花镜》所说："蔓间有须如蝎虎足着树最坚牢。"厚萼凌霄拉丁学名的种加词 *radicans*，即是茎上长根之意。本土凌霄虽说在这方面稍显矜持，其攀石上树，所用亦是此法。它们借此抱定大树或巨石，使嶙峋盘屈的主干得以蜿蜒而上，最后突破树冠的遮蔽，实现自己凌霄的志向。

舒婷之诗，借木棉言志，凌霄花只是对比物象之一，此外尚有"痴情的鸟儿""泉源""险峰"，甚至"日光""春雨"。不取凌霄之姿，乃诗人一时的选择，同时不取的还有日光和春雨。她就愿做一株木棉树，与橡树站在一起，如此而已。若一定从中阐释出攀附之义，个人认为，对诗意多少有些曲解。一个女人在恋爱和婚姻中，做木棉树还是做凌霄花，终究也难分高下。人们之所以作如此想，可能与内心深处的思维定式有关。因为在很久以前，对凌霄的贬责，在诗人们之间就已经比较流行。白居易《有木诗八首　其七》：

有木名凌霄，擢秀非孤标。
偶依一株树，遂抽百尺条。

托根附树身，开花寄树梢。

自谓得其势，无因有动摇。

一旦树摧倒，独立暂飘飘。

疾风从东起，吹折不终朝。

朝为拂云花，暮为委地樵。

寄言立身者，勿学柔弱苗。

言凌霄依附他人，虽开花高处，艳丽无比，但终是立身不牢。明代王世贞《凌霄花》云：“枝牵蔓转叶纷纷，数朵蔫红学出群。盘石托根君莫笑，只言身自致青云。”更致嘲讽之意。

在此我无意责备诗人们。他们临事取象，表达一时之情而已，至于自然万象如何多姿多态，植物自身之本性，并不在诗人此刻考虑范围之内。而无端受到指责的凌霄当然也不会辩解。凌霄、紫藤之类，无不为天地化育而成，既生于世，唯恣情生长而已。所以指责也好，赞美也罢，均无法改变其与生俱来之天性。不过，凌霄和紫藤作为大型木质藤本，如能悉心培植，定期修剪，也能长成直立之树。这样栽培紫藤的，比较多见，本市龙湾小花园里，独自站立的紫藤就有十余株，主干一两米高，其上枝条伸缩盘旋，不待扶持、不借攀附他物而自成格局。今春开花，如今已见荚果累累，看上去比架子上的紫藤，别有一番风致。而独立直上、长成灌木的凌霄，到目前为止，尚未亲眼看到过。朱弁《曲洧旧闻》卷二有一段记载，颇为有趣：“富韩公居洛，其家圃中凌霄花无所因附而特起，岁久遂成大树，高数寻，亭亭然可爱。韩秉则曰：‘凌霄花必依他木，罕见如此者，盖亦似其主人耳。’”富公乃北宋名相，韩琦以为“大节难夺，天与忠义”。

其造园之趣亦异于常人。所以朱弁慨叹道："是花岂非草木中豪杰乎？所谓不待文王犹兴者也。"李格非《洛阳名园记》云："洛阳园池，多因隋唐之旧，独富郑公园最为近辟，而景物最胜。"又云："郑公自还政归第，一切谢宾客，燕息此园，几二十年。亭台花木，皆出其目营心匠，故逶迤衡直，闿爽深密，皆曲有奥思。"以二十年工夫，塑成一株独立凌霄于自家园中，赏其青枝如云，黄花缤纷，也是一种境界了。周瘦鹃《花花草草》云："苏州名画师赵子云前辈的庭园中，也有一相提并论独立的凌霄，高不过丈余，亭亭如盖。"可谓富郑公雅趣之遗响。

初春时节，紫藤架上垂垂花穗固也美艳异常，惜其花期不久。凌霄花攀缘不让紫藤，叶色青碧，一望葱茏深幽，其花色红艳，而花期更是从盛夏一直开到晚秋，绵延不断。用以妆点园亭，应该不逊紫藤，可名声一直不及紫藤响亮。其原因或难详考。个人认为，至少与历代园艺学家传播的一些禁忌不无关系。《花镜》卷五有云："花香劣，闻太久则伤脑。夫人闻之能堕胎。"《本草纲目》卷十八一边说"酸，微寒，无毒"，另一边又说"花不可近鼻闻，伤脑；花上露入目，令人昏蒙"。王象晋《二如亭群芳谱》花谱卷二说得更详细："凌霄花用以蟠绣大石，殊可观玩，但鼻闻伤脑，花上露入目，令人蒙，孕妇经花下，能堕胎，不可不慎。"以上三位皆堪称博物学的大咖，且是正儿八经的读书人，居然信以为真，且载之典籍。于是想起周作人氏所经常慨叹的，中国的读书人对于物事缺乏实验精神，株守于书斋之内，从典籍到典籍，独不肯到野外看一看，更不要说试验一下。吴其濬《植物名实图考》卷二十二终于提出怀疑，雩娄农曰："余至滇，闻有堕胎花，俗云飞鸟过之，其卵即陨。亟寻视之，则紫葳耳。青松劲挺，凌霄屈盘，秋时旖旎云锦，鸟雀翔集，岂见有胎殰卵殈者耶？

俗传吉祥草、素心兰，皆能催生，取其佳名，以静人嚣而已。夫鼻不闻其臭，口不尝其味，而药性达于腹中，无是理也。"关于凌霄的药性，《中国植物志》云"花为通经利尿药，可根治跌打损伤等症"，不及其他。本市摩天轮附近凌霄，有一部爬满了厦形花架，绿叶堆积之外，橙红花一串串开得极盛。架下即设长椅，供游人休憩。而来此地游玩者，多为妇女儿童。可见现代园艺家已不再相信那些无稽之谈。

厚萼凌霄产于美洲，被殖民主义者引入欧洲之后，艳丽的红花一簇簇开放仍旧，唯是不肯结荚。研究发现，厚萼凌霄花冠开口太小而花冠筒又特别细长，这种性状对于一般传粉者十分不利，蜂类难以进入其中。感情人家在美洲本土时，靠的是蜂鸟帮忙，蜂鸟有着细长的喙与舌头，可以轻松吸食到厚萼凌霄花筒深处的花蜜。欧洲人引进了厚萼凌霄，却无法引进蜂鸟，所以厚萼凌霄到了那边，就只好奉行起独身主义。

某日傍晚，行走于本市财政局围墙之外，遇凌霄络于墙头，冬初时节，其枝叶已不再繁茂，花亦零落稀疏，察之则厚萼凌霄也。正研究花筒口如何纤长狭小，无意间竟然看见果荚垂垂，青绿者、老熟者所在多有，高兴得什么似的。它们在欧洲那么挑剔，敝地同样没有蜂鸟啊，是什么东西帮它们完成授粉，就这么开开心心地生儿育女了。亟摘取十余枝，置于包内，带回来详细研究。

凌霄虽为紫葳科植物，其果实却与豆科的紫藤相似，藤上果荚垂垂然，唯外表无茸毛，其形亦略短而已。待其开裂后，二者的不同就十分清楚了，凌霄之果貌类豆荚，实为蒴果，如萝藦果从背部开裂，其中亦非紫藤那种土元似的种子，而是由一肉质隔层，将果壳分为两室，里面种子形如薄片儿，层层叠叠罗列其中。灯下，我戴着老花镜，掰扯了好一阵，还是没有搞清楚它们如何组装，更看不出种脐在什么地方。李时珍肯定见过凌霄，对此物的果实与种子，说得比较确切："八月结荚如豆荚，其子轻薄如榆仁、马兜铃仁。"

人们只知道凌霄好看，很少知道凌霄是一种甜蜜的植物。凌霄多有花外蜜腺。所谓花外蜜腺，指除了花朵内部，植物体其他部分生成的蜜腺。凌霄的花萼、花冠、叶、枝、果实上，皆有蜜腺分布。花外蜜腺很多植物或有，但像凌霄这样浑身都是的，比较少见。甜美的蜜露是蚂蚁的心爱，既然这边准备了免费的午餐，蚁群就成了凌霄家的常客。花中含蜜，那是为到访者提供的报偿，是虫媒植物采用的传粉策略。如凌霄这样，进化得周身甜蜜，便养起了整整一支蚂蚁卫队，其用意早已不是传粉。嗜好甜蜜的蚂蚁在植株上巡行觅食，它们作风凶悍，一言不合就群起攻之，于是便帮凌霄驱赶了各种植食性昆虫。这份在漫长时光中演化出来的合作，亦可谓珠联璧合。

2021-09-05

毛樱桃

周末去参加朋友饭局，酒店虽然较远，有公交车一部即到，也算方便。车子过了闸口，恍然看见窗外的绿丛里，矮树修条上红果历历，可不等看得清楚，已急驰而过。于是将窗帘撩起，如果接下来还有，希望能看得真切些。果然，红果如宝石，浑圆而晶莹，在绿叶掩映之下，显得尤其可爱。树为灌木，那叶子浓绿拙厚，看上去有些眼熟。明说了吧，我怀疑那是些毛樱桃。

毛樱桃喜生于山坡林地，敝地土地平旷，所以比较少见。近年城市开发频繁，绿化渐受重视，奇花异草也渐次被请过来亮相，于是懒于出游的我，也有了结识毛樱桃的机会。

最初那几株毛樱桃长在本市公园里。公园虽不算大，却已久历年所，其中有些植物，亦为别处所不易见，所以每隔一段时间，我都要过来一下，拜访里面的新老朋友们。园内有一条环形步道，沿着它走一圈儿，园内草木就可以看个八九不离十。其东南方向，外侧绿地上站立着几株灌木，初次看到它们是晚秋时节。辨识毛樱桃，秋天不是个好时机。只见它满身茂密的叶子，叶片么，卵状椭圆形，侧脉排列均匀，与榆叶甚有几分相像，

平水禅色
南敦小莲

却又显然不是。老友马公一直拿它当榆叶梅，榆叶梅的叶片酷似榆树，这或也是它们的得名之由，唯是榆叶梅的叶片大了一些，又薄了一点儿。公园里种植榆叶梅，倒也合乎情理，不过，眼前这种，虽叶形叶脉与之相似，但叶质与叶色显是饶有距离，其叶质敦厚，叶面之上又似有皱褶如玫瑰，有短绒毛如荆芥。敝人自幼与草木打交道，虽说对于植物分类之学仍是地道的外行，可观察和领悟植物的茎与叶，自信眼光还是比较犀利的。

初次相见，只觉得面熟。接触得久了，渐渐领悟到它们可能就是传说中的毛樱桃。回来对照志书，株型与叶片均高度吻合，大体可以确定。唯花与实，图片上的灿烂与晶莹，我在这几株小树上还从未曾看到，所以尽管已经将它们叫作毛樱桃，心里仍未免有些狐疑。

后续观察一直不大顺利。不知是此物花期太短，还是我运气实在欠佳，一次次过去探看，所见总是那副木呆呆的样子，从不曾得见盛开的繁花。前年春天，铆着劲儿等它花开，到时候还是因事耽误，赶过去发现已经有些凋零。花瓣如残雪飘飞，树下草坪上已历历多有，好在枝头迟开的白花尚有一些，总算看到一回真的。毛樱桃花瓣大体洁白，又似染了一抹浅粉，花药则是橙黄色，花萼呈深红，花蕊和花瓣相接处也呈深红色，这几种色彩搭配在一起，令其花枝更显现出一种特别的柔和之美。果子呢，当然也看到过，特点一是稀疏，二是瘦小，到得最后也只拼得个微黄带红，与图片上那种红艳欲滴，简直不是一个妈生的孩子。

遗憾贮存于心头，一直无由排遣。无意之间看到绿丛里玛瑙般的红果，就在我时常经行的路边，这是件多么令人欣喜的事。所以到了次日，将手头事情一丢，一清早便骑车出门，径奔柳园路闸口方向。

微风吹拂，空气劲爽。过闸口十字路不远，绿丛中的红果树就开始出现了。平日行走并不察觉，停下车来回头看，才感到路上人流之汹涌，虽属非机动车道，但其上多是自行车、电瓶车，也无不风驰电掣，让人心生畏惧。为了这一树红果，为了毛樱桃，哪里还顾得上这些。当下将车子支了，径对着果树拍照。红果比樱桃略小，却更加浑圆，因为没有樱桃的长果柄，一粒粒攒聚于枝上，累累地拥挤着。有的枝条上果子太多，纤条已经不胜其重，不得不低垂下来，在风中悠悠晃动。果实表面何其光洁，又红得那么彻底，让人看了，形色之美是一个方面，还真有点馋涎津津。所拍照之余，也顺手摘下一枚，放入口中品尝。果肉多汁，开始有些甘甜，继之又有点涩意。敢情是野性未泯呀！

　　道旁绿化丛中，如毛樱桃所立位置，多为榆叶梅。这株毛樱桃两侧，枝干更为条畅，株型也较为高大的，也是榆叶梅。春天里多少次经行此地，只见花树连绵不绝，花开得缤纷万状，只是人流之中，难得停下匆匆的脚步，驻足察看。其实，那个时候即使走近了观察，恐怕也看不出个所以然。你想啊，此二位俱是先花后叶，都是满树满枝的粉红花，又如何分得清哪个是周仓哪个是李逵，哪个是黛玉哪个是宝钗。

　　机会难得，为了进一步厘清二者的不同，我特意摘取几片叶子，几枚果实，带到安全地带从容观察。果实差异显著，它们虽同为核果，个头儿也相差无几，但仅果皮的光洁度已经将二者区分得很清楚。盖榆叶梅虽然叫个梅，却是桃属植物，故其果实表面密布柔毛，腹部又有明显缝合线；毛樱桃与樱桃为近亲，果实表面光洁，成熟后又晶莹剔透。杜甫《野人送朱樱》诗云："西蜀樱桃也自红，野人相赠满筠笼。数回细写愁仍破，万颗匀圆讶许同。"说的虽是樱桃，然仅以外表光洁浑圆论，毛樱桃似还要略胜一筹。唯是摘取的叶片放在车篓里，才过去半天时间，水分已损失大半，回头察看时，它们各自长在树上时的区别，已经荡然无存。

沿路继续北行，右转走过一个街区，就是本市的公园。此前电话里已与马公约好，过会儿在那里相见。到后恰看见马公正循着便道散步，好像来已多时。于是相跟上，很快来到东南角。

这几株毛樱桃仍在。

前些年，公园重新规划，这一带补种上好多雪松。察园方之意，定是以雪松为主，而毛樱桃虽为原住民，长得好好的，或许仅仅感到除掉也很可惜，才容许它们仍然长在缝隙之中。这在园方，当然已是一种仁慈。可在毛樱桃，显然已经活得不大自在。后来者雪松们株型高大，当仁不让地占据了有利位置，枝枝丫丫伸张着，一副舍我其谁的轩昂态度；毛樱桃厕身其间，反显得"妾身未分明"，人在屋檐下，不得不低头了。好在雪松的枝叶不算浓密，终还有些阳光泄漏下来。可经过这么一遮一掩，初次经行此地的人，除却花开时节，恐怕难以发现毛樱桃这一户了。

转入雪松林中，看见毛樱桃枝条上，稀疏的小果历历亦有，比之柳园路上的，其形既小，色也不红。考虑到这些毛樱桃所处的憋屈位置，它们能做到这一步，也已经很努力了。

中国古籍里，最早著录毛樱桃的，为《名医别录》，称之"山樱桃"。吴其濬《植物名实图考长编》卷十五云："山樱桃，《别录》：上品，野生，子小不堪食。"其《植物名实图考》卷三十二亦云："山樱桃，《别录》：上品，野生，子小不堪食。"二书言之凿凿，必有所据。然吴氏《图考》所图之山樱桃，叶形差似，可花与叶并着于枝，与毛樱桃先花后叶之事实亦略有出入，或吴先生未曾亲见此物亦未可知。查人民卫生出版社《名医别录（校辑本）》（1986 年 6 月版），上品中并无"山樱桃"条；中品卷二有"婴桃"条，其文曰："婴桃，平，味辛，无毒。主止泄肠澼，除热，调中，益脾气，令人好颜色美志。一名牛桃，一名英豆。实大如麦，多毛。"《本草纲目》卷三十"山婴桃"条引《别录》所云"实大如麦，多毛"，所引显即此条。又，"时珍曰：树如朱樱，但叶长尖不团。子小而尖，生青熟黄赤，亦不光泽，而味恶不堪食。"

毛樱桃（*Cerasus tomentosa (Thunb.) Wall.*），蔷薇科（*Rosaceae*）樱桃属植物，灌木，有时呈小乔木状，高可 2 ~ 3 米，种加词 *tomentosa* 意为"被绒毛的"，括号中"*Thunb*"就是拉丁学名的命名人，瑞典植物学家卡尔·彼得·通贝里（*Carl Peter Thunberg*）。1775 年通贝里来到日本允许外国人留居的小岛上，担任外科医生，在其收集记录的植物资料中首次描述了这种小树，使用文字是：叶片背面被绒毛。

毛樱桃虽由瑞典人命名，却是正儿八经的中国本土物种。据说，毛樱桃最常用的英文名为 *Nanking cherry*，亦即南京樱桃；还有一个英文名字是 *Shanghai cherry*，就是上海樱桃。其实，毛樱桃的原产地是东北、华北、西北和西南，直到西藏地区的山坡林中，所以，倒是 *Korea cherry*（朝鲜樱桃）和 *Manchu cherry*（满洲樱桃），还算说出了它们的原产地。

事情常常如此，一旦留心某物，关于此物的信息与物证，就会连类而来。专程看望路边毛樱桃后第三天，在本市植物园中散步，跨过拱桥，越过观景台，下来走不远，就是一小片榆叶梅。这些小树今年早春才栽上，却已经历过一场生命的灿烂。我与它们也算是半个熟人。这一次再来，发现其基部有的生出了参差的蘖枝，察其上叶片，分明是毛樱桃啊。走近观察，十余株榆叶梅，长出蘖枝者超过半数，而所有蘖枝上的叶片，悉与前同。蘖芽多是从浅土层中，或者近地之处冒出，与上部的叶片，大异其趣。

我恍然明白，这些榆叶梅必是以毛樱桃为砧木嫁接而成。

回头想想柳园路上，毛樱桃株型所以较榆叶梅为小，恐怕也并非仅是天性使然，另一个可能就是，当时所种者，皆为榆叶梅，而上部枝干未能成活，根株部却不肯放弃，于是就自行恢复为一株毛樱桃了。

论树型与花果之美，至少在敝人看来，毛樱桃并不输于榆叶梅。可为什么多此一举，将此物嫁接为彼物，只为显示人类移花接木的小巧慧么？我不知道。我所知道的，乃是较之嫁接者，作砧木的未必就低贱。我所见过的，以白玉兰为砧木，嫁接为荷花玉兰；以流苏为砧木，嫁接为桂树，俱是明显的例子。

2019-05-24

流苏树：最美人间四月雪

　　得识流苏树，在我也是晚近的事，地点在本市公园。公园始建于1958年，从流苏树的株型和它们与周围环境的配置关系看，应该是园子的原初住民。二十年后，我来本市谋生，有段时间上班的地点距此不远，得空儿就来园中逛一逛，当初还须买票，幸好票价不贵，园子免费开放后来得更勤。当然，园子不小，树木也多，而流苏树也好像故意同我躲猫猫儿，整整三十年不肯现身。最后与之相识，多亏了老友马公的引介。马公退休之后，来本城定居，渐成了公园里的常客。他知道我对草木有所偏嗜，时常以园中草木为由，电话将我"勾引"到这边来，这一次他说的就是流苏树。

　　我们在园子南入口会合，沿便道绕行，办公区外面有一条东西向的小路，流苏树就屹立于路北篮球场东侧。树干高耸，树冠浑圆，其上白花开得正繁，如堆雪，如团云，伫立仰望，蓝天背景之下，这一树繁花啊，简直迷雾一般。我不得不说，这梦幻般的情景当即把我给震撼住了。近年闲来无事，镇日以寻花觅草为乐，对于人间草木，我是个兼容并包主义者：寻常草木当然是我关注的主要对象，但世间名花异草，也不加排斥。但凡书上记载过的，只要距离不太遥远，我总要设法过去探访。敝地植物存量有限，已经被我探访个差不多，勉强也算有些见识了，可像流苏这样将自己开成一片云、一团雪的，事先还真的没想到。我一直笃信大自然的伟力，任是什么样的奇迹，对它来讲，都不费吹灰之力，但初次看到盛开的流苏树，还是让我吃惊不小。

　　与后来陆续见到的流苏树们相比，眼前这一株个头儿最高，树型也最特别。我猜这可能与它所处位置有关——距离篮球场的绿色围网太近，所以展枝必须尽在围网之上。换一个说法就是，以前低处的横枝应该也有，因与围网的设置有碍，给忍心髡掉了。在当时，如过去乡村仅以剃刀理成的"麻子盖"发型，它也许感到不舒服，长到今天，也已看得过去。当然，这种高耸使它具有了一种居高临下的凛然，一种可远观不可亵玩的矜持。我在树下徘徊良久，恨我相机太小，拍照也只能选择远景。花么，肯定是开了，却只能看见白茫茫一片。虽然如此，心中的喜悦与满足也已十分强烈。我感觉它当即就进驻到我的心里，不管它如何高傲如何拒斥，我则已经将它当成我的新朋友。

　　有如此漂亮的一树花留驻心中，就像老财迷偶然拾到了几贯铜钱，或者收藏家无意中淘到一件宝物，心中的喜悦按捺不住。与朋友相聚聊天，每每拿出来显摆。此事偶然被继宪兄听到，产生了浓厚兴趣，恰是花发时节，便相邀一起来园中看流苏。

　　那天我一早赶到，径直来到流苏树下，仰望徘徊，感觉繁花似尤盛于曩时。可约定时间已过，而却迟迟不见继宪兄人影。拨通电话，他在那头说："我已在流苏树下了啊，您在哪儿啊？"环顾花树四周，哪有人呀，恍然想到斯事或有蹊跷，便问他具体位置。原来他家就住附近，外出买菜，由北边入口进入园内，没几步看到一株花树，感觉就是传说中的流苏，便驻足欣赏起来。我遵其指引过来，这边果然也有一株。盖是去年看到满树繁花，欣喜异常，低回流连半日，兴尽而归，居然忘了再在园中找上一找。

此流苏站在草坪中央，因地势开阔，枝丫很是伸展得开，于是树冠也不似一球形团云，而开成了一柄伞，当然是繁花密缀其上的巨伞。有些树枝低垂，几乎触手可及，花的形状也就看得清楚：花被洁白又纤细如丝，参差堆叠于绿叶之上。与球场那株另一不同，乃是此树绿叶较密而花略稀疏。有了上一次的经验，看罢此树，开始了远远近近找寻，果然在紫藤架子后边，一片高树丛里，觅得了另外两株。这两株流苏站在高大的悬铃木下方，身子仄斜着向外延伸，于是树冠迎着阳光形成一道花瀑，好像在向这边的行人致意。很显然，它们的站位颇不舒服，但那花却依然开得清丽明媚。

三处流苏树看过，可知同一种树，即使同一时间内，同一园子中，其开花形态也不尽相同。单看一花，白色四瓣条形或许并无差异，然若看整树流苏，差别却十分显然。归纳一下，其不同一在于花，一在于叶。第一株花最繁密，几乎将叶色尽掩，偌大的树冠酷似冬日雾凇；第二株绿叶已显，而花仍繁稠。最后倾斜着的这两株，则叶色葱茏，其上疏花堆叠，如春雪衔枝。个人觉得，如第一株一味地如烟似云，盛则盛矣，唯春天的气息不得彰显，颇有美中不足之感，唯第三种着花方式，才更富生命的意象，更能体现此种花树的特异之美。

流苏树（*Chionanthus retusus Lindl.et Paxt.*）为木樨科（*Oleaceae*）流苏树属植物，落叶灌木或小乔木。属名 *Chionanthus* 是个复合词，因其着花方式，林奈将其命名为"（希）雪（*chion*）+ 花（*anthus*）"（《植物学名解释》）。在中国，流苏树有一别名唤作"四月雪"。在惊叹"东海西海，心理攸同"之余，我不得不说，中国民间之命名，较之林奈似乎更

南

藪小

蓮

胜一筹，此花四月开放，此时万物乍萌，嫩绿初绽，花开绿叶枝头如雪花漫撒，亦真亦幻，真可谓既切实际又富诗意。

马路对面的植物园新建，其中也引种些流苏树。这些树株型既小，又新来乍到，人生地不熟的，最初两年花开得羞羞答答，欲说还休的样子，与公园诸位之茂密繁花，差距甚大，也就没大在意它们。谁知经过几年休整，其逐渐适应了环境，今春终得满血复活。树形虽仅中等，仅从气魄上看，或是逊了一筹，却也因年轻而活力四射，玲珑可人，又因数量多而更见其丰富性。花枝常常垂得很低，近之即在眼前，不像公园中的高高在上，拒人千里之外。精致的花瓣，淡雅的幽香，无不格外醉人，徘徊其旁，如痴如醉，浑不觉时光流逝如飞。那日无事，特意跑遍整个园子，将全部流苏树点数一遍，竟有 46 株之多。我觉得，公园里那么高大的流苏树，对于本市市民而言，已经是一件幸事；而这边的 46 株流苏树，虽然尚幼小，也总有长大的时候，更是令人欣慰。

流苏树还有一个别名，叫作"萝卜丝花"。对照一下"四月雪"，感觉颇有意思。首先，四月雪所表达的是立于高树之下的观感；萝卜丝则是将逸枝扶住，逼近了的谛视。其次，四月雪的命名者，无论如何也是位风雅之士；萝卜丝花的命名人则可能是位机智的农夫甚至村妇，他或她偶然经过流苏树下，看到白花丝丝缕缕，当即联想起早餐时堆于盘中的细切白萝卜。一个锦衣玉食的人，如宝玉、黛玉辈，看到流苏花树任是再怎样惊奇，恐怕也难以想出这样的名字。中国台湾作家张晓风不满意"流苏"一名，在一篇题为《流苏与〈诗经〉》的短文中，这样写道："我不太喜欢'流苏'这个名字，听来仿佛那些花都是垂挂着的，其实那些花全都向上开着，每一朵都开成轻扬上举的十字形——我喜欢十字花科的花，那样简单地交叉的四个瓣，每一瓣之间都是最规矩的九十度，有一种古朴诚恳的美——像一部四言的《诗经》。如果要我给那棵花树取一个名字，我就要叫它'诗经'，它有一树美丽的四言。"作家的想法足够奇特，表达的感受更可谓独到，但若真的用作"诗经"做流苏的名字，则恐怕也过于阳春白雪了点。

流苏树雌雄异株，但与杨柳之类一般意义上的雌雄异株有所不同。流苏树的雄株尚无特异之处，它的雌花败育，以雄花产生花粉。唯雌株特别得很，它们所开并非单性的雌花，而是兼具雄蕊与雌蕊的完全花，其雄蕊上产生的花粉亦具备完全的功能，可以让自己的雌蕊成功授孕。可是它同时又进化出这样一种特性，单纯的自花授粉结实率极低，只有10%左右，从而将更多机会留给附近的雄株。这种繁殖策略叫作"雄全异株"，在自然界中相当罕见。我个人觉得，这里面其实暗藏着流苏树深幽的小心思：为了族群的遗传优势，尽量避免近亲繁殖；实在没有办法的时候，作为权宜之计，也不妨试一下，使基因传递不致猝然中断。这种活络态度，较之杨柳一根筋儿的雌雄异株，少了原则性，却多了生存的机会。

公园里的流苏树我观察了好多年，也曾想找几粒种子把玩一下，不知是因为那树太高太大，还是机缘没有凑巧，一直没能得手。秋初的傍晚，独自来到植物园中，经过流苏树旁，于低垂的树枝上发现了稀疏的果子，一时心生大喜。走近去，见不光枝上犹有，树下也已撒落了好多，拣拾了几枚，带回家来研究。流苏果实应属所谓浆果，椭圆形，初为青绿色，熟后紫黑色，被白粉，样子已经比较爱娇。晚上于灯下剖开一枚，其中含种子一粒，种子与果实几乎等长而稍瘦削，骨质，其上略具纵纹，样子颇为不恶。

"水陆草木之花，可爱者甚蕃。晋陶渊明独爱菊。自李唐来，世人甚爱牡丹"，周敦颐则"独爱莲之出淤泥而不染"。对于自然界的花事，敝人属于泛爱论者，初春之时，梅花最佳，北方少梅，所以看看杏花也觉得挺好；稍后就有玉兰丁香；荼蘼架上够美，而楝花的香气格外诱人。若远观，看整株花树，流苏肯定属于一流。春日明丽的阳光之下，那一派苍苍茫茫的雪景，几乎是绝无仅有，甚至是无法超越的。中国的文人雅士一向有赏花的习惯。《清波杂志》卷九："江南自初春至首夏，有二十四番风信。梅花风最先，楝花风居后。"自小寒至谷雨，凡四月八气二十四候，每候五日，以一花之风信应之。二十四番花信之中，有麦花柳花，有菜花山矾，却不著流苏；陶谷《清异录》卷上载宋时有"张翊者，世本长安，因乱南来……翊好学多思致，尝戏造《花经》，以九品九命升降次第之。时服其允当"。张翊罗列品第花卉更达 71 种，其中包括木瓜锦带，甚至牵牛鼓子，亦不及于流苏。

原因何在？

我百思不得其解，只好胡乱猜测。我觉得古人看花，喜欢凑近了观察，对远景的欣赏有所忽略；看他们挑选的花卉，单独一朵花的颜值如何，是考量等级的重要参数。翻阅本草博物之书，流苏树名亦不多见，仅吴其濬《植物名实图考》卷三十六著录，称作"炭栗树"，"生云南荒山。高七八尺，叶似橘叶而阔短，柔滑润嫩；春开四长瓣白花，细如翦纸类纸，末花而稀疏；秋时黄叶弥谷，伐薪为炭，轻而耐火，山农利之"。吴其濬对流苏花树的观感，在旧时士大夫中应具代表性，在他们眼里，流苏树的好处仅在于"伐薪为炭，轻而耐火"，真也算明珠暗投了也。

如今情况已大为好转，流苏树婆娑之美，逐渐被人们发现和欣赏，且已经成为园林界的新宠。除了花树之美，流苏树的优点还有好多，比如喜光却也耐阴，耐寒而且耐旱耐贫瘠，对土壤也有很好的适应性吧；此外，它的寿命较长，淄博某地有千年流苏，便是铁证。然而凡事都有两面性，流苏树的这些好性格，也给它带来了的意想不到的厄运，它们经常被拿来当作桂花树的砧木。二者虽然同属木樨科，关上门儿没外人儿，可被人拦腰砍断，嫁接上别人的枝芽，然后年复一年，为人作嫁，这种日子岂不也特别讨厌。以流苏树之华美，抵不过桂花树之价昂。我们是应该责怪金钱呢，还是责怪见钱眼开的人类？

流苏树还被叫作糯米花、糯米茶和茶叶树。和许多木樨科植物一样，流苏树的花与叶可做茶饮。流苏树的花苞颜色与形状皆极像糯米，采以为茶，被称为糯米茶。我想，这种茶的品位未必有多高，但来自春天，来自自然，来自如此美丽的花树，一定别有风味。来年暮春时节，也不妨品尝一下。

2021-08-18

秋英与黄秋英

丁酉暮秋，与朋友相约，去临清参观宛园。那日雨后新晴，天朗气清。乘坐大巴，座位恰在第一排与司机并列，视野那个开阔。车子驶出城区，红蓼白鸟，碧树苍烟，田野的灵秀与丰饶，天空的明净与空阔，徐徐扑面而来，视觉效果直逼球幕电影。说话间，忽然看到道边鲜花陆离，在满目老成之色的秋光里，显得格外悦目。可惜车行如飞，没等看得清楚，已远远丢在了后边。

虽是一瞥之间，那景象留于眼底，也久难忘怀。于是便暗自揣测，那么明艳灵动的花朵，好像秋英啊，却又未免疑惑：这个季节里，它也能开得如此绚丽吗？回程中，提前与司机师傅商量，到时候能否稍稍停车。我知道这有点儿强人所难，一是车上还有其他乘客，二是所谓直通车，公司有规定，中途一般不允许停驻，乘客亦不可以随意上下。虽然花圃就在道边，上下车用不了三分钟，毕竟与章程有违啊。幸好同行赵公乃公司前任领导，司机师傅看了前辈的面子，答应破例一回。下车走近观赏，果然就是秋英。

秋英（*Cosmos bipinnata Cav.*），菊科 （*Compositae*）秋英属植物，一年生或多年生草本，又名波斯菊、大波斯菊等。

我与这秋英相识，也已有好多年。湖西竹林外的马路边，有时候秋英会种成一片片，雨季来临后，阳光下长得那么畅茂葱茏，让人忍不住心生爱怜；公园东侧平缓的土阜上，有时候人们将它与百日菊和香雪球种在一处，乘间过去时，看它们各自为计，然后各呈其美，感觉也挺好的；最是对面荒园中，萧索的林中空地上，寂寥的曲折石径边，微雨之后，不必谁来播种，也有一茎两茎秋英，三茎五茎虞美人，同枸杞与野老鹳草一起长出来，那索然独立的寂寞，更是令人悄然动容。

我看秋英之美，首先在它的叶子。秋英叶子纤细，给人印象，似与茴香、莳萝同属一类。用植物志书上的说法，是"二次羽状深裂，裂片线形或丝状线形"，阳光下，嫩绿的叶子绥绥然，如丝如缕如线，却又蓬松条畅，鲜嫩莹洁，几乎吹弹可破了。植株不须长得太高，也就一尺二尺吧，它就要献蕾，就要开花，那花则紫红、粉红、纯白皆有，到了盛花期，硕大的花朵着生于细长的花梗上，有微风吹过即摇曳不止，直如蛱蝶翩翩飞舞，五颜六色十分热闹。

面对秋英的清新秀雅，惊叹之余，也并非没有苦恼。秋英长在那里，叶也好看，茎也好看，开花以后更加娇艳悦目。可是，当你想留住眼前的美丽，将相机的镜头对准它，成像效果却总是令人失望，特写尚可，远景也凑合，若想拍一帧完整植株，较多体现其植物特征，以敝人目前的摄影技术，使用手中这架傻瓜相机，每有束手无策之感。它的花梗细而长，头状花序又是单生，远远看去，信是一片花的海洋，可到得镜头之前，那花却总是形单影只，热烈的气氛瞬间全无。那一日来到植物园中，天已向晚，于草坪上看到一株孤单的秋英，因其发育不大充分，短胳膊短腿儿的，加上暗绿色的背景衬托，才算拍到一张完整的植株。

秋英的原产地为墨西哥。如以产地命名，应该叫作墨西哥菊或者美洲菊才是，可它偏偏叫个波斯菊。此物在中国云南、四川一带率先归化，想是从那边引种过来，如是，则引进路径与波斯并无关系。菠菜原产伊朗，来自尼泊尔，唤作菠薐，又叫作波斯草，恰如其分；海枣原产西亚与北非，叫个波斯枣，也能搭上点边儿；英国人选种繁育而成的一种动物，却被叫作波斯猫，这波斯菊与波斯猫，可是一样的名实不符。揆其意，"波斯"一语，似与古语之"海"字、今语之"洋"字相类，表达"舶来"的意思。

关于秋英传至中国，有论者以为，其时间在"公元二世纪以前"，理由则为曹操考问华佗的那几句四言诗，"胸中荷花，西湖秋英……"。可在敝人看来，此说却未必确当。且不说单文孤证，难以凭信；亦不说那首诗文辞鄙陋，距曹公实际水平相距太远；单说这"秋英"一语，在汉语语境中固已有之，初非专有名词，所指乃是秋花，特别是菊花。兹不妨试举几例，宋杨万里《看刘寺芙蓉》诗："秋英例臞淡，此花独腴泽。"秋英泛指一切秋花，也包括刘寺芙蓉在内；宋范成大《真瑞堂前丹桂 其一》诗："血色凡花太俗生，花工新意染秋英。""秋英"指的则是桂花。宋史铸《黄白菊》诗："二色秋英并一根，金宜为友玉为昆。"宋陈襄《和通判九月望日始见菊花二首 其二》诗："灼灼秋英缀露华，白衣不见日空斜。"二诗中"秋英"，所指显然就是菊花了。何况即使依了那传说，华佗释"胸中荷花"为穿心莲，释"西湖秋英"为杭菊，曹操闻之，深为折服，则彼秋英非此秋英亦明矣。

与秋英相前后，同由墨西哥引入中国，还有一种同科同属植物，名曰黄秋英（*Cosmos sulphureus* Cav.）。黄秋英又名黄波斯菊、黄花波斯菊，种加词 *sulphureus*，意为"硫黄色的"，所以又有硫华菊、硫黄菊等别称。如其名字所示，黄秋英之花，即不似秋英之色彩纷呈，它只有一种黄色。唯其花瓣质厚而量多，与秋英花朵之单弱轻灵亦颇异其趣。

以前时候，黄秋英或藏匿于秋英丛中，或与百日菊、金鸡菊之类厮混在一起，这些名目繁多的菊，看上去眼花缭乱，辨识起来，还真有点难度，所以好长一段时间里，我根本就不知道天地间还有它这么一户。

那一日在植物园中，傍晚时分，独自走近观景台，忽然看到有物擎出老熟的种序，爆炸一般参沙成球形，以为是鬼针草呢，忍不住摘取一茎。拿在手里，才发现事情有异，轻轻触摸一下，雅不似鬼针草那般蹩人，回头察看其茎与叶，明明就是小花鬼针草么。待看到花朵，才知道判断有误：小花鬼针草哪有这么多、这么漂亮的舌状花啊。

以株形论，秋英、黄秋英与鬼针草，还真的不无相似之处。茎直立，株高一米左右，花朵着生于茎端或者枝端，最是那花梗，纤细而颀长，总有十几二十厘米，初看之下，觉得完全没那个必要啊。事后想想，才隐隐领悟到这些小东西皆是鬼精灵。植物们聪明得很，它们从来不做无谓之事，其目前的制度设计无论多么怪异，也无不是自然选择的结果，且每每精益求精，处处恰到好处。秋英与黄秋英，有了长长的花梗，才能将其花高高擎出，以引人注目，蜜蜂与蝴蝶才能老远就看得到，与那些谦退自守的花卉相比，已经占得了先机。小花鬼针草脾气倔强，它们这个家族，一向不屑于以色相示人，它们的策略说起来也有点讨厌，那就是霸王硬上弓：利用细长的花梗将种序伸得高高远远，生有倒刺的种子随时准备着，只要有人畜从其旁经过，那就别怪我不客气了。

黄秋英与秋英一样，其花盛开时，花冠中央部分高高凸起，可那并不是它们的花蕊，而是负责传宗接代的管状花。菊科植物的管状花数量多数，每一管其实都是一朵完整的花。秋英的管状花亦成簇，唯稍短，黄秋英的管状花则显然要长许多，囫囵看过去，那不过艳黄的一朵，仔细观察便会发现那杰然而起的立体感。小花鬼针草属于那种永远看不见开花的有花植物，其花序无论花蕾期还是开花期，同是一个模样。其管状花集为一束，着于梗端，宛似长长短短的兵器，捆扎在一起，其色嫩绿，唯前端微黄，也算表示点儿花的意思。等到稍稍老成，便渐显黯黑之色，显露出叵测的杀机。黄秋英花朵四周既有艳丽的舌状花瓣装饰，管状花也是通体金黄，一直到花瓣零落，种实长成，才幻成鬼针草一般模样。

仔细察看，即使到了此时，黄秋英种序与小花鬼针草也并不相同。手感上的差异之外，鬼针草的种子恰如一柄渔叉，势体狭长；黄秋英的种子却像镰刀的手柄，渐厚渐肥。最是前端，黄秋英种子虽亦有喙，但极纤弱，看样子，也就是意思意思，成熟后反折，一触即落；与鬼针草种子顶端那生有倒刺毛的芒刺，黏在衣服上就不肯松手，质量与程度，都可谓相距遥远。

日前在植物园里，看见秋英花开犹盛，有些地方甚至如火如荼，都怀疑认错了季节。秋英早已开过了第一波，其基生叶也已干枯脱落，紫红色的茎却依然卓立，上端复又生出丛丛新叶，仍旧如丝如缕，依旧鲜嫩可爱，那花也再度开出，依然翩翩如蝴蝶，迎风飘舞。于是知道，无论秋英，还是黄秋英，取名时下一个"秋"字，不是没有缘由。

2018-09-24 中秋

鸡冠花：一枝秾艳对秋光

　　鸡冠花（*Celosia cristata L.*）为苋科（*Amaranthaceae*）青葙属植物，又名大球鸡冠、鸡公花、鸡冠苋、鸡冠红、波罗奢花（梵文名），一年生草本。何家庆《中国外来植物》中说，此物原产"印度、非洲和美洲热带"，唐代始传入长安。

　　植物命名往往以动物取喻。鸡在家禽之中地位显赫，与人们日常生活相关密切，被拿来形容植物的机会自然就多，比如鸡毛菜、鸡肠草、鸡头米、鸡骨香、鸡脚芥甚至鸡矢藤，不一而足。李渔作《闲情偶寄》，却对"鸡冠花"一名颇致不满："花之肖形者尽多，如绣球、玉簪、金钱、蝴蝶、剪春罗之属，皆能酷似，然皆尘世中物也。能肖天上之形者，独有鸡冠花一种。氤氲其象而骎骎其文，就上观之，俨然庆云一朵。乃当时命名者，舍天上极美之物，而搜索人间。鸡冠虽肖，然而贱视花容矣。请易其字，曰'一朵云'。此花有红、紫、黄、白四色，红者为红云，紫者为紫云，黄者为黄云，白者为白云。又有一种五色者，即名为'五色云'。"揆笠翁之意，鸡冠之喻，喻体来于凡尘间，对如此漂亮的花是一种唐突不恭，不如他先生所拟名好。对此，笠翁自信满满，说："花如有知，必将德我。"

　　"鸡冠"一名，虽已极肖，但笠翁之说，也确然开启了另一种思路。盖鸡冠花之盛开，从上向下俯视，确如祥云一朵。天上的云，较之埘内的鸡，对于文人墨客，当然高雅得多了。然而往细处想，笠翁的方案似也不无纰漏：好的比喻，贴切新颖之外，还须通俗易懂，以熟稔之事物比方生疏之事物，以具体之事物比方抽象之事物，方可收事半功倍之效。对于黎民百姓，云朵虽然有时在天，看也是要看的，却不及家鸡来得亲切，也看得真切。再者云朵之喻，若仅着眼其形，尚没的说；可一到色彩，其义便纷然歧出。"岭上多白云"，固是赏心悦目，"万里黄云冻不开"，放在诗中，亦颇雄奇，现实生活中看到满天黄云，那是种什么感觉；至于鸡冠一般的紫云红云，一朵两朵或也新鲜，多了便岂不近乎灾异之象，人们避之唯恐不及了。敝人平日所见，鸡冠花以紫红者为多，此与亢奋中公鸡顶上肉冠，无论具象还是气韵，都甚是逼肖，此亦是"一朵云"终于不能取"鸡冠"而代之的原因了。高明乾等《植物古汉名图考》云："鸡冠花学名中的 Celosia 来自［希］kelos(烧焦、燃烧)，此为青葙属；cristata 意指鸡冠状的。"如此看来，以鸡冠为喻，不单中国的命名者觉得恰当，洋人也是这么看的。由此亦可知"东海西海，心理攸同；南学北学，道术未裂"也。

　　吾乡当年何其凋敝，鸡冠花竟然仍有。偶见其三株两株，或着生于屋后房前，或侧身于篱落之间。那时候，鸡呀鸭呀，猪啊羊啊，与人一样饥肠辘辘，齿喙所至，杂草幼树都难以存活，莫非它们商量好了，唯不啄残这鸡冠花么。持续的生存压力，爱美的情致丧失殆尽，所以鸡冠花立于庭院内外，立于秋风之中，显得十分落寞。

　　如今既得温饱，回头再看畦中鸡冠花，感觉它果然不同凡响。其花大可盈尺，郁勃氤氲，沉毅厚重，自属豪放一派。与香雪球、勿忘我一类风

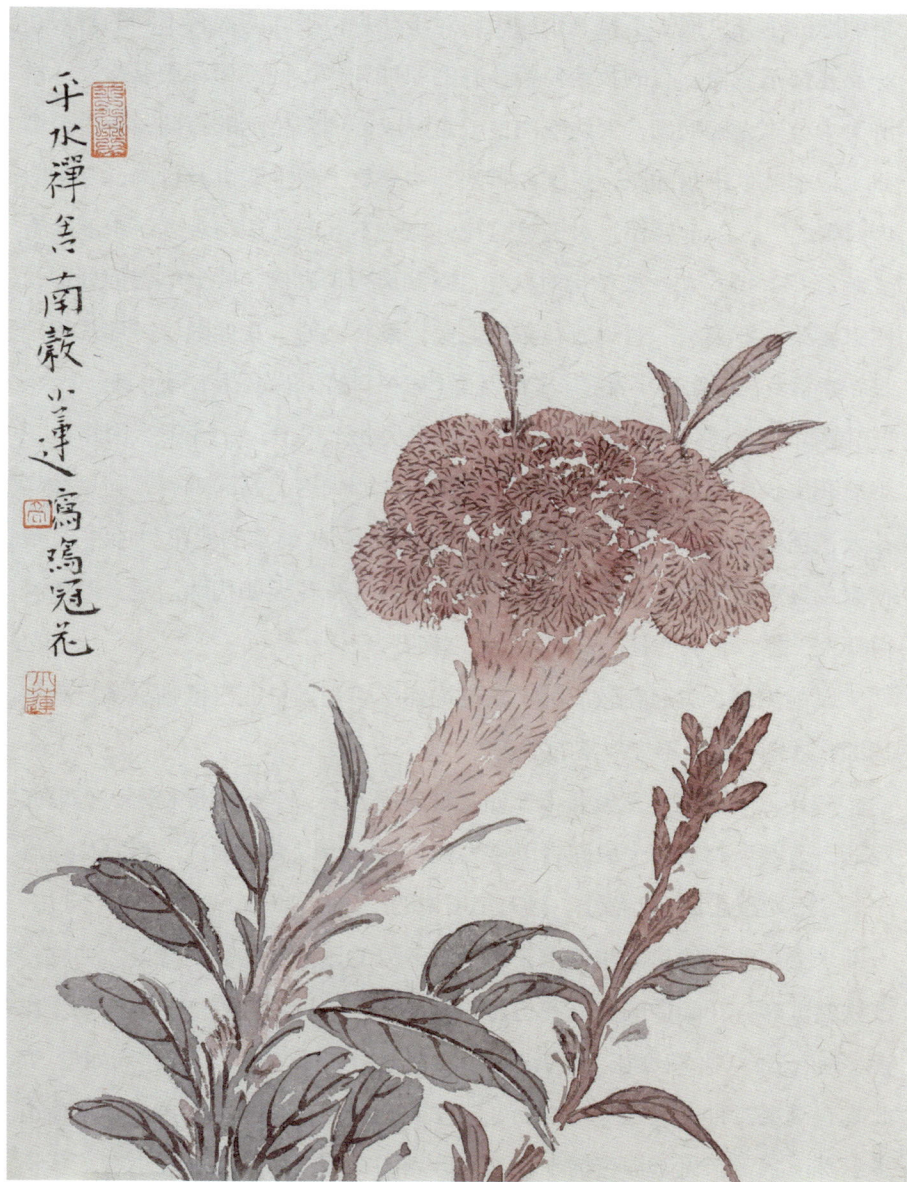

平水禪喜南嚴以蓮迂寫鷄冠花

格细腻的小花，根本不是一个量级。对于花卉，不同的人有不同的喜好，一点儿都不奇怪。有的妆台倚镜，有的翠袖凭栏，说不尽环肥燕瘦。《水浒》中英雄大碗喝酒，大块吃肉，或是好汉们理想生活的写照；《古今谭概》记李载仁不耐油腻，见部曲相殴，"令急于厨中取饼及猪肉，令相殴者对餐之"，以示惩罚。对于鸡冠花，也有不同的认识与观感。唐罗邺有《鸡冠花》诗："一枝秾艳对秋光，露滴风摇倚砌傍。晓景乍看何处似，谢家新染紫罗裳。"对鸡冠花秾艳之美，颇有会心，在他眼里，那几乎已是新着紫罗裳的谢家小女了。宋杨万里《宿花斜桥见鸡冠花二首　其一》云："出墙那得丈高鸡，只露红冠隔锦衣。却是吴儿工料事，会稽真个不能啼。"鸡冠花生长茂盛，诗人得于墙外见之，惊异哪来这么高的鸡啊。同是株高花大，近人汪曾祺先生见了，感觉就不一样，他在《北京的秋花》中说："我在家乡县委招待所见一大丛鸡冠花，高过人头，花大如扫地笤帚，颜色深得吓人一跳。北京鸡冠花未见有如此之粗野者。"

以前觉得，鸡冠花敦厚朴实，恂恂然不事张扬。近日接触渐多，观察稍细，才知它也是不守故常的主儿。

一是它的身高。王象晋《二如亭群芳谱》云："有扫帚鸡冠，有扇面鸡冠，有璎珞鸡冠……扇面者以矮为佳，扫帚者以高为趣。"鸡冠花高低之异，已为园艺栽培所借重。杨万里所说的"丈高鸡"，愧未能见，不过，一两米上下的，倒是经常遇上，当然最多见的还是齐胸高，或挺然独立，或秩然成畦。花畦中的鸡冠花也是长短不齐，不肯整齐划一。陈淏子《花镜》卷六云："（鸡冠花）高者五六尺，其矮种只三寸长，而花可大如盘。"此物有高矮二种，只是一个方面。同样的鸡冠花，同时播种者，其株高也多悬殊。我曾亲见于银杏树下，与人等高的鸡冠花旁，几株矮小者，茎长不过数寸。从旁观察，可知其所以如此，只因处所的肥瘠燥湿有别。那几株短小的，细叶仅四五片，也已秀出璎珞之花，欣欣然沐浴着阳光，与高大的鸡冠花并肩而立，并无惭怍之态。

二是茎与叶。植物茎以圆柱形为多，其他的，则三棱形、四棱形时有所见，如鸡冠花这种不规则的扁茎，恐怕就是独一份儿了。察其形，拱出地表之初，茎亦圆柱形；那些状态不佳，发育不充分者，其茎至死不扁；可一旦得了水肥之利，植株生长茂盛，未到中部已扁将起来，近顶端准备开花时，厚度依旧，扁宽则过于手掌。这当然不能怪它性情乖张，故作姿态，仔细观察，可知也是不得不尔，这是在为敷设花冠做准备。只有扁得够宽，那花才可以开得够大。

志书上说，鸡冠花"单叶互生"，此事确然不假，但仅是最初时候。待到其茎长到数寸之宽，特别到了花将秀出的时候，叶子已经纤长如线，生得密密麻麻的多，哪里还讲究什么对生互生，它们简直就是乱生簇生的了。叶子多了，也就不再遂顺，每每因势参起，直如斗鸡亢奋时脖颈间的羽毛。至此我才忽然意识到，名之鸡冠，也许不单单因其花像鸡冠之形，还包括扁茎上部攒聚的叶子，那叶色微红，进一步强化了其斗鸡的形象。

三是花冠。鸡冠花的花与一般意义上的花，没多少可比性。植株顶端巨大的红云一朵，柔柔的天鹅绒质地，最为引人注目，却不能简单地认为那就是鸡冠花的花冠。顶端最为艳美之处，不过是其过度发育的花托。其花细小，密密麻麻附着于花托的两侧。它们谦逊低调，雅不欲引人注目，与硕大明艳花托分工明确：你负责招蜂引蝶，我负责传宗接代。待其成熟，将鸡冠倾斜了，手指轻轻拨动侧面粗糙处，就有漆黑明亮的种子跃然而出。那日在南关岛上，看到鸡冠紫花熟，心想何不趁机收些种子，可巧带了纸巾，即着手操作。鸡冠花的种子颜色乌亮，极其细小，宿存果皮的那点儿弹性，足可将它弹出好远，见它们跳蚤一般逃逸，心中好不疼惜。想起李渔《收鸡冠花子》诗："指甲搔花碎紫雯，虽非异卉也芳芬。时防撒却还珍惜，一粒明年一朵云。"笠翁确是喜爱此花者，那收子方法与遗憾心情，都写得多么到位。

收集鸡冠花子，增进了对其结构的了解。表面看，鸡冠花形态各异，或如扫帚，或如蒲扇，却并非自然长成那个样子，而是不得不折叠而成。当初，茎端尽量扁宽以与花托相连接，而花托展宽的势头变本加厉，于是这扁茎之端就成了折扇之柄，而花托则如半圆的扇面。可惜茎与花的连接处不及扇柄灵活，所以扇面难以全然展开，有时只好半展不展，甚至皱缩于一处，花托皱褶的浅深多寡，既取决于茎端扇柄处的容忍度，也与折扇扇面的大小与厚度有关。成因既已如此复杂，花形自然变化万殊。语云，世界上没有完全相同的两片树叶，在这里，更绝然不会有完全相同甚至相似的两朵鸡冠花。

真切感受到鸡冠花之美，是在离开故乡，告别故乡鸡冠花之后。那一年，朋友送我一副挂历，其上多为古代名画，其中一幅即郎世宁的《鸡冠花图》。画面上鸡冠花两枝，皆从左下角斜伸上来，低矮者如红云一朵，高大者扁茎微弯，伸展到画面中部急剧回折，若掉头回顾之公鸡。画为工笔，所以并侧面之宿花种皮，以及乌黑明亮的种子，都刻画得神形毕肖。画面中状若红云者，虽然远不及花畦中的更硕大，但如此强烈地传达出了鸡冠花之精神。

鸡冠花独立庭中，秋来盛开，当然也很漂亮，可形单影只的未免有些落寞。成畦成片的鸡冠花，开起来轰轰烈烈的，气势的确有了，可花是紫红，茎是嫩红，叶则浅红，色彩上总是有些单调，少些错落对比。个人觉得，以鸡冠花色彩之隆重，须有浓密的绿色为衬托，才扶得住巨大花朵所传达出来的勃郁之气。好看的鸡冠花常常长在篱落之间，与葫芦牵牛之类为伍，如宋钱熙《鸡冠花》诗："亭亭高出竹篱间，露滴风吹血染干。学得京城梳洗样，旧罗包却绿云鬟。"或者生在花坛之中，与玉簪石楠相伴，如宋刘跂《玉簪花和希纯 其八》诗云："蓝田故有他山错，瑶旒琼旋碧玉干。左紫姚黄满金谷，野人留取伴鸡冠。"而徐渭觉得，鸡冠配芭蕉亦复可爱："芭蕉叶下鸡冠花，一朵红鲜不可遮。老夫烂醉抹此幅，雨后西天忽晚霞。"本市胭脂湖南岸，摩天轮广场大门两侧，各种一列紫茉莉。秋来叶色澄碧，细花点点，活泼泼一派生机，偶有鸡冠花从中挺然而出，刹那间红朵似云，那才叫个相得益彰呢。

苏子由《寓居六咏 其五》诗云："大鸡如人立，小鸡三寸长。造物均付予，危冠两昂藏。出栏风易倒，依草枯不僵。后庭花草盛，怜汝计兴亡。"自注云："或言矮鸡冠即玉树后庭花。"后人多依此言。宋王灼《碧鸡漫志》亦云："吴蜀鸡冠花有一种小者，高不过五六寸，或红，或浅红，或白，或浅白，世目曰后庭花。"又杨万里《宿花斜桥见鸡冠花二首 其二》诗："陈仓金碧夜双斜，一只今栖纪渻家。别有飞来矮人国，化成玉树后庭花。"是皆以矮鸡冠为玉树后庭花也。矮鸡冠者，或以为即青葙属植物青葙。然《广群芳谱》卷五十二引《花木考》云："苏黄门咏鸡冠花诗，'后庭花草盛，怜汝系兴亡'，世遂以鸡冠为玉树后庭花，不知《世说》诸书，有'蒹葭倚玉树'语，少陵《饮中八仙歌》，复有'皎如玉树临风前'之句。玉树一种，断非草本……且宋元以来，或以为山矾，或以为琼花，杨用修（慎）王敬美（世懋）复以为丁香、栀子，鸡冠之说，何可以尽信也。"山矾与玚花一也，即今山矾科（*Symplocaceae*）山矾属植物山矾（*Symplocos sumuntia Buch.-Ham. ex D. Don*），又名玉蕊花。然而朱橚《救荒本草》云："后庭花，一名雁来红。人家园圃多种之，叶似人苋叶，其叶中心红色，又有黄色相间，亦有通身红色者，亦有紫色者。茎叶间结实，比苋实微大，其叶众叶攒聚，状如花朵，其色娇红可爱，故以名之。"王世懋《学圃杂疏》则云："臭梧桐者，吾地野生，花色淡，人无植之者。淮扬间成大树，花微者缙绅家植之中庭，或云后庭花也。"朱书所言后庭花，注者王家葵先生等订为苋科（*Amaranthaceae*）植物苋（*Amaranthus tricolor L.*）；王说臭梧桐则为马鞭草科（*Verbenaceae*）大青属植物海州常山（*Clerodendrum trichotomum Thunb.*）。以上诸说，皆一家之言也。

2018-10-01

猥实：南园美人木

作为观赏性花卉，猥实近年方得光临敝地。对面植物园中，至少已有三数个群落：一于寒柳亭北侧，处高柳之下，逶迤列队；一掩藏于竹林右侧，与美人梅树林相依；最多一带水生园外西墙边的石径旁，与椴树、天目琼花相衔接。就全园而言，这一带最为幽僻，所以平日来园中散步，与这边的花树接触最多。后来我又发现，胭脂湖边的绿化带中，竟也有猥实零星分布。

毋庸讳言，猥实之来，乃当事者有意引种，其功利性目的显而易见。与我念兹在兹日日与之为友为伴的野生种或本地种，显然不属同一个阶级。我一向认为，天底下所有植物，没有一种是不美的。又必须承认，对世间草木，我无法做到一视同仁。我更关心的，还是那些本土的、野生的、卑微的种类。语云，鸡蛋与石头发生矛盾，情感肯定偏于鸡蛋一边。到了鱼与熊掌可以兼得的时候，则不光鸡蛋好吃，石头也好看。植物世界毕竟不同于人类，草木中从来没有、以后也不可能衍化出流氓和罪犯。它们的卑贱与高贵，都是人类赋予的，它们自己却未必知道。猥实虽然置身事中，但它自己却做不了主。来此之后，确也享受着贵宾般的待遇，却也不一定领情。猥实与马唐牛膝等野草一样，其生成出于天地自然之化育，春夏秋间，自顾展枝布叶，开花结实而已。人类弯弯绕绕的心思，它一介草木哪里懂得。

中国传统园林栽培花卉数量繁多，如猥实则出道甚晚。因历代文人雅士未曾寓目，古来博物之书不载，名头与影响无法与其他园艺名品相匹敌。然而见过的人都知道，其丰姿绰约，清新自然，即使比之春风桃李，似也并不逊色。

面对绥绥然花树，多数人叫不上名字，毫不稀奇，即使树上挂了标志牌，看到牌上"猥实"二字，感到古怪的或也不在少数。不过既然已经来到本市，我们就有义务善待它，认识它，了解它。欲了解猥实，不妨从猥实的两个域外名字入手。

一是日本名。

作为观赏型花卉，猥实虽属地道的中国物产，却很快传至东瀛，日本人见了，名之曰"钟馗空木（ショウキウツギ）"。此名之立，得之猥实那相貌奇特的果实。猥实果上附着一层密集硬毛，极易让人联想到绘画里锺进士那密匝匝戟指上下的胡须。"钟馗空木"四字看似生猛，其实与中文学名之猥实，却亦灵犀相通。猥者，猬也。刺猬一身硬毛，亦是鼎鼎大名。其实，猥实之果娇小可爱，连硬毛算上，直径亦不过5~6毫米，与钟馗又丑又黑的大脸盘子根本无法相比，一定说它像一只刺猬，也是极其秀珍的那一类。

花冠凋落之后，果实上部五裂花萼宿存，纤巧暗紫，与淡黄色的硬毛对照鲜明，使小刺猬儿平增几分顽皮之相。某次，在南园西侧石径上散步，发现有些小刺猬儿上留有两个花萼，细察之，此类型者还不在少数，难不成两个花朵共用一个子房，世界上还有这等奇葩事。记得其时为傍晚时分，我一个人，几次将猥实果摘下，放在座椅上，戴着老花镜仔细研究比照，虽事实就在目前，但心中却益发疑惑。事后曾就此事请教分类学的专家，可电话里说说，没有实物佐证，说的都觉得没了真实性，而听的终也隔膜，总之这个疑团一直未曾打消。

秋天说到就到了，空气质量偏好，太阳也不再炙人，空闲时便来园中转转。来到水生园界，见猥实之果多已干缩，五瓣花萼亦有折损。盖其种子早已成熟，随时准备离开母体，去开启未知的生命之旅。想起心中隐藏已久的疑问，摘取果实下来，挑出双花萼者。此时果上猥毛已变成棕色，极脆软易碎，手才一捻便已脱落尽净。再看果实，却是两粒种子骈生于一处，一偏上，一略下，一略肥硕，一似瘦削。手捏这两粒种子，不必特别用力，即可将其掰开，察其连接处，种皮个个完整——它们看似挨得近，其实并没合为一体。后来看到《水泥植物》公众号，有"半倍体"文章言及此事。猥实两朵花基部几乎融合，小花梗与果皮皆共用，若是一个被窝里睡着两个兄弟，纵切其果，可见两朵花下子房亦并不对称，而是一大一小。据说，此乃忍冬科植物特有的"双花现象"。实现这种双花的基本逻辑来自花序的精简，由此，花序中的另外一些小花也就不必发育了。

第二个别名来自英伦。

猥实传到英伦，英国人为之取名"*Beauty bush*（美人木）"。与中日之名不同，此名着眼于花。猥实 *(Kolkwitzia amabilis Graebn.)*，忍冬科（*Caprifoliaceae*）猥实属植物。虽然猥实一直生长在中国土地上，为中国特有的单种属，可多少年来，此女一直养于深闺之中，未曾见知于世人。到了上世纪初（1901），英国植物猎人欧内斯特·亨利·威尔荪（*Ernest Henry Wilson*）才在湖北省西部的丛林中发现了它，随之引入欧洲和北美，作为欧美花园中广泛种植的观赏花卉。德国植物学家 *Paul Graebner* 为其命名时，属名 *Kolkwitzia*，此名来自德国植物学家、教授 *Kolkwitz*；种加词 *amabilis*，意即为可爱的。

与大多观赏性花卉多出于蔷薇科不同，猬实出身于忍冬科，而其花形，乍看又像唇形花。花冠钟状，分为五个裂片，上唇二而下唇三，像一条条张着嘴的小金鱼儿。下唇筒内布满橙色斑纹，用来吸引传粉的昆虫，并作为停机坪和跑道，将昆虫导入花朵内部。

猬实花形虽然不算大，但数量却极繁。作为多分枝直立灌木，植株可高达 3 米。枝条纤细而修长，长到一定高度自然向四面悬垂。着花时节，密集的粉色小花缀满拱形下垂的枝条上，已经生出的碧绿叶子都被它遮挡得不见了踪影，远望若树树白雪，近看则如流淌的花瀑，美得让人不忍遽离。时维初夏，众芳敛迹之季，园中游人渐稀，它们却于园中的某个角落，毫无保留地贡献着自己的美丽。它们谦退自守，人不知而不愠，从无半点儿哗众取宠之意。西人浪漫，见其婀娜缤纷，想到温文尔雅的美人，一点儿也不意外。

某次在胭脂湖边，看见猬实树上花蕾满缀，将开未开，感觉别有韵致，其间一枝条翘然挑出，叶色碧绿，视之乃丝棉木。初不以为意，回来后觉得蹊跷。近来发现，城市建设因环境美化引种过来的花木，嫁接而成者不在少数。如以玉兰为砧木，嫁接为荷花玉兰；以毛樱桃为砧木，嫁接出榆叶梅；以流苏为砧木，嫁接为桂花树，莫非这猬实树也是嫁接而成？可此二者一属忍冬科，一为卫矛科，不是一家人呀，也可以共为一树么？次日一早，再度来湖畔探察，冒着踩爆地雷（狗屎）的危险，靠近猬实花树。拨开茂密的杂草，发现那丝棉木枝条虽与猬实丛生一处，却并不连成一体。

怅然之余，却有一个意外的发现，那就是猬实具备与悬铃木相似的习性：蜕皮。此时猬实茎如蟒蛇，树皮蛇蜕一般开裂、剥离以至委坠。当然，蜕皮之后的猬实枝干肤色依然灰白，及不上悬铃木的青碧之色，然蜕皮的实际效用则是，借此摆脱寄生于表皮中的害虫与病毒。如此，此次冒险亦非无功了也。

《物种日历》公众号霜天蛾认为，猬实是起源于第三纪古热带植物区系的孑遗种，在经历了第四纪气候的动荡之后，只有中国保留下来。因此它对华北植物区系的发生和发展，以及忍冬科植物系统的演化上都有非常重要的研究价值。

现已查明，野生猬实在陕西、山西、甘肃、河南、湖北和安徽等地都有分布，范围看似很广，数量却并不多，而且彼此隔离，没能形成大的群落。究其原因，与天然繁殖困难有关。猬实花繁，种子数量亦复不少，却因其雄性生殖器官发育不良，导致花粉畸形，容易形成败育，结出的种子看似圆鼓鼓的挺饱满，也是徒有其表，质量并不高，发芽率尤其低。这一点从日常观察中也能得到验证：猬实来到南园，少说也有三五年，繁花年年开放，种子岁岁结出，冬日的疾风，将它们一次次摇落于树下，日积月累，附近壤土中猬实种子应已不少，春风春雨恩泽应时无类，却从来没看见一株猬实的新苗。

目前猬实栽培较普遍，中国无论南北，园圃中皆可见它们花团锦簇。但是，人工栽培与野外生存毕竟不是一个概念。园艺栽培如火如荼，对野生环境下之前景堪忧，并无多少裨益。园艺栽培需要高度的统一性，最好每株花树大小形态都差不多，利用扦插育苗这种无性繁殖的方法，后果是满园花树有可能出于同一母本，其亲密程度，甚于一奶同胞，大家都是孙猴子身上的毫毛变的。

　　我们看到的是，猥实以缤纷的繁花诱使人类为其提供适宜生长的条件，利用科技手段将它们古老的基因传递下去。唯是不知道科技如此发达的今天，科学家是否能想出办法，让大山深处的野生种的繁殖力得到提升。如能做到，对于猥实，比之精心的栽培与呵护，那才是猥实们真正的福音。

2021-09-01

木芙蓉：不向东风怨未开

接连几场绵绵秋雨，气温骤然降了下来。桂花在冷雨中已然萌动，天才放晴，便迫不及待地绽放，将蓄谋已久的香气尽情释放。行走在公园里，到处是醉人的异香。拐过竹林，遥遥望见高架桥下绿丛中红白历历，心下不禁泛起一阵激动：该不是木芙蓉也开花了吧……

木芙蓉是我喜欢的植物。

我感情偏向于它，一因它谦退自守、甘于寂寞的秉性，以及沉静平淡、雍雍穆穆的风致。二则由于它在百花丛中几乎不可更易的在野地位。木芙蓉一般着生于坡地山间，或者溪河之畔，人家庭院和公园的角落，有时也会看到它们的身影，但从不见谁曾将其植于盆盎之中，纳于雅室之内。它们生于斯长于斯安居于斯，远望几疑是毛白杨或悬铃木的苗圃，枝条丛密，阔叶纷披，纵然周围已是姹紫嫣红开遍，也不见它有着急忙慌之态，或仰慕艳羡之意，而是心甘情愿地将自己混同于一个普通老百姓，任凭雨打风吹，无改波澜不惊之做派。匆遽的路人，或凄惶的过客，满怀心事经行其旁，也许觉得这阔叶长枝的绿丛未免木然寡趣儿，甚至不解风情；若有无所事事的闲人，走近了细加考究，此物的优势与长处才得发现。这么说吧，

有一株算一株，从头到脚，无论整体还是细部，这木芙蓉就没一个细节不
是精致恰当，甚至美轮美奂。

木芙蓉（*Hibiscus mutabilis Linn.*），为锦葵科（*Malvaceae*）木槿属植物，
落叶灌木或小乔木。《本草纲目》卷三十六云："木芙蓉处处有之，插条
即生，小木也。其干丛生如荆，高者丈许。其叶大如桐，有五尖及七尖者，
冬凋夏茂，秋半始着花，花类牡丹、芍药，有红者、白者、黄者、千叶者，
最耐寒而不落。"

花开之前，最吸引行人目光的，是它那鳞次栉比的叶子。论血缘，木
芙蓉与木槿最属近亲，可二者叶形却颇异其趣。某次在崇明东滩湿地，偶
然遇见了海滨木槿，与木芙蓉比，叶形与叶质才像同宗兄弟。梧桐与苘麻，
与木芙蓉虽别具科属，叶子却最为相似，无论叶形的阔大圆融，还是因遍
被细毛而产生的绵柔手感，如不加详察，内行也有可能搞混。

我有一个偏见不曾语人：叶子的形成与扩展离不开叶脉的支持。因此，
叶脉的分布很大程度上决定着叶子的形状。至于先有了叶脉然后才有了叶
形，还是因叶形需要才生成了叶脉，这个问题有如鸡生蛋还是蛋生鸡，我
就不知道了。木芙蓉叶子主脉七条基生，由叶柄向外伸展，直抵四周叶缘。
如果七条叶脉均衡发展，则叶子必成一个浑仑的圆形，那未免过于呆板，
于是长短随意变化，才造成了形态各异的叶形。个人觉得，木芙蓉叶子最
呆萌的，还数幼株与成株的基部的叶片。这些叶子整个儿浑圆，仅中间三
条叶脉充分发育，于是各自在叶缘之外撑出一个凸出的锐尖。此锐尖有时
并不直前，而是任意歪向一侧。从审美的角度看，生出锐尖的意图也显而
易见：若一味地圆融，就会大饼似的平生几分蠢相。小小锐尖极尽纤巧俏
皮之能事，与硕大叶形形成反拨，既破掉了沉闷，又获得了机趣。有时主

叶脉仅有两条发育得好,那就生两个小丫出来,至于植物生长中的对称原则,也不去管它了,这种不规则的叶子不光不显得丑陋,反而更加玲珑而乖巧。茂盛成株上的叶片,则硕大厚实,叶裂增多,缺刻加深,甚至隐隐有些怒郁不平之气了。这时的叶色也一改幼叶的淡绿,洋溢出青绿之意,大有向构树奇特的裂叶靠拢的意味。

木芙蓉叶子丛密,将主体遮蔽得很严,粗心之人很少注意到它的枝干。我所见到的木芙蓉,多为当年生的新枝,它们从宿根槲枞生出,水肥不缺,一个春夏过去,皆可长到两三米、三四米高。有好多次,我独自钻入芙蓉丛里,贴近了观察它们一家的日子是怎么过的。与外观不同的是,其中空阔疏宕,厅堂廊庑,足可容我留恋逡巡,其新干疏密得间,挺拔而条畅,表皮淡绿,其上亦密被柔毛,与叶子一样,予人温文蔼然的印象。

站在芙蓉丛中,踮起脚尖,有时能看到它生于枝端叶腋间的花蕾。察看木芙蓉花蕾时,每惊异于大自然的伟力,造出一树树如此精美绝伦的尤物,需要怎样的匠心和耐心。木芙蓉长到献蕾之时,叶距越来越小,而花蕾之柄则愈上愈短,所以显得好多花蕾攒集一处,构成一个松散的锥面,外围者最大,往里渐小。木芙蓉花蕾形如碧桃,小苞片 9 ~ 11 片,俱呈线形,均匀排列着,贴护于萼片之外。萼片五裂,花未开时连成一体,在前端形成一个锐尖,呈右手性旋转状。萼片背部各有三条纵棱。这些纵棱与条形苞片相呼应,让整个花蕾呈现出极度的精雅繁复之美。可谓花尚未开,苞已惊人。

木芙蓉又名木莲,《本草纲目》卷三十六云:"此花艳如荷花,故有芙蓉、木莲之名。"如果说单瓣木芙蓉与荷花有几分相似,那么,后来培育出的重瓣品种则更加典雅雍容,超过芍药,直逼牡丹了。古代绘画中,多有以木芙蓉为题材者，如宋徽宗赵佶《芙蓉锦鸡图轴》、明唐寅《临水芙蓉图》、清钱维城《景敷四气·冬景图》等，写入绢纸之后，其花雍容华丽已极，如果不看叶子，是牡丹还是芙蓉，几乎无从辨识。

　　花卉常有单瓣与重瓣之别，一般总是先有了单瓣，然后经过人工选育，积久培植出重瓣者。本人寻花觅草有年，颇觉得有些重瓣品种虽然费尽了人类的智巧，审美效果反不及单瓣的舒朗自然，只是迎合了一部分人的趣味而已。以木槿为例，单瓣者多么舒展清雅，重瓣者就未免眉目不清；再如棣棠，单瓣者在宋徽宗眼里，酷似簪金，形之歌咏，重瓣者仅成一个黄色的刺球，悬挂于枝头，木呆呆缺乏神采。果有重瓣胜过单瓣者，就敝人所见，木芙蓉可算是一个特例。单瓣木芙蓉形若荷花，容色当然已有过人之处，但比起那些重瓣花，感觉还是单薄了些，只有那些重瓣花开放于高枝之上，才让人觉得好马配好鞍，好船具好帆，碧绿枝叶之上，端坐着一个绝世美人，其典雅高华的气质，才得显现出来。牡丹芍药盛开时，甚为世人所重，但由于株高的限制，其花总予人开在地上的感觉，赏花时例须走到跟前，低头逡巡瞩望；木芙蓉则着于高枝之巅，在辽阔的蓝天之下，爽朗的秋风徐徐吹拂，红白相间的花朵摇曳生姿，个人觉得，那种迷人风致真是无以复加。

　　木芙蓉花初开以白色为多，亦间有粉色者，近日于上海世纪公园小河边，还拍到了大红色的。不过，就我个人而言，仍觉得白色与粉色最为艳美。初识木芙蓉，还曾闹过一个笑话——看到枝头花开，红白相间，便深觉疑惑：为什么同一根枝条上，并列开放着两色花。接触得多了，这才悟出其中的奥秘：有些木芙蓉的花色因时变化。清晨初绽时，例是纯白之色，如晴空的白云，如檐头的初雪，向午时分已渐显粉红，到了傍晚再过去看，竟已是一朵艳丽的红色花了。某日向午时分，我独自来到园中，拍到几帧纯白带粉的花朵，直如美人带酒，红云乍现，其娇嫩与秾艳简直不可方物，足可勾魂摄魄了。木芙蓉花色的这种特性，"正似美人初醉着，淡妆浓抹总相宜"，因而具备了特别动人的风致。所以古人将这般"一日间凡三换色"的品种，称之"醉芙蓉"。刘克庄《芙蓉二绝 其二》云："池上秋开一两丛，未妨冷淡伴诗翁。而今纵有看花意，不爱深红爱浅红。"在木芙蓉这里，个人感觉，浅红之花确有深红花不可比拟的地方。

王世懋《学圃余疏》云："芙蓉特宜水际。"将木芙蓉植于溪头池畔，使有花有树有水，花开之时，如美人临流照影，那境象确实不恶。黄图珌《看山阁闲笔》卷十三云："芙蓉为秋色之最可爱者，余常以小船荡桨至秋江之畔，短笛空腔，坐花待月，恍疑深入花城，畅观锦绣也。"又曰："芙蓉为秋花之最秾艳而极妖妖者也。相赏必须纵饮，醉则投枕于其下。偶有客至，寻之不值，乃谓童子曰：'主人何往？'童子答曰：'顷已大醉，高卧芙蓉帐中矣。'"极风雅疏宕之至。李渔《闲情偶寄》虽然亦觉得木芙蓉颇宜种之水边，却也阐述了此花另外的长处："水芙蓉之于夏，木芙蓉之于秋，可谓二季功臣矣。然水芙蓉必须池沼，'所谓伊人，在水一方'者，不可数得。茂叔之好，徒有其心而已。木芙蓉则随地可植。况二花之艳，相距不远。虽居岸上，如在水中，谓之秋莲可，谓之夏莲亦可，即自认为三春之花，东皇未去也亦可。凡有篱落之家，此种必不可少。如或傍水而居，隔岸不见此花者，非至俗之人，即薄福不能消受之人也。"最后一语，最为有见，凡篱落人家，皆可种植，虽无水之地，此花亦不失其美。《广群芳谱》卷三十九引《成都记》亦云："孟后主于成都城上遍种芙蓉，每至秋，四十里如锦绣，高下相照，因名锦城。"孟昶据成都，将木芙蓉种之城上，绵延数十里，灿若云霞，其盛况自非寻常。凡庸如敝人者当然无力效仿，所见者多植于公园里，庭院中，好在花无常主，晴好之日，徜徉其下，亦觉得妙不可言。

木芙蓉虽仅为灌木或小乔木，但丛生多条，一旦得天时地利，一株树亦可长成一大片，而每一根枝条的顶端，皆有一丛花蕾，少则七八枚，多则十余枚。所以木芙蓉的花与蕾，说得上是海量的多。《广群芳谱》卷三十九引吴彦匡《花史》中有这样一段文字："许智老为长沙，有木芙蓉二株，可庇亩余，一日盛开，宾客盈溢，座中有王子怀者，言花朵不踰万数，若过之愿受罚。智老许之。子怀因指所携妓贾三英胡锦鼎文帔以酬直。智老乃命厮仆群采，凡一万三千余朵。子怀褫帔纳主人而遁。"

许智老于长沙官邸之中容留两株木芙蓉，待其盛开时广集宾客，似颇有雅人趣味。夸饰自家芙蓉开花之多，可见爱之已甚，亦情有可原。然而一语未合，便命仆役将满树花朵奚数摘下来清点，虽然此公最后赢下了这场豪赌，赚得了妓女身上那条胡锦鼎文帔，但将上万朵盛开的芙蓉花顷刻毁掉，也够煞风景的了。许某毕竟古人，可以无论矣，而它那两株蓬勃茂盛的木芙蓉，却足可令人欣羡。于此也可推知，木芙蓉虽然低调逊退如谦谦君子，从来不事张扬，一得天时地利，花事竟会如何繁盛。

木芙蓉虽然丰美已极，堪比荷花牡丹，但一因晚出，二又易致，所以长期不为世人所重，其所蕴含的历史文化内涵，也有一个发生发展与逐步演变的过程。

五代张翊"尝戏造《花经》，以九品九命升降次第之，时服其尤当"，其书仅列芙蓉为"九品一命"，与"牵牛、木槿、葵花、胡葵、鼓子、石竹、金莲"并列；《广群芳谱》引周必大《二老堂诗话》云："唐人衰《刘禹锡嘉话》云：'进士陈标《咏黄蜀葵》诗云：能共牡丹争几许，得人憎处只缘多。'予尝语客，花多固取轻于人，何憎嫌之有。因论木芙蓉全似芍药，但患无两平字易牡丹字，欲改此句为'得人轻处只缘多'。众以为善，且谓移芍药二字在句首则可矣。予以失全句为疑。或云，芍药本草一名馀容，因缀一绝云：花如人面映秋波，拒傲清霜色更和。能共馀容争几许，得人轻处只缘多。"物以稀为贵，乃世人一以贯之的审美心理。一件东西如可轻易到手，即使对他们生活至关重要，甚至须臾不可相离，也觉得未足珍惜，比如淡水，比如空气。

　　然而木芙蓉天姿丽质，毕竟难以抹杀。人们对它的认识，也在逐步加深，在它身上寄予的审美情感，也渐渐丰厚起来。唐高蟾下第之后，有《下第后上永崇高侍郎》诗云："天上碧桃和露种，日边红杏倚云栽。芙蓉生在秋江上，不向东风怨未开。"孙光宪《北梦琐言》云：高蟾之诗"盖守寒素之分，无躁进之心"，任凭杏桃占尽先机，而自独于秋江之上，不嗔不骄，不怨不嗟，人不知而不愠，坦然自若。古代士人的谦卑与倨傲，相辅而相成。

　　《红楼梦》第六十三回"寿怡红群芳开夜宴"写到了芙蓉花。那天宝玉过生日，邀请众姐妹吃酒助兴，酒令呢，宝玉建议用"占花名"，得到一致赞同。第一个掣签的是宝钗，所掣签上画一枝牡丹，配诗曰："任是无情也动人"，已令多情宝玉有点儿魂不守舍；接着探春掣得杏花，"日边红杏倚云栽"，也与其身份相当；湘云掣得海棠，"只恐夜深花睡去"；接下来香菱掷出了个六点，该黛玉了，黛玉默默地想道："不知道还有什么好的被我掣着方好。"伸手取了一根，只见上面画着一枝芙蓉花，题着"风露清愁"四字，背面一句旧诗道是："莫怨东风当自嗟。"

　　众人笑道："这个好极！除了她，别人不配做芙蓉！"黛玉也自笑了。

"莫怨东风当自嗟"一语，出自欧阳修《再和明妃曲》词，末四句为：

> 狂风日暮起，漂泊落谁家。
> 红颜胜人多薄命，莫怨东风当自嗟。

作者如此安排，以木芙蓉暗示黛玉的身世命运，已非常恰当，虽亦艳丽高华，可耐身世飘零。"莫怨东风当自嗟"，诗意与高蟾"芙蓉开在秋江上，不向东风怨未开"在精神上一脉相承。秋江落寞，西风日暮，家在何处。由林姑娘的苍凉身世，将木芙蓉的冷落际遇粹取出来，才貌出众而寂寞孤高，清姿丽质，且独殿众芳，从而赋与此花以另一种内涵。

不向东风怨未开，不是不开，只是不肯与春日的杏桃争风头凑热闹而已。只有到了晚秋时节，万花凋谢之后，属于它们的季节才终于到来，因此木芙蓉又有别名曰"拒霜花"。木芙蓉不畏秋露、凌寒拒霜的品格，容易让人与士人的高峻品格联系起来，引发诗人的兴会。王安石《拒霜花》诗云："落尽群花独自芳，红英浑欲拒严霜。开元天子千秋节，戚里人家承露囊。"群芳落尽而犹自开放，花色红艳而不惧严霜，是诗人的自我期许，也是对木芙蓉个性的进一步归纳与确认。方回《题钱选木芙蓉》诗又云："东篱相伴殿西风，我识花神品藻公。秋老别无第三品，傲霜黄处拒霜红。"自晋陶渊明，菊花已声名大震，此将木芙蓉与黄菊并列，共为晚秋佳品，给予的位置不可谓不高。明代谢迁《芙蓉》一诗，亦是此意："傍水施朱意自真，幽栖非是避芳尘。已呼晚菊为兄弟，更为秋江作主人。"

然而东坡独不赞成拒霜之说，在他看来，木芙蓉禀赋特异，迎霜而开，是在享受寒秋，非但有能力抵御而已，其《和陈述古拒霜花》云："千林扫作一番黄，只有芙蓉独自芳。唤作拒霜知未称，细思却是最宜霜。"东坡的想法，与其天性与禀赋相关。古人仕途不顺，遭遇贬谪的人多有，如东坡乌台一案几死，一贬黄州，再贬儋州，远放海角天涯者，亦不多见；被贬之人抗志不屈，依然故我者多有，如东坡不可救药的乐天派，无论困苦到什么程度，都能活出优雅的趣味者更少。东坡所谓的宜霜，并非有意唱唱反调，而是基于真实的心理感受。多少年后，东坡诗意得到清代诗人赵执信的回应，其《咏江岸拒霜花》诗云："露浥风翻袅袅枝，可怜闲淡与霜宜。江妃无语空含睇，妒杀天寒独倚时。"露浥风枝，闲淡自开。王象晋《群芳谱》云："总之此花清姿雅质，独殿众芳，秋江寂寞，不怨东风，可称俟命之君子矣。"

关于木芙蓉，《本草纲目》以为"不结实"，王象晋《群芳谱》亦作如是说。行走于木芙蓉花丛之下，可见其花朵整个儿坠地，琳琅一片，而枝头也少见其果实。园艺界培育木芙蓉，一般采用的是扦插、压条和分株等无性繁殖的方法，但木芙蓉，特别是单瓣木芙蓉还是结种子的，种子也可用以繁殖。《中国植物志》第49（2）卷云："（木芙蓉）蒴果扁球形，直径2.5厘米，被黄色刚毛和绵毛，果爿5；种子肾形，背面被长柔毛。"我觉得木芙蓉的蒴果有类当年吾乡之棉花桃子，唯是略见消瘦，其中种子亦具毛，不及棉花絮絮洁白而已。在木芙蓉树丛之下，在公园绿丛的缝隙里，我都曾看到由飘零的种子发出的新株。新株纤细幼弱，呆萌乖巧，十分可爱。

芙蓉花雍容艳丽，当属于观赏性植物。但是，人们仍然不放弃它的实用价值。据《成都记》记载，古人用木芙蓉鲜花捣汁为浆，染丝做帐，名之曰"芙蓉帐"，这个名字可够风雅。此外，芙蓉花居然可以吃。我所尝试过的鲜花，与木芙蓉同科的有木槿，自从在岳阳某饭店中品尝过木槿花炒鸡蛋，回来后曾经多次照葫芦画瓢，并推荐给朋友，得到一致赞赏；与木芙蓉同名的，也曾品尝过荷花，在城南水生植物园里，以花瓣裹薄糊，过油轻炸，虽然好像没吃出什么味道，却也是一种稀罕。据说木芙蓉的花亦可烧制汤羹，质地软滑爽口；花瓣与鸡肉一道又可制成"芙蓉花鸡片"；与竹笋同煮可制成"雪霞羹"；与粳米一道可煮"芙蓉花粥"，看到这些吃法，不必亲口品尝，已经感到口舌生津了。

2021-10-27

蜀葵：夹径花开一丈红

那天来植物园，在回溪畔石罅间寻寻觅觅，不觉天已向晚。忽然看到远阜上有花红白，灼然自放，看身量，心知那必是蜀葵。时届晚秋，蜀葵的旧株早已枯萎摧折，新株复又郁然而起，花也次第开放，谁说蜀葵仅是夏日之花啊。

蜀葵我不生疏。当年吾乡，蜀葵亦随处多有，即使困乏年代，亦未曾绝迹。父老多不知蜀葵之名，径呼曰"蜀季花"，或者干脆叫它"秫秸花"。蜀季是个什么东西，此花与秫秸（高粱秸秆）又有什么关系，没有人告诉我。那时乡间，冬日年年搞深翻，夏天日日积绿肥，可田里的庄稼愣是不给面子，病恹恹、蔫巴巴就是打不起精神。庄稼的长势，每关乎田夫野老的心情，说下大天来，填饱肚子才是硬道理。这蜀葵当然与果腹度日无甚关联，却与鸡冠花、苍耳子一样皮实，处此窳劣环境中，一入夏天，依旧长得兴致勃勃。印象里从不见谁来播种，更无须费心打理，它们径自从某个角落冒出头来，一不留神，已长得墙头一般高，红花、紫花、白花，转眼间开得满身都是了。

记得那时，不管它花开如何艳丽，蜂蝶如何嘤然乱飞，父老打由其旁经过，正眼都不瞧它一下。唐代陈标《蜀葵》绝句云："眼前无奈蜀葵何，浅紫深红数百窠。能共牡丹争几许，得人嫌处只缘多。"清代谢堃《花木小志》亦云：蜀葵"花最易生，枝叶又粗，人不甚惜。"其花之艳美，洵足与牡丹竞一日之长，却因不种自生，随处多有而为世人所轻，实在冤枉得很。《植物名实图考》卷三吴其濬先生驳斥说："如火如荼，何多之有……则人情轻所多者，亦未具冷眼耳。"不过我想，吾乡父老当年之所以对蜀葵花浑不介意，其易生多有之外，还有一个特别的理由，俗语有云："勺子烂成七八瓣，哪有闲心补笊篱。"在谋划好明天早上拿什么填饱一家老小肚子之前，还是少来这些散篇儿。

我们一班孩童稍稍好，也就将它看作野草幼树。撕扯了多少花瓣，折断过几许茎叶吗？所能记起的，唯是那轮子似的果实甚是好玩儿，至于繁花之美，也竟是木木的没什么感觉。直到多少年后，再次与盛开的蜀葵相遇，才恍然猛醒，哦，这东西居然如此漂亮。

公园东侧有一小小土阜，其南端靠近围墙处，生有一丛蜀葵。春末夏初，到园中看植物，都要来此盘桓。此处僻幽，又最向阳，感觉正对了蜀葵的心思。那是我平生所见最为茂盛的蜀葵。其时花葶欲抽未抽，掌状叶子密密挺举，碧青肥硕，简直无以复加。关于蜀葵之叶，晋傅玄《蜀葵赋》曰："其苗似瓜瓠。"苗者幼株，似瓜瓠，实言蜀葵之叶形；李时珍则径将蜀葵叶比之丝瓜，瓜类之中，丝瓜叶色碧青，已是气度非凡，而与蜀葵相比，终是小了一号。蜀葵叶被柔毛，略显粗粝，如此叶色汹涌激荡于阳光之下，最能见其郁勃之气。李笠翁不喜蜀葵，嫌其叶"肥大可憎"，其情绪何来，令人颇不能解，叶子既非花容，亦非淑女，肥硕茁壮，恰是本色当行，天地良心，我可真没看出什么不好。

那些年，运河沿岸种了好多蜀葵。人在闸口桥上经过，栏杆外蜀葵高低参差，花则万紫千红，那么缤纷热闹的画屏，任是铁石一般心肠，也不能不为之动容。于是下得桥来，走近前去，进入高过人头的花丛中，享受娇艳万状的色香盛宴。

如前所说，蜀葵基部叶大而密，踞地如一汪碧色涌泉。待其蓄势已毕，则一茎直上，遥戟碧空，中途绝不旁逸斜出。茎渐上则叶渐稀渐小，到得最后，绿茎之上似乎只余花朵花苞了。宋杨巽斋《一丈红》诗云："红白青黄弄浅深，旌分幢列自成阴。但疑承露矜殊色，谁识倾阳无二心。"末句借蜀葵起兴，表达自己忠悃之忱，其取喻却在蜀葵的特殊株型。蜀葵植株颇高，有别名曰"一丈红"。《全芳备祖》引吴荆溪《咏一丈红》诗云："花生初咫尺，意思已寻丈。一日复一日，看看众花上。"苗生之初，已不掩凌云之志，时日既久，自卓然众花之上了。清汪灏《广群芳谱》卷四十六引《西墅杂记》云："成化甲午，倭人入贡，见栏前蜀葵花不识，因问之，题诗云：'花如木槿花相似，叶比芙蓉叶一般。五尺栏杆遮不尽，尚留一半与人看。'"这首诗我很喜欢，虽为初见蜀葵之日本客人所作，诗中联想到的木槿与芙蓉，与蜀葵却是同科植物，已见眼力之不俗，末二句说蜀葵株型，与五尺栏杆相映衬，不说株高丈余，亦意在其中了。

蜀葵之花色，五彩缤纷，有不可尽数之概。西晋时崔豹《古今注》对此已有所描述曰："有红、有紫、有青、有白、有黄。"《花木小志》则云："细察之，其色有深红、桃红、水红、浓紫、淡紫、茄皮紫、浅黑、浑白、洁白、深黄、浅蓝十余种，形有千叶、五出、重台、细瓣、圆瓣、锯口、重瓣，种种不一，五月繁华赖有此耳。尝遍种于假山石上，软风过处，真成锦绣堆矣。"清高士奇《北墅抱瓮录》有"戎葵"条："葵有数十种，因色之浅深，瓣之单复，各成一类。余前居苑西时，植之最多。自四月至十月，花开不断，今园居地大，尤得栽莳。葵爱日而不喜肥，但以清水灌之，一茎百卉，灼灼照人。诸色间杂，尤极绚烂。"

据统计，蜀葵栽培既久，品种已近千数，数量足与梅品相埒。其花既有单瓣、复瓣、重瓣之别，花色又分为白、黄、红、橙、紫、黑六个谱系，六系之中，又各有单色与异色之别。花色既已繁多，复又变化多端。今年从粉心黄绿儿花的植株上收集种子，来年种下，长大后开出的花也许已经变成褐心白边儿的，变化随心所欲，竟如魔术一般。陈淏子《花镜》卷六云："单瓣者多，若千叶、五心、重台、剪绒、锯口者，虽有而难得。"揆其意，似不无轻重。不过敝人的想法有所不同，重瓣蜀葵花固然繁富，看去却每令人疑其非真，反是单瓣花更得要领。花萼花冠，大而舒展，雄蕊雌蕊，皆历历如画。单瓣花中，敝人最欣赏的还数白花。由闸口桥沿运河北行二里许，那边蜀葵稀疏，植株却益发高大，白花朵朵绽放于腰间，直可夺人心魄。记得那个夏日清晨，为这白蜀葵专程赶去。晨风习习，清露莹莹，太阳初上，曦光透出于远树的枝叶间。我有一个固执的感觉，白花虽纯然皓素，却亦最艳，所谓素以为绚，或即此理。红橙黄紫，花色应然，唯这雪一样的洁白，特别不可思议。

蜀葵（*Althaea rosea (Linn.) Cavan.*）锦葵科（*Malvaceae*）蜀葵属植物。北京林业大学《花卉学》将其列入"宿根花卉"："多年生草本，茎直立，高可达 3 米。"其后又曰："（蜀葵）植株易衰老，栽培四年左右就应更新。"所说与植物志书有异，却最为详确。

蜀葵一物，别名甚多，据不完全统计，也有五六十个。蜀葵别名中，胡葵、荆葵、胡葵、唐葵、吴葵等可为一类，多少从产地上措意；若秫秸花、蜀季花、熟季花、蜀其花、大蜀季花、淑气花等可为一类，字面各各不同，其读音却相去不远，其实一也。细忖之，这类名字一来可能与蜀葵之名有关，二来又暗示着开花的季节；吭吭花与光光花二名，是说单瓣蜀葵的花形，如传统打击乐器里的大钹（民间俗称"吭吭"），此名虽略嫌粗鄙，却也颇为传神；而端午花、端午锦、龙船花、大麦熟等，皆与开花时间有关，蜀葵初夏开花，正是端午前后，麦熟之时；步步高、节节高、櫸杖花、植旗花诸名，皆言其株型与开花顺序；饼子花、烧饼花、棋盘花等，描述果实的形状；麻秆花一名，则既状其一茎直上，亦透露出其皮纤维的功用。植物之别名看似乱哄哄没头绪，其实没有一个是白给的。

蜀葵历史悠久，好多别名都载之典籍。蜀葵最早名"菺"，出于《尔雅》："菺，戎葵。"郭璞注："今蜀葵也。似葵，华如木槿华。"邢昺疏："戎、蜀盖其所自也，因以名之。"《尔雅》至少成书于西汉，可知此三名者，汉代以前已有。宋罗愿《尔雅翼》依邢昺之说："凡草木从戎者，皆从远国来。"戎乃中国古代对西部少数民族的泛称，称戎葵者，谓其产于西戎之地。清郝懿行《尔雅义疏》则曰："蜀葵似葵而高大，戎、蜀皆大之名，非自戎、蜀来也。"近人夏纬瑛先生亦主是说，其《植物名实札记》云："其名蜀葵者，'蜀'亦为大义。""古名'戎葵'，'戎'亦为大义。如大豆亦名"戎菽"，其'戎'义为大。此'蜀葵''戎葵'之名，与'戎狄''巴蜀'都不相干。"此亦可备一说。

中国传统文化里，葵象征着对光明的企望与追逐。倾日向阳，本乃所有植物的本性，此在葵类中的表现得更为明显，被文人学者发现，载入篇籍之中。中古以前，葵指的是作为日常菜蔬的葵菜，晚唐之后，葵菜渐为其他菜蔬所替代，其向阳开花的意象，才逐渐转移到种植渐多的蜀葵身上，这很自然。于是历代诗歌对此亦多有描述，如杜甫《自京赴奉先县咏怀五百字》诗："葵藿倾太阳，物性固莫夺。"宋韩琦《蜀葵》诗："炎天花尽歇，锦绣独成林。不入当时眼，其如向日心。"南宋王滋《蜀葵》诗亦云："花根疑是忠臣骨，开出倾心向太阳。"杨万里《寄题程元成给事山居三咏 其一 葵心堂》诗云："卫足平生非我志，向阳一点只天知。"明李东阳《蜀葵》诗云："羞学红妆媚晚霞，祇将忠赤报天家。纵教雨黑天阴夜，不是南枝不放花。"面对蜀葵，诗人情不自禁，将自己的忠君爱国之情，一并熔铸诗篇之中。

其实据我观察，蜀葵生长之初期，圆叶敷张，攒为一团，倾日不倾日的，并不大看得出来；至其一茎独出，挺然而上，益难察其向阳之意；其花则着于绿茎四周，如放翁《秋光》诗所说："翩翩蝴蝶成双过，两两蜀葵相背开。"花梗又那么短，如被钉于茎上，实难如向日葵一般转头。蜀葵又有卫足葵一名，《花镜》卷六："蜀葵，阳草也，一名戎葵，一名卫足葵。"葵能卫足之说，起源于《左传》："成公十七年……秋七月壬寅，刖鲍牵而逐高无咎……仲尼曰：'鲍庄子之知不如葵，葵犹能卫其足。'"言鲍牵智略未足，致遭受刖刑而失去双脚，尚不及葵有卫足之能力。杜预注曰："葵倾叶向日，以蔽其根。"在杜预看来，蜀葵叶子向日，并非简单地刻意追随，亦在对植株根部的庇护。南朝宋颜延之《蜀葵赞》有云"类麻能直，方葵不倾"，蜀葵像麻一样，其茎通直，虽与葵菜相类，却不倾太阳。这种描述，敝以为主观成分已少，方是渐得其实。

蜀葵花美，观赏价值极高，古之人每加吟咏。唐五代徐夤《蜀葵》诗："文君惭婉娩，神女让娉婷。烂熳红兼紫，飘香入绣扃。"以美人相比，直过于文君、神女，很是恍兮忽兮了；明林大钦《草堂看花十二首 其八》：

"凌霄绣蕊蔓青空，未若东堂一丈红。却怜夜合矜幽色，独纵艳香度晚风。"傍晚时分的蜀葵，别有一种风神；释今沼《咏蜀葵花》诗："旭日散朱扉，名花宫锦姿。宝钗沾夕露，刽襞染秋衣。"因其花叶之美，蜀葵很早被用于园林之中。张衡《西京赋》："草则蔵莎菅蒯，薇蕨荔芀，王刍茵台，戎葵怀羊。"当时西京已植戎葵；南朝陈虞繁《蜀葵赋》云："绕铜爵而疏植，映昆明而罗生，作妙观于神州，扇令名于东京，驰驿命而远致，攒华林而丽庭，申修翘之冉冉，播员叶之青青。"文中"铜爵"指三国魏之铜雀台，"昆明"则指汉代上林苑中的昆明池，"华林"是说建康之华林园，此园始建于吴。三处皇家园林无一例外地使用了蜀葵，可见此花在古人心目中的地位。

蜀葵是最早被引种到欧洲的中国花卉之一。北京林业大学《花卉学》一书中写道："（蜀葵）1573 年从中国输入欧洲。"其实，引入欧洲的时间或应更早。意大利画家彼得·佩鲁吉诺有一幅画，作于 15 世纪末，画中已出现单瓣红色蜀葵。提香·韦切利奥于 1550 年所作油画《人类的堕落》，其右下角也有两株盛开的红蜀葵。梵高作于 1886 年的《蜀葵花》，更是鼎鼎大名。如今，蜀葵已传遍世界各地，处处可见蜀葵的美丽身影。

关于蜀葵之用，《中国植物志》有云"茎皮含纤维可代麻用"，此法或确亦可行，但总觉与我尚远；《本草纲目》第十六卷"时珍曰"："蜀葵处处人家植之。春初种子，冬月宿根亦自生苗，嫩时亦可茹食。"此处之"食"，当是救荒活人之食，必非适口之至味。葵菜本古之常蔬，已渐被淘汰，况此蜀葵乎。吴其濬《植物名实图考》卷之三"雩娄农曰"："记儿时在京华，厨人摘花之白者，剂以面，灼油食之，甚美。迩来南北无以入馔者，毋亦众口难调？"锦葵科植物中，我品尝过木槿花，口感绵柔，又不失嚼劲，实在不可多得。蜀葵花我想也应如此。将鲜花拿来满足饕餮之欲，虽未免焚琴煮鹤，有暴殄天物之嫌，可等它生长得多了，摘取一点儿品尝，也是应该允许的吧。王象晋《二如亭群芳谱》云："叶可收染纸色，所谓葵笺是也。"却是风雅得很了。

2018-10-27

紫叶小檗

　　平日寻花觅草，总觉得紫叶小檗很美。不管是绿丛里还是庭院中，看到它总是不介意绕行几步，到跟前仔细端详它曲铁细枝上的片片红叶，叶子勺形，叶缘圆融，大小参差，颜色多变，有时甚至发上半日的呆。然而此情此景唯可独自品味，难以与朋友共享。也曾想将此意说与朋友，他们的反应我闭上眼都能想象得出来：他们先是愣怔一下，然后一种反应是，一脸的茫然地回问道，什么是紫叶小檗？

　　是啊，什么是紫叶小檗呢？紫叶小檗（*Berberis thunbergii var. atropurpurea*），乃小檗科（*Berberidaceae*）小檗属植物，落叶灌木。小檗属植物全球共约500种，中国约有250多种，《中国植物志》收录216种，紫叶小檗实乃日本小檗的一个自然变种，可能因出现得晚而不被收载，作为园林植物，从前时候，莫说偏僻乡野，即使城市公园，也很少看到它。而今城市化建设日新月异，街区绿化也越来越精益求精，于是紫叶小檗再也不是罕见之物。在城市绿化与园林建设中，紫叶小檗的用途很广，园艺家们或拿它做绿篱，或作园路角隅的丛植，点缀于池沼、岩石之间；紫叶小檗还适宜于成片种植，与常绿树种作块面色彩布置，用来布置花坛、花境，是园林绿化中色块组合的重要树种；如今即使普通小区之中，人们高兴了也会种上几丛。然而种它们的时候，园艺家拿它作颜色使用，观赏者也当它作颜色看待，它们也就踏踏实实，一年到头站在那里，面不改色，至于它姓甚名谁，就不是大家所关心的了。所以当你告诉他，就是公园里小区中那些紫红叶子的低矮植物，朋友也许会恍然似的说一声"哦，那个啊"，然后应酬性地说一句"是挺好看的哈"了事。

听到紫叶小檗，另一种反应可能是："好看吗？"为了不至于太尴尬，这才补充道："想想也是哈，好看。"能知道小檗之名，在熟识的朋友中已属少数，但纵是有所了解，平日被生活之流所裹挟，也无暇理会此物的漂亮。其实这一点不怪他们，当然也不能怪它们。之所以不觉得紫叶小檗漂亮，也可能与其出场方式有关，它总是以群体形象出现在人们面前，动辄几百上千，排列纠结成一丛或者一片，枝柯交叠，叶子丛密，以致让人难辨你我。尽管大家私底下一直是各自独立的个体，但到了此时，即使拥有再强烈的个性，也已被淹没于纷乱丛密的汪洋大海之中，泯然众人矣了。进入人们视野的，总是连绵的一片，加上园丁的修剪，更成了或方或圆、或长或短的块块儿，浑然一片紫色，即使再艳丽，也因其单调失去了原有的审美优势。这有点像人们喜欢挂在嘴边的那些大词儿，比如农民。任谁都知道农民人数众多，很勤劳也很伟大。然而具体的内涵何在，就比较空洞模糊。如果单挑几个出来，像独自灌园的老翁，田野上抡镢的壮汉，河边浣衣的少妇，印象也就具体多了；如果再进一步，想想《白鹿原》里的人物，如白嘉轩、鹿兆谦（黑娃）和田小娥，则会更加深切地感受到有血有肉、活灵活现的这一个。

欣赏紫叶小檗时，所以要走到近前，正是这个意思。离得近了，目光得以聚焦于一枝一叶，而忽略其余，将它想象成微风中摇曳的一株。如果园丁修剪不及，小檗丛中也会伸出一二新枝，挺然直上，茎叶俱紫，晶洁剔透又鲜嫩无比，卓立于略嫌老硬的小檗丛上，那才叫风度翩然。又有人将小檗植为盆栽，这真是个聪明的办法。只有独立成株时，其本来面目才得尽显，屈曲有度的枝丫，错杂丛密的叶子，紫绿相间的颜色，因其比较耐阴又耐寒，将盆栽置于廊沿之下，甚至厅堂之中，无不是增加情趣的陈设。

湖南路植物园建设之前，旧南园一直处于半弃置的状态。我喜欢有人将园子收拾得精致，也喜欢园子的荒芜。觉得荒凉是另外一种美，荒芜的园子中有了自然之手的参与，才更加本色天然。园中当时就种了紫叶小檗，初意似乎也是为了装点，后因疏于管理，一任与它种在一起的植物陆续死掉，单剩下这几株小檗，犹然长在溪流南岸。既已无人理会，它们便摆脱掉以前的规矩，开始了无法无天的生长，树型再也不是一味地平整或团圞，而是枝枝权权地随意伸展出来，各自为政又随心所欲，每一株都长成一个自己的姿态。到得此时，方知以前所见的小檗，皆是人为扭曲塑造，正像树木并不是桌椅门窗，紫叶小檗也不是用以点缀的色块，它原本是什么样子，应该是什么样子，此刻才得呈现于闲人如我面前。

将紫叶小檗修理得方方正正，用作篱墙，除了看中它的叶色之外，恐怕还有另外的考虑：小檗枝上具有锋利的棘刺。用小檗做成的绿篱既温雅可爱，又暗藏着叵测的凶险。当年吾乡果园的四周，多种刺槐以为篱墙，人们所看中的，就是它们身上的棘刺，等刺槐长到一人来高，再稍加编织，主人就可以高枕无忧了。不过刺槐身为高大乔木，总是龙性难驯，但使假以年所，它们便向粗壮高大的方向发展，无暇顾及底部的防御功能，于是一些顽童便可乘隙而入。用小檗做的篱墙就不会出现这种问题，小檗它是

南敖小蓮

灌木，而且非常耐修剪，只要种在那里，塑它个什么形状，就是个什么形状，十年八年不改其常。我见过有用冬青卫矛做成的篱墙，往往看到行人从中穿过的痕迹，久之甚至开辟为一条通道，紫叶小檗的篱墙决无此弊：因为几乎没有谁肯以身犯险。紫叶小檗进化出棘刺，本来是为了提防前来啃啮的食草动物，如同古代行者身上的佩剑，仅仅为了防身，却被聪明的人类拿来，派作另外的用途，居然获得如此成功，也算得上一项奇迹了。

紫叶小檗以叶得名，最引人注目的也是它的叶子。其实小檗也开花结果。花开于四五月间，很谦逊地低垂着，如一串黄色的小铃铛。若与大红大紫的叶子生于一处，小檗的花一点儿风头都抢不来。其开花后花形亦浑圆，蜡黄色的花瓣背部，缀有不规则的紫色的斑块。对自己的长相，它好像已然心中有数，深知在这一亩三分地里，风头已被叶子占尽，实在没办法单靠颜值吃饭，只好另谋出路。既然被掩藏于枝底叶下，莫说吸引游人的目光，传粉昆虫也难以发现；而且香气稀薄，其诱惑引导作用也谈不上强大。

语云，老天爷饿不死瞎家雀。莫看小檗的花闷不唧唧，不显山露水，其实也身怀独门绝技，那就是雄蕊应激运动。具体说来，就是雄蕊平时后仰在花瓣上，受到触动时才猛然抬起，向柱头方向扑打过去。简单说来，紫叶小檗的雄蕊它是"活"的。研究表明，小檗雄蕊的这项功能，与含羞草叶片的运动十分相似，都是植物细胞受到外界刺激后造成钠、钾、钙等离子跨膜流动，进而诱发水分外流，从而使得细胞膨压改变所致。这种功能看似细微，其实深藏着此物的一番苦心：既然我其貌不扬，无法吸引更多的昆虫过来，那么既然来了，就不能轻松将它放过。采集花蜜的昆虫钻入花被之中，一旦雄蕊受到触动，它当即扑打在昆虫的屁股上，那上面满是成熟的雄性花粉，昆虫想不带走都难。而雄蕊的扑打行为势必对昆虫造成惊吓，胆子小的当即选择逃逸，转到另一朵花中尝试。如此便极大地提高了昆虫使者的利用率。

某日，我在运河甬道上巡行，看到小檗开花了，有修剪不及的逸枝探出来，正好就近观察。小檗丛紧挨着竹林，我就手折一茎细竹枝，尝试着碰触小檗的雄蕊。它果然毫不含糊，当即一巴掌打过来，换个位置再试，另一枚雄蕊照样扑向柱头。夕阳在天，阳光明丽，我一个人享受着这自然造化的奇妙，心中的愉悦难以言表。当我翻转起另一朵花时，发现里面满满登登，好像有什么东西，细察则是一只绿色的长脚蜘蛛，不知这个倒霉的家伙为什么来到此地，钻入花中，不小心触发了机关，四面的雄蕊一起扑打下来，将它按在花柱之上，动弹不得。

小檗的雄蕊扑向柱头之后，如果刺激行为停止，过上一段时间，它还会自己抬起来，没事人儿似的重新仰靠在花瓣上，就像乡间捕鸟的打笼子重新张开，等待下一只上当的鸟。绿蜘蛛如果懂得这一点，它暂卧于花中一动不动，待雄蕊自行张开后，再考虑逃跑，说不定还有逃脱的希望。若论织网，蜘蛛当然是一把好手，可在这个事儿上，显然智不能及，一番惊吓之后，它肯定不甘心束手就擒，挣扎个不休，于是小檗雄蕊们抱着它，也就没有放松的理由，当我拨开花蕊，将它释放出来，它已经被弄得浑身都是金黄色的花粉了。

紫叶小檗另一闪光点，是其果实的红艳可观。小檗的浆果长椭圆形，均匀排列着垂于枝底，在密叶凋落之前，不易为人所知。冬天来临后，风光了一整个春夏秋的红叶，渐向干枯，凄紧的寒风一吹，便不得不陨落。此时小檗的浆果已经成熟，悬挂于枝上，经冬不落，一枚枚艳红美丽，大小形状与色泽极似枸杞，看上去十分诱人。特别是落雪之后，大地一片洁白，连小檗的枯枝上也落满了积雪，而红果犹自垂垂然，就更是深冬之一美景。

我曾经摘取了小檗果实，带回家来研究。小檗果实为浆果，薄皮儿裹着的，是红色的汁液，再往里才是它的种子，有种子 1～2 粒。与枸杞那扁肾形的茄科植物细细密密的种子相比，小檗的种子量小而个儿大，长椭圆形，两端略狭，种脐所在面平缓微凹，背面浑然鼓起，如一只鼠妇虫刹那间石化在那里。看它精美如此，舍不得丢弃，随手放在衣兜里。衣服换季之后，浣洗庋藏。到了次年春季，再将它取出穿上，右手探入兜中，感觉有物硬硬的，掏出来看时，竟是那一粒小檗种子。一年过去，小檗种子先是经过一场机械操控的洗礼，然后又独自在黑暗之中经历了一场时空旅行，却仍然守在这个地方等待着我。

如果看到小檗果实长得美艳，动了吃货的念头，撷一粒果子纳入口中，则会令你极其失望。虽然看上去极似枸杞的红果，却完全没有枸杞的甘美，而是一味地苦涩。这当然与小檗的出身有关。紫叶小檗所属的小檗科，本来就是一个以富含生物碱而出名的科，以至于有一种生物碱就是用小檗来命名的，那就是小檗碱。

这种让人难以消受的口感，在小檗虽不能说是有意为之，却也是千万年自然演化的结果。小檗种子正是用这种苦涩的味道，杜绝了哺乳动物的饕餮之口，而以鲜明的色彩吸引鸟类的啄食。原来小檗的种子看似坚硬，却也娇贵，哺乳动物的消化系统功能强大，胃肠道曲折漫长，种子从中旅行一趟，其活力就会大幅降低，发芽率也会受到影响。而鸟类口腔中没有进化出味蕾，苦涩与甜美，对于它们来说没什么不同，小檗果实味道再苦，鸟类也甘之若饴，且鸟类的消化道短，种子到里面旅行一遭，也构不成太大伤害。特别是鸟类活动范围广，可以将种子携带到任何地方进行播撒。

这对于小檗来说，也是再好不过。

　　紫叶小檗处心积虑，让自己花而有实，这对其基因传递，起到了重要作用。秋季种子采收以后，洗掉果肉，阴干，然后选择地势高亢干燥处挖坑，将种子与砂子按 1/3 的比例，置于坑中贮藏，等到第二年春天再进行播种。这种经过砂藏处理的种子出苗率高，播种易于成功。当然，最直接的办法还是无性繁殖，那就是扦插。扦插可分硬枝插和嫩枝插两种：秋季结合株形修剪，选择发育充分、生长健壮的枝条，修剪成插穗，然后插之于砂子或碎石中，到了次年春即可移植出棚，进行栽种，此之谓硬枝插；六七月选取半木质化枝条，剪段成 10 ~ 12 厘米长，上端留些叶片，插于营养钵中，保持湿度在 90% 左右，温度 25℃左右，二十天左右即可生根。

　　所以我们平时看到的紫叶小檗，用种子繁殖的，每一株都是独特的这一个。另一些使用扦插方法繁衍出来的小檗，看似成千上万，其实只是一株小檗的分身，花果山上猴群虽众，多是孙悟空用他身上的毫毛变出来的。

2021-10-20

牵牛：乞与人间向晓看

那年去朋友家，见院中空地上菜畦整得很高级，畦子背儿用石块砌就，站上去舒服得很，即使畦中才浇过水，薅草捉虫施肥间苗也不怕沾湿鞋子。当时畦中种了什么，如今皆已忘却，唯是垄沟边缘处有物探头出来，擎着两片硕大的子叶，一时看不出是哪家的孩子，让人好生纳闷。后来在运河边拈花惹草，见有物才展细蔓，基部子叶犹在，哦，原来是你啊牵牛。叶圣陶先生曾有文章题曰《牵牛》，其中说到子叶，却没言及形状。植物的子叶千奇百怪，牵牛的这一对也算得上奇特，硕大，其上叶脉纵横，整个儿为一梯形，而外侧中部深度内凹，怎么看都像《史记》里"禹身自持筑臿"的臿，当然，这里是并在一起的两把。

牵牛我不生疏，好多年前就与之相识，只是那时乡人口口相传的名字不是牵牛，而叫"黑丑白丑"。高明乾等《植物古汉名图考》云："牵牛又称牵牛子、黑丑、白丑、草金铃、狗耳草、勤娘子、天茄儿、姜花、丁香茄等。"《本草纲目》卷十八"时珍曰"："近人隐其名为黑丑，白者为白丑，盖以丑属牛也。"则吾乡所名，亦非无稽也。关于牵牛一名，唐慎微《证类本草》卷十一引陶隐居云："此药始出，田野人牵牛谢药，故以名之。"这是药学家的看法。王闿运《牵牛花赋》序:"胎于初秋,应灵匹之期,故受名矣。"则直接与牛郎织女故事勾连在一起了。

数年之前,一次与朋友饮酒聊天,在座诸君知我对花草树木有所偏嗜,于是草木就成了席间的话题。当时有人问我,院中花盆里忽然长出一株牵牛,叶子却与别处的不同,它是全缘的。问我这咋回事。老实说,那时我对牵牛一家了解有限,听后便有点儿蒙圈。是啊,它叶子为什么不裂,耍什么酷啊。于是暗自揣测,是不是花盆太小,水肥不足,导致茎叶不能充分发育,才长成那般苟且模样?回来一翻志书,顿时惊出了一身冷汗,感情在它们家,牵牛并非独生子女,而全缘心形叶子者另有其人,其名曰"圆叶牵牛"。

圆叶牵牛(*Pharbitis purpurea (L.) Voisgt*)亦为旋花科(*Convolvulaceae*)牵牛属植物,原产热带美洲,19世纪末开始在中国现身,何家庆先生《中国外来植物》认为此乃作为观赏花卉引入。目前已遍布南北各省,并逸为野生。城市乡村角角落落的绿丛里,随处可见它们的身影。

作为外来物种,圆叶牵牛只能算是小弟弟,最早进入中土的,还要属牵牛(*Pharbitis nil (L.) Choisy*)本尊。南朝陶弘景《名医别录》已著录,所以一般认为至少在晋代或南北朝时期,此物已经传入中国。大约在唐代时候(日本平安时代早期),牵牛再传而进入日本,至则受到日本人的喜爱,成为重要的栽培花卉。

那时候,大航海时代尚未到来,大家都不知道地球是圆的,隔山隔海的,牵牛它是经由怎样的途径来到中国的呢?同为旋花科的植物厚藤,因为种子可以漂浮在海面上,借助潮汐海浪之力,得以四处扩张,而今全世界热带海滨都有它的踪迹。牵牛种子的比重较大,且光身无毛,无法借助浮力在海上漂流,其传播必另有途径。

　　日本人对稍纵即逝的美最能体会，所以对牵牛花钟爱有加，久之成为观赏型牵牛的培育大国，学者对牵牛的研究亦较为深入。他们发现，无论文献记载、生态特征还是传统遗传学、分子生物学方面的证据，都暗示了牵牛曾有一个从非洲经南亚再到东亚的传播过程。这就更有意思了。可能的情况是，牵牛起源于热带美洲，通过某种无法验证的方式（比如候鸟的偶然携带）跨越大西洋来到了非洲，然后随着人类的迁徙渐次传入南亚，以至东亚。如果这个推测成立，则牵牛传入中国的时间可能又要大幅度往前提了。

　　牵牛与圆叶牵牛之外，《山东植物志》还收录了裂叶牵牛 (*Pharbitis hederacea*)，由名字可知，此种与圆叶牵牛叶形之不同显而易见，与牵牛本尊却容易混淆。叶有缺刻，二者一也，区别仅在于一则深，一则浅。《山东植物志》以为，"中裂片基部向内深凹陷"者为牵牛，"中裂片基部不向内凹陷"者为裂叶牵牛。而植物人天冬在《物种日历》2020 年 6 月 2 日撰《牵牛》一文，关于牵牛与裂叶牵牛，所说与《山东植物志》恰好相反，即虽然有叶裂，边缘线流畅舒服者为牵牛。叶裂深凹，如修剪时用力过猛，叶缘过度迂曲者为裂叶牵牛。

　　《山东植物志》为公开出版的分类学著作，天冬所作仅为公号文，若论权威性，二者显然不是一个量级。敝人只是个植物爱好者，植物分类学的门外汉，哪有能力判断孰是孰非。然就平日阅读与观察形成的印象，仍觉得似依天冬之说为宜，理由有三：一、《本草纲目》卷十八"牵牛子"条，所列别名中有"狗耳草"，"［时珍曰］狗耳像叶形"。牵牛叶面被硬毛，缺刻浅缓，与狗耳朵确然相似；若缺刻深凹者，叶片给切割为三瓣，颇有散乱之感，哪有那么破碎的狗耳朵。二、杨万里《牵牛花三首　其一》：

"素罗笠顶碧罗檐，晚卸蓝裳著茜衫。望见竹篱心独喜，翩然飞上翠琼篸。"首句中，杨万里将牵牛花管比之斗笠之尖顶，且是素罗所制，意即脆嫩银白之色，而斗笠之檐却是碧蓝之色。以我观察，叶片缺刻深陷者所开花小且檐窄，与斗笠之阔檐未合，而叶片缺刻舒缓的植株所开花，花形既大，帽檐展阔，且花管修长，白色透明，与诗意就十分契合了。三、唐慎微《证类本草》卷十一、苏颂《本草图经》卷九"牵牛子"条所配插图，吴其濬《植物名实图考》卷二十二"牵牛子"附图，皆为浅缓裂叶。此足可证古人所谓牵牛是哪一种。另有一点也许不能作数，却是敝人的真实感觉。《山东植物志》关于牵牛与裂叶牵牛的观点，数年前我已经看到，也一直努力默记，临事总是不能确信，还需回头查书，重新印证；可到了下次，仍是一头雾水。盖裂叶二字，用在裂痕浅缓者身上，裂痕深刻者却没事人似的渺不相关，与事实情理有所违迕，这才导致大脑记忆的拒斥。

这几日清晨早起，特意绕行湖岸，来看绿丛中的牵牛。初秋时节，牵牛花开得正盛，深厚的绿墙有如天幕，碧蓝的牵牛花则如繁星闪耀。一路所见者以圆叶牵牛最多，裂叶牵牛次之，而牵牛它居然存量最少。我所看到的牵牛的花冠蓝色，大小中等，与漂亮的叶形相匹配，整个儿雍容温雅，十分婉变得体；触处可见的却是圆叶牵牛，此种大致可分二型，一则花型既大，花色亦多种多样，诸如紫红、紫黑、蓝紫、玫红、淡粉甚至纯白，应有尽有，真是缤纷多彩。第二种类型花小，仅有蓝色一种。开得最谦逊低调的，还是裂叶牵牛，它的蓝色小花也就酒杯大小，小心翼翼地依偎在叶丛里。记得某年在运河岸边初次遇上它，简直不敢相信自己的眼睛，这也是牵牛花么，是不是过于卑微寒酸了也。当时，我将这种现象归结为光照不好，营养不足。后来看到肥硕的藤蔓，怒郁的叶片，整个植株何其精力充沛，然回看其花，依然那么谨小慎微，方知其天性使然。如果种来观赏，裂叶牵牛算不上好的选择，可作为自然界的一个物种，花小一点儿有什么大不了的。苔花如米小，也学牡丹开。如裂叶牵牛，有什么不好意思的呢？哪个不服，你自己开个试试。

我所经见过的还有一种，有人叫它"大花牵牛"。这种牵牛一般都是人工种植，很少看到野生者。当年吾乡人家篱落庭院所有，即是此种。如名字所示，这种牵牛所开花尤其硕大，直如杯口，花色也更加艳丽，凡紫、红、蓝、白、褐皆有，细嫩柔美，无不臻于极致。因花冠往往有一圈儿白边，故又称之白边牵牛。辨识这种牵牛，一是看其花，直径可达10厘米以上；二可察其叶，其叶亦为三裂，唯中裂片阔而长大，两侧裂片甚小且不规则。前几年，居所院内的冬青卫矛球上，即有几茎往来腾挪，清晨时分，一只只精美的喇叭擎出来，开得很热闹。只可惜当时忘记采集几粒种子，否则，也可以年年都看到大花牵牛的风姿了。

看到有人辨识牵牛，说到各种的花萼，于是也就近日所经见者，做了些比较观察。我发现牵牛们的萼片大体可分三种类型，具体形状与分属是这样的：一为牵牛，萼片五裂，纤长而不反折；二为圆叶牵牛之花型大、花色多变者，萼亦五片，较短小并极力向后反折；三为裂叶牵牛与圆叶牵牛之花型小、花色淡蓝者，较之牵牛，萼片稍短粗，半向后反折，萼片基部密布柔毛，而且五裂萼片之下，花梗上还有两片副萼，形状与萼片相似。此乃现场观察所得，如实记录于此，不知对于研究牵牛分类有无参考价值。

牵牛另有一个别名叫作"勤娘子"。此可谓既切实际，又能传达牵牛花的优雅风韵。牵牛花的英文名字为 *moring glory*，有人译为晨光，似乎于意未尽。牵牛花每天上午四点至九点开放，有人认为牵牛花即《万叶集》

里所说的朝颜，此名与勤娘子、*moring glory* 意颇相通。吴其濬《植物名实图考》卷二十二云："观邵子所谓'长是废朝眠'者，即此。亦见贤者断无三宴起时也，黄绫被里放衙，终身不见此花矣。俗呼此花为勤娘子，亦有味。"查邵雍《和花庵上牵牛花》原诗："叶闹深如幄，花繁翠似钿。瀼瀼零晓露，羃羃蔽晴烟。谢既成番次，开仍有后先。主人凝伫苦，长是废朝眠。"懒汉如日上三竿仍慢吞吞不肯起床者，是无福欣赏婀娜多姿的牵牛花的。

关于牵牛花，苏辙《赋园中所有》诗云："牵牛非佳花，走蔓入荒榛。开花荒榛上，不见细蔓身。谁剪薄素纱，浸之青蓝盆。水浅浸不尽，下余一寸银。"在东坡时代，人所见者唯有牵牛一种，花型既不太大，花色也比较单一，让先生他看不上眼，也是情有可原。但乃弟那支玲珑妙笔，对牵牛花的状写却也十分详确而生动。首先牵牛的藤蔓叶子，着于荒榛之上时，确如隐身了一般，只有蓝花点点可见。牵牛花呈喇叭状，喇叭口或说斗笠檐儿为青蓝之色，而纤细的花管儿则为雅洁的白色。牵牛花的颜色就是这般奇异，这般变幻莫测。而且花型硕大的如圆叶牵牛，特别是大花牵牛，更是美得不可方物。王闿运《牵牛花赋》云："感佳秋而微芬，孕丽容于蓝琬。边旋盏而如覆，澹白迤而递管。叶柔绵以就握，趺承风而款款。逗残星而始碧，浥浓露而愈婉。冠容媚以独世，何红紫之足浣？"质地多么柔软细腻，细碎的露珠洒落其上，那色彩更是如梦如幻。

牵牛花为什么如此美艳，如此色彩缤纷，此前从没认真想过。本来么，大自然无所不能，好多事情出乎我们想象，凡事都想知道个所以然，精神自是可嘉，做到什么程度就难说了，反不如只管欣赏惊叹的好。某日，偶然翻阅孙辈的科普读物，这一册碰巧是关于动植物的，其中有一篇讨论的

就是牵牛花的颜色。文章对牵牛花颜色生成的秘密，给出了一种解说，大意为：其花之所以生成紫红或者蔚蓝，与所在地土壤的酸碱度存在对应关系。牵牛花中含有一种花青素，此花青素乃有机色素，提取出来可以做 pH 试剂，因了这种色素的缘故，种在碱性土壤中其花呈蓝色，种于酸性土壤中其花则为红色。文章还指导学生进行实验，取牵牛花，置入肥皂水中，复置之渗入白醋的水中，观察花颜色的变化。

我看后，当下信以为真，如同得到一把解释牵牛花色的钥匙，快何如之。然而在此后的具体观察中，却发现问题远非如此简单。某日，在邻近小区大门的蔷薇丛里，看到两株牵牛并生一处，其花色却一浅蓝，一紫红。咫尺之间，莫非土壤的酸与碱竟有霄壤之别？北方的土壤与水，据说皆偏于碱性，那么，这片土地上的牵牛花应该全是蓝色才对，为什么也会看到玫红、紫红甚至紫黑色的花朵？前年去东阿，于马路边的绿化丛上看到一片牵牛花开得如火如荼，它们居然是纯净的白色，开白色花的，其土壤是酸性还是碱性？某日在摩天轮外广场边，两次看到圆叶牵牛的白色花，已不算稀奇，并生的一株其花白为底色，其上淡紫色的细条纹由中心辐射开来，几乎让人感觉不是真的。据我所见，如牵牛与裂叶牵牛，你将它种在什么地方，一般只会开出淡蓝色花，若圆叶牵牛与大花牵牛，只要土地肥沃，不管土性酸碱，都可以开出五彩缤纷的花来。

我有种感觉，那就是人与草木虽属异类，有时却也能相互沟通。有人做实验，证明植物甚至能够窥知人类的欲念；而人类，如能放低身段，与草木为友，同样可以体会植物的忧乐。植物喜欢什么，不喜欢什么，只要用心体察，很容易感受得到。植物的兴致勃勃与无精打采，一眼就能看出来，令植物生长旺盛、发育充分的环境，肯定是它所喜欢的，反之就是不喜欢的。

作为缠绕性草本，牵牛当然希望能着于篱墙之畔，或者灌丛之中。东坡诗云："牵牛独何畏，诘曲自芽蘖。走寻荆与榛，如有夙昔约。"它们翘首延茎，寻找攀附之物，如赴旧约一般。此外据我观察，与好多植物一样，牵牛们虽然离不开阳光，却不喜欢过于强烈的朗照，淡淡的树阴下，阳光如碎银子一般洒落下来，才是牵牛所喜欢的。它们喜欢幽僻环境，湿润肥沃的土壤。龙湾小花园的草地上有几株牵牛，方圆十数米只有板寸似的绿草，可它们既已着生于此，又不可能拒绝生存，只好勉力适应这种尴尬的处境，匍匐在地上，镇日忍受着火辣辣的阳光，痛苦地伸展枝蔓，甚至也未忘开花结果。久之，叶子被阳光灼伤，变为暗淡的赭红色，其光合能力恐怕已经大打折扣。觑那神情，与蔷薇枝上左腾右挪，顾盼自雄者，岂可同日而语。

有些植物对季节的变化不敏感。秋天来了，依旧我行我素，一切按部就班，结果身体才长到半拉，骤降的气温就将它们永远定格在那里，出师未捷身先死了。牵牛才不会这么傻呢，它们一般夏季萌发，经过较长时间的营养生长，到了初秋才开始着花。如果机缘不巧，发芽晚了，它好像具备一种特异功能，能够感知节候的变化，预测留给自己的时间长度，及时调整生长步幅。我曾多次看到，即使才长出三四片叶子，严霜降临之前，也要勉力开出一两朵花，结出三五粒籽，为种族的基因传递聊尽绵薄之力。

"至其遗芳抱珍，托素无凋，既当春而弥退，乃避赏而自修。夜幽寒而益洁，秋深靓而若忧。乘天地之复清，练新情于窈悃。厌人生之浮荣，物竞晓而独收。信运化之不凝，曾不可乎或留。葵倾曦而已劳，蒲闻花而无迹。非清士之厉操，岂充玩于朝夕？"在湘绮先生笔下，牵牛已经具有了寒士的节操，然所移于牵牛者，岂仅王先生一人之情乎？

落地生根：窗台上的不死鸟

在千奇百怪、多姿多彩的多肉植物中，落地生根长相温吞朴拙，可谓貌不惊人。对生的叶子硕大，一纵一横地往起长，规行距止，不越雷池半步。我对草木的兴趣，一向偏于生长在户外者，特别是那些卑微的野生种属。落地生根再泼辣，在本地也仅仅属于盆栽，对它产生兴趣，完全因为叶缘上那两排列队士兵似的不定芽。

邻居家有一株落地生根盆栽，夏秋之间，搬出来摆放在楼房后面花砖地上。一同摆放的还有大盆小盆好多，唯这一株最为高大威猛，厚重的叶片灰扑扑的，傻愣愣地一茎直上，长到一米多高，然后旁若无人地开花。等其花开完毕，植株也已显出颓败之象，基部叶片开始凋枯，主人在另植两盆后，便将它丢在一边。我对此物产生兴趣，大约即在此时间。我发现，这株被冷落的盆栽四周，砖石缝隙中逸生的落地生根小苗，大大小小已不下几十上百株，对于它们的来路，我心里明镜似的。落地生根这种繁衍方式，让我既好奇又震惊，于是我想，我何不也养它一株玩玩儿。

于是从被弃置的植株上摘下一片叶子，叶子虽已半枯，边缘处不定芽犹附着不少。我将此叶片置于自行车篓中，带它来到工作室。一路震荡颠簸，叶片与篓壁碰撞搓磨，到后发现不定芽已所剩无几，其他那些点点滴滴全都播撒在道路上了。我所经行的这段路，除了柏油就是石板，所以我想，任是它着土即活的本领再高超，恐怕也已无计可施，这可苦了那些小东西了。剩下的，收拢起来犹有七八粒，小心翼翼将它们放入早已生长着树马齿苋的花盆里。

为了让它们更好地落地生根，也想尽量帮它们一下，无奈那不定芽过于细小，莫说动手，细镊子对它们都过于粗豪。我试着往花盆里浇些水，可它们竟然小船似的在水上飘荡起来，等盆中积水消尽，再看小东西，仄仄歪歪的，着泥的姿势颇不舒服呢，终也想不出帮它的办法。后来我想，既然已经有土有水，姿态舒服不舒服的，对它们应该不是个事儿，否则还有什么颜面唤作落地生根呢。

数日后再看，芽叶上已有根须伸出，且也欲欠身站直；两周之后，叶芽之间泛出新叶；过去两月三月，绿色新株已探出盆沿。这时，有朋友过来找我聊天，看到小东西，觉得好奇，便拔取两三株，以塑料袋裹了，送他回去玩赏。剩下的四五株渐长渐大，渐长渐壮，如今已将树马齿苋团团围住，身量也高出其上，大叶翩然如翼，甚有喧宾夺主的意思了。花盆放置于室内窗台上，得阳光雨露有限，尚能如此跋扈，如让它长在自然天宇下，前途就更加不可限量了。最是今年以来所生叶子，边缘处缺刻均匀，两列不定芽，像列队出操的小学生，呆萌呆萌地跃跃欲试，随时准备落地生根了。以是之故，每次浇水都小心翼翼，生怕惊动了那些小学生，然而水流冲刷，无意间的碰触，不定芽还是掉下一些。

不定芽掉落下来，散落在窗台上。它们与母体连接得何其不牢，是准备随时开启自己的生命之旅么。我捡起一枚细芽，置其于白纸之上，借助放大镜看个仔细：其构造十分简单，两片对生的小叶儿圆形，着于极短的圆柱形茎秆上。有人将其比喻为蝴蝶，蝴蝶人家有这么秀珍的吗？怎么看都像翘着翅膀的小飞虫。凝视这青色的小虫，久之，渐渐懂得它们所以长成这般形状，完全为了落地生根的需要：两片叶子的形状与伸展角度，使之成为一个全方位的支点。如假以时日，两片小叶中间，旋转90度，还会再生两片圆叶，以弥补最初两片叶子的间隙，至此，此芽无论向哪个方向转动，有叶沿做支撑，短茎总会抵近泥土。短茎截面刀切般平展，茬口仍汪着水，新鲜得很，却来自于事先的酝酿准备，与斩截的刀伤不可同日而语。虽说暂时尚无生长根须的迹象，可我知道，一旦遇到机会，哪怕泥土再少，它们就会当仁不让。

作为景天科植物，落地生根归于被子植物门，双子叶植物纲，当然属于种子植物。其开花之后，也有种子生成。通过种子实现基因传递，是种子植物繁衍后代的基本策略。落地生根同样具备这种技能。然而性情古怪的落地生根却不肯在一棵树上吊死，而是另辟蹊径，在叶片边缘处进化出均匀的锯齿波浪，并在这些波浪凹陷处长出不定芽。据研究，它叶缘缺口的分子组织分裂活跃，生出的不定芽数量极大，省去了胚珠胚芽胚乳种皮等繁琐的程序，直接进入新株阶段，我们不得不说，这种繁殖策略比种子植物的传统模式可是简洁高效多了。

一般情况下，种子成熟之后，脱离母体，都须经过一段时间的休眠，然后在遇到适宜的土壤、水分、温度条件下，再萌发成幼株。传说中有一种植物繁衍策略叫作"胎生"，就是说种子成熟之后，并不着急离开母体，而是依靠于原植株的营养早早萌发，等发育到一定程度才择机脱离，开始独立生活，与哺乳动物之直接产崽颇为类似。红树科红树属的红树，就是这样干的，人们将这类植物叫作"胎生植物"。红树胎生，总也须通过种子这个媒介啊，哪像落地生根的另起炉灶。黄独与薯蓣到了生长的后期，叶腋间会生出些状貌丑拙的珠芽，古人称之零余子，薯蓣的零余子又称山药蛋，是一种可口的美食，如任其零落，也会着土生根，发展为新株。好多人家喜欢侍养吊兰，吊兰长到一定年纪，活得滋润了，就会伸出长长的绿茎，开出白色的小花。花开过后，结籽还没看见，其匍匐低垂的茎端已经簇生一些新芽叶，这些新芽叶底部与茎相连接，自己也生出气根，为自己独立过日子做好了准备。摘下这些茎叶，种在花盆里，就是吊兰的新株。然而黄独的珠芽也好，吊兰的幼株也罢，虽已足够奇葩，也总是从植物茎秆上生出的，于情于理大体不差。凭叶子衍生新株的，我也见过，如燕子掌，如虹之玉。我曾以燕子掌的一片叶子着于花盆之中，令其发芽生根，最后发育成一株优雅的盆栽；虹之玉叶子椭圆，色如珠玉，目前窗台上与落地生根并列的两盆，就是由几片叶子发育而成。此二位由叶子生成新株，已经相当不可思议，然而人家也是被逼无奈，属于置之死地而后生。哪像落地生根，不用什么人招惹它，平白无故就无中生有，它真可谓奇葩中的大奇葩了。

　　落地生根并非本土物种，它们的原生地在南部非洲，主要是马达加斯加。那边干旱炎热的气候条件，练就了它一身皮实耐操的过硬本领，即使在赤日炎炎夏日，干旱无雨的天气，甚至在温度足以煎熟鸡蛋的瓦屋顶上，也能自在快乐生长。最早时候，落地生根是作为观赏植物，被华侨或者远洋水手带入中国，南方各省的温润气候，它们做梦都不曾想到啊，还有不充分利用的道理？很快成为它们繁衍滋生的乐土。对于历练有素的它们，天底下几乎没什么贫瘠壤土，也没有无法忍受的待遇。它们甚至无师自通，掌握了瓦松的生存本领，逐渐长满了墙头缝隙，以及老屋的瓦罅。

作为观赏植物，大花马齿苋可算比较皮实的了，从其别名"死不了"，可见一斑。其实它们的耐受力还是有限，将它养死的人还真不在少数。落地生根才是真正的养不死虐不坏，其特异的繁殖策略更非马齿苋们所能比拟，因而得个别称叫作"不死鸟"。越是了解落地生根的秉性，越能理解什么叫实至名归。有一次因事去了外地，一住就是两月有余，回来察看，树马齿苋的叶子绿色依然，但厚度尽失，收缩为薄纸一般；虹之玉圆融的叶子也成了老妇人的脸，皮肤松弛，皱纹满布；唯这落地生根叶片依然厚墩墩、绿油油，与平常看不出任何异样。这是怎样的耐受力呢？叶缘上那两排萌哒哒的小芽长出来，任谁看了，都难以控制触摸一下的冲动，可这里才一触碰，它那边已纷纷掉落，我想它们肯定是故意如此。其落脚处不管是石缝还是墙角，只要有那么一点点泥土，它就会据以为家。庭院之中如有一盆此物，就不愁不泛滥到每一个角落。到时候再想将它们清除，则为时已晚，即使借助锄镰锨镬，也够你忙乎一阵子。对于落地生根这种专心致志、处心积虑的繁殖策略，"进击的多肉"在一篇公众号文中甚至哀叹为"简直是丧心病狂"。其实，任何一种植物都有尽多繁衍后代的欲望，这不难理解，唯有落地生根这种做派，有时让人感到无可奈何，感到过分，甚至恐怖。

落地生根（*Bryophyllum pinnatum (L. f.) Oken*），景天科（*Crassulaceae*）落地生根属植物，又名不死鸟、墨西哥斗笠、灯笼花、花蝴蝶、叶爆芽、天灯笼、倒吊莲等。《中国植物志》中收录的这种落地生根，一般称作"中叶落地生根"，羽状复叶，小叶椭圆形，边缘波浪少，所生不定芽亦不多。考察一下，敝人窗台上的落地生根则为三角叶落地生根（*Bryophyllum daigremontianum*），叶片为狭长三角形，叶面深绿色，叶背浅灰色，且有紫黑色不规则斑纹，叶缘锯齿状，不定芽数量繁多，是个极爱超生的主儿。前几天，看到花砖地上又多出几种盆栽，有两盆一茎直上，其叶亦圆柱状，浑身浅灰之色，还密布黑色斑点，叶子顶部有锯齿，不定芽花瓣似的攒聚在这里。此乃棒叶落地生根（*Bryophyllum delagoensis*），又名"锦蝶"，于一个地方先后看到两种落地生根，真是令人惊喜不置。据传说，落地生根家族中还有一种奇异之种，叫作"豹纹落地生根（*Bryophyllum gastonisbonnieri*）"，叶片宽大，努力向主脉对折，新叶被白粉，待白粉褪去，浓绿色的叶片显露出豹纹来，相当华丽大气。这种落地生根叶缘上的不定芽数量不多，但体形较大，且与主体接合紧密，不肯轻易脱落。母体叶片阔大，对不定芽的营养供给充足，所以经常可以看到不定芽上的叶片数量多达 6 枚以上，最出人意料的是不定芽上已经生出自己的不定芽，这啃老族一边心安理得地啃老，一边又生出一帮新的啃老族，来继承自己的志业，祖孙三代并生一株，也算一种奇观了。

　　落地生根如此皮实泼辣，以疯狂的劲头繁衍后代，甚有令人无可奈何之概。但即使如此，它们也有自己的阿喀琉斯之踵，那就是特别不耐寒冷。气温降到 5℃时，它们就开始受不了，不死鸟的技能开始失效。所以在我们北方，完全不用惧怕它们胡作非为，只要不心生怜悯，将它们收入温室，一个冬天就差不多让它们全玩儿完。

2021-08-28

第四辑　树木之什

刺槐◎榆　树◎苦楝树◎

杠柳◎杠柳◎

罗汉松◎泡桐

洋槐花的芳香

刺槐虽然晚至，可到了 20 世纪六七十年代，在吾乡一带，也已非罕见之物。近年作草木记，罗列故乡当年树种，每说"杨柳榆槐"，其实在我心里，这四字所包含的却是五种树木：最后这个槐字，既指老实巴交的本土物种"槐"，也包括比较漂亮好玩儿的外来树木"刺槐"。

对刺槐产生醒豁的印象，是小学二年级的时候。起先在村小就读，后来转到邻村完小去上。因两校课程进度不一，中间落下一课，自习课上，同学诵读落下的那篇课文，偶有几句传入耳中。那一课似说夏日之事，几十年时光逝去，具体多已忘却，唯有"洋槐花的芳香"一语，至今记得。

敝人生性愚钝，非常羡慕那些冰雪聪颖之人，鸟过见影，水过留痕，无论大事小情，接受起来都是自然而然。而自己却总是木木的，总需要一些特别的警示，感受的机能才被唤醒。比如洋槐花的气味，此前即使不喜翻墙上树、偷瓜摸枣之类的淘气，但其花每年都开，人也常在其旁经行，其气味肯定不止一次闻到。可是，一定要听到这句"洋槐花的芳香"，那种特异的香气才在脑海里弥漫开来，人也重新回到夏日的树荫下。正午的池塘波光潋滟，微风徐徐，不远处刺槐一树树正在盛开，芬芳的气息清淡而隽永。既然午饭已经挨下，晚饭还早，这洋槐花的芳香，足可将人导入无忧无虑的状态，纵然短暂，也是值得珍惜的好时光啊。

到那时为止，刺槐进入中国尚不足两百年。刺槐（*Robinia pseudoacacia L.*）乃豆科（*Leguminosae*）刺槐属植物，落叶乔木，高可 10～25 米。关于此物的来历，《中国植物志》第 40 卷这样记载："（刺槐）原产美国东部，17 世纪传入欧洲及非洲。我国于 18 世纪末从欧洲引入青岛栽培，现全国各地广泛栽植。"此处"18"，或乃"19"之误。何家庆《中国外来植物》说得更详细："据陈诒绂《金陵园墅志》记载：光绪三至四年（1877～1878）由日本引进南京，光绪二十三年（1897）从欧洲引入青岛，最初称洋槐。1914 年 9 月，安徽各林场、苗圃普遍育苗、营林。20 世纪 50 年代中期，安徽从山东成批调入大量刺槐种子分至江淮、淮北及部分山区育苗造林。至 20 世纪 80 年代，刺槐已遍及江淮丘陵和淮北平原。"

前年偶然作兴，与朋友到肥城金牛山游玩，景点并不著名，且时维初夏，并非旅游旺季。偌大一座山空荡荡的，包括我等在内，前后不过三四拨人。然而，我觉得这样很好。山间草树说不上丰茂，而陵谷之间，最高大瞩目的竟然多是刺槐。今年夏天，复又有邹平之游，在同学王中修君的引领之下，游览了鹤伴山。中修是当地文史专家，曾独自撰写《长白山志》，而鹤伴山即长白山的一部分。承他相告，20 世纪 30 年代，山东省政府曾于此设立机构，斥资在长白山植树造林。而鹤伴山上，深谷大壑之中，植根于岩罅石缝中，苍老劲健者亦多是刺槐。唯其时花期已过，只有暗紫色的籽荚垂垂然满树皆是。

外来植物移来中土，其后跨地域远距离地传播，人为的有意识地引种，无疑发挥着关键作用。而由点到面，逐步漫延到偏远乡村，渗透到街巷庭院之中，就必须过无数个体的认可这一关。人们认可与否，既关乎此物种的特质，也缘于它对这一方百姓生活的适宜性。反面的例子是火炬树，亦由植物学家从美国引入，1974 年开始，陆续向全国各地推广，终因自身缺陷，在新鲜感消失之后，渐已为人们所厌弃。刺槐就不一样了，虽也属新来乍到，却受到普遍欢迎，其在乡村社会中的地位，骎骎乎几欲超越国槐，颇有后来居上的势头。

刺槐花开既多，结荚亦夥，种子易于萌发，兼之根株之热衷分蘖，繁衍起来便当得很。一般人家，只要稍为留心，弄上一株两株，植于庭院之间，即使极窘迫困乏的当年，也不是什么难事。刺槐的另一好处，与很多豆科植物一样，具备很强的固氮能力。故可以较少依赖土壤肥力，所以就显得不忌生冷，肥沃的土壤当然最好，瘠薄一些也不大在乎，其他树种难以立足的地方，它照样活得快快乐乐，甚至健康茁壮。此外，刺槐生长迅速。只要成活，不出三年五载，已经枝繁叶茂，亭亭然一株绿树了。树形虽说不上多么优美，但初夏时节，繁花满枝，香气四溢，作为庭院之树，优势还是十分明显的。

作为乔木，刺槐树干挺直而上，而且材质颇佳。因其来也晚，用它作檩作梁的尚不多见，但用大锯解开了，做车梯、做门窗、做桌凳，甚至做镢把、锨把，比起惯常使用的国槐毫不逊色。车梯是地排车的主要构件，通前到后，载货承重全靠它了。一般的材质，像杨木、柳木，根本不在考虑范围，因其质地松软，造出新车用不了几天，已懈怠如四五十岁的婆娘。刺槐之木做成的地排车，整个浑然一体，历久而弥坚。锨把、镢把看似细材，其实吃力不小，那年月，人们一天到晚就对着土坷垃使劲，所以锨镢的使用率极高，有一柄可手的铁锨，也是农人心目中一个小小的奢望，而刺槐之材，

南嶽
小蓮

恰可满足这一点。以是之故，人们看刺槐树的目光，更多了几分期许与尊重。

刺槐的幼枝、新枝满生棘刺，锋利无比，此即是其自我防护的利器，也是其得名之由。人们看到这一点，也曾加以利用。村西南方向开辟了一片果园，外人是不可以随意进入的。建道围墙吧，成本既高，又不利于通风透光，于是就找来刺槐，篱笆墙似的种植于果园四周，然后稍加编织，一道绿色的围墙也就形成了。最初看到这种围墙，佩服之余，也深感欣喜。刺槐当然也不负所望，对于嘴馋而又赤手空拳的孩子，自是不可逾越的屏障。无奈此物终属乔木，骨子里的禀性无法改易，一般不会满足于枝枝杈杈、科条丛生地终此一生，所以一有机会便一干耸起，渐长成一株大树，这就与使用者的意图背道而驰了。

刺槐的种加词 *pseudoacacia*，意思是"假金合欢"（《植物学名解释》）。是说刺槐的羽状复叶，与合欢十分相似。老实说，刺槐叶子确实好玩儿。叶色漂亮只是其一，其质薄而柔软，比之国槐叶片半革质的硬挺，全然不是一种感觉。记得上学路上，或者割草途中，常常扯下一柄叶子，摘取一枚小叶，沿主脉折叠起来，放入口中当口哨吹。虽然吹不出什么调调，那长长短促的声音，也可一破乡野少年心中的岑寂。最是那叶片在口中振颤久了，就会出现损毁，便有一种清癯的味道溢满口中。近年在本市植物园中，再次遇到刺槐，四望无人，摘一片叶子试一下，无论声音还是气味，都与当年一般无二。

在刺槐之木堪用之前，人们尤其在意的是此物之花叶可食。

刺槐与荔枝、枣和牡荆并列，为中国四大蜜源植物。市场上凡标为槐花蜜者，比其他种类的蜂蜜价格要高出一截儿。可当年人们对刺槐的喜爱，尚不包括这一层考虑。那时人人皆为社员，力田乃其本分，岂可舍本逐末，去养什么蜂。而蜂蜜对于当时少年，只是传说中的东西，仅在老辈话语之中还偶见遗存，比如先祖母喜欢说：饿了吃糠甜似蜜。我们也只能从这些只言片语中去猜度蜂蜜的滋味。但是槐花，却是近在眼前，唾手可得，是我们每一个人实实在在的挚爱。我清楚记得，谁家院子里有一株刺槐，到了开花时节，其人的神情举止都会发生奇妙的变化，仿佛忽然过成富户一般。大家围绕着他，观察着他的一颦一笑，处处赔着小心，目的也显而易见，就是能得到他的许可，趁他家大人不在，偷偷爬到他家树上，摘几枝槐花，然后分而食之。

槐花摘在手中，一把撸下来塞入口中，如此粗暴吃法，当然过瘾，可是虽为槐花，其花萼也不似花瓣之细嫩；再进一步，蝶形花瓣虽然洁白无瑕，品尝过后才知它们淡乎寡味儿，只有护在中央的花柱与子房，如豆芽菜一般明丽脆嫩，且富含水分。将其掰下来，尾部与舌尖接触的刹那，方有迷人的甘甜。手中槐花多了，又稍有余暇，挑剔起来，就这样一朵朵撕扯着吃，弄得破碎的花瓣散落一地，回头想想，确是有点儿暴殄天物了。

槐花还是上好的野菜。洗净控干了，撒上面粉蒸一蒸；或打两个鸡蛋炒一炒，皆是难得的美味。到了今天，人们暂得温饱，抚摸着渐渐隆起的肚腩，味蕾与口腔也跟着挑剔起来，什么天然的、野生的、无公害的，陡然走红，槐花也因之身价倍增。上面那些吃法之外，据说新鲜槐花加黑芝麻凉拌，亦是一法。在日本，各种菜蔬皆可做"天妇罗"，槐花当然也不在话下。鸡蛋面粉加水，搅为稀糊，洗净的槐花挂糊入锅，小火慢炸至漂起来，捞出来蘸了椒盐吃，被认为是初夏美食，特别受欢迎。本城有一家点心店，名曰"一点心意"，店主刘先生是个有想法的人，专门尝试鲜花食材，制作中式点心。某次在一场合相遇，承他送槐花饼一盒，品尝一下，感觉还真是不错：甘甜与麦香消失之后，渐有一丝洋槐花的芳香幽幽而来，虽然极淡，却仍不可掩藏。

槐花好吃，槐树也不难攀爬，但槐花却仍不易获致。原因如前所述，就是它新生枝条上，每枚叶子两侧都生有两根棘刺。当然，与皂荚的棘刺相比，槐刺虽不失锐利，尚没那么凶险叵测，甚至比枣树之刺的一短一长也略有逊色。虽如此，人们的皮肤若是遇上它，也不是闹着玩儿。所以，爬上树去采摘槐花，对上树之人的技艺要求颇高，非矫健灵活的老手，无功而返已经算不得丢人。这在刺槐，当然无可厚非：我避居一地，并不曾招惹他人，长些短刺，不过让你在损害我的时候，稍有顾忌而已，此举让老天爷出来评理，也不算过分吧。

在这个星球上，我们人类本领最大。人类真心想干的事，无不能登峰造极。比如吃，一旦引逗得馋涎欲滴，大家蜂拥而上，一物即使存量再多、繁衍再快，也不愁不被吃个精光。远的如西北所谓"发菜"，吃掉了发菜的同时，也吃掉了那边原就稀薄的植被，吃出了大片的荒漠；近的如本地的知了，也就是金蝉，自从其幼虫上得了席面，价格由一毛两毛，渐涨到一元两元，直吃得整个夏天都难听到蝉鸣。既然刺槐无主，槐花甘美且天然无公害，退闲无事的老头老太太就会来到树下，仰着脸孔一试身手。所以到了初夏花开时节，槐树就开始遭殃了。

既然爬树不易，那就另想办法。我曾多次看到人们以长竿绑上快镰，将整根树枝切割下来，然后从容摘花，将断枝碎叶丢弃一地。紧邻的小区中有几株刺槐，也才胳膊粗细，新条每抽出一丈多长，营养生长正兴奋呢，可到了岁数，也要献蕾开花。采食者的办法更加简单粗暴，扯住一根枝条拼命下坠，直到将那枝条折断，慢慢将枝上槐花摘取干净，然后才心安理得地撤离，一任那根根断枝垂在那里，让碧绿的叶子在阳光下晒干，让小树如折断翅膀的小鸟，在那里独自忍受。

好在刺槐的自我修复能力强。随着时光的流逝，干枯的叶子慢慢掉落，光秃的枯枝就不再显眼；剩余的枝条也会调整指向，补充断枝留下的空缺。如此两三个月过去，人为破坏的痕迹就会被掩饰起来，好像又是一株健壮的小树了。然而这一切，只可以骗得过粗心人，在细心观察者的眼里，一刀一锯伤痕都在。这只要看一看那些高大刺槐的树冠，那么不自然的凸出凹进，如同手法拙劣的理发师理出的头型，便知道都是拜了那些无良饕餮者的刀锯所赐。

当然，我所说的，主要指道边、绿地、小区中那些属于"公家"的刺槐，生长于个人庭院之中者，不在此列。因为一是物已有主，外人不可以恣意毁坏；二是作为主人，即使想吃槐花，也舍不得对自家的东西痛下辣手也。

2021-08-06

榆树的灾厄

前些日子，在某微信群里，看见一位老先生质疑韩愈《晚春》诗。诗是这样写的："草树知春不久归，百般红紫斗芳菲。杨花榆荚无才思，惟解漫天作雪飞。"老先生虽年届耄耋，纤悉不苟的治学精神老而弥笃。让他感到不解的是，杨花飘飘作雪飞不难想象。可"榆荚"是个什么东西，也像杨花一样洁白轻盈，可作漫天飞舞吗？韩昌黎他是不是搞错了。

微信群中，我通常只是个潜水者。偶有空闲，过来看看别人的想法，解闷儿之余，碰巧儿还能增长见识，何乐不为。看到一帮南方朋友那么吃力地讨论榆荚，才忍不住插言，将榆树何时开花，榆荚如何着生，色泽形状，以及老熟后怎样飘落，尽可能说得详细，且从网上找些图片，发过去以为佐证。榆荚簇生于榆树细条，初生其色淡绿，老熟后渐变为灰白，除去中间那一粒种子，余则如同一张圆形小纸片。此时但有微风，便从枝丫间簌簌落下，若遇疾风，就可以洋洋洒洒，漫天飞舞了。韩愈诗所描述的应该是后面这种景象。当然，杨花轻盈飘忽，散若雪屑；榆荚似钱而形薄，飞落时与纷纷大风雪更为相似。可是任凭我这边说得口干舌燥，老先生那里仍疑虑未消，只是出于礼貌，不再继续质疑而已。一件事如此显而易见，

平水禅㕤南敷小蓮

竟然不能给人讲明白，这表达能力，真可令人羞愧。事后我想，上海那边或者榆树少见，老先生又是书斋中人，与草木素无爱憎，终其一生竟没遇上实地观察的机会。在我呢，以人类创造的语言，描摹天地自然创造的物种，力不从心，无法使人身临其境也是当然。此外，据我所知，上海那边雪少，偶尔下一点儿，也蜻蜓点水，飘点雪屑，地上微白如霜，大家已经兴奋得不得了。如果不曾亲见北地纷纷扬扬之雪，理解起韩愈的诗句来，可能也会有隔膜。

榆荚形若古钱币，吾乡人因称之"榆钱儿"。如上所说，榆钱儿到了雪花般飘落时，已经发育成熟。一周遭的薄纸干透，就是它们与生俱来的翅膀，然后借助风力，将中间那一粒浑圆的、比高粱粒子还小的种子带到某个地方，随便找个罅隙，将自己安顿下来，就等那一场绵绵春雨了。然而吾乡当年，人们更感兴趣的，还是它们刚刚喷涌出来、一簇簇缀于细条上的时候，那碧绿的颜色，柔软的质感，看着就让人馋涎欲滴了。

食用榆钱儿，在中国也是古已有之。《齐民要术》卷五，"种榆、白杨第四十六"云："其白土薄地不宜五谷者，唯宜榆及白榆（缪启愉先生注：榆即白榆，则'榆及白榆'为重沓。）。"然后引东汉崔寔《四民月令》曰："是月也，榆荚成，及青收，干，以为旨蓄。色变白，将落，可收为酱酶。随节早晏，勿失其适。"李时珍《本草纲目》卷三十五亦云："三月采榆钱可作羹，亦可收至冬酿酒。瀹过晒干可为酱，即为榆仁酱也。"

古代生产落后，民人基本靠天吃饭，生生实大不易，为了果腹，种族延续，不得不尝试更多可食之物。于是榆钱儿中间那粒种子，也进入了人们的视野。榆树多么高大，枝条何其纤长，榆子却如此细小，一粒粒收集起来，用作吃食，真也难为他们了。然而事实如此，《齐民要术》将种榆法列入，即可见此事非同小可。到得后来，或因颗粒委实琐细，收集又过于麻烦，或因找到了更为合适的植物，才渐渐饶过了它。苏颂《本草图经》卷十："三月生荚仁，古人采以为糜羹，今无复食者。"虽然以之作羹过于繁琐，然而如《四民月令》与《本草纲目》说的，拿来做酱，特别是以之酿酒，今天想来，仍觉得很有意思。榆子性黏，做出的酱口感一定很特别；又榆子味甜，酿出的酒是个什么味道呢？据说榆子使人易睡，则榆子酒喝了之后，那种醺然欲睡的感觉，也一定十分好玩儿。可惜今天的人已经失去了这种耐心，我们也就无从体验一把了。

当年在吾乡，食用榆钱儿的方法极其简单，爬到树上，捋将下来，择去断梗，洗濯控干，掺入高粱面、地瓜面中，蒸窝头或贴饼子。在百姓日常生活之中，榆钱儿虽不过野蔬一类，段位却异常地高。当时的主要吃食，也就是窝头饼子，出锅后砖头一般坚硬，对人类的口腔与胃囊抱持阴沉的敌意。可一旦掺入了榆钱儿，原本涩硬之质地立即被软化，其品级当时就提高好多。盛在筐里，外形也许更加粗糙，却已不再令人望而生畏。

直到今天，人们对榆钱儿的热爱依然不减。然而就我当时的感觉，拿来蒸窝头，榆钱儿似不及嫩榆叶口感更佳。榆钱儿性黏，弄得不恰当时，那窝头吃起来就不大清爽。榆叶嫩时则柔韧合度，蒸入窝头，掰开时仍可见其完整片状，而且拉力犹存，将坚硬的地瓜面、高粱面切割成一层层，以往坚硬的夹芯便消失得无影无踪，别人怎么看我不清楚，个人觉得，榆叶窝头更适合敝人粗糙的口腔。

《救荒本草》云："采肥嫩榆叶炸熟，水浸淘净，油盐调食。……榆皮刮去其上干燥皱涩者，取中间软嫩皮锉碎，晒干，炒焙极干，捣磨为面，拌糠粃草末蒸食，取其滑泽易食。"《农政全书》卷三十八亦云："榆根皮作面，可和香剂，嫩叶炸浸淘净可食。"榆树皮做成粉末，吾乡径称"榆面儿"。春冬之季，有老者挑了担子过来沿街叫卖，其呼声至今记得："榆面儿——了！"榆字音低，且点到为止，"面儿"音拉得好长，"了"字又下得极重。筐中袋子里装满灰扑扑的粉状物，人来买时，用盘秤称好，再用草纸包了。印象中价格并不昂贵，然而吃是吃过了，如何做成的，却一直不甚了然。朱橚贵为王爷，却将此类事体描述得如此细致，念之不禁慨然。想他就藩开封后，为了编写是书，网罗学者，收集图典，设立植物园圃，进行种植实验。制作榆面儿之事，也曾亲力亲为？关于榆面儿的吃法，"拌糠粃草末蒸食，取其滑泽易食"，我想可能亦是通过调查，采自民间。糠粃草末之属，确然不易下咽，榆面儿便是润滑剂，借助了它的力，让这些粗劣的果腹之物通过喉咙这一关。

关于榆面儿，吾乡吃法略有不同。

周王时代，地瓜尚未进入中土。但到了 20 世纪五六十年代，北方地区已广泛种植。地瓜分到各家各户，蒸煮块食之外，还要切片晒干，磨为齑粉，然后上锅蒸食。地瓜面轻滑细腻，乍看与小麦面粉别无二致，然而那年月，小麦是何等稀缺之物，为了诓诓自己的嘴巴，人们就开始打地瓜面的主意。地瓜面虽然细滑，却缺少小麦粉中特有的面筋，所以如果用它做蒸食，色泽暗淡一点，样子笨拙一点，如窝头饼子，还能勉为其难；若煮食，面条水饺之类，则入水即化，任你事先功课做得再足，刹那间就化作一锅稀粥。这时候人们想起了榆面儿，将二者掺于一处，然后和面擀剂，做成面条细细长长，果然增加了劲道。此物我曾多次品尝，与小麦面粉做成的相比，吃不到麦香只是其一，弹性虽然有了，但无奈韧性不足，挑起一根可以扯出好长，筷子一松它又缩了回去，极似小孩子游戏用的橡皮筋儿。当然，吃到嘴里，滑滑的，柔柔的，比之蒸食的顽硬粗粝，那已经和蔼可亲了许多。

榆树不光可食，更重要的，它还堪用。乡间生活简朴，衣食之外，就是住了。对于乡人，造屋可是天大的事，其时穷乏已久，造屋之材也已没法讲究，各种杂木无不拿来充数。能用上一挂榆木檩、榆木梁，田夫野老出力流汗一辈子，即死亦可得瞑目了。就算富裕人家，此亦为上驷之选。这些榆木檩与梁在屋顶上坚持着，饱受烟熏火燎，几十年几百年后，拆下来仍然不是弃物。而今吾乡一带，多有收集这种旧木料者，分解为方子，售与家具工厂。旧榆木做家具，做成后稍施髹沐，竟也能焕然一新。目前吾家使用的，即有画案一具；又书橱一组，此二者，算得上寒舍最可入眼的器物了。

榆树（*Ulmus pumila L.*）为榆科（*Ulmaceae*）榆属植物，落叶乔木，高可达25米。榆树初生，两枚子叶肥圆而小，夹着一条绿茎，开始它的人生旅途。如得天时地利，其生长也迅速，待其成形，主干挺直而上，树冠茂密浑圆，远望宛若一团碧云。《诗·陈风·东门之枌》云："东门之枌（即榆），宛丘之栩。子仲之子，婆娑其下。"自诗经时代，榆树之下，已是人们消夏纳凉的好所在。

老实说，比之当年，如今榆树在吾乡，存量已大幅度减少。近年虽有回升，比之当初村里户户有之，村外处处可见，仍不可同日而语。说来可笑，如此伟岸壮健的树木，竟是败给了一个小小的昆虫。

此虫晚至，乡里无名。因厌弃已极，都懒得为它随便取一个。后经查考，知道其名曰"榆蓝叶甲"，又叫"榆蓝金花虫"，名字何其漂亮，实则丑陋不堪。记得此虫初来，谁也没在意，不就肮脏兮兮一虫乎么。夏日乡村，最不缺的就是虫子，天上飞的也好，地上爬的也罢，林林总总，密密匝匝，随处多有，数都数不过来。反正一个也是赶着，两个也是撵着，还多它这一个嘛。后来看它们笨拙地趴在大树根部，或在树干疤痕处挤挤挨挨、一动不动，加之颜色暗淡，外形拙劣，数量巨大，让人茫然不知所措。最当紧的是，自从有了它们，原来生机盎然的榆树们，忽然丢了魂似的，懒洋洋再也打不起精神，曾经碧绿的叶片，变得肮脏可疑且残缺不全。叶子被吃光后，也有的尝试着二次萌芽，可不等长好，第二拨虫子又围将上来。

树木上没了叶子，只有虫子，成个什么样子。于是就有性子刚烈者，忍受不了这种残忍的游戏，索性自己死掉。剩下性子温吞者一株两株，邋里邋遢的，主人实在看不下去，提把斧子走过去伐掉做柴烧了。

这个榆蓝叶甲果然厉害。那么英爽葳蕤的大树，那么多生机勃勃的幼树，竟没有一个是它的对手。没用三年五年，广袤的北方平原上，再也看不到榆树的踪迹。虫子显然是胜利者。胜利者有时也是孤独的。不过，虫子再狠，也有它的阿喀琉斯之踵，那就是食性单一：除了榆树，再美味的树叶，它都不肯尝上一口。所以，在它们勠力将这片土地上所有榆树干掉之后，自己的整个族群也齐刷刷饿死了。那些年月中，这片土地上难得发生点儿令人欣慰的事，一定要找，这榆蓝叶甲的灭绝肯定是其中之一。

对于榆树族群来讲，这场灾难不可谓不巨大，虽未曾绝迹灭种，也已元气大伤。这些劫后余生的幸存者，正在庆幸终于摆脱掉那些死缠烂打、不依不饶的侵凌者，重新打起精神，恢复作为一株有尊严的树的正常生活。它们确实这样做了，而且初见成效。然而，它们想不到的是，另一种灾厄正在前面等着。这一次榆树所面临的，已不是那小小的虫豸，而是这个星球上最为强大的物种，是我们人类无休止的饕餮欲望。

按照进化的观点，植物之所以能具备某些特质，似乎受到目的性的指引。为了传递基因，它们也选择了各个不同的策略。杨花使自己飞起来，鬼针草设法缠着你，酢浆草将种子弹出去，如榆树，却还有另一种策略。迈克尔·波伦在《植物的欲望》（王毅译，上海人民出版社 2015 年 4 月第 1 版）一书引言中说："植物所关心的也就是每一种生命在最基本的遗传层面上都关心的东西：更多地复制它们自己。通过种种试验、失误和纠正，这些物种终于发现了要做到这一点，最好的办法就是诱惑动物——无论是蜜蜂还是人类——来传播它们的基因。如何来诱惑呢？这就是利用动物们的欲望，无论它们对此是自觉还是不自觉。"榆树的果实与叶子甜美可口，木材坚韧挺括，是逐渐进化出来的呢，还是从一开始就具备，我不知道。但无论如何，这些特性一直在诱使人类种植它，栽培它，使其种子绵绵不绝，基因得到复制和传递，从遥远的上古以至于今。然而，好多事情都具有两面性，榆树的上述优点，特别是榆钱儿的可口，对它的命运也已成为一柄双刃剑——它在借此获得人们认可进而予以栽培的同时，也常常因此遭受到粗暴的摧折。榆树不像刺槐，它无提防之心，故身上无刺，缺乏自我防护的能力，所以只能木呆呆站在那里，任人欺侮蹂躏。

胭脂湖南岸有一株榆树，生在我散步经行的路边，让我得以持续观察它十数年。湖岸上堆积着大小不一的石块，那榆树就着生于石缝中。不知道是有人栽种了它，还是一枚榆钱儿凑巧飘落到这里，就此落地生根了，总之我看到它时，已有两丈多高，树已是老树，却屹未成形，其枝或高耸或低垂，活脱脱一个不衫不履的汉子，又像一只伤了翅膀的大鸟，蜷缩于岸边。某年春天，我在那一带拍摄植物，就势拍一张榆树，不想被扯着树枝捋榆钱儿的妇人看见，她厉声质问我"拍什么拍"，我心知这个族群的人是非恒异于常人，一般人惹不起，只好灰溜溜逃之夭夭。

今春再次经行其地，看到全树已经给攀折得没有一条自然伸展的树枝。满树榆钱儿被捋得光秃秃，唯有一枝折而未断，向湖中低垂下去，贴着水面平行生长丈余，复又翘然上指，那上面树枝条畅，榆钱儿浅绿，鲜嫩无比。望望水上榆枝，看看岸上衣衫褴褛的模样，真有点百感交集，当即为那仅存的硕果拍照，一边想象着那些口含涎水的人们，徘徊不敢近前的窘态，心中甚至有点幸灾乐祸。

拍照时，镜头中发现光线已暗。次日专程过去重拍，到后却令我既失望又吃惊：也不知道人家想出了什么办法，水中枝条上的鲜美榆钱儿，已经被捋了个精光。

于是我想，那位斥责我的妇人说的，也不是全没有道理：是你家的吗？这确然是事情的关键。《三国志·魏志·袁绍传》注引《九州春秋》记载沮授谏辞曰："世称'一兔走衢，万人逐之，一人获之，贪者悉止。'分定故也。"树长在湖边，肯定属于公家的了，可公家是谁？以前，这种人为灾厄或也已经存在，却因榆多而未显，榆蓝叶甲灭其大部之后，榆树榆钱儿少了，而饕餮之口仍在，而且可能更多，这才将其丑陋恶劣凸显出来。比之榆蓝叶甲，人类可是强大得多，所以，道路漫长，榆树们的灾厄，恐怕不会像上次那样轻易结束呢。

2021-08-08

苦楝树的生存之道

楝科（*Meliaceae Juss.*）植物全世界约 50 属，1400 多种，中国也有 15 属，62 种，并 12 变种。说来惭愧，到目前为止，这个家族的"人"，我仅认识两个，一个是香椿，另一个就是本文的主角：楝（*Melia azedarach L.*）。不过话说回来，并不是我不想结识它们，只因它们多数产于长江以南各省区，我们这边难得一见。

楝与香椿虽同属一科，却秉性各异。为了基因传递，香椿一方面进化出了香喷喷的叶芽，诱使人们竞相引种，一方面又让蒴果颗颗向上端起，种子粒粒都带一条长长的尾翼，成熟后借助风力，向远方播撒。楝就不一样了。楝又名苦楝，全株有毒，叶子虽不及果实毒性强，亦远非人类胃囊所宜，所以借此诱使人类为自己服务，想都别想。此外，苦楝树的果实球形，垂垂然悬挂于枝丫之间，秋冬之际，疾风袭来，淡黄色的核果便坠落树下，再大的风也无法将它们送出老远。

仅从这两点观察，楝与香椿相比，势必处于下风。然而若在城乡之间走走看看，发现情况并非如此。除了人家庭院之中，我们很少看到野生香椿的踪迹；而舅舅不疼、姥姥不爱的苦楝，却几乎随处可见其身影。何以

楝花落盡畫棟花絲閉巷人稀半是村好事

憑誰消濕熱一簾酥雨下黃昏

宋李之儀詩句

千水禪舍南巖小蓮遊

致此？老天爷饿不死瞎家雀儿。俗语说得好，猪往前拱，鸡往后刨，各有各的生存之道。苦楝不肯坐以待毙，于是也逐步摸索出自己的传播策略。

《本草纲目》卷三十五"时珍曰"："王祯《农书》言鹓雏食其实。应劭《风俗通义》言獬豸食其叶。宗懔《岁时记》言蛟龙畏楝，故端午以叶包粽，投江中祭屈原。"关于苦楝树的特性，古之人已有所体察。《庄子·秋水》有云："夫鹓雏发于南海，而飞于北海，非梧桐不止，非练实不食，非醴泉不饮。"陈昊子《花镜》卷三："（苦楝）实如小铃，生青熟黄，又名金铃子，鸟雀专喜食之，故有凤凰非楝实不食之语。"对于这种说法，我曾深致怀疑：可能吗？一是楝实个头儿偏大，不大适合鸟儿吞咽，二是此物虽具浑圆光洁的外表，内里却带剧毒，鸟儿它不要命了？后来才发现终是自己格物不精，过于想当然了。盖鸟之食物，亦并非尽如啄食谷子、高粱，整粒儿囫囵吞下；有时候它们也像闲人嗑瓜子，将外壳啄开，只吃其中的籽仁儿。楝实结构复杂，淡黄色的果肉里面，还有一层坚硬的内果皮，椭圆形木质，五棱，两棱之间有凹槽，质地十分坚硬，这东西一粒在手，我都不知道怎么打开它。然而术业有专攻，让人手感到畏难的事，对于鸟喙可能轻而易举。据说喜食楝实的鸟类有白头鹎、灰椋鸟和灰喜鹊。至于植物的毒性，有时仅针对人畜，鸟类却不觉得。比如垂序商陆的种子，足可毒死牛羊，鸟儿天天吃它，照样活得好好的。鸟儿消化道短，排泄快，不等毒性酝酿发作，已经将其当作废物遗弃了。有了鸟类的相助，苦楝树的种子当然也就不愁散播得到处都是了。

虽然已有园艺家看到苦楝树的优长，造园时予其一席之地。然在敝人所经行的范围内，所看到的苦楝，仍多非有意种植。以是之故，一望可知其与旁边生长的长杨、短柳、紫李、翠竹，不属于同一个阶级。那些花了大价钱，从外地购买过来，小心翼翼栽种于此，事后伺弄得也很上心，比之人类社会，可谓体制内人员，而苦楝不是。苦楝的出现，或是阴错阳差，或因机缘凑巧，偶得容留，活到今天，靠的全是自己的才华与努力。关于这一点，从所处位置，以及与周围树木的关系可以看得出来。即使再拙劣的园艺家也不会将一株树放在那么不尴不尬的位置上。唯是当初它们如何闯过一道道关卡，躲过了一次又一次刀锯之厄，想想都让人唏嘘不已。

苦楝的幼树体面漂亮，风度翩翩，应是它们被法外施恩的起始缘由。大抵与种子所含营养有关，此物刚才破土而出，即已具蓬勃之态，其羽状叶子长得精整繁复，而叶色青翠，长到三四片时，则已见枝是枝、干是干，甚潇洒而有风致，一望可知是个前程远大的角色。除草工人不时而至，他们冒着酷暑，挥着热汗，对着自然逸生的绿色痛下杀手。苦楝这种庄重大气的出场，彬彬有礼的态度，偶然之间引动了他们的恻隐之心，铁石心肠刹那软化，手中"枪管"抬高了一厘米，生死关头的苦楝便成了漏网之鱼。

苦楝树的另一优势就是生长迅速。北魏（386～534）时代，北方中国人就发现了这一点，《植物名实图考长编》卷二十引《齐民要术》云："（苦楝）其长甚疾，五年后可作大椽。北方人家，欲构堂阁，先于三年前种之。其堂阁欲成，则楝木可椽。"如果戕害不至，苦楝树一年如杖，二年盈握，三年就有胳膊粗细，枝叶纷披，如同一位翩翩少年临风而立。除草人再次看见，明知它是个编外人员，除非遇上个浑身上下除了服从命令、恪守原则而毫无其他情趣的超级轴人，一个认准了死理，即使如何暴殄天物也面不改色心不跳的冷血动物，面对那么漂亮的一株苦楝树，再也难以举起他那把锋利的砍刀。就这样，苦楝树以自己的生命为赌注，拼尽全力，冒死一搏，终于为自己争得了一个长期临时工的地位。

既然为鸟儿衔来，种子常常播撒于树下，所以苦楝新株多着于近树之处或树丛之中。吾乡语云："能在人下为人，不在树下为树。"像苦楝这种大型乔木，更没有理由永远在别人的阴影之中讨生活。可植物与动物不同，它是被"植"在那里的，除非偶得相助，一般难以挪移。着生之地即使再怎么不堪，只好以屈求伸，静观待变。

最直截了当的办法就是向上突破。如此则既节省体力，也可为日后的发展开辟广阔前景。有些苦楝着生于矮树林里，运气虽然说不上好，但只要上方空隙尚有，它就不会放弃努力，挺出其上也指日可待。古城之西南角楼外侧，为装饰起见，沿墙又筑石起畦，中植冬青卫矛，又配以紫李之属，等它们长好，已经层层遮蔽了。这可苦了卫矛丛里那株苦楝幼树。怎么办呢？面前的道路只有两条，一是放弃，一死了之；二是生长。它显然选择了后者，只见它先是突破了密匝匝绿丛，继又突破了蓊郁蒙茸的紫李，将树冠高高擎起，因风摇曳，一副当仁不让的坦然。我在一旁看了，既觉得好笑，又觉得好玩儿，最特别的是，如今的配置竟比原来的设计都好看多了。

运河东岸有一株苦楝树，我观察它已不下十年。这树的着生点与两株国槐呈钝角三角形，另一侧则是茂密的竹林。如此尴尬的位置，让人难以置信，莫非是上苍有意的考验？然而这苦楝并不自暴自弃，瞄准了上方那片天空，一意向上伸展，突破了竹林的遮蔽，在外人看来，似乎可以喘口气了，然而它并不，继续上挺四五米，终于探头于国槐之上，才从容铺展自己的树冠，舒舒服服、开开心心过起自己的日子。我在其下仰视半日，心里佩服得很。有时觉得，这株苦楝树像极了那些毫无背景的农家子弟，吃天底下最大的苦，出人世间最大的力，大浪淘沙之中，终于闯过一道道关口，混到一个与别人并肩而立的位置。它们的人生际遇，又岂一个苦字了得？

　　如前所述，尽管遮蔽已甚，上方犹有一小片天空，这种幸运也不是人人都能遇得上。胭脂湖南岸的绿化带里，密植着国槐白蜡和七叶树，这些大树全都长得带劲儿，绿色将那一带填充得很扎实，碰巧就在那个地方生出一株苦楝，这可真是难为它了。然即使如此，苦楝它也不肯轻言放弃。只见它先令树干向外倾斜着长到一米多，然后弱化主干和其他分枝，独使向外一枝充分发育，平伸三米有余，来到光天化日之下，前端才微微上翘，开始散发自己可怜巴巴的树冠。于是根也有了，干也有了，枝叶有了，而且树冠也有了。人们不禁要问，长相如此奇葩，它还算一株树吗？对此，我只想反问一句：如果不是树，那么请你告诉我，它是什么？

　　当然，苦楝树的运气也并不总那么差，偶尔也有受到上苍眷顾的时候。龙湾小花园里种着几片绿化灌木，如桧柏、紫叶小檗、榆叶梅等。灌木栽种得拥挤，除草人不方便进入，苦楝树生于其中，也算得天独厚了。灌木低矮，苦楝树当年即已出其上，两三年后，已是很清纯秀雅的样子，与下面的绿丛，竟也相得益彰。清晨的曦光投射进来，雾气氤氲，我在其旁经过，看得心都醉了。数量如此众多，个头也已老大不小，园方并不着人加以处置，我猜想，应该已被默许了吧。这当然很好，如此下去，用不了几年，这里就会出现几片真正的楝树林。我这样想也不完全出于主观臆断，其另一侧的草坪上，就有三四株苦楝树突破了人为防线，树干都快有两手大小了，出生后原地不动的树，枝枝节节都是原装，总是特别受看。园方似乎也发现了这一点，于是他们又花钱买来几株，与它们种在一起，使之构成一个更大的群落。移栽过来的苦楝树被锯光了树枝，像一根柱子杵在那里，开始并不好看，欲成一株真正的树，可能还需几个春夏秋冬的历练。不过这种态度还是令我欣慰，至少在这个园子里，人们已经不再将苦楝树当"编外人员"看待了。

依旧在这个小园中，一东一西，临着小径有两丛黄刺玫。黄刺玫花很漂亮，枝条纤长而柔软，开花时节，遇有微风，一片黄蝴蝶上下翻飞。到了秋来，结出的果实个个紫红，也相当好看。其前恰有长凳，坐在那里，背后有通身长刺的一家人掩护着，安全得很，看得出设计者的深心。本地黄刺玫的存量不多，所以我对它们两家也比较在意，有事无事，就会弯过来看看它们。然而这两年来，黄刺玫一家却渐显没落之态，枝叶不再茂盛，花发也零零星星，有一些枝条差不多就要干枯了。黄刺玫何以衰败，生长时间久了，管理不甚得法，都可能是其中的原因。有一个缘由则更加显而易见，那就是刺玫丛中生出了好几株苦楝树，渐已将它们笼罩在自己越来越浓厚的阴影之下。

黄刺玫如名所示，通身生刺，由它们组成的灌丛，对野生的苦楝树不啻洞天福地。人类的除草之手因忌惮棘刺而不敢伸过来，而对于皮糙肉厚的苦楝树，却完全不是问题。黄刺玫成了苦楝树的保护神，所以在这两丛不太大的黄刺玫里，各生苦楝树七八株。老子云："天地无情，以万物为刍狗。"其实这苦楝树也够得上无情无义，人家保护你不受侵害，你长成之后却恩将仇报，这就是人们平时所说的丛林法则嘛。不过，自然界的事总是相克相生，循环往复以至无穷。不然的话，苦楝树除了让自己长得更大，将阳光雨露垄断得更彻底，它还有其他的选择吗？看到这种现象，虽然心里老大个不舒服，却也想不出两全其美的办法。不过，螳螂捕蝉，黄雀在后。幼小的苦楝树上，早有萝藦藤攀爬上去，枝蔓腾挪于枝丫之间，正自顾自地开花呢！

　　楝树花期较迟，在敝地，一般为四月末，或者五月初。古之人饶有情致，选取二十四种花，以配春天之二十四候，编为二十四番花信风，梅花居首，楝花殿后。刘永济《清波杂志校注》卷九引明代王逵《蠡海集》云："自小寒至谷雨，凡四月八气二十四候，每候五日，以一花之风信应之，世所异言，曰始于梅花，终于楝花也。"这二十四番花信的安排，仔细琢磨一下，也像古人作文，甚讲究宫羽相变，低昂互节，前有繁声，后有切响。到了谷雨一节，推出的三种分别是牡丹、荼蘼和楝花，一以态尊，一以韵胜，一以香气凌轹群芳。《植物名实图考长编》卷二十引《无锡县志》："许舍山中多虎，童男女昼不出户。尤行制叔保居之，使人拾楝树子数十斛，作大绳，以楝子置绳股中，埋于山之四围。不四五年，楝大成城，土人遂呼为楝城，乃作四门，时其启闭，虎不敢入。"我们不得不说，尤叔保这种办法，真是相当有趣。志书没写，楝树开花时，定也满城芳香了。

　　春末气温渐高，花草皆不失其时，使出浑身解数，敷展着枝叶，挥霍着绿色。当大家绿作一团，除却镇日寻寻觅觅、以拈花惹草为能事如敝人者，如不是特意找寻，发现楝树已经不那么容易。苦楝树枝叶疏朗，叶色浓重，这些在强烈的阳光下，在密不透风的绿色堆积中，分辨率并不高。可是一旦进入花期，情况就不一样了。

　　楝花当然很美，无奈树高大而花细小，远远看去，顶多像一团淡紫色的雾气，美则美矣，其如笼统何？唯是花香浓郁，堪称二十四番春花之最。虽其无语，而幽幽扩散开来，人在丛林之外经行，无须抬头观察，一股股香气袭人，令人一以惊，一以喜，心想，近处必有苦楝开花。此时的苦楝树纵使再谦虚低调，也无法掩饰其四处洋溢的才华，逃匿于天地之间了。

　　有意种植的苦楝树，在本市，我所见过的也有两处，一处在开发区。

今年春末外出就餐，餐馆坐落在华山路上。向午时分，才下车已闻到浓烈的香气，回身四望，则马路两侧所栽，居然全是苦楝树，而且恰是盛开之时。平时于绿丛里、河岸上偶然遇到一株开花的苦楝树，闻到一股股诱人香气，已经倍感惊喜。如今香气竟然溢满了整条街道，过往的行人，附近的居民，一天到晚沉浸于奇异的芬芳之中。我不得不说，此举真可谓善莫大焉。另一处即前面说到的龙湾小花园，其东南一带集中栽种了一二十株，栽时已有合手大，不久即成一片树木，园方有意种植的这一片，加上自己长出且争得园方默许的，数量已复不少。等再过上几年，一株株全都长成大树，树冠逶迤相连，开花时节，那一片朦胧的紫雾，那阵阵浓烈的芳香，来这一带徜徉，也可陶醉一番了。

2021-08-10

杠　柳

　　到目前为止，此乃我有生所见唯一一株或者一丛杠柳。它们缠绕蔓延于一道绿丛上，枝叶纷披，万头攒动，一派繁荣昌盛景象。时至今日，我对它的拜访已不知多少次，却仍然无法判定：盘踞于此的是一个人呢，还是一家子？

　　说也有缘，这杠柳竟是与我比邻而居。

　　住所围墙之外，有一条纵向便道，道路与墙壁之间，有一段种了些桧柏，这柏丛种得比较随意，排列既不规整，事后也无人修剪，它们就那么懒懒散散，有一搭无一搭地打发自己的寂寞时光。由住所出来，去胭脂湖那边散步，图清静的话，就从这条路上经过。所以对我来说，这边的一草一木，无论栽培的还是野生的，都已相当熟悉。

　　时间大概已是春末，要不就是夏初，傍晚时分，我一个人从湖边回来，走在墙外便道上，目光偶然瞥向柏丛，刹那间感到一种强烈的吸引。寻花觅草这么多年，渐已历练出这样一种本领：道边沟沿那一片片自然生成的绿色，高低错落，簇拥纠缠，其中是否隐藏了特别的种属，我在其旁经行，只需扫上一眼，当下便知。以前在乡村，听到有这样一种说法：如果某人

平水禪寺南壑八蓮

命贵，其头顶上就会现出灵异之光，一般人当然看不到，却瞒不过道行高深的人。人类的事，我一向隔膜得很，所以至今也不能断定是真是假。在草木世界，那些陌生的客人果然已光临敝地，头顶上虽未必有什么光环，总会呈现一种特别的迹象，所以即使它隐藏再深，一般都逃不过我的眼睛。

此时距离柏丛尚有十数米，不必上前审视那纵横往复的枝条和几乎将柏丛完全遮蔽的碧绿叶子，从目光触到它的那一刻起，我已经知道，那边肯定是一位新朋友。

看看它们的身量，特别是深藏于绿叶之下和柏丛之中的木质枝干，以及其上老硬的紫褐色表皮，知道此物绝非刚才生长出来。敝人关注身边的草木已非一年两年，平时经行之地，无论是草是树，是刺是花，但凡看在眼里，无不走上前盘查考究一番，或因水平所限，最后实在弄不出个子丑寅卯，不得不废然作罢，总也算打过交道，留下最初的印象。如杠柳者，我实在无法解释，它是用了什么方法，一次又一次在我眼皮底下溜走。不过，这更诱发了我了解它、研究它的浓厚兴趣。

立于近前，我曾经这样推测其来历：如杠柳者，笃定不属于本地的原生物种。它之不远百里千里而来，凭借其种毛的浮力，也不是没有可能：蓇葖果成熟后自行开裂，种子絮絮而出，好风凭借力，一日何止千里万里。另一种可能就是与绿化苗木的移栽有关。繁育绿化植物的地方，或有杠柳滋生繁衍，一不小心，它就进入了苗木畦中，长在桧柏丛里，然后随着柏树的移植，被裹挟到这边来。来之时，究竟是一茎幼苗，还是一粒种子，不大好说，来到这个地方，便与柏树一起落地生根。此之前，多少次经行，只记得这里曾经生长过蓊郁繁茂的灰藜，高高挺出于柏丛之上，却不曾发现隐藏于柏丛中的这位稀客。对此，我只好如此解嘲：认识一种植物，如同结识一位朋友，机缘十分重要。有缘千里来相会，无缘对面不相识。而机缘的到来，又需要特别的耐心。如此说来，我前面自诩的观察辨识植物龙虎灵气的本领，也不是每时每刻都在线的啊。

杠柳为其中文正名，除此之外，别名和地方名还有好多。《中国植物志》第62卷开列出长长一串，兹录于下："北五加皮（北方通称）；羊奶子（东北）；山五加皮、羊角条（河南）；羊奶条、羊角叶（河北、河南）；臭加皮、香加皮、狭叶萝藦（四川）；羊角桃（河南、山西）；羊角梢、立柳、阴柳、钻墙柳、狗奶子、桃不桃柳不柳（江苏）。"

北京大学刘华杰先生从博物学视角研究植物，很重视植物的别名和地方名。植物名称一多，使用时容易发生淆乱，然有一弊亦有一利，每个别名都活在一方百姓的口碑之中，不是随随便便就可以磨灭掉的。从另一方面看，那些别名与地方名无不体现着命名者独特的观察角度，以及彼时的情感态度，体味和辨别这些别名，是认识和了解此种植物的便捷途径。将如上别名默诵一过，几个关键字词便显得格外瞩目，这就是：1. 柳、桃；2. 奶；3. 羊角；4. 五加皮。下面，我们就从这几个词语出发，来观察体认杠柳的植物特征。

首先是"柳"与"桃"二字，描述的是杠柳的叶形。杠柳虽具藤蔓之身，而叶色深碧，叶形狭长，与柳叶、桃叶的相似度很高。命名以柳、桃打比方，虽然难说多有创见，但对于胼手胝足的农人却自然而然，也通俗易懂。当然，任何比喻都是蹩脚的，毫厘不差还用得着比吗？细察之下，杠柳叶与柳叶、桃叶的差别还是显而易见的。柳叶近革质，叶形平整硬挺，杠柳则柔软而边缘多波皱。桃叶一般中间最阔而两端基本对称，杠柳叶基部宽展，前端修长。最是杠柳叶子两两对生，与上面二位的单叶互生，区别更加明显。

其次是这个"奶"字。此字所描述的是萝藦科植物一个共同特征，茎与叶一旦受损伤或被折断，创口处白色乳液立即涌出。这一点在杠柳身上表现得尤为突出。初见杠柳，它们花开正繁，如今已是初秋，花下果实长得怎么样了？近日经行其旁，曾小心翼翼拨动它依然深碧的枝叶，察看深自隐藏的果实。动手之时，动作温柔得如同抚摩婴孩，可放手之后，仍可看见枝上叶上，乳液已点滴渗出。植物体内含乳液，已经十分奇特，而看它渗出，更给人异样的感觉。当年在吾乡，于旧寨墙上扯断萝藦，乍看它乳液汹涌而出的惊恐，至今记忆犹新；时至今日，因为自己的好奇心让杠柳无辜受伤，亦颇感愧恧。

再次"羊角"二字，描述的是杠柳果实的形状。杠柳的蓇葖果外形十分奇特，志书是这样描述的："圆柱状，长 7 ~ 12 厘米，直径约 5 毫米，无毛，具有纵条纹。"这段文字，不能说它不科学不准确，但至少不够全面，或者说遗漏了很多我们感兴趣的信息。杠柳的果实圆柱状，一点儿不假，此外它们总是两根儿并生，略有弧度，且渐前渐锐，极似玲珑纤长的羊角。重要的是，事情到此并没完：同为萝藦科植物，鹅绒藤的蓇葖果也往往是两两并生，却各自伸向不同的方向；而杠柳蓇葖果基部叉开，好像分道扬镳了，不承想各自绕个弯儿，前端再次合于一处，形成一个闭环，凭空形成一个人嘴的形状。大自然奥妙无穷，面对它们的这种结果形式，我们只有惊叹的份儿。

杠柳（ *Periploca sepium Bunge* ）属于萝藦科（ *Asclepiadaceae* ）杠柳属植物，落叶蔓性灌木。萝藦科虽然比不上菊科兰科豆科那类人丁兴旺的大户旺族，至少也算得上个中产之家。世界范围内萝藦科有 180 属，计约 2200 个种；仅中国，亦有 44 属，245 种之多。然而不巧的是，这二百多种萝藦科植物，大多分布于西南及东南地区，所以在吾乡一带，平时不大遇得见。历数我所经见的萝藦科植物，总共不过六种：萝藦、鹅绒藤、地梢瓜、雀瓢、大豹皮花之外，再就是这杠柳了。统观如上诸位，除萝藦与鹅绒藤、地梢瓜与雀瓢有较高相似度外，其余皆差别巨大，特别是那个大豹皮花，看它那副长相，怎么说也非其族类。然而尽管如此，我们仍需以分类学家的意见为准，他们之所以这样归类，理由肯定过硬，我们理解不了，只能说明我们这方面的修养还欠了火候。

如果一定要辨别它们之间的共同点的话，也不是不可以，虽然已是远房亲戚，毕竟亲情还在的呀。杠柳与萝藦和鹅绒藤叶形相似度不高，但叶子对生，体内含白乳液却是不约而同。此外，虽有木本和草本的区别，但却同属藤蔓一类，只有攀附于其他植物身上，才能腾挪自如。此外，三种植物各具缠绕茎，其旋转方向也一致，为藤蔓类植物的多数派：右手性。大豹皮花为多肉植物，叶子早已退化为硬刺，与其他几种没有可比性，唯其硕大的花朵，与杠柳花还真有几分神似：一是它们暗紫的颜色，二是瓣上散布茸茸细毛，三是开花后花被努力向后反折。当然，与大豹皮花开之前花蕾如一个精致的五棱盒子、开放后再反折成一个包袱不同，杠柳的紫色花开放之后，主冠努力后折，副冠则向前延伸为丝状，而且弯曲着，很像昆虫的腿，所以杠柳的花朵一旦充分张开，颇像一只黯紫色蜘蛛。当然，毕竟花朵嘛，远没蜘蛛那么恐怖。

朱橚《救荒本草》收入此种，名之曰"木羊角科"，又名"羊桃科，一名小桃花。生荒野中。紫茎，叶似初生桃叶，光俊，色微带黄，枝间开红白花，结角似豇豆角，甚细而尖觕，每两角并生一处，味微苦酸"。吴其濬《植物名实图考》卷二十著录此种，内容基本抄录《救荒本草》，而其图亦与《救荒本草》略同，唯对菁葵果做了修改：朱书之果尾部既着生一处，先端亦复长在一起，而吴先生大概觉得先端长在一起太不合乎常情，所以着人重新画图，令其先端分开。可见博雅如吴先生，当时亦不曾亲见杠柳之真身也。

杠柳一名，柳字来自其叶形，姑无论矣，然而这个杠字呢？有人说，杠指一种较粗的棍子，像杠柳的枝干，故称杠柳。此说亦嫌勉强。盖杠柳之茎虽为木质，却不改其藤蔓性质，枝条虽暗紫色，即使长得再粗，纠缠试探，顶多像一根绳子，与棍子硬挺的感觉相去甚远。近代夏纬瑛先生《植物名释札记》给出了一个解释，颇有道理。现引述如下："杠柳之'杠'字，字书训解未有与其植物相关者。《救荒本草》说木羊角'结角似豇豆'，又说'每两角并生一处'，正是杠柳果实的形状。疑'杠柳'之名，即是因其果实似豇豆。杠柳的叶形似桃，故有'羊桃'与'羊桃科'之名。凡叶似桃者亦可言其似柳。此植物叶似柳而果实似豇豆，即可能有豇豆柳之名。豇豆柳，简称豇柳，又因其是本非豆，遂有'杠柳'之名。"豇字普通话读 jiāng，而《康熙字典》："又《字汇》居郎切，音冈。（阳韵），义同。"印象中上海人倒是读若 gāng 豆的。

杠柳跑那么老远的路，来到敝地，寂寞地蜷伏于墙外，等待着与我相识，这种缘分，除了上天所赐，难以做其他解释。而就敝人所经见，此又是仅有的一株，这就令我更加在意它。所以今春以来，因事外出也好，散步经行也罢，哪怕多走几步路，也要过去看它一眼。初识之时，有幸赶上了它的花期，蜘蛛似的紫色花，高高擎出于绿丛之外，开得也相当热闹。花期过后，那一片碧绿之色，丝毫不曾减弱，特别清晨时分，新生枝条先端挺然翘然，可以体会到它们蓬勃开朗的心情。近来，我曾数次尝试着翻动枝条，试图察看它们那奇特的果实，然而稍有动作，枝条叶间便乳液淋漓，让人不好意思进行下去。寻找其角果，观察辨识只是目的之一，另一个隐藏于内心深处的想法是，我要收集一些杠柳的种子，将它们播种到更多地方。能力所限，我当然没办法为它们寻找一块安全的土地。但是我想，存量越多，种群延续的可能性越大。如今杠柳沉迷于营养生长，完全体会不到秋天即将来临，那就让它们在那里可着劲儿撒着欢儿吧，等冬天到了，叶子落了，我再来寻找那些奇异果实不迟。

杠柳虽乃木本，与一般杂草不可等量齐观，然而它们毕竟不是主事者请来的客人。所以主人如何处置它，谁也捉摸不透。特别在其旁边，灰藜再次不管不顾地长起来，道路的另一侧，绿地边缘处，续断菊、小蓬草、黄花蒿和酸模们挤在一起，同样显示出一种占地为王、恣意妄为的意态。我害怕有一天人们看不下去，着人过来清理野草，锄草人哪会管你木本草本，只要不是他们种的，就手剪除掉，不过分分钟的事。

今天下午从古城那边回来，再次过来探看。远远看到一堆堆野草委弃于地，心便提得老高，急忙赶到近前，发现杂草们已经被清除殆尽，侥幸杠柳还在。虽有几根枝条受到连累，大部分仍然完好。这就好，这一劫总算已经躲过，以后的日子，我们边走边看吧。

2021-08-04

西墙下的杠柳苗

辛丑暮春，于西墙外柏丛里发现了一丛杠柳。杠柳喜生山中，本地罕有，所以就像无意间拣了个宝贝，心中好不快慰。隔不上几天，就要弯过去探察一番，看到它们碧绿蓬勃，繁枝袅袅，心下就很安然。

后来发现上挑的短枝开始着花，花色淡紫，花瓣努力向后翻卷，卷成一个团团的茸球儿，酷似一只只毛茸茸的蜘蛛，花梗纤细，蜘蛛垂垂然悬挂于枝头。当时我想，只要你开花就不愁结果，果实成熟就会有种子，到那时，杠柳在我们这一带就不再是目前这般的形单影只。可是等到花谢之后，蓇葖果却是遍寻不见。我也不着急，既然它们喜欢躲猫猫儿，就让它们藏着好了，只要东西在，看不看的也不当紧。等到秋风吹彻，万木删繁就简之日，看你们还往哪儿藏。

杠柳与我的住所仅有一墙之隔。墙用红砖砌起来，也就两米来高。这边墙下是一条狭窄的绿化带，其中栽种着冬青卫矛和红叶石楠。石楠树尚小，罩不严的地方犹多。入夏以来雨量丰沛，杂草不失时机，相继过来填空，地锦草、黄鹌菜、马齿苋、狗牙根们从来不嫌饭儿稀，有点壤土就可以植根布叶，日子过得欢天喜地。平时进出家门经过此地，看到它们缤纷多姿，心里也很高兴。看到生动处，忍不住支下车子，蹲下身来抚弄一番，或者为它们拍照留念。这时，忽然看到一株异样的植物，稍加思索便恍然大悟，刹那间令我惊喜莫名：紫茎而绿叶对生，叶片似柳而先端尖削，非杠柳的幼株而何？所以很快认出它，端因我对墙外杠柳用心已久，此物的形与神都已谙熟于心。幼株长出未久，其茎高不盈尺，看得出这边的环境让它舒适，那副兴致勃勃的劲头，让人喜欢得不得了。

被兴奋喜悦的情绪所笼罩，我站起身，后退几步，观察其所处方位，不偏不倚，恰与墙壁那边的杠柳丛对着。忍不住心下暗想：我这里还在为其蓇葖果藏在什么地方操心呢，人家已经将去年的种子传到这边，播入土中，而且生出了新苗。杠柳与鹅绒藤相似，种子尾巴上缀有白色茸毛，借此飞过两米高的砖墙，轻而易举。杠柳种子的飘落是随机的，同时飞出的应该还有，不知道飘落何处，唯是院中地面多已硬化，所以那些运气不好的种子大概率也就浪费掉了。

从看到杠柳苗的那一刻，我已经开始为它们的处境担忧。当然，小杠柳的周围同时也长着杂草，那些杂草我也喜欢，根据以往的经验，它们随时会被人除掉，看到它们惨遭毒手，我也会感到不忍。但是，一则它们存量多，二则这种遭遇对它们而言，已是家常便饭，多少有点见怪不怪。小杠柳可不一样。杠柳之为物，本地罕有，此乃我所见到的第二株，也可能是本市仅有的两株之一，与那些春风吹又生的杂草岂可同日而语？

如何让它摆脱危险的处境呢？这下可让我犯了难。我暗自思忖，预备了几套方案：一是找些树枝，在它周围插成篱笆墙，借以告诉除草者，请他们手下留情。事后想想终觉不妥，绿化带里搞种植一概被视为违规，插篱笆就更不容许，而一旦插上，还会形成一种指引，原本还有可能蒙混过关，一旦插上后事儿就明了。二是将它植入花盆中，放在自家阳台上养着。这方案看似稳妥，一劳永逸地避开除草人的镰刀，就此过上优哉游哉的生活。可杠柳它一是野生，二也不是小花小草，狭窄的阳台，疏淡的阳光，岂不等于将苍鹰豢养于笼中，让它如何自由呼吸，充分生长？一年两年还可以将就，时间长了，不还得另想办法。三是将它移至绿化带南首，那边即院子的一角，杠柳爬过冬青卫矛之后，就有铸铁的篱墙接应，足可容它长上十年八年。此外，那地方人迹罕至，除草人或许能百密一疏。可是，谁知道他那一刻心情如何，一个不高兴，手起刀落，就悔之莫及了。实在不行，就将它移至门外绿丛里，那边有密密高树笼罩，弯下腰可以看见地上布满荒草。既然可以长别的草，小杠柳也应该会被容忍吧。

　　一边考虑安置的方法，一边琢磨实施操作的工具。树小，根也不会太深，所以镢头、铁锨之类，就不必麻烦了；家中恰有建筑工人抹腻子的小扁铲，用它即可将小树周围的泥土挖开，留成钵盂大一块宿土，以前在吾乡，于麦田中发现一株小杏树，就是这样挪移的，如此无论移到什么地方，半点不影响小树生长。考虑过程中，日日经过绿化带，见各种杂草疯长，心里的紧迫感益增，我想，下午必须实施我的计划，免得夜长梦多。谁知中午从外边回来，进门看见那边杂草散乱，心知大事不好，紧走几步看时，杠柳苗果然不见了踪影。伸手拨拉一下半枯的杂草，赫赫然发现了它的尸体，小树被从土下寸余处切断，最下面是一截白根儿。抚摸着细茎，一时心乱如麻，被懊悔与自责的心情笼罩，天地骤然变色。正是我的举棋不定，磨蹭拖延，导致了小杠柳的遇害，我行动但使快上半拍，结局就不会如此惨烈。然事已至此，哪还有补救的方法。我知道我所应该做的，是尽快离开这片伤心地，然后将此事忘却。

　　心中有事，次日一早又来到墙外杠柳处。至则发现这边也出了状况，柏丛里的杂草被清理干净，杠柳张牙舞爪的逸枝也尽被截去。幸好主体部分犹在，唯是一根老藤给扯出来两米多长，任其低垂在路边，上面细枝揉搓，一副惊慌失措之状。我支下车子，将它扶到墙边的柏树上，摆个舒服姿势。这时，我感觉柏丛中有些异样，细看居然是新发的杠柳苗，先端翘然探出柏丛之上，长势极佳。蹲下身，从缝隙中察看，竟是并生的两株，根株一粗一细，长在柏树的旁边。这两株小杠柳让我特别欣慰，很大程度上抚平了昨天那场惨剧带给我的不良情绪。我又开始暗自盘算，到了来年春天，我或许可将这两株中的一株移到那边去，以弥补心中那一片的空缺。

　　自从看到这两株小杠柳，关于杠柳的感情波折暂时告一段落。有一段日子，我将关注兴趣集中到黄鹌菜身上。说来也巧，墙下的绿化带中，石楠树下，黄鹌菜们正在抽茎献蕾。一早一晚经过，停下来，凑上前，看着它的叶与茎，发上半天呆。那日观察黄鹌菜的时候，不经意间又看到两株小杠柳，当时，我的心一下子又提到嗓子眼儿。我眨一眨眼睛，掐一掐大腿，确定不是幻觉，再看那小树，一株生于外侧，紫茎绿叶，才半尺来高；另一株靠里，旁边有一截榾柮，似是以前给人剪去，复又从旁生出的蘖芽。

　　早上看到它俩，便打定主意，傍晚即进行移栽，这次可不能给人抢了先。谁知中午回来时，就看见那边一片狼藉，残枝碎叶散落一地，我心知是修剪绿丛了。修剪绿丛不打紧，可怕的是同时也铲除杂草，小杠柳再次给当作杂草处置了。看到这个局面，我还能说什么，还能做什么，我知道事已至此，任何抱怨都显得苍白无力。这种事体我遭遇得多了，唯是这一次无力感格外强烈。失悔与愧疚交织，心中灰暗已极。下午再次经行时，心犹不死，走近前拨开弃置的乱草，寻找小杠柳的踪迹。我发现，里边的那一株只是齐着樗栎剪断，也就是说，上半已陨而其根未伤，如果假以时日，蘖芽有可能还会冒出来；外边的这一株斩而未断，折了骨头连着筋，地上部分仆倒，仍有软组织与根部相连，有这点儿地方向上输送营养，枝上叶子未蔫儿。也就是说，二者所受到的虽是重创，差幸尚非灭顶之灾。看到这些，沉郁的心情方才稍微舒展了些。

事已至此，我已不再设想将它们移走。主要原因是它们如今的状态，实在经不起任何折腾。一株仅剩根部与樗栎，你算移栽的什么？一株重伤在身，稍有不慎就可能导致严重后果，那点牵连未断的软组织，哪里经得起拉扯，我不能生生将好事干成坏事。另外，绿化带中的杂草刚刚进行了一次清理，时间又渐向深秋，杂草们也已到了收敛心性的时候，所以冬天来临之前，应该不会再有大规模的除草行动。也就是说，即使将它们留在原地，发生危险的可能性已经大幅度减小。最重要的一条，"溥天之下，莫非王土；率土之滨，莫非王臣"。即使移到门外树林中，谁能保证那里就是法外之地？有野草生长未必就是容许野草生长，暂时的安定后面或许预示着更大的凶险。那边的除草人分得清青红皂白吗？落到他们手上，恐怕一样没什么好果子吃。一动不如一静，多一事不如少一事，那就让它们留在此地，挨过这个冬天，明年看情况再做处置好了。

为了一茎细藤如此费尽心机，博识的人可能会问，值得吗？杠柳的有无，对于一方土地，果然有那么重要吗？我不知道。我这种处心积虑也许纯粹就是庸人自扰，非常好笑。我知道平原上无寸土不耕，导致了植物特别是野生植物存量骤减。基于此，才乐见新种过来。我也知道这么一种两种的，解决不了根本问题。我的想法是多一种是一种，积少成多，积土成山，一方土地与一方人如果都能敞开胸怀，勇于接纳和善待远方的客人，久之，局面就会有所改观。一个人的能力有限，安置一株小小杠柳都成为难以实现的奢望。不过，我还是想让更多的人了解此事，参与此事，尤其希望有力者能参与其中。到那时，事情也许就不一样了。

2021-09-17

树枝上的红衣罗汉

前些年里，对植物子叶发生了兴趣。公园里，道路边，凡易生新株的地方，皆为我乐至之处。至则俯下身来，掀开遮遮掩掩的杂草，撩起已生的真叶，观察子叶的色泽形状，大小厚薄。斯事至微，却与至微之人如我身份相当，所以甚是乐此不疲。在此期间，连类知道被子植物可分为单子叶植物与双子叶植物，而区分的标准，乃是子叶的个数。然而裸子植物呢，它们生不生子叶，有几枚子叶，长什么样子？敝地裸子植物比较少见，实地观察的机会殊不易得，所以此事对我来讲一直是个谜。

对草木的喜好，如今已持续多年。作为"植物人"，却一直不脱自娱自乐的性质。对于分类之学，敝人一非科班出身，二未得名师指授。即使敝地植物存量有限，亦非愚钝如我所能尽知者，遇到解决不了的问题，工具书上查不出来的，只好放在心里闷着。古人说得好，独学无友，孤陋寡闻，此也在所难免。好在我比较沉得住气，一点儿也不为此事着急，什么时候感性经验积累得够多，或者契机猝然出现，刹那间问题涣然冰释，其快乐何可言喻；解决不了的，且让它在那里堆放着，只要不耽误我每日"仨饱儿俩倒儿"，算不上什么大事。

　　时间好像已是初冬，我独自经行于古运河龙山南路石桥。桥头石栏旁边有位老者在出售盆栽花卉，遇有这种流动摊位，闲着也是闲着，我一般不肯放过，驻下车子浏览一番。有黑色塑料方盒中物引发我特别的兴趣，挤挤挨挨的，居然是罗汉松的幼苗。罗汉松敝地少见，其儿孙却先期过来。其苗高仅寸余，叶色葱碧，齐刷刷几十株，如幼儿园儿童列队，看了未免心动。尤其盆沿处有二三株，细茎之上还戴着个圆形小帽儿，我想那乌黑的硬壳之内，肯定隐藏着它们的子叶，只需养它一段时间，等到壳子脱落，其子叶大概率就会现身，到那时候，罗汉松子叶的形状与数量，也就休想瞒得过我。

　　自那日起，罗汉松便成为寒舍的客人。原来的纸质塑料方盒过于简陋，找个漂亮点儿的将它换下，安置在阳台上阳光最充裕的地方。考虑到盆中壤土含水有限，又将其置于较深的盆垫之中，其中蓄水恰及花盆浅底。如此，纵使三天五日忘了给它浇水，也可保它们渴不着饿不死。归置完毕，只管到一旁静待小苗发育，果壳脱落，子叶们露出它们的庐山真面目。

　　我想我的行动按部就班，如意算盘也未出情理之外，然植物之生长速度，本就相差甚远，不同物种对新环境的适应能力，也是天差地别。生长快的，我曾亲历过丝瓜、冬瓜之蔓，当年种之于红砖平房檐下，等进入快速生长期，一夜之间即可伸长三层扁砖。对松柏之类生长缓慢，我也有充分的心理准备。心里想，即使长得再慢，脱掉头顶上的硬壳儿，才多大个事儿啊，十天八天不行，三个月五个月你总该可以了吧。后来的经历让我终于知道，我还是严重地低估了这些小苗的耐心。动物之中乌龟以行动迟缓著名，比之罗汉松的定力，它恐怕还得再修炼上几生几世。日子一天天过去，盆中小苗碧绿犹然，个头儿却不见增长一分一毫。阳台上过冬，尽管室温尚可，保其无冻馁之虞，但终非万物生长的季节，对它们凝然不动，我还能表示理解。后面春天来了，外面百花次第开放，它这边仍然我行我素。心中虽期待犹然，新鲜感却渐渐流失，关注也不似先前之殷切。它们大概也感受到了我的失望，生存的兴致不似以前，先是出现整株干枯，我也没怎么在意，贴地剪掉也就是了。出乎我意料的是，边缘处这几个家伙，竟是到死仍戴着那顶可恶的帽子。事后我颇为懊悔，如果当时心肠狠辣一些，径采取暴力手段，将那圆形外壳扯将下来，真相也许早就大白于天下了。

此次的侍养罗汉松幼苗，主要目标显然没能达成，但也未可视为完败。事情过去三年，寒舍的阳台上，罗汉松的幼苗数株犹在，虽其高仍不及三寸，其碧叶森森的样子，看后依然引动心中的快慰。

其实，对于小小罗汉松，我一直抱持隐秘的好感。

上海博山路一家文具店里，曾偶然看到这么一丛小小罗汉松。一个硕大的瓦质花盆当门摆放，口径逾尺。店主显然是个有心人，将细碎的草屑匀撒土层之上，乍见若闲置无用的空盆，细看才发现中心有一撮绿色，叩问之后，知道那卑微之物乃是罗汉幼松。冬天将至，气温日降，甚非草木所宜之时节；店铺逼仄，顾客熙来攘往，亦非莳花弄草的处所；小小身量，居于大而无当的花盆之中，更像乡村小儿郎趿拉着爷爷的大棉鞋。反观宽舒的场地，疏松的壤土，居于中央的它又如婴儿被簇拥在襁褓中，予人特别优裕温馨的感觉。小小罗汉松孑然独处于此，感觉它是寂寞的，却也是舒泰的。这样想时，即觉得它们枝枝叶叶都流露出一份怡然。店铺中遇到摆放盆栽的不知凡几，奇株异卉亦所在多有，唯这极不起眼的罗汉松给我的印象至深。我能感觉得到，这些小东西很受用这种处境。盆栽的这种养法，更令我动心。自那日起，心中即有了一个念头，方便的时候，也要养上这么一盆。烦了累了，走近它，看看寂然独立、谦退自守的小松，心中的躁气或也会得到平息。既然已得小松，夙愿得尝，怎么可以说三年来的侍弄没有成果了呢。

　　除却盆中盒中的幼苗之外，我所见过的罗汉松可分两类。一为园囿中的自然生长之树；二为人工培植的以此物为素材的盆景树桩。

　　因为体格与秉性，罗汉松幸与不幸，被制作盆景的手艺人看中。一株好端端的罗汉松，不待其长大，即被从土壤中挖出，移入器皿之内，从此展枝布叶皆被严格管控，低昂欹仄，没有一样自己做得了主。于是，那些盆栽艺人们就"斫其正，养其旁条；删其密，夭其稚枝；锄其直，遏其生气"，一盆做成，然后居为奇货，放在展厅里待价而沽。有好事者见而悦之，花重金购去，陈于厅事之中。不能不承认，人类的智巧亦不无可以夸饰之处，盆景做得好时，颇能以小见大，以少胜多。其下再垒以怪石，敷以苍苔，更可以假乱真，谛视之下，恍然若有咫尺千里之感。

　　人类向来有些自以为是的癖好，如将自由鸟兽禁锢于樊笼之中，将蛟龙囚拘于池沼之内。然而笼中之鸟兽，池中之鳞甲，虽已失去自由，却仍具自然赋予之形，一旦冲出樊笼，或者放归大海，犹不失自然界的一员。被制成盆景树桩的罗汉松则已失天然之形，放到什么地方都是个小怪物。"以曲为美，直则无姿；以欹为美，正则无景；以疏为美，密则无态。固也。此文人画士，心知其意，未可明诏大号以绳天下之梅也。"龚定盦此处说的是梅，移以说罗汉松，道理却是相通。

　　敝人经行不广，生于山野之间的罗汉松无由得见。我所喜欢的，只能是公园中、小区里任意栽种、可以自然生长的那些。其实我也知道，老气横秋的罗汉松在众树之中算不上出类拔萃，比之健爽挺拔的水杉，舒展优雅的雪松，从外形看，罗汉松终是稍逊了一筹；甚至与黑松侧柏并列，也占不到上风；更不要说红枫白蜡乌桕黄檀这些阔叶树。总括罗汉松的特点，一句谦逊低调不动声色足可当之。它总是悄然躲在园中不起眼的角落，一副人不知亦不愠的散淡神情：老干坚韧，枝柯有力，树形虽或未免支离，而叶色深绿，叶形挺括，如猬刺一般伸展开来，无论春夏还是秋冬，终不改这一身装束。时机到了，连苦荬地丁一类小草，都会勉力开出自己的花朵，尽可能显示一下自己的存在。唯有这罗汉松，永远一副深沉甚至木讷的神情，永远那么坦然自若，不卑不亢。

罗汉松其实不是"松"。罗汉松（*Podocarpus macrophyllus (Thunb.) D. Don*）乃罗汉松科（*Podocarpaceae Endl.*）罗汉松属植物，属常绿乔木。种加词 *macrophyllus*，《植物学名解释》释为"大叶的"。虽然与阔叶树无法比，在针叶树中，罗汉松这种条状披针形的叶形，可算是比较宽大的了。而且叶片中间又有一条明显隆起的中脉，也算得上一个突出的特征。叶子表面深绿，若有光泽，背面则为灰绿色或灰白色。

在没搞清楚罗汉松雌雄异株之前，某日，在小区拐角处一株中等大小的罗汉松的枝头，我发现了穗状花序。正如初次看到核桃的雄性花序，那垂垂然的模样，令我好不纳闷，绞尽脑汁也想象不出，这么个软塌塌的东西，怎么能演变成圆形的果实。我曾为罗汉松叶间花序拍了图片，发到网上，想就此问题就教方家。可能人家觉得我的问题过于小儿科，如回答，将与提问者一样可笑，所以半天不见回声。我自以为向池塘中投的是一块石头，可在塘水看来，那不过是一根鸿毛，所以连半点儿涟漪都没能溅起。我只好一如既往，将此事放在心里闷着。后来终于明白，核桃雌雄同株，那绥然下垂的只是它的雄性花序，在同一植株上，雌性花序在另一根枝上等着它呢。而罗汉松更是雌雄异株，长出这种花序的乃是雄株，它只管长这种花序，向空气中散布花粉，结籽的任务另由别处的雌株承担。

结果子的罗汉松长在同一小区的另一拐角处。有一天经行其旁，远远看见它叶丛里长出些绿色圆形物，我想那必是它的果子。遗憾的是，一带密不透风的海桐绿篱横亘在我与那树之间，绿篱极厚且密，踅摸了半天，也没发现一条可以挤过去的缝隙，只好站在篱墙之外，带着深深的遗憾远远地张望。就在我心有不甘却又束手无策之时，上苍眷顾，让我很快在公园门外发现了另一株罗汉松的雌性植株。

可能是受到旁边大树的挤压，此松之长相颇为怪异。主干长到两米来高，即不再向上发展，力量集中于一根横向伸展的孤枝，开始了一番平行生长，途中稀稀落落分布些枝叶，勉强形成一个树冠。树长得既不舒服，枝叶也不怎么茂盛。奇怪的是，此树果实却发育得很好，一是数量多，二是个头儿比海桐丛中那株树上的可是大了不少，而且有的已经呈现为晶莹透明的红色。

仄斜平伸的树冠为我的好奇心提供了充分便利，拍图当然容易多了，还就手摘取几枚，带回家细加研究。相对罗汉松的树形，其果子不算大，又隐藏于叶间，过往的行人一般都不会注意到它。而将其果子摘在手中把玩，放在案头欣赏，才感觉这罗汉松一年到头闷不唧唧，临了还是给人以惊喜——它长出果子的形状，绝对出乎一般人的意料，颠覆关于果子的既往印象：它的果形竟然像一个个小人儿！

从分类学的角度看，裸子植物不具备严格意义上果实和花。罗汉松的属名 *Podocarpus*，《植物学名解释》这样解释："〔（希）*Podos* 足 +*carpus* 果〕指种子具柄。"此处的种子，即前端那个圆球儿，唯其"柄"

有些硕大，圆球儿附着其上的那个膨大物体，乃是罗汉松的种托。罗汉松的种托高度肉质化，在不同阶段，分别呈现为绿色、红色和紫黑色。将摘到手的罗汉松种子竖起来看，上面蓝色的圆球儿，极像一颗头发剃光的脑壳，而下面膨大红艳的种托，恰如小和尚身披红色袈裟。罗汉松之名，首见吴其濬《植物名实图考》，其卷三十七云："罗汉松，繁叶长润，如竹而团，多植盆玩，实如罗汉形，故名。或云实可食。……滇南罗汉松，实大如拇指，绿首绛跗，形状端好。跗嫩味甜，钉盘尤雅。俗云：食之能益心气，盖与松柏子同功。"

罗汉，梵语 *Arhat*（阿罗汉）的省称，指的是那些已断烦恼，超出三界轮回，应受人天供养的尊者。罗汉松经常被种于寺庙之中，佛教界的人士早已发现，罗汉松的风神气度，与佛寺中那种深幽的环境、清寂的气氛颇为相宜。

让我们回到本文开头。

裸子植物具有几枚子叶？目前获知的信息是，在种子植物中，随着进化地位的提高，子叶数量会渐趋于减少。裸子植物较被子植物原始，所以子叶较多。银杏子叶 2 枚；水杉子叶 2 枚；红豆杉子叶 2 枚；圆柏子叶 2 枚；马尾松子叶就有 5 ~ 8 枚；黑松子叶更有 5 ~ 10 枚。微信公众号"物种日历"有 *ArtemisiaLiu*《雪松》一文，其中说："裸子植物的子叶可谓'多多益善'，通常都有十几枚之多。"从所附雪松幼苗图片看，雪松两株，其一清晰可见子叶 12 枚，另一株可以看到 11 枚，可能有一枚被遮蔽了。索尔·汉森在《种子的胜利》一书中更说："草、百合以及其他很多我们熟悉的植物只有一片子叶，而松树的子叶则有 24 片之多。"汉森是著名的种子专家，其言必有所据。至于具有 24 片子叶的是哪一种松树，还需进一步考察。

　　罗汉松的子叶形状与数量，至今仍不得而知。不过我已经想出了办法，估计揭破真相之日很快就会到来。据说罗汉松的种子具有胎生特性，也就是这些家伙比较性急，成熟之后不必经过脱水，也用不着休眠，还在树枝上长着呢，细长的嫩芽有的已经伸将出来，这就是它的下胚轴。坠地之时，这类种子可以像飞镖一样直接插入泥土之中，当即开启另一生命个体的成长历程。既然它们发芽这么容易，找几枚种子养在花盆里，总会有一两株肯于脱去冥顽不灵的外壳。我想，那就是真相大白的时候。

2021-12-26

解惜无人扫桐花

泡桐之兴起于敝乡，印象中不早于 20 世纪七十年代。此前十多年，因为焦裕禄以及防风固沙的故事，使得即使穷乡僻野的田夫野老，对这个名字也已耳熟能详。挟着时代的荣光，此树一至敝地，便受到广泛追捧。有人将它栽种于道路的两侧，沟渠的边沿，甚至大田的行间，据说此树秉性良善，不与作物争水肥；更有人将它栽种于自家庭院中，与已有的枣树、槐树竞一日之长。城市的街道边，亦多有植此树者，不数年就已绿伞高擎，摇曳生姿了。

泡桐初来敝地，似也不负众望。既然它在兰考贫瘠的沙地上都能活得风生水起，来到鲁西肥沃的田畴间，已可谓"出自幽谷，迁于乔木"了，焕发出超乎寻常的活力，亦在情理之中。泡桐到来之前，乡间生长最快的就数杨柳了吧，可自从有了泡桐，它们就只好靠边儿站了。只要栽种的位置不是特别蹊跷古怪，无辜摧折来的不是格外频繁，泡桐就不挑三拣四，只要活着，科条当年即可蹿升三四米，几年过去，胸径至少已是合手那么大，同一时间种下的杨柳还小伙子一般因风撩骚呢，泡桐这边已经是巍然屹立的大树了。

泡桐乍至，以普遍的年龄优势，显得格外生气勃勃。幼树时期的泡桐确也不同凡响。特别是上一年斫去旧株，来年蘖生新茎者，才一出土，已有大拇指甚至擀面杖粗细，葱翠带紫而富含水分，对生的叶子缓缓铺展，渐向阔大，绿莹莹的蒲扇一般。到了夏日，骤雨初歇，阳光从云缝间照射过来，饮足了水的幼树，浑身都呈一种跃跃欲试的态势，茎上叶上细密的茸毛，被明丽的阳光照彻，清晰如画，精妙绝伦，摸一下，绵软细腻，有如婴儿的肌肤，予人以特殊的朴厚温和之感。待它们长到八米十米之高，向上的长势开始衰减，营养供给让位于四围的侧枝，逐渐形成一个浑圆的树冠。挺然直上的树干，条畅交错的枝丫，浓密堆叠的叶子，无处不透着蓬勃昂扬之意。如果我的记忆没错，1987 年以前的东关街店铺门前，1993 年春季以前的东昌路的两侧，成排成列矗立着的都是这种遮天蔽日的绿伞。

泡桐显然不属于那种乖巧的植物，它从来不想凭借中看不中用的一技之长，获取人们特别的宠爱，继而被引入花园之中，从此过上养尊处优的日子。泡桐长相当然也不失其美，但泡桐之美自有特点：一是粗枝大叶，朴野大气，凡小把戏、小情调，一概与它无关；二是坦然自若，从不矫情做作。泡桐生长过程中，也不无小坎小坷。春风多好的东西，给大地送来温暖，可有时来得过于迅猛，也裹挟着尘埃与沙砾，恣意揉搓着它阔大的叶片，将其折损甚至撕裂。对于泡桐，这根本算不了什么，恰如报刊、广播里说的，它好像专门为了与风沙作对而生。风定天开之后，伤痕都无须抚摩，又继续起自己的生长，好像什么都没发生过。摧折处当然再也难以愈合，而迅速发出的新叶，很快将旧痕遮蔽，过不了多久，又赫然一树青葱了。

毋庸讳言，与伟岸的白杨和婀娜的绿柳相比，泡桐看上去难脱木讷的

南嶽
小蓮
遂

印象，但那种浸透于每一个毛孔的朴实神情，与面朝黄土背朝天的北方农人何其相似乃尔。所以泡桐初来，长在农家院落之中，长在广袤田畴之间，与周围的人与树，丝毫不见违和之感。

此言泡桐，概指所有泡桐属植物。泡桐属隶属玄参科（*Scrophulariaceae*），共七个种，中国均有分布，故中国可称泡桐之国。泡桐属植物皆为高大乔木，而本地所有者，多为毛泡桐（*Paulownia tomentosa (Thunb.) Steud.*），偶尔也可看见白花泡桐（*Paulownia fortunei (Seem.) Hemsl.*）。

泡桐树大，花开也繁。《广群芳谱》卷七十三云："《周书·时训》曰：清明之日桐始华。"出于明代的"二十四番风信"之说，亦列清明一候为桐花。泡桐花发，虽已届清明，却仍是花先于叶。泡桐花开甚有特点，树大花密，仅是其一；其二则是着花时漫长。为了开花，泡桐准备得不可谓不早，晚秋时节，串串花蕾已经擎出于叶间，远远望去，花蕾圆形而紧缩，颜色暗褐，因树高不易探察，远远看了还以为那是遗留的宿果呢！《齐民要术》已经发现了这一点："冬结似子者，乃明年之花房。"到了晚春时节，那些已经在寒风中隐忍等待了一个冬天的花苞，终得渐次绽放。一枝之上，由许多小型聚伞花序组成大型花序，呈圆锥、圆柱，甚至金字塔形，遍布于巨大树冠的外围，入冬以来一直了无生机的枝干，骤然焕发出生机，气氛一下子热烈起来。

关于泡桐花形，《本草纲目》以为泡桐开花"如筒"，确已道得是处，《广群芳谱》与《植物名实图考》则以为"开花如牵牛花"，也不无所得。我们当然不可以说他们的观察不对。李时珍注意到了泡桐花的长花管，汪灏与吴其濬看到的则是它的喇叭口儿。其实与泡桐花相似度最高的，鄙以为还属地黄，也就是吾乡割草少年所谓的"喝酒喝茶"：二者皆属玄参科，血缘上已相近，若除去花色，仅花形足可乱真。泡桐花具有很长的花筒，也如喇叭一样张开，张开处却并非牵牛似的全缘，而是五裂为上下二唇，与地黄一样，其花筒深处蕴藏了好多花蜜。花蜜本是用来吸引蜜蜂的，巷子这么深，全凭酒好即可高枕无忧了吗？泡桐还没有那么傲慢，它在花筒入口处生成好多紫色的斑点，这些符号就是特意为蜜蜂敷设的路标，如机场道路两侧的标志灯，引导蜜蜂由此进入隧道深处。

有些春花花期短促，骤然而开，又猝然而谢，如电光石火，稍纵即逝。譬如紫李，花期就那么三五日，这边还没腾出时间好好欣赏，它那边已经雪撒满地，考虑怎么孕育果子了。泡桐可不一样，那一树恣肆浩荡的紫花，从四月之初一直开到五月中旬，只要有兴趣，管保你欣赏个够。事实上也并非泡桐花朵特别耐久，而是花蕾海量。它那巨型花序如一个个鸡毛掸子，花朵从基部始发，然后次第向上，前赴后继。等它们缓缓开到花序的顶端，满树绿叶已经开始披挂，真正的夏天也就到了。

泡桐花冠先端唇裂，后作筒形，总是一个整体，所以到了落花时节，也是整朵坠地，而不作花片纷飞。落花之后，留下厚质的花萼与白亮纤长的雌蕊，久之，花萼之内又会凸显出一个手指肚大小的蒴果，依然高擎于枝端。《齐民要术》卷五曰"白梧无子"，《广群芳谱》卷七十三亦认为泡桐"华而不实"。至此我们不得不说，古人的这种观察并不确切。李时珍《本草纲目》卷三十五直截了当地指出这一点："或言其花而不实者，未之察也。"接着又加以详说："盖白桐即泡桐也。叶大径尺，最易生长，……结实大如巨枣，长寸余，壳内有子片，轻虚如榆荚、葵实之状，老则壳裂，随风飘扬。"花序轴上，泡桐的果序向上擎举，老熟之后亦不脱落，在雨淋日晒之下，先端终于开裂，露出其中头皮屑似的一团，那就是泡桐的种子。

四时的风不断吹拂着泡桐的树冠，果枝在风中摇荡不止，种子细雪似的不停播撒。泡桐树多么高大，这种子又何其琐屑，比方成大象生了些跳蚤，一点儿也没有夸张。

泡桐树如此高大，想凑近了观察其蒴果，实不容易。种子飘洒下来，当即混入尘土之中，非心细如发之人，根本发现不了。即使拿到开裂的蒴果，看到里面那些白色"子片"，外行人很难相信，这种东西就是大树的儿子。然而泡桐种子虽然细小，优势在于数量惊人，又播撒得神不知鬼不觉，这种基因延续策略，亦可谓相当高明了。发现泡桐种子不易，但只需稍微留心，雨季过后，在潮湿的花丛之中，僻静的小区角落，经常会看到泡桐幼苗悄然舒展着自己的身腰。我甚至曾于运河岸边壁立的石缝中，看到生长良好的泡桐幼株。

相对于满树繁花，父老们更关心的，生长速度之外，恐怕还是它的材质。我也曾暗自猜度，泡桐之所以生长迅速，肯定与巨大的叶片密切相关。植物通过光合作用，将太阳能转化为化学能，是植物自身营养的主要来源，人类只需在一边坐享其成就好。那一枚枚硕大叶子，活脱脱一块块太阳能板。合成的能量，随时聚积于大树的主干和枝丫中。人家庭院之中种植泡桐的时候，恰值乡村社会从极度穷困中尝试着走出，积年的匮乏在人们心上留下深刻的阴影。所以在父老眼中，树木很大程度上就是木料，长得快的树木，最与人们的企望之心相契合。那时吾家院子里也曾有一株泡桐，站立于堂屋的窗外，至于从什么地方弄来，又如何种上，事后已毫无印象。等我注意到它，树冠已经挺出屋檐之上。那时候泡桐太普通，我的心思也恰巧不在这里，每次回乡看望父母，都要从它身边经过。有一天忽然发现，它居然长到了合抱之粗，树荫遮盖了大半个院落。泡桐的不动声色，与它的生长迅速，结合得真是天衣无缝。

关于桐材的用途，《中国植物志》第 67（2）卷做了详尽介绍："本属植物均为高大乔木，材质优良，轻而韧，具有很强的防潮隔热性能，耐酸耐腐，导音性好，不翘不裂，不被虫蛀，不易脱胶，纹理美观，油漆染色良好，易于加工，便于雕刻，在工农业上用途广泛。在工业和国防方面，可利用制作胶合板、航空模型、车船衬板、空运水运设备，还可制作各种乐器、雕刻手工艺品、家具、电线压板和优质纸张等；建筑上做梁、檩、门、窗和房间隔板等；农业上制作水车、渡槽、抬扛等。"然而乡村之中，木材使用面窄，对材质却有独特的要求。如锄镰锨镬之柄，推拉车辆之辕，耙啦耢啦耧啦，所需木料，亦皆非硬杂木不办；即使造屋的梁柱，因四壁例用土坯，屋顶又抹以黄泥，呆板笨重与真正意义上的建筑不可同日而语，所以对木料也有特别要求，如梁非榆木不可，檩也最好是榆木，实在没办法了，才拉来杨木凑数。相对于其他杂木，泡桐的长处与短处皆在其轻软。所以泡桐虽然成材快，功用亦多，可放在乡间却未免明珠暗投。那时候，桐木最为人认可的就是它的不走不翘。以前乡村使用的板材，例以杨木为主，即使落房檩梁，解开之后还得上火炙烤，制成器物才可保不再变形。榆木最称"性"大，但使不到朽坏之时，走翘变形随时都可能发生。敝庐有一老榆木书案，通以落房檩为材，用钢筋贯穿使成一体。心想这下你总得老实就范了吧，谁知时日一久，隐藏钢筋与螺丝的镶嵌木块还是碎裂开来。以后还会不会出别的幺蛾子，我也只有眼睁睁看着的份儿。

泡桐就不一样了。泡桐是最乖巧听话的"孩子"，据说即使新伐的鲜材，当即解为薄板，它也会恪守原形，至死平展如故。所以到了做橱做箱，泡桐才渐为上驷之选。正因为与乡村应用重合度不高，导致一阵风过去之后，泡桐的存量急剧减少，如今只有在人迹罕至的偏僻角落，无人居住的荒芜空庭，才可能偶尔看到一株两株。

作为城市行道树，泡桐也有其与生俱来的弱点：一是其根多生表层，而树冠庞大，又叶子稠密，遇有疾风暴雨，头重脚轻，很容易站立不稳，对行人及车辆构成隐患；二是此树年轻时优雅漂亮，一进入中年，便渐露苍老颓唐之色。树龄一过二三十年，生长速度放缓，干枯枝丫渐多，如不及时修剪，便如乡村间那些不修边幅的邋遢汉子，有碍观瞻。所以九十年代以后，作为行道树的泡桐，已再难见到。

对于桐花，人们的态度似也不无古怪之处。泡桐花开满树，不可谓不繁盛，不可谓不热闹。一株株大树立于街口，缤纷的花树远远可见，颜色淡紫，从容娴雅。人从树下经过，香气氤氲，直入鼻端。古之人颇能领会桐花之美，频频将其写入诗中。白居易《酬元员外三月三十日慈恩寺相忆见寄》诗前四云："怅望慈恩三月尽，紫桐花落鸟关关。诚知曲水春相忆，其奈长沙老未还。"夏历三月紫桐花，必是泡桐无疑。又元稹《忆事》云："夜深闲到戟门边，却绕行廊又独眠。明月满庭池水渌，桐花垂在翠帘前。"渌池明月，窗前桐花，景况实美。杨万里《道旁桐花》亦云："春色来时物喜初，春光归日兴阑余。更无人饯春行色，犹有桐花管领渠。"而今天的人，对于桐花好像没什么感觉，诗人既少吟咏，行人也少叹赏，一任它自开自落。泡桐花大质厚，又富含水分，散落于地如不及时清理，踩上去既有不洁之感，还容易使人滑倒。而扫却桐花时的感觉，与扫却杏花、桃花时的悲悯伤感和惜香怜玉之情，绝然不同。为此，我私下曾为桐花深致不平。思来想去，原因可能有这么几点：一是桐花开放较晚，人们从深冬走来，看到春花乍放时的惊艳之情，至此已经消耗殆尽，简单说，就是曾经沧海，新鲜劲儿已经过去，波澜不惊了；二是桐花的淡紫之色，似也不够鲜艳，在春天灰蒙蒙的天幕之下，尤其显得温吞，缺少令人眼前一亮效果；三是桐花开得太易，只要有树，着地即可生长，长到一定高度，那花注定开放，而且不开则已，一开就是满枝满树。泡桐一点儿不知道人们的奇怪心理，不知道对于他们，永远都是物以稀为贵，几经周折到手的，他们才会珍惜。不过喜欢也罢，漠视也罢，泡桐它一点儿都不在乎，它只是尽自己的性情活着，应着四时的节拍展枝布叶开花结果而已，人类对它的感情态度，它从来不加以考虑。

泡桐之来，或多或少挟带着兰考风沙的印象，带着兰考人民生生不息的印象；其来之后，又很快由兴盛走向没落。其来路既说不上高雅，最终也无从进至奇花异树行列。至少在我，脑子里积成一种错觉，觉得如泡桐者，虽朴实如斯，终是个不登大雅之堂的土包子，甚至是乘时而浪得虚名的暴发户。至于古代典籍之中那些关于梧桐的记载，肯定与它无关。以至于后来得见梧桐之时，犹激动得绕树三匝，心下连道久仰。事实果然如此吗？只需稍加查考，发现这种想法实在冤枉了我们老实木讷的泡桐树。

《诗·大雅·卷阿》："凤凰鸣矣，于彼高冈。梧桐生矣，于彼朝阳。"朱熹《诗集传》引庄子"凤凰之性，非梧桐不栖，非竹实不食"等语，将"梧桐"二字径训为梧桐。其实在这里，朱文公很可能上了庄周的当。凤凰乃传说中的百鸟之王，雄者曰凤，雌者曰凰。既然凤与凰乃雄雌二鸟，那么，与之相对的，梧与桐为什么一定要合并为一种树呢？关于此二树，《尔雅·释木》皆有解说："荣，桐木。"可见"桐"这个字，最早并不属于今之梧桐，而是"荣"木，也就是泡桐的专用名。北宋陈翥撰有《桐谱》，青桐（即梧桐）列于其五："一种枝不入用，身叶俱滑，如柰之初生。今兼并之家，成行植于阶庭之下，门墙之外，亦名梧桐，有子可啖，与《诗》所谓梧桐者，非也。"《广群芳谱》亦云："《尔雅》云，荣，桐木。即此。华而不实，故曰荣桐木也。木之荣者多矣，独桐名荣者。桐以三月华。"至于今之梧桐，《尔雅·释木》则曰"榇，梧"，这才是它原来的名字。本是两种植物，被那些从书本到书本的，不肯作实地考察的书生们给搞混了。

陈翥《桐谱·类属》记述了六种桐树，分别为白花桐、紫花桐、取油用桐、刺桐、梧桐、贞桐（赪桐）。并把白花桐与紫花桐归为一类，取油用桐与刺桐归为一类，梧桐与贞桐归为一类。南京大学熊大桐先生以为，根据作者对其形态、习性和用途的描述，白花桐即今白花泡桐，紫花桐即今毛泡桐，取油用桐即指油桐，刺桐即今刺楸，梧桐即今青桐，贞桐即今赪桐。"陈翥经过细致观察，既看到白花桐与紫花桐的不同点，更看到它们的相同点，将它们归为一类，与其他桐树区别开来。在《桐谱》出版以前，有的人把'梧（青桐）'和'桐（泡桐）'是混为一谈的。……陈翥在《桐谱》中就扭转了树木分类上的这一混乱现象。"（熊大桐《陈翥及其＜桐谱＞》）

蔡邕与焦尾琴的故事流传甚广。事出《后汉书·蔡邕传》卷六十（下）："吴人有烧桐以爨者，邕闻火烈之声，知其良木，因请而裁为琴，果有美音，而其尾犹焦，故时人名曰'焦尾琴'焉。"吴人所烧之木，此处只着一"桐"字。此桐是《尔雅》之荣（桐），还是庄周之梧桐，如不加辨析，一般人自然而然会想到后者。

所以容易发生这种误解，一与朱熹传注有关，朱熹《诗集传》后来成为明清两代科举取士的教材，对后世读书人影响至大；二与稗官野史、民间传说或亦不无干系。如冯梦龙小说《俞伯牙摔琴谢知音》，借樵夫之口说：

此琴乃伏羲氏所琢，见五星之精，飞坠梧桐，凤凰来仪。凤乃百鸟之王，非竹实不食，非梧桐不栖，非醴泉不饮。伏羲以知梧桐乃树中之良材，夺造化之精气，堪为雅乐，令人伐之。

这一段对于伯牙琴身世的想象，在庄子凤凰与梧桐之说基础上进行了发挥，作为传统文学中的经典意象，凤凰非梧桐不止，作为吸引凤凰的神木，凡材泡桐当然无法与之比拟。

然而，事实果然如此吗？

《鄘风·定之方中》云："定之方中，作于楚宫。揆之以日，作于楚室。树之榛栗，椅桐梓漆，爰伐琴瑟。"卫文公在农闲之时，定四方，筑宫室，广植树木，以备礼乐之用。诗中说到了六种树，榛、栗、椅、桐、梓、漆。郑玄注云："树此六木于宫者，曰其长大，可伐以为琴瑟。言预备也。"关于此处的"桐"，日本一些《诗经》研究者不同意朱熹的意见，如《毛诗品物图考》，此处所配插图即为泡桐。近人潘俊富《诗经植物图鉴》亦云："将桐与榛、栗、椅、梓、漆等重要造林树种并提，则宜解为泡桐。"伐来以为琴瑟的，至少在此处，是"荣（泡桐）"而非"梣（梧桐）"。

古琴制作选用什么材料，自古至今一直争论不休。而泡桐堪为琴瑟之材，见诸记载最早。《本草纲目》卷三十五引南朝陶弘景："白桐，一名椅桐，人家多植之，与冈桐无异，但有花、子，二月开花，黄紫色，《礼》云'三月桐始华'者也，堪作琴瑟。冈桐无子，是作琴瑟者。"于梧桐，则但说"叶似青桐而有子，子肥可食"而已。贾思勰《齐民要术》卷五亦云："白梧无子。冬结似子者，乃明年之花房。亦绕大树掘坑，取栽移之。成树之后，任为乐器。青桐则不中用。于山石之间生者，乐器则鸣。"贾思勰以为，白桐堪为乐器，而青桐则不可。以今日选材例之，后半句似言之不确，但据此足可证明，至少在北魏以前，制造琴瑟的匠人，尚未认识到梧桐可用。陈翥《桐谱》："凡二种（青桐与赪桐），虽得桐之名，而无工度之用，且不近贵色也。"也不大看得起梧桐。《广群芳谱》亦云："造琴以华桐生山间者为乐器则鸣，孙枝为琴则音清。"一直到清晚期，吴其濬《植物名实图考》记载泡桐时，亦将"作琴瑟"视为重要用途："桐，《本经》下品，即俗呼泡桐。开花如牵牛花，色白，结实如皂荚子，轻如榆钱。其木轻虚，作器不裂，作琴瑟者即此。其花紫者为冈桐。"关于梧桐则仅说："《尔雅》：榇，梧。春开细花，结实曰橐，鄂以为食。《本草纲目》始收入乔木。俗亦取其初落叶，煎饮催生；又煮叶熏，治白带。"可见文学想象之中的梧桐，与分类学家眼中的梧桐，根本就不是同一种。

当然，梧桐也是一种很漂亮的树，近代亦多有取其材制琴瑟者。当代琴瑟制作实践中，泡桐、梧桐、松木、杉木皆可取材，不同的琴材和斫法，可使一琴一音，性格各异，使音乐演奏更富个性。当然，这就是另外的事了。

2021-11-27

第五辑 综合之什

濯濯蔷薇解护花 ◎ 运河石壁上的植物 ◎

凌乱而丰饶的角落 ◎ 种子种种 ◎

植物古今汉名趣谈

濯濯蔷薇解护花

敝乡地处平原，野生植物除了生生不息的杂草，那些株形稍大，生命周期略长的，尽管长相体面，也很有趣儿，在旷日持久的精耕细作压力之下，也已经难觅容身之地，聪明一点儿的就开始往城市遁逃。城市虽然也不是法外之地，它们现身于此，或机缘凑巧着生于荒僻的角落，为世人所遗忘，或因管理者百密一疏，暂成漏网之鱼。近日忽然发现，还有一些幸运儿，因缘际会，因了那些天然护花使者的庇佑，亦可得享天年。

本市植物园建成后，我即于竹林中发现了蝙蝠葛。此物前所未见，所以颇为珍惜。察其茎纤细，其叶整阔，叶则盾状着生，脉络更疏朗有致，幽幽地甚是呆萌。某日来园中，看见那一带有人除草，赶紧向园方告急，请施以援手。朋友回说，好吧，这次管保无虞，以后可不敢说。我也知道此事之难，除草人都是临时请来，杂草又种类繁多，孰去孰留，让人如何交代得清楚。于是便觉得这蝙蝠葛命悬一线，岌岌可危。每次相过，都要走近察看一番，生怕出现什么闪失。可能就因为着生竹林之故，如今时届晚秋，蝙蝠葛已经攀爬到翠竹梢头，叶片经霜也开始枯黄，居然毫发无损。此生有惊无险，也可值得庆幸了。

　　还有一种杠板归。杠板归本地不多见，以前园子里却有。园子重建，土木大兴，杠板归因之失却了托身之所——时移事异，它得重新寻找安身立命的地方。夏初时我曾于绣球丛里发现过一株。晚秋时节，更于另一片竹林里，又看到杠板归的藤蔓，它们竟然攀上青竹之梢，有模有样地营造起自己的世界。这些发现，令我惊喜莫名。杠板归果期较迟，以前很少看到它那五颜六色的种序，而此次，在竹林疏枝翠叶间，居然也探出好多轴。

　　如蝙蝠葛与杠板归，你说它苟活也好，偷生也罢，总是安然度过了自己的人生四季，比那些半途即遭荼毒者，已可谓幸运儿。然而，其所以如此，却并非谁人良心发现，特意手下留情，端因这竹林太密，外面又有其他植物阻隔，令除草者难以厕身其中施展拳脚罢了。竹子本也无知，无意间竟做了蝙蝠葛与杠板归的护花使者。可见，即使完全由了人类的擘画造作的景观里，自然万物也能凭自己的特性，因时因地制宜，形成一种和谐共生关系，以抵御外部的侵害。

　　作为护花使者，竹林浩浩若万间广厦，含蓄万端却又不动声色，其气度洵可感佩。若论爱憎分明，义正词严，对施害者从不假以颜色，以我之见，还应非蔷薇莫属。蔷薇以其花叶之美为世人所爱怜，满身的棘刺也就可以容忍。上苍给蔷薇以利刺，本意可能只是助其攀缘，顶多兼顾防身，然而鬼使神差，在特殊的时与地，那棘刺在完成天赋职责的同时，也成了护佑弱者免受戕害的利器。

　　丙申初夏，先后于湖南路南侧与闸口古槐附近发现了两株白英。一株尚且幼小，隐匿在路旁扶芳藤的绿丛里；另一株体格庞大，攀缘于古槐旁边的侧柏上。此物叶形婉美，触感丝滑，让人不由得喜欢上它。可当其将花未花之时，两株白英竟先后遭遇不测。虽说事发突然，却亦在意料之中。

在人们眼中，这白英与那些马齿苋、牛膝菊、鸡眼草、狗牙根并无不同，都是不请自来、遇之必除之而后快的杂草。除草者的想法也没什么错，既然它着生于花畦之中，或者灌丛之侧，哪怕出身再高贵，也不能成为法外开恩的理由。你牡丹芍药再高贵，我白菜畦中也不能容你。结果就是多日来念兹在兹的漂亮植株，就这样毁于一旦，令我好长时间郁郁不乐。

痛惜之余，退回来也不得不往开处想。既然它们已来于此地，且生长数年，说明此地与它们还是蛮对付的。再者，白英既已经有一株两株，为什么就不能有三株四株、五株六株？谁敢断定事情不是这样：这边的两株遭逢灾厄，那边的好多株长得正嗨呢！

这回还真让我猜着了。

某日，应友人之邀，到运河西岸之全聚德吃酒聊天。特意早点儿过去，因为我知道，酒店正门之外，便道两侧各有几方花畦，前些年曾经生长过红蓼，特别高大威猛。红蓼虽为一年生植物，可种子遗落于壤土之中，今年或也已长出新株。到后发现果然不错。时届初夏，红蓼尚幼小，却已相当茁壮，茎大叶肥，红花乍吐。不远处是高高低低的绿丛，既然有时间，就绕道过去。转过未远，恍然看到古琴形状的叶片，其上细毛茸茸，一道闪电从我心上划过，我已知道，此物定是白英无疑。紧接着发现，堆叠好高的绿色枝条上，多处都有白英的枝叶，虽才见一鳞一爪，已可知这一位株形之巨，如果运气好，并数量也可能不老少。

那两处的白英俱遭灾殃，为什么此处却得独留？惊喜之余，当即悟到了个中缘由。这片灌丛的主体，既不是凡庸易与的冬青卫矛，也不是娇羞无力的棣棠，而是看似柔弱实则凛然难犯的蔷薇。勤勉的锄草者受人指派，逐一检阅，不可能遗漏此地；看到杂草，也不会无缘无故地手下留情，所以除之未净，只因肉身凡胎，不能不对蔷薇的棘刺有所忌惮。看着白英往复回环的枝条，其上变化多端的叶形，叶底簇生的花序，一时对这片救人困厄而毫无德色，始终默然不作一语的蔷薇，充满了特别的敬意。

此后每来这边，必来此绿丛前，察看白英如何牵延缠绕。盛夏时节，水肥充盈、性情温和的白英也略显跋扈之态。其弱枝，每每探出绿丛之外，腋生的聚伞花序，步步为营，淡紫色花也次第开放了。宿萼之中，更有果实渐渐凸显出来，距离那种晶莹的浑圆，已经为期不远。我想，这就好。只要有了果实，有了种子，就不愁其子子孙孙。而只要此处有了，也就不愁不散播到他处。

受到蔷薇庇护的，白英之外，我还看到过罗布麻。

罗布麻也算是旧相识，只恨当初无由叩其名姓。近年在沿湖一带陆续发现，终于知其奇特的际遇。罗布麻名字苍茫大气，长相也相当不俗。无论初生叶色之明艳，还是长成后枝条之疏朗，无不各擅其美。敝人观察此物多少年，多见叶片精美的幼株，以及顶生紫红花的成株，却很少看到它叉生的羊角一般的蓇葖果。与在《中国植物志》插图上所见，颇有不合，搞得我甚至怀疑，平日里我一直将其称作罗布麻的这种小灌木，会不会竟是别个，而大名鼎鼎的罗布麻却另有其人。

其实，湖边这些与芦苇混迹于一处，科条丛生的植物，正是罗布麻本尊。平日之所以看不到它们的果实，并不是罗布麻性格怪僻，故意出工不出力；而是来到敝地，有点儿虎落平川，人们对它高贵血统与显赫地位知之甚少，害得它只好与野生芦苇甚至卑贱的杂草为伍，人人可得而除之。相对于机警的杂草，罗布麻株形偏大而生长周期过长，从初春发育，夏末着花，须待深秋才见果实。在罗布麻，这种安排当然有它的道理，经历一个完整的

四季，本来就是世间一切植物的梦想；可对于锄草者，这个时间窗口留得太大，刀锯相加的概率就成倍增加。于是结果常常是，等不到果实老熟，早已被人以各种各样的理由剪除掉或掳掠去了。

今年夏天去西北城办事，沿着湖西竹林北行，随意拐进一条横道。忽然看见左侧墙上探出一片绿叶，其中有紫红花开得好灿烂。盛夏季节，花开到这种程度，一时还真想不出是哪一个，于是停车走近，发现开花者居然是罗布麻，罗布麻株型不大，散生时也就长到一米来高，而此处，少说也有两米以上了吧。

这是一道铸铁透视墙，墙内所植乃是蔷薇。既已积有年所，蔷薇枝柯已甚是繁茂，将一道透视墙遮挡得密不透风不算，不仅遥遥探出栅墙之外，不断向上发展的同时，还绿厦一般向外伸展。这罗布麻有幸还是不幸，恰生于蔷薇丛中，起初它们也一定感到憋闷，在蔷薇的枝叶密林里一寸一寸上升，等渐渐超出了蔷薇的高度，才得畅舒一口气。等那蔷薇的花期过后，再于一派浓绿的衬托下，放出那一片明艳的紫红云霞。

目睹这一现象后，我心中充满了惊喜，甚至感动。

秋天来临之后，想起墙沿上那丛罗布麻，它们也该修成正果了吧。于是挑一个晴朗的下午，再次专程来到这边。蔷薇绿丛之上云霞消失不见，远望就不那么抢眼。走近了看则大喜过望。蓇葖果两两并生，层层叠叠，居然有那么多。罗布麻的蓇葖果比较纤细，比鹅绒藤的还要瘦长。而此时，它们大多已经成熟，熟果已经够多，我觉得可以摘取一些。然而并其孙枝也已木质化，扯断颇不容易，且虽是晚秋时节，枝端如此老硬，扯断后仍有白色乳汁汹涌渗出。

罗布麻由蔷薇加持，长到两米多高，其基部是个什么形态，引起我的好奇。于是蹲下身，隔着铸铁栅墙察看。蓬生麻中，不扶自直。路边湖岸着生时随意分枝的灌木特性不见了，代之以不枝不蔓，一茎向上，由蔷薇的密条间蜿蜒穿过，挺出蔷薇之后，才开始分蘖展枝，布叶开花。

　　既然竹林里能藏匿蝙蝠葛与杠板归，必也可以容留桔梗与马胶儿；蔷薇的枝条可以掩护白英与罗布麻，一定也能为黄独与千金藤遮风挡雨。与竹林、与蔷薇丛同样的植物环境当然还有很多，这也是我们对野生种的生存前景不必过于悲观的理由。相信野生植物的生存智慧，相信自然天道的厚生之意，好看的、好玩儿的东西，注定不会因人类的愚蠢而完全绝迹。

2018-10-19

运河石壁上的植物

迷失多少年的古运河，近年经开发整修，已然成为蜿蜒于城中的一道风景。沿岸的绿化带说不上宽展，总也绿树高耸；河床上半为缓坡，其上种些细草灌丛，红槐绿柳，杂花奇株亦时见其中；下半则砌为石壁，石壁与斜坡中间设有甬道，供行人往来。有段时间，此甬道成了我日日必经之地。时日一久，土坡上林林总总的植物渐渐成了我的熟人朋友。

某日，我吃惊地发现，河沿石壁上居然也开始生长植物。最初仅见枫杨，后又看到蔷薇。今年夏天，隐约感到石壁上附着物大大小小增加了好多，那天下午再次经过时，看看天色尚早，决定仔细清点一番。

我所经行的这一段，为运河西岸，北起龙山南路石桥，南抵湖南路，长约 500 米。起初我觉得用不着借助纸笔，巡行一过，凭脑子就能记个差不多。可种类与数量参差多歧，三根黄瓜四枚西红柿五个茄子六块土豆，一不小心，已将萝卜放以白菜堆上，大蒜与洋葱也出来捣乱，这时方才想到，何不一一拍成图片，带回家从容梳理？

石壁陡立，其下水波荡漾。深幽之处乃鱼类的世界。甬道外侧幸有石栏可凭，人嘛，探身栏外也不致落入水中。唯伸出手臂拍照，手机那么光滑，但使把持未牢，岂不妥妥地落入河中？可既然已经想好，哪有半途而废的道理，多加些小心也就是了。拍摄之前，先将手机调试好，然后双膝抵住石栏，两手探出水上，石壁上附着的青枝绿叶瞬间尽显于屏中，手指一点，那些调皮的草木即已被我俘获。回到家一一记录在案，计有西红柿 1 株，钻叶紫菀 4 株，旱莲草 1 株，水稗草 5 株，芦苇 2 株，垂序商陆 1 株，喜旱莲子草 3 丛，蔷薇 2 株，枸杞 3 株，臭椿 1 株，悬铃木 2 株，构树 2 株，枫杨数量最多，竟达 7 株之多。以图片成像效果论，以西红柿与枫杨最为风度翩翩。

　　沿河石壁用粗糙的石块叠垒而成，石块之间的罅隙空间有限，其中壤土无多，或可与蝼蚁为家，谁会想到这么多植物竟然不为其地逼仄为嫌，争先恐后来此安居了！最令人费解的是，石壁陡直，地球引力根本不会支持种子横向运动进入石缝，那么，它们是从何处而来，又是如何进去的？

　　喜旱莲子草尚且不难理解。此物乃有名的滚刀肉，最擅长死缠烂打，地上、水里，没有它到不了的地方，莫说这向天敞开的运河石壁，它跑到再蹊跷古怪的地方，也无须惊奇。其他植物呢？石壁下临运河流水，谁会乘船过来，将种子置于石缝之中？有一种可能则是，石缝之中原就有些壤土，壤土中本来就隐藏着植物种子。这段河开发固然已逾二三十年，但以种子的特性，休眠上几十年甚至上百年，原就不是个事儿，它们什么时候醒来，全看高不高兴。这一理由可以解释石壁上多数植物，唯有枫杨是个例外。枫杨原为南方树种，随着运河开发才移来此地。另一种途径听起来也许不可思议，却可能最接近事实真相，那就是凭借风力，将种子送达石壁缝隙之中，然后才有了石壁上的绿色故事。

　　探讨这个问题，首先要考虑的是种子的质地与形状。最方便借助风力的，最数芦苇与钻叶紫菀，悬铃木种子个头大了点儿，亦可归诸此类。芦苇与钻叶紫菀的种子形微而质轻，尾部簇生白色的茸毛，随风飘然远举，翩翩如雪。一旦腾空而起，普天之下，就没有它们到达不了的地方。随遇而安是杂草的天性，如果恰于它们进入石缝的刹那，疾风停止了吹拂，紧接着绵绵细雨将其浸湿，于是这儿就成为它们的家。悬铃木的种毛色黄而凌乱，而种体细长，如同一枝迷你小棒槌。风起时，树下便如黄尘乱飞，让人睁不开眼睛。疾风挟着尘沙，将一枚颇具质量的种子塞入石缝之中，真够难为人的了，然而事实俱在，不容你不相信。

枫杨与臭椿种子相似度较高，皆属所谓翅果，亦即种子外面生成翅膀似的薄片。秋深时节，枫杨与臭椿的叶底枝间，熟透的翅果一簇簇一串串，微风吹来已窸窣作响，风一急便当空散落，播撒得沟沟坎坎随处都是，此乃其惯技常态。特别是枫杨种子，两条翅膀构成一个钝角，整个像一架小飞机。可一旦掉到地上，再想飘然远举，那得什么样的卷地狂风？此二种虽有翅膀，无奈体重显然，欲将其塞入石缝，更得费些力气。

其余几种，旱莲草的瘦果如秀珍版葵花子，西红柿与枸杞种子肾形而扁，无翅亦无毛；垂序商陆种子初如迷你蒜头攒聚，分开亦为肾形，较前二者尤为肥大；构树种子细小而圆，完全无所凭借。如果一定要进入运河石壁的缝隙之中，目前它们唯一的优势就是形小体轻。它们可以将自己隐藏于地表壤土之中，等待时机。北方的春天最不缺少的就是大风，一不留神就刮个天昏地暗，飞沙走石。我想，只有那一刻才是这些种子的送达之机。狂风裹挟着沙砾与种子，在运河的河床里奔突叫嚣，鼓荡水体，撼动石壁，它们可不是什么灌篮高手，投掷一千次谁敢保它命中一次？可以推断，落入河水之中的种子肯定是个天文数字。好在野生植物有的是种子，它们浪费得起，拼上一百二百，三千五千，只需无何止地投下去，总有投中的时候。退一万步，即使一次未中，种子全部落入水里，沉入泥中，也不必害怕。河泥每隔几年就要清理一次，清出的河泥堆放到哪里，它们就会在哪里苏醒复活，开始另外一种新生。

然而，垂序商陆的传播策略还是启发了我。垂序商陆的果实颜色紫红欲滴，借此吸引视力甚佳的鸟儿过来啄食，借助鸟儿的翅膀，将自己带到远处。所以垂序商陆、枸杞、旱莲草的种子进入运河石壁中，或亦与飞鸟们有关。然而鸟儿的排泄物顶多附着于石壁上，至于它们如何进入石缝之中，那只有问种子自己了。

秋日的天空高远，白云如缕。运河水流平缓，微波澹澹。天地之间一派澄明。此即这一方人的生存空间。对于眼前这个空间，我们每个人都很熟悉。人们在观察这个空间时，有一个指标叫作空气污染指数，此外，没人在意这中间还有什么东西。其实，在这一派或混沌或空明的空间内，种子之雨亦在或疏或密地播撒，即是这片天地间植物生态的一个方面。这些风吹过来鸟衔过来无序散落的种子，与着生于石壁上的相比，跌落水中的已是幸运之子，又有多少跌落于附近石板路、柏油路面上，为往来的车辆而碾为齑粉，这也是这一带自然生态的一部分。虽然我们看不见，却是切切实实存在旳。

河沿石壁这种生存环境，肯定难以让所有植物过得舒服。芦苇、水稗草和喜旱莲子草等，平时多着生于湿地或水滨，眼下这种环境虽不近似却也不远，潮湿的气息是它们熟悉和喜欢的。石缝有别于平地壤土，着根处自是逼仄了些，好在它们要求不高，那点水分与营养，竟够其活过一生的了。如果它们有心，其根用力穿透石壁，外面就是无尽的厚土，发展的余地还是有的。枸杞身为灌木，好在株形较小，生于斯长于斯，虽不得蓬勃恣肆，苟且偷安还是可以的。西红柿本乃菜蔬，被人种植于菜畦中的，不知缘何沦落至此。看它着处较低，水分供应充足，所以生长状态还好。目前正在花期，等它结出果实，累累沉重，压枝欲低，仄立于石壁上可能就不大方便了。垂序商陆着处靠上，营养水分显然不够用，对于自己的处境，商陆可是门儿清：既然无法长成一两米的身量，那也只好到什么山唱什么歌。其茎仍红色，才长出四五片叶子，身量不过三寸，就已吐出花序，结出几粒可怜巴巴的浆果，叶子片片淡黄，边缘枯焦，随时准备将自己终结掉了。状态最自然潇洒的，还数那两株钻叶紫菀。钻叶紫菀虽以旱生为多，感觉它也颇喜欢近水，它茎细而硬，立于石壁之上，与平地一般无二。眼下已经过了花期，叶子细碎而碧绿，花序蓬大而疏朗，等到深秋风起，种序散开，着有细毛的种子就会乘风飞向四面八方。着于此处或着于别处，对它而言，几乎没有任何不便，倒是避免了行人的采撷，避免了无辜的伤害。

最不适合着生此处的，还属构树、枫杨和悬铃木。它们三位都是植物界的伟丈夫，动辄长到合抱粗细，几十米高，盆盎之内怎么容得下蛟龙，让它们着生于缝隙之间，简直就像老天爷开出的恶意玩笑。

构树在本地属于野生种，所以存量不多。小构树一出世就显得肥头大耳，比较招人待见。凑巧遇上除草人心下不忍，转眼间它就长到两米之高，这才不得不认可了它。如今它生于此地，前景当然无法看好，只好走一步看一步。悬铃木作为行道树被引进，如今已是触处可见。其果实成熟后仍悬于枝头，四季有风，种子便不停飘洒。它那缀有黄毛的种子浪费最多，多雨的天气里，路边缝隙中也会生出一两株小小悬铃木，可从没看见它们自然发育成大树。

枫杨树因运河开发而来到敝地，仅这一段沿河丛林中，就有数十株。树下枯叶与碎梗之中，积聚着枫杨树的种子。偶遇春雨浸湿，种子齐刷刷萌发了，地上密密匝匝一层，尽是擎着两支钉耙形子叶的小枫杨。数年间，我一直观察树下这些小枫杨，"天地不仁，以万物为刍狗"。除去石径边缘曾有几株长到第二年，其余成千上万株全如涸水洼中的蝌蚪，痛苦地死掉了。石缝中的这七八株，着处虽然说不上好，水分却是充足，终得活了下来。枫杨树高大，远望仅见葱郁的树冠，而运河甬道石栏外的这些，羽状的叶子铺展着，鲜嫩的绿色让人爱得不行。不考虑其着处逼仄的话，新生营养枝勃郁的劲头也让人觉得它前途无量。

理查德·梅比在《杂草的故事》（陈曦译，译林出版社 2015 年 5 月第 1 版）一书中记载了这样一件事："谢菲尔德的植物学家理查德·迪金写了《罗马斗兽场植物志》，并为这本书画了插画。这是一本制作精良的书，书中包括 420 种生长在这座有 2000 年历史的废墟上的野生植物。其中 56 种是草类，41 种是豆科植物，有些植物在欧洲西部十分罕见，它们的种子可能是躲在野兽的皮毛中从北美洲远道而来。其中最打动迪金的是滨枣（*Paliurus spina-christi Mill*），这里的古代牺牲者们曾佩戴这种植物。作为进入了一个人造文化景观的野生入侵者，它们都算是杂草，但迪金把它们看作一种证据或救赎。斗兽场的花朵'形成了一条记忆的纽带，在经年累月的悲伤中，教给我们许多充满希望和抚慰我们心灵的东西，对它们那静默的感染力无动于衷的一定是一颗冰冷的心；它们无声地向我们讲述了重生的力量，这力量让这巨大废墟中的小小尘埃都有了生命力'。"

运河石壁上的植物无论数量还是存在时间，都无法与罗马斗兽场的相比，但这至少也是一个标本，一个具体时空中植物繁衍的切片。不管意义大小，我都想将它记录下来，因为我还没练就那种无动于衷的"冰冷的心"。

回来检点图片时，发现有几帧拍得不够理想，次日再来河边补拍。到后发现情况已经发生了变化，株形较大的那几种，全都给人砍掉了。特别是生长旺盛的那几茎枫杨，砍得只剩下楂柮。枝杈则随手丢弃在河水中。无论蔬菜还是树木，它们既已来到此地，身份就变成了入侵者，变成了生错了地点的植物。随时被人清除，就是它们的命运。其实不单敝地如此，罗马斗兽场的植物也未难例外。理查德·梅比在《杂草的故事》中接着写道："十五年后，加里波第的新政府将罗马斗兽场的管理权交给了专业的考古学家，然后每一种植物——包括那些比沉默的石砖更能诉说斗兽场历史的植物——都被从墙壁上清除掉了。"

2021-09-28

凌乱而丰饶的角落

我平日看书写字喝茶发呆的地方，屋角摆放着一张橱桌。桌面外侧罗列着几册无用的书刊，内侧二尺见方地方比较凌乱，大大小小长长短短的，俱是我平日寻花觅草随手撷来，一些植物的果实和种子。我不是个有洁癖的人，但屋子总要收拾妥帖，心里才舒服。独对那一带的披拂参差，总是法外开恩，容忍已久。因为对我而言，那些颗颗粒粒枝枝权权，皆如我曾经展读摩挲过的书册，在在凝结着相逢时的惊喜。今日得闲，少不得也要清理归置一下。

那角落最早的住民，应是那些紫藤种子。它们一个个如紫色的地鳖虫，趴在桌面上一动不动，点数一下，仍有 68 枚。得遇它们是数年之前，那时植物园尚未开工建设，植物园的前身科技农业园已经沦落成一个废园。园子被弃置不管，让四时风雨参与进来，往往更显生机，所以废园就成了我喜欢的去处。

那是一个初春的傍晚，我一个人来到园子深处。春寒料峭，阳光疏淡，除却地面上零星的绿色，高大的树木环列四周，仍是一副翘首等待的样子。园中空旷已极，破我岑寂的只有偶尔掠过的鸟影。穿过紫藤廊架时，忽听到脚下"噼啪"作响，低头看见破碎的种荚散落满地，领悟到事情的原委之后，巨大的欣悦感顿时笼罩了我的身心。

紫藤的荚果我早已熟悉，它长大，挺直，外表毛茸茸的特别好玩儿。虽未曾亲手将它打开过，但看到地上紫褐色的圆形物，当下即猜到那是什么。紫藤荚果悬挂在廊架上，经过一个秋冬的风吹雨打日晒，它那貌似坚不可摧的外壳竟也自动炸裂。当然，对于紫藤这是自然而然之事，外壳的坚牢，为的是种子的安全；可春天既到，再蠢笨的婆娘也不会将已经长大的孩子死死搅在怀里，必须放它们出去。纵使外面的世界充满了无穷变数，也不能不让它们出去闯荡一番。捡起一枚光洁明亮的种子，见它扁平如钱币，竟也是一面平展，一面微凸。再看廊架内外，疏疏密密的，竟如播种一般，跌落得远近都是。对我来讲，这绝对是一个天赐良机，岂可轻易放过？于是来去往复，挑大的圆的，亮的鼓的，捡了一把又一把。回来后摊放案头，不时捏起一个来玩赏半日，时光在手指间悠悠流走，早已忘记了今夕何夕。

紫藤种子旁边，样子更加卑微的，是一个皱褶满身的小袋子，时日久远，此刻已记不起其中的内容。抻开口袋看，数量不多，种类却是不少，按类别给它们分好，每一堆都是旧时相识。与其相遇相识的情形，一幕幕在眼前浮现，如视频的快放，瞬间而毕，却清晰如画，纤毫不遗。

其中比较显眼的，是山桃果核22枚。记得清楚，那年应玉新兄之邀，去东阿县鹊乡梅园看梅花，于梅林深处意外发现两株山桃，一红一白开得正盛。二树较大，高擎出梅林之上。当时就觉得奇怪，何以羊群里混进来两只牛犊子。后来得知，此二树与入门时看到的红杏，着生此地并非偶然，它们都是作为砧木被种在这里。其实，梅花当然好看，若山桃今日一般开个满树，同样也美不胜收。特别西侧那一株，白花绿萼，甚有绿萼梅的风调了。树下逡巡间，看见隔年掉落的果实，有些果肉烂掉，露出浑圆的果核。山桃与桃乃一家兄弟，果核上的皱褶可以做证，然桃核扁长而尖削，此则团团然，几乎是缩微版的小核桃了。拣起一枚摩挲着，那么呆萌有趣儿。玉新兄见了，连说"好东西好东西"，一边捡拾一边叨念："回去做个手串儿。"做手串儿玩手串儿的雅兴我暂时没有，可那饱满的果核实在让人爱不释手，于是学着玉新兄的样子，拾取一些，带回来玩赏。

山桃核堆里，有梅核一粒，可谓形单影只。梅核似杏核而小，虽与梅园猎获物住在一起，却与梅园之行无关。那时敝地少见梅花，获知运河左岸植有数株，私心许为至宝，花期前后，几乎日日过来探察。最外一株玉碟，屈居高树之下，犹然开得繁盛。梅花凋谢之后，匆促已是初夏。久处陋室，忽然想到外面的朗朗乾坤，便径自来到绿树光影之中，不觉越过假山，不远处就是那几株梅树了。我知道花期既过，梅树也泯然众人矣了，还是来到树下，看看它们稀疏蜷缩的叶子，觉得也好。这时，忽然发现玉碟梅老干上居然还剩有一颗梅子，是的，就剩一颗。

我与梅子以前虽有相遇，摘回来放在案头，小心翼翼玩赏，尚属首次。梅子已黄，尾部带一片绿叶，外形之柔婉暂且不说，气息之甜美悠长深深令我惊异。梅与杏是一家兄弟，其香型亦相近。必分别之，则杏俗梅雅，杏粗梅细，杏短梅长，最是气息中那种奶香似有若无，特别令人低回。此梅子陪我十余日后，其上出现了湿斑，且渐洇渐大，我知道分别之日已近。于是不待烂透，便将果肉剔去，留下这个永久的纪念。剔除果肉时，深切感受到梅与杏的差别：杏子既熟，果核与果肉极易分离，而梅核与果肉则联结甚牢，经过连番手撕刀刮水洗之后，才勉强收拾得清爽。

袋中另一种较显眼者，是三粒大小迥异的紫色种子，它们是七叶树的儿子。如今本地七叶树已不稀见，湖边绿丛之外，植物园中也有了两个群落，所植皆是成年之树，成活当年即开花结果。可当时这种子却是稀罕物儿。那是上海植物园中，道路左侧的草坪上，有一树亭亭玉立，临风摇曳，姿态相当优雅，每次游园都要过来欣赏一番。记得看见它开花不下两三次，这一次终于看到它硕果低垂。果实几如拳大，表皮粗糙，拣一枚拿在手里，沉甸甸的坠手。外皮甚易脱，才一动手，紫褐色种子就滚落出来，种子形如板栗而大。七叶树别名天师栗，或是因此而起。不要说那个时候，即使今天，我仍然不知道如何种植七叶树，当然，即使知道如何种植，也没能力安置它。但出于恋恋之情，还是不远千里，将它们带回了敝地，摆放在书案上。初来之时，个头儿还要大许多，随着所含水分的丢失，如今明显地收缩了。来时有核桃那么大，而今仅似一颗枣子，唯是外表之光洁，依然故我。

外观最细润的，当数那 10 颗莲子。深秋时节，莲蓬在敝地也时见售卖，莲子羹似乎也曾吃过多回，但作为成熟种子的莲子，以前却不曾到手过。莲子数量不多，却来于两地：5 枚乌黑光亮者，得之衡山之南岳庙；灰黑暗淡者，从东阿保晶莲藕种植场撷得。记得已是初冬时节，立勇兄电话邀看采藕。藕池幽深，池岸壁立丈余，即使看到水中莲蓬，也无法下去捡拾。幸好屋前池中枯荷亦有，且有阶梯直抵水边，沿级而下，愿终得尝。莲子椭圆黯黑，乍看酷似乡间道路上的羊屎球。仅凭其浑沦外形，看不出有什么特异之处。但是，自从得知千年古莲发芽之事，才不得不对它刮目相看。20 世纪 50 年代，在辽宁省新金县的泥炭土层中，挖出了一些坚硬如铁的古莲子。科学家用同位素检测，得知它们沉睡地下已逾千年。古莲子被送到大连市植物园进行种植栽培，它们竟能发芽，还绽放出美丽的莲花。据研究，莲子之所以拥有如此久长的寿命，掩埋之深是一个因素，更重要的是种子外壳密度之大和箴封之严。以是之故，每当面对这些小球球儿，总想到大自然的渊然奥秘，心中不禁充满了敬畏。

又有干果11枚，乍看好像蓝紫色的葡萄干，我当然知道那是流苏的果实。相对于果实，流苏的果核较大，而果肉偏薄，旁边有一枚流苏果核，几乎与干果实等长。果肉薄则含水少，时间一久，来不及腐烂就自行干透了。

我与流苏相识已有年所。最早在本市公园里，每到四月，都要多方侦伺打听，花开时必赶过去观赏。那边流苏树大，特别是外侧草坪上那一株，枝柯从容伸展，树形格外开张，花开时那一树白雪，真是漂亮极了，清雅极了。花树大了当然好，可也有不方便处，就像面对雪山，你只有仰望的份儿，却无法走近了观察。植物园中新植了几十株流苏树，大小适中，开花同样繁密，一簇簇压枝欲低，欣赏起来就方便多了。最是得知流苏雌雄异株，虽是树树著花，却未必树树结果。我后来发现，即使雌树，也不一定年年挂果。幸运的是，去年秋初时节，偶然遇到了那株结果的流苏树。流苏果实既不大，亦复不密，枝头零零星星，很容易被行人忽略。据说流苏树可以拿来做嫁接桂树的砧木，桂树热销，流苏也跟着紧俏起来，所以在很多地方，采撷流苏种子便成了赚钱的行当。敝地对于植桂不大热衷，故此流苏才得长到果实老熟。流苏果实椭圆，大小如枸杞，熟后紫蓝色，表面披一层白粉，显得特别晶莹欲滴。果核骨质，花纹若枣核，但其形一侧平直，一侧弧形，整个像一把织布的梭子。

皱褶袋子中还有些小颗粒，可能时日太久，一时竟想不起这是谁家孩子。反复摩挲之后，终于记起那肾形物乃是芙蓉葵的种子，芙蓉葵与吾乡棉花同科，蒴果也相似，唯是秀气了点儿。另有一个白色塑料袋较新，内装姑娘果 15 枚，此乃去年秋间，自农贸市场买来品尝研究，剩下一些遗忘在那里，如今有的已经蔫软；桌面上还有马蔺蒴果两枝，如花棒槌儿，摇一摇瑟瑟作响；香蒲的种穗倚在墙上，共五种六枝，有的已经自行散开，种子及细毛撒在桌面上；牙腰葫芦 2 枚，尾部瓜蒂犹存，其上若有斑纹，此乃金超兄过来喝茶，携来送我的；倚墙而立的是香椿的果枝，虽然种子早已乘风飞去，但果壳的形状，即使是空的，也绝对优雅漂亮。

乌桕与悬铃木的果枝最是支棱参沙，因为采撷时带了几片叶子，今虽已干枯，却仍保存完好。在敝地，乌桕是个稀罕物儿。当年在鲁迅小说中读到，如今已引种过来，且生长状态良好，真是件令人欣慰之事。最早发现的三株乌桕长在运河西岸，呈钝角三角形排列，其下用磨光石料砌平。石料很高级，砌得更严丝合缝。如此行人或者喜欢，乌桕显然消受不起，却也没办法，谁让它生为植物呢。某日于树下经行，见有枝低垂，其上果实已成，便随手撷取两茎，拿回来放在窗台上。初来时，果实青碧色，略呈三棱之形，日久则果皮张开，自行掉落，露出里边白色种子，种子三粒攒聚，以悦目之色，静待鸟儿过来啄食，从而被带到更远的地方。

悬铃木种序球形，如铃铛挂在树上，一根细长的果梗牵着它。有的一梗牵一球，有的一梗牵二球，有的一梗牵三球或者更多，此乃分辨一球、二球、三球悬铃木最直观的依据。如看见一梗一球者，即断定此为一球悬铃木，也未免武断：因外在缘由造成一球或者二球不育，都可能显示为一球，如桌面上这一枝，虽显示为一梗牵一球，但的的确确是从二球悬铃木上摘下来。

与桌面上的其他种子相比，悬铃木的种球一点儿也不好玩，远远地看看还可以，暗黄颜色，毛茸茸的好像有点儿意思，动手摸一下，就感到微微扎手。旁边还放着一枚散去半边的果序，将其种序结构暴露无遗：中间有一个直径1厘米的硬核，硬核用凸起带分成若干个区域，种子长约1.4厘米，头部略粗，渐尾渐细，极似一个迷你型的小锲子，末端生有与种子等长的黄毛极多，填满种子之间的空隙，种子的尾巴则无一例外附着在硬核之某个区域内。摸上去扎手的，则是悬铃木宿存的花柱，因干燥而弯曲，于是悬铃木的种子除了可以借助茸毛乘风飞翔之外，还可以利用宿存的花柱钩住人或动物实现迁徙。

一定要从它身上找出好玩的东西，种序中间的硬核可算一个。在悬铃木树下行走，有时会踩到硌脚的硬物，如不着急赶路，低头就可以看到它。此核极硬且韧，同样大小的砖块儿，也许早给踩成了粉末，它却依然故我，一副死不开窍的样子。我曾手持利刃，试着将其剖开，感觉其质干净如塞瓶的软木，却是极硬的那种。如果一定如玉新兄要做个手串儿，我觉得此物倒可以拿来一用。

黄色塑料袋崭新，从外面可见内有黑色的黏液流溢。中有六个核桃，不是广告语中可以补脑的那六个，而是从故家树上摘回来的六个核桃，摘时三个光着身子，三个青皮乍裂。

核桃早就吃过，核桃车子也曾玩儿过，核桃树嘛，对面园子二十年前就有，长在树上的核桃也没少见。可是，它们是如何由碧青青周匝停匀，出落成这般骨感剔透的呢？此事对孤陋寡闻的我一直是个谜。我曾听说，成熟的青果摘下来，需埋在湿土之中将青皮沤掉，像当年在池塘浅水中沤麻。听归听，心下终不能确信，因为埋于地下，分寸那么容易把握？欠了青皮犹在，过了可怎么办？核桃表面虽然凸凹不平，但包括缝隙中都剔除得干干净净，怎么看也不像是用那么粗放的手段达成的。那日回家，恰是核桃成熟时节。敢情人家核桃一点儿不像桃啊杏啊，至死将种子紧紧抱在怀中，核桃一熟即由先端开裂，渐渐分张翘起，种子便轻轻松松掉出来。有的核桃已坠落于地，而表皮还在树枝上兀自分张着呢！

事实俱在，已经看得清楚明白，仍然从树下拣了三个光身核桃，又从枝上摘取三个开口核桃，也算留个明证。回来玩赏了一阵之后，便放到屋角的橱桌上，时日一久，表皮腐烂，化作乌黑的汁液，在袋中浸淫。我知道，核桃果皮富含单宁类物质，其味既涩，汁液沾在手上、身上变为黑色，极难清洗干净。对这一点，也算间接地见识了一把。

桌面上堆放最零乱的，是那 21 根种荚，种荚状如芸豆角。我已经知道，这豆角看似饱满，里面可没什么豆粒子。去秋某日，有朋友邀饭。下公交折入小巷，小巷右侧即某单位的围墙，已是傍晚时分，犹可见墙上细藤络绎，视之乃厚萼凌霄，花嘛，已经稀疏，但枝端种荚累累，垂垂然贴在墙上，一时惊喜莫名。从书上得知，这厚萼凌霄花筒细长，若无长喙蜂鸟帮忙传粉，结荚很是不易。可目前这些不知得到哪位神仙之助，竟然结出如此之多的荚果。欣喜之余，便上上下下，采个不休。

凌霄种荚长大挺直，威风凛凛。打开看时，却未免令人失望。凌霄的种子扁平，其薄如纸，边缘犹有半透明羽翼，与榆钱儿倒有几分相似，却没有中间凸起的颗粒。如果不是志书上的介绍，我都怀疑这种子是不是尚未长成。失望归失望，对凌霄的生存策略我也深表理解。只有轻而薄，才能飞得高且远，为了延续基因，广泛传播才是硬道理。尽管当时贪心不足，一口气摘取那么多，自从亲见其种子模样后，再也没有剥开来研究的心情。

最后要说一说的，是那些黧黑粗硬巨大的豆荚。我这样说，可能有人已经猜到，此即皂荚树上所谓的"悬刀"。我与皂荚已有数次交际，最早一次已是二十年前，在高唐县某中学的教学楼前，我第一次看到活着的皂荚树。学校的教务主任见我对此树有兴趣，摘几枚豆角送给我。那时豆角颜色犹青，还带下几茎羽状的叶子，回来之后，它们陪伴我好长时间。后来在光岳楼下，在绮园竹吟斋旁，在阳谷狮子楼景区内，都曾与皂荚树遭遇，有时也能撷取几枚荚果把玩。然而这 13 枚硕大的荚果却另有所自，我至今记得，那是左建明先生夫人李小林女士所赠。

较之以前所得，这些皂荚似乎格外阔大肥硕，取一枚摇一摇，哗啦哗啦直响，我知道那里边是什么，却一直没舍得打开来看。此次清理，才狠下心施以辣手。皂荚够长，两手各持一端，用力即可掰断，可断开之处恰是种子之间的隔层，哗啦响的种子仍然深藏不露。最终还是借了剪刀开锥之力，才瓦解掉老硬外壳的负隅顽抗。出乎意料的是，外壳与内膜之间的填充物并非固体，才一措手即成粉末。初还以为受了虫蛀，后来看到种子粒粒完好无损，而粉尘吸入鼻腔，又火辣辣地呛人，才想到这笃定是皂荚的另一重自我保护措施。《本草纲目》卷三十五云："［时珍曰］荚之树皂，故名。"皂荚含三萜皂苷，以往农妇取以浣衣。浣衣并非皂荚的本意，阻止动物与昆虫的啃啮才是其初衷。我想那粉末之所以呛人，三萜皂苷肯定扮演了重要角色。

一枚皂荚弄成粉碎，才获得种子 9 粒。我承认，得见其庐山真面目，在我尚属首次。与皂荚的黯黑粗夯不同，黄褐色的种子圆融光洁，特别秀雅可人。早知道它们长这么漂亮，还会让混混沌沌的它安睡到今天吗？

亨利·戴维·梭罗这样说："只要有种子，我就准备看到奇迹。"面对角落里这些种子，老实说，我无法像梭罗那样乐观。我所能耕种的土地，只有阳台上那几个花盆，而这些种子看似琐屑，一旦萌发，其身量，阳台那点儿空间怎么容得下。清理完毕，对着它们我曾发呆半日，幻想着若能为它们提供萌发和生长的环境条件，将会是怎样一番景象。

我幻想中的园子，至少有土地百亩，供我耕耘播种。首先是悬铃木，种序球虽然仅有 2.5 枚，即使保守估算，每球 400 粒，种子也不下 1000 粒。1000 粒种子就是 1000 株树，容下它们一家，30 亩地够不够用？皂荚 13 枚，以每荚 9 粒计算，可得种子 117 粒，皂荚也属高大乔木，树冠开张，又要用地多少？七叶树 3 株，乌桕 33 株，核桃 6 株，此三种皆为乔木，可种作一个群落。流苏 12 株，山桃 22 株，梅树 1 株，此三种属于花卉，可考虑统一安排使用。紫藤 68 株，厚萼凌霄籽荚 21 枚，每枚含薄膜式种子至少百枚以上，如此种出来则有 2000 余株，此二物皆为藤本，要想让它们活得舒服，必须为其造一道长长的廊架。莲子虽然数量不多，香蒲种子可是海量，不得不为它们挖一个开阔的池塘，将莲子种之水中央，香蒲着于近岸浅水处，马蔺种子不多，2 枚蒴果，也就七八十粒，撒在香蒲附近好了。牙腰葫芦我觉得可种于皂荚树下，它们攀缘有方，可以缘树而上，而皂荚树上的棘刺锋利，正可为牙腰葫芦的贴身卫士。姑娘果虽然所剩无多，可我知道，它们的种子比粟米还要细小。一颗姑娘果中，种子应该不下百十粒，它们是一年生草本，林中但使有点罅隙，就可以托身，可毕竟数量较大，也得好好斟酌考虑。

草树种下之后，得陇望蜀，我还想为自己造一间小木屋，位置呢，我想就选在池塘与花树之间。携一柄锄头住进去，像梭罗一样，为这些草木施肥松土，干活累了，或者风雨天气，我就可以藏身于木屋之中，凭窗看看池塘中的波纹，侧耳听听树枝间的风声和鸟语。

主人蒸黍未熟，我欠伸而悟，知是白日一梦。眼前所有，只是这些大大小小的种子。我知道这就是现实。我既已无法将它们排列整齐，也舍不得将它们丢弃，好歹它们也是属于我一人的植物园啊，于是长叹一声，废然而罢——既然疏放自在是它们的本色，让它们依然故我，继续参差不齐地待在那里好了。

2022-01-10

种子种种

　　说到种子，几乎没有人感到陌生。若须给出一个定义，用一句话概括它，却又不那么容易。索尔·汉森开玩笑说，种子是"内含植物婴儿的小硬块"。可能他觉得仍然不够通俗，接着又说，种子即"农民为了种庄稼而播撒在地里的东西"。美国著名种子专家卡洛尔·巴斯金说得更加形象："种子是一个带着午餐藏在一个盒子里的植物婴儿。"毋庸讳言，上述言说皆有比喻的性质，还是教科书上的定义更科学严谨，当然也未免枯燥：种子是裸子植物和被子植物特有的繁殖体，它由胚珠经过传粉受精发育而成。

　　裸子植物和被子植物合称种子植物，种子植物是植物世界等级最高的种群，而且存量巨大，是为目前构成地球表面绿色的主体。关于种子植物的种类，曾看到几种说法，有说20万种，有说25万种，索尔·汉森的《种子的胜利》一书根据"世界上规模最大的干燥标本集之间进行的合作"提供的数据，则说35.2万种。对于毕生株守一隅的我辈，终其一生，所遇见的植物不过数千种，所以无论25万还是35万，都不过是一个数字，意思是非常多而已。此类植物最显著的特点，如名字所标示，那就是能够产生种子，并用种子进行繁殖。

种子仅仅是用来繁殖的吗？对于植物而言，自是当然。可对于人类，那就另当别论。自从人类主宰了这个星球，人类中心主义便应运而生，就像饱满的种子遇到了适宜土壤、空气和水，发育得异常迅速，于是人类便以自身为尺度来裁量世间的一切。为了使自己的窃取行为具备可持续性，一部分种子仍被用来繁殖，更多的种子却被挪作他用，也就是供人类消费。对于人类生活，种子如此重要。有统计说，植物种子为人类生存提供了超过半数的热量。以前在乡村，交纳赋税说"完粮"；遇上荒岁灾年，日子过得艰窘，则说"家无隔夜粮"；戏曲里说到包拯陈州赈灾，就说"陈州放粮"；连征战攻伐也讲究个"兵马未动，粮草先行"。粮者何，植物种子是也。不光从前的田夫野老，即使今日都市中人，也时时处处离不开种子。面包用什么做的，油料从哪里来的，米饭即使做熟，盛入碗中，水稻种子的形状犹在。高兴时候开瓶红酒，疲劳了喝杯咖啡，更不要说为做奶昔时切开的牛油果，下班时顺道捎回的糖炒栗子。对于我们，种子已经像空气与水，须臾不可离；平时不觉得，只是我们偶然或忘、习焉不察而已。

晚饭后坐在电视机前，像松鼠一样咔嚓咔嚓吃着巴旦木或者碧根果，没人肯想一想：种子从何处来？其意义何在？若论窃取植物婴儿的食物（包括婴儿本身），手法最娴熟、实施最彻底的莫过于我们人类。动物和昆虫有一些同样以植物种子为食，与人类相比，终是儿戏一般小打小闹儿。人类文明之所以有今天的成就，灵长类自身赋有的天性智慧固是根本原因，植物种子为人类生存提供的持续支持，同样是必要条件。据统计，世界上籽粒较重的草56种，其中有32种出现在新月沃土以及欧亚大陆的其他地中海沿岸地区，那里成为早期文明繁盛之地，与此密切相关。在《种子的胜利》一书中，索尔·汉森写道："戴蒙德认为，易于驯化的草的出现，使地中海沿岸地区具有了环境优势，有助于那里的人发展早期的、优势的文明。非洲、大洋洲和美洲的一些地区相对而言缺乏这些谷物，延迟了这些地区的农业发展，产生的严重后果极大地阻碍了这里的人们与欧洲与亚洲的文化交流。然而，不管这种转变是何时发生的，草与文明之间的根本联系从未消失。自从成了我们的基本饮食后，谷物就完全融入了全世界是经济、传统、政治和日常生活。细究历史我们会发现，谷物是变革性事件的根源。"

在人类文明与科技的发展中，植物种子为之提供了源源不断的助力。而逐渐强大起来的人类，对植物实行的干预和控制也越来越多，越来越精细。这简直就是一个悖论。另有一种解释则是，人类看似控制了苹果与土豆，换一个角度观察，也未尝不是苹果与土豆利用甜美的果实和肥硕的块根，诱使人类辛勤地种植它们，为其提供优良的生长条件。人类与种子就这样纠缠在一起，相互依存，相互制约，在这个星球上搬演着一部部悲歌喜剧。

种子一般由种皮、胚和胚乳三部分组成，比较直观的例子就是小麦和玉米的籽粒，小麦屁股后面，玉米肚脐之下，那个微凹的椭圆形里面，就是它们的胚，也就是植物婴儿，其余的，种皮之外，就是胚乳了。另有些种子比较特别，仅有种皮和胚两个部分：取一粒大豆观察一下就会明白，种皮之外，占据空间最大的是两个豆瓣，这是未来豆苗的子叶，与两个豆瓣的连接点一起，构成大豆种子的胚芽。其实，这类植物并未忘记为婴儿准备午餐，唯是将午餐储存于子叶之中。

植物的心思很深，当然也是严酷的环境使它们不得不尔。正如爱默生所说："植物并不满足于从花朵或树上撒下一粒种子，而是将不计其数的种子撒向天地之间，这样，假如几千粒死去了，仍有几千粒可以种植，几百粒会发芽，几十粒会成熟，如此一来，至少有一粒会代替母株。"以数量谋延续机会，广泛撒网，重点逮鱼，仅是种子生存策略之一端，除此之外，还以形状的变化与大小的悬殊，来适应不同栖息地细微差别。

世间最大的植物种子为海椰子，此物一直为人津津乐道。海椰子乃塞舌尔普拉兰岛的一种特有棕榈，此树寿命可达千年，但生长极其缓慢。2015年，塞舌尔国家植物园将两颗海椰种子赠送给北京植物园，经过两年培育，它才慢吞吞在温室中长出嫩芽，据说长成叶片还需要几年时间。海椰子的成年树极高大，叶扇形，宽约 2 米，长可达 7 米，最大叶子面积可达 27 平方米，海椰子从开花、授粉，到结子、成熟约需 10 年时间，果实可重达 25 公斤，仅其中的种子就有 15 公斤。海椰子又称复椰子或臀形椰子，后二名皆因其外形而起。19 世纪末，英人查尔斯·戈登将军访问塞舌尔群岛，看到海椰子后突然产生一个灵感——《创世纪》所描绘的禁果可能并不是苹果，而是此物：因为它长得太像女性的骨盆。他觉得，如果真的有一种树能够激发人类对肉欲的好奇，恐怕就是它了。

最小的植物种子属于斑叶兰。斑叶兰为兰科斑叶兰属植物，兰科植物约有 700 属 20000 种，是地球上最多样化并且高度进化的植物家族。它们的种子极其特别，打开一个兰花荚，种子会像灰尘一样喷出来，"它们缺少种皮、防御性的化学物质或任何可辨认的营养物质，大小就像显微镜中的光点。它们只是植物婴儿，但在卡罗尔·巴斯金的类比中，它们没有盒子或午餐。事实上，它们只有降落在含有共生真菌（symbiotic fungi）的土壤中才能萌芽、长大。"（索尔·汉森《种子的胜利》）其最甚者为斑叶兰，斑叶兰种子长度约 0.01 毫米，将 5 万粒种子收集在一起，重量才仅 0.025 克，相当于芝麻种子的万分之一，更是海椰子种子重量的百亿分之一。而其直径仅 0.007 毫米，只有放到显微镜下，才能看到它条形的尊荣。

　　以海椰子种子之巨大，与斑叶兰种子之纤微，皆已收入《吉尼斯世界纪录》，可说无以复加了。它们所以长成这副模样，肯定有其不得不尔的理由。海椰子原非中土所产，即使已有引种，待其开花结果，不知到了猴年马月，所以，想见识一下此物的真身，殊非易事。斑叶兰虽然分布较广，可即使自己种上一株，并结成蒴果，将其打开之后，面对那些灰尘粉末，赤手空拳的我们，连观察的能力都不具备，也足堪令人气闷。人类的眼睛远非全能，面对过于巨大与过于微小的事物，都会感到茫然无措。关于斑叶兰种子的描述，《中国植物志》干脆暂付阙如，仅在斑叶兰属条目下写道："蒴果直立，无喙。"至于种子，则不著一字，编者也许觉得，如斑叶兰，那种子确实已经小到难以捉摸，描述再细致也毫无意义。

　　我所亲见的最大种子当数椰子。椰子大如人头，又硬若石块。20世纪60年代发生在夏威夷的一个著名案例，足可证明此物的不同凡响。某游客在海滩上游玩，恰有一枚椰子从20米高的树上坠下，将其天灵盖打破，当即死亡。恰巧其弟为华盛顿州民事律师，赶过来起诉夏威夷州政府不作为，导致游客伤亡。最后法院判原告胜诉，夏威夷州政府赔偿死者1000万美元。当然，砸死游客的，与从树上摘将下来、由尾部砍个口子、插根吸管即可吸吮椰汁的绿色椰子，皆属于椰树的果实。而一枚椰子果实中仅包括一颗种子，所以那种子也还是够大。记得多少年前，因事到南方某地，从机场商店购得剥去外皮的椰子两枚，骨质而圆形，颜色暗褐，甚是浑仑可爱。那时孩子尚小，拿了它在床上滚来滚去，一两年过去，其中的椰汁还咣啷咣啷作响，其种皮的密致，可见一斑。

　　细小的植物种子我见过好多，单凭肉眼根本无法分出谁是大哥谁是小弟。与我交际最深的，当属荠菜。那年赁屋城南夏庄，出村不远就是一片桃林，可能因为这一带开发在即，管理已相当松懈，如我等闲人，散步时都可以随意出入其中。桃花开过，枝上被有白毛的青果尚小。树下则已野草丛密，数量最多的则是荠菜。荠菜不畏严寒，秋末已发生，春来开花早结荚亦早，其他野花还没开放呢，它这边高耸的花莛与精致的荚果已开始泛黄，眼看就已经功成名就，修成正果了。用手捻开一枚三角形籽荚，金色的圆形颗粒沾在手指上，清晨阳光照过来，莹莹然若已透明。当时忽发奇想，何不收集些种子带回故乡。故乡距此虽仅百余里，那时却仍无此草。于是找一纸袋，弯下腰捋个不休。吹去果壳，种子掬在手中，像金沙一样闪光。操作过程中发现，捧住荠菜种子并不容易，种子如细沙，可从指缝间迅速溜掉。最后终于收集起一些，带回居所收藏好。最后却因害怕给父老增加麻烦，中止了这一计划，但荠菜种子的小与圆，以及金子般的质地，还是给我留下了极深的印象。

种子包含着植物婴儿，它们之所以进化出一个坚固的外壳，一出于安全的考虑，二也为了运输传递的方便。种子需要向外扩散传播，如果不能播撒到远处，存在的价值就损失大半。俗语云："能在人下为人，不在树下为树。"说的不仅是水肥与阳光之争，母株有时候也会分泌一种化学物质，抑制同种植物在附近发育成长。就像小鸟儿长全羽毛之后，母鸟就会态度粗暴地将它们赶出窠巢。如何传播种子，对于植物可是念兹在兹，它们一生的发育成长目的都指向这里。植物种子的传播策略多种多样，就我所经见简单归纳一下，可分为飞翔、弹射、缠媚和诱惑等几个类别。

先说"飞翔"。

有些植物果实在发育过程中，子房壁上长出由纤维组织构成的薄翅状附属物，因此被称作翅果，又名翼果。它们之所以放弃浑仑之形，硬生生延展出形态各异的薄片儿，就是为了借助风力，将植物婴儿送到远离母体的地方。当年北方乡村最常见的翅果当属榆钱儿，种胚居其中，种皮向四周延展为一个直径大数倍的同心圆，总为古代钱币之形。榆钱儿成熟后色白，遇风飘落如雪。新近引种过来的枫杨树，以及槭树科的诸位，种子具双翅后展，若小鸟儿然。美国诺斯罗普·格鲁曼公司生产的 *B*-2 幽灵隐形轰炸机，形状怪异，据说其灵感来源于爪哇黄瓜种子。爪哇黄瓜种子边缘拉长为一个宽大而轻薄的翅膀，整体呈一几何学上的弓形。然据我观察，其与槭树科植物的种子相似度也许更高。如今白蜡被用作行道树，几乎处处可见，白蜡树的翅果简直就是一柄赛艇运动员手持的船桨，当然是缩微版，也是比较吃风的。具备飞翔能力的还有栾树，虽其种子无翅，可它将自己隐藏于纸质灯笼壳中，灯笼壳大而中空，即使落在地上，但有风来，也总是能滚多远就滚多远。

有些植物种子长不出翅膀，就退而求其次，在尾巴上或其他部位附着一些细毛。细毛虽不能与翅膀相比，但聚集得多了，其作用也不可小觑。采取这种策略的，菊科的蒲公英最为知名，其实菊科的好多杂草都能将这一手法运用得出神入化。有人利用一架装有黏性种子捕捉器的遥控飞机，来追踪空气中小蓬草的种子，结果发现，小蓬草种子可以随上升的气流升高到 120 米处。放过风筝的人都知道，即使地面上并无风感，待风筝飞到几十米高，手上就明显感受到风的威力。飞到 120 米高处的小蓬草种子，可以想象它们的飞行速度会多么迅疾。菊科之外，萝藦科的萝藦、鹅绒藤与杠柳，以及夹竹桃科的罗布麻，也都是这方面的高手。春夏之间，它们攀缘而上，将蓇葖果结于枝柯高处，成熟之后仅从侧面开一道缝儿，让秋冬之风一遍遍吹，让带有洁白尾毛的种子很吝啬地一点一点往外播撒。让大大小小的风，将种子吹向远远近近，让东西南北的风，将植物婴儿吹送到西东北南，四面八方。

好多年前，吾乡就是著名棉区，所以乡人对于棉花再熟悉不过。棉花种子外面为什么要长那么多细毛，很少有人站在棉花的角度，体察一下它们的心思。在种皮发育方面，棉花的思虑也相当缜密，首先生成坚硬密致的骨质外壳，将胚芽保护起来，又在最外层进化成细毛以利于传播。每个棉桃中平均生 32 粒种子，一粒棉籽身上可轻松长出两万根纤维，如果让这些纤维首尾相接，据说可以绵延三十多公里。

看到地里棉花开了，妇女们便扎起包袱，将其摘拾回家，那可是纺线织布的好材料，以前的冬棉夏单，全都靠它；今天更可以制成西装、帷幕、吊床和 T 恤等。当然，这在人类是理所当然。但在棉花，它们进化这些精美的茸毛，显然有自己的目的，将基因向远处扩散。除了飞翔，棉花种子上的茸毛还具备另外的功用，那就是在水上漂流。茸毛裹住的气泡能让种子在水面上漂流至少两个月，而且即使种子沉入水底，它们也能使种子保持三年以上的活性。如果运气足够好，这些细毛可以帮助跨越河流湖泊，甚至海洋的阻隔，也可以借助河流奔向远方。

当然，并非所有种子都往这个方向努力。如果那样，这世界也太单调乏味了。有些种子进化出另外一种功能，在此我们姑且名之"弹射"。若论传播距离，弹射当然无法与飞翔相比，可飞翔须有所待：没有风力相助，它就寸步难行。而风力的大小，刮风时间的久暂，都不是种子做得了主的，所以一旦乘风而起，就只好听天由命，最终伊于胡底，是密林还是水泊，谁也说不好。弹射之为功虽也有限，少则几米，多也不过十几米，好处是依靠自身生成的结构和内部蕴蓄的力量，在确定性方面总是胜出一筹。

　　说起弹射种子的能手，人们喜欢举凤仙花为例。其实，我发现两种小草，也是绝活儿独擅，技艺比凤仙花或有过之而无不及，它们就是酢浆草与碎米荠。当年吾家花盆中曾经阑入一茎酢浆草，看它叶形谦抑温雅，就容留了它。它们的小黄花怯生生已经可爱，蒴果四五个一簇，颤巍巍地擎着，更加叫人怜恤。某次浇花，水流触碰到其蒴果，发现它竟然也是个急性子，变戏法似的一个激灵，然后若无其事地恢复了原状，其种子早已给喷射到数米之外。阳台的墙壁贴以白色的瓷砖，可见其上点点如跳蚤：感情这货不但能弹射，还有黏附这么一手。凤仙花的弹射凭借蒴果外壳的张力，发动时刹那间蜷作一团，与种子一起溃散，弹射方向随意性极大；酢浆草的蒴果小而软，事后几乎不改其形，虽然至今仍没搞懂它的喷射原理，种子从蒴果背部弹出，却是不会看错的。有段时间我对碎米荠产生兴趣，甚至移取一株养在客厅里，某次在小区的草坪上，欲撷一枚籽荚研究，没承想手才触及，它那边已经炸开了锅，籽荚纷纷炸裂，种子如受惊的细小草虫四散奔逃。察其线形长荚果，两张外皮中间尚有一层透明隔膜，种子则分列于隔膜两面。荚果成熟之后，外皮产生张力，一遇风吹草动，便迅疾蜷曲，乘机将种子弹拨到很远的地方：想擒拿我的儿子，门儿都没有。

　　凭借一己之力实现挪移的，还有野燕麦种子。野燕麦种子的外壳上有一根很长的芒刺。这根芒刺对于空气的干湿度比较敏感，白天阳光照射，空气渐趋干燥，野燕麦尾巴上的芒刺开始弯曲。到了晚间，露气渐重，细长的芒刺吸取了空气中的水分，就像《夜航船》中那位蜷缩了半日的僧人，也想伸一伸脚了。然而野燕麦种子脚下并不是那位懵懂士子，而往往是土块或者草茎。它们哪里懂得挪移避让，天性使然，那脚却仍旧要伸，结果往往是没有蹬开别个，反将自身挺出老远。如此一昼一夜，一燥一湿，一弛一张，将自己一步步推向远处。直到遇上一道罅隙，一头栽入其中，那根长长的芒刺再一点点将其推入土层深处。到了此时，只待春天来临，再加上一场春雨，一个新的生命轮回就要开始了。

说到通过弹射传播种子，无论如何不得不说一下喷瓜。喷瓜被认为是性情最暴躁，也最有力量的植物果实，货真价实的植物界"喷子"，现实版的豌豆射手。喷瓜为葫芦科植物，蔓生草本，其茎与叶密布刚毛，这种长相，在瓜类中算不了什么；而果实苍绿色，长圆形或卵状长圆形，表皮粗糙，亦密生刚毛，与一般意义上的外表光洁的瓜，本就差异明显。但是，此物最奇特之处在于，一旦瓜熟蒂落，瓜蒂处当即形成一个"枪口"，内部瓜瓤收缩产生极大压力，将种子和果液喷射出来，几如机枪扫射，那情景十分奇特壮观。此物能将种子喷射到 14 米以外，人在一旁看了无不惕然而惊：它还是植物吗？

以上两类，功效与能力或有大小，都是凭借自身能力，站得正且行得端，尽吾力不能至之者，可以无悔矣。另有一些可不是这样，它们的行径怎么看都像那些市井无赖，利用自身的某种小结构，强行附着于人与动物身上，逼使他人将自己带到远处。不管别人如何厌弃，也总是不改其常，纠缠个没完没了。所以我们不妨将这种传播策略称之"缠魔"。

精通缠魔之术，又广为人知的，当数苍耳子。苍耳又名羊负来，其本领即黏附在羊身上，什么时候那羊痒得受不了，就着一株树木或一块石头，蹭来蹭去将它蹭掉，它的目的也就完美达成，就手还会薅下几根羊毛。当年田间劳作，每也以苍耳子相嬉戏，相互往对方头发上抛掷，一旦沾上，摘下来可就难了。以是之故，吾乡父老赐以外号曰"驴刺挠"，亦含有谐谑之意。其实乡村间另有一种禾本科小草，喜欢着生于板筑的土墙之上，其种子形如虱子，因名虱子草。种子具刺毛，加上形制细小且易碎，让它钻入头发里，比苍耳子更难搞定。以本人经验，这个团伙之中，最过分的还得数鬼针草。鬼针草初生也恂恂然，无论伸枝布叶，还是开花结实，无不中规中矩。到了深秋时节，种子成熟之后就不是它了，无赖之气顿时彰显无遗。种子老熟之后，以花蒂为基点，向四面八方参沙成一个球形，瘦果细而长，顶端生有三四枚带有倒钩的芒刺，活似一把把尖利的渔叉，戟指着任何方向。最要命的，是其果枝伸展于植株的最外层，即使你事先已知道它的厉害，尽量避让着行走，它却仍努力往你身上划拉。某次寻花觅草，走出草丛之后感觉腿部微痒，俯见裤腿上密密麻麻像是爬满了虫子。这一惊真是非同小可，细看方知是中了鬼针草的招儿。惶遽之中，将其一一摘下丢弃。摘完后回视地上，好像害怕它们再追上来继续缠绵。它们纠缠着让你带它走，还不忘随时提醒你将它们播撒掉。

同为通过缠绵达成自己的目的，做派稍为谦虚温雅的，当属伞形科的窃衣。前年陪同诗人张栋兄重游景阳冈，于林中小径两侧看到窃衣。窃衣种子卵圆形，浑身刺毛。窃衣之名，并非牛郎似的偷人家姑娘的衣裳，乃是窃附于人衣之意，偷偷藏身于行人衣褶之内，随着行人的脚步，将自己带到别处，从而扩展自己的领地。

植物种子的传播策略，心机最深的还数诱惑之术。诱惑的对象，一般认为是动物，即禽兽与昆虫，其实恐怕也包括我们高高在上又好像无所不能的人类。

为了避免同花授粉（近亲结婚），玉兰进化出雌雄花蕊异时成熟的能力，同一朵花，雄蕊率先成熟，其花粉只能为其他植株已熟雌蕊所用；等自己这边雌蕊发育完成，雄蕊已成明日黄花，有心无力了，因此，它必须借助其他花中的雄蕊才能完成授粉。玉兰花期较早，其时气温偏低，传粉昆虫尚不活跃，因授粉得不到保障，最终导致玉兰聚合果发育常常不够均衡，扭曲变形而古怪丑陋。即使如此，果实成熟后，其背部也一一开裂，吐出其猩红色的种子，还不忘用一根细线牵着，悬悬下垂，遇风便摇摇不止，一意模拟飞动的昆虫。鸟类虽然不拒绝以种子为食，还是对昆虫更感兴趣。使用同类方法的，据我所知，尚有木防己。木防己果实浑圆，淡蓝颜色，已经颇具诱人的姿色，而骨质种子的长相，神似一条蜷缩的虫子。也就是说，即使果实不被飞鸟衔走，接下来虫形的种子也会跑好第二棒。

植物们懂得如何调整策略，以吸引特定的传播者。鸟类喜欢艳丽的红色，所以无论金银木还是冬青卫矛，都让果实与种子长成大红色。有些传播者或对颜色不够敏感（大象），或夜间活动（刺猬），或嗅觉格外灵敏（老鼠），那就用气味吸引它们。与此同时，果核还要进化出坚硬的种皮，才能经得住摩擦、咀嚼以及肠胃中化学物质的侵蚀。有时候，化学侵蚀和物理磨损结合起来，反倒有助于打破种子的休眠。据说近三分之一的植物利用美味果肉实现种子的传播。当然，有些美味果肉所诱惑的，就不仅仅是动物了。

迈克尔·波伦在《植物的欲望：植物眼中的世界》一书中描绘了这样一个场景：五月的下午，迈克尔·波伦在自己园子里播种。一般情况下，播种什么，不种什么，属于播种者的权利。如果不加深思，或许会想当然将这种权利理解为自己代表着自然选择的力量，可以决定哪个物种可以成长，哪个物种必须消失。这时候，迈克尔·波伦想到的是，"一只蜜蜂很可能也把它自己视为园子里的主体，把正在采集的花蜜视作客体。但我们知道这不过是它的一种错误幻想。事情的真相是：花朵聪明地利用了蜜蜂，利用蜜蜂在花朵之间搬运花粉"。蜜蜂与花朵之间这种古老的关系，我们称之为"共同进化"。于是波伦意识到：自己与所播撒的种子，实际上与蜜蜂与花粉之间的关系一模一样。人与植物，同样属于共同进化关系中的伙伴，从十多万年前农业诞生就是这样。

最后他总结说："所有这些植物所关心的也就是每一种生命在最基本的遗传层面上都关心的东西：更多地复制它们自己。通过种种试验、失误和纠正，这些物种终于发现了要做到这一点，最好的办法就是诱惑动物——无论是蜜蜂还是人类——来传播它们的基因。""是我选择了种植这些马铃薯呢，还是马铃薯诱使我这样来做？事实上，这两种说法都是对的。"小麦，玉米，大豆，高粱，茄子，辣椒，柿子，核桃，都是摸透了人类脾性的聪明物种。它们知道，只要进化出让人类感兴趣的种子或者种子附属物，基因传递这个亘古以来令所有物种心心念念的大难题，就会迎刃而解。

无论飞翔、弹射、缠媚还是诱惑，这些技能所能解决的皆是空间维度上的传播。怎样才能延长传播的时间长度，虽说是一个不小的难题，却仍然难不倒种子。在亿万年的演化中，经历过多少次惨痛的失败，一次次校正，一次次弥补，它们终于让自己具备了这样一种能力：那就是休眠。休眠为种子提供了一种方法，将苏醒设定于一个环境条件适合萌芽的未来时刻。无论当下时刻发生什么灾变，休眠的种子都不管不问，自管沉浸在无边的黑甜大梦之中，等待着云开雾散、河清海晏。到了那时，自会有一个崭新的机会出现。

种子休眠可分广义与狭义两种。

广义休眠的种子不是不欲萌芽，而是尚未满足发芽的条件。此时此刻它们之所以沉睡，只是无所事事地等待着充沛的雨量和阳光灿烂的天气。小麦、大豆以及好多农作物的种子，皆属此类。将它们放入仓库中，它们就会耐心地等待来年。在此之前，如若遇到适当条件，它们并不会拒绝发芽。20 世纪 80 年代后期，眼看到了麦收时节，鲁西地区阴雨连绵十数日，小麦站在雨中，种子在穗上生芽，导致那一年小麦品质普遍不佳。最终的结果是，连续几年吃的都是那种黏塌塌的面粉。

狭义的休眠才是真正意义上的休眠。它们心存拒绝萌芽的故意，即使遇到适宜的气温，且置于湿润的土层中，任是外面春风春雨，鸟语花香，它们仍会若无其事一般。它们生成了许多技巧，用以延迟发芽时刻的到来。以我的经验，觉见物种中杏与桃大抵就属于此类。当年吃剩的杏核、桃核，多少次尝试种植，将其埋入的土壤，任你再怎么着急，也别想让它长出一株小树；须得随意将它丢弃之后，连同灰尘草屑一并扫入猪圈之中。经过一番特殊的历练，出圈后随着土杂肥撒入田里，到了来年，麦苗垄中才可能遇上小杏树与小桃树。

休眠延长了种子的寿命，使植物基因传递的机会骤增，这也是种子植物最后胜出的原因之一。关于种子的寿命，也有好多奇特的趣闻。

1940 年，纳粹德国的一枚炸弹击中了大英博物馆的植物学区，这里庋藏着许多作为标本的植物种子，造成的损失可想而知。当消防队员扑灭了大火，清理完废墟，博物馆工作人员回来之后发现，由于温度与湿度适宜，一些种子标本竟然发芽了。那些发芽的合欢树种子，有确切记录显示，是在 147 年前，也就是 1793 年，从遥远的中国采集而来。

位于岩石山顶上的马萨达古堡遗址是摩西后人的圣地。公元 1 世纪初，罗马将军弗拉维·席尔瓦率众将其攻陷。陷落之前，千余名守卫者在集体自杀之前，将财物与粮食集中到一间仓库内，放火焚毁，随着檩梁断裂，石壁坍塌，其地成为一座废墟。到了 20 世纪 60 年代，一批考古学家对此进行了发掘，出土了一批古代钱币，其上铸造有海枣树优美的弧形叶子，同时还发现了大量海枣，它们保存完好，一些果肉残骸依然附着在种子上。

在考古人员对马萨达海枣进行清理、贴标、编目之后四年，农业专家伊莱恩·索洛韦与自然医药专家莎拉·沙隆忽发奇想，尝试将古老的海枣种子埋进泥土之中，时间到了 2005 年春季某日，她们注意到一棵孤寂的嫩芽从盆土中钻了出来。也就是说，一颗从马萨达要塞废墟中找到的海枣种子，在休眠了整整两千年之后复又萌芽了。人们为这株海枣树起个名字叫"玛士撒拉"，玛士撒拉为西亚古代典籍中的一位长寿人物，据称他活了 969 岁，比中国的彭祖寿命还长。然而与这株小小的海枣树相比，老迈的玛士撒拉也才届中年。玛士撒拉看上去仅仅是一株小树，但它近两千年的寿命使它成为了地球上最长寿的生物体之一。

多少年前，作为一个见习农夫，我也曾为田间死缠烂打的杂草所苦。腰酸背痛之际，心中不止一次泛起近乎恶毒的念头，异日我就守在这里，但有草芽出头，马上予以剪灭，我就不信没有你"断子绝孙"的那一天。我想，这样的行为纵使耗费时日，如能换来一个永久的太平，也是值得的。想法终归是想法，并不曾认真实行过，"斩草除根"的信念却不曾动摇。那之后又过去多少年，本市胭脂湖开发，于东南一隅因地赋形，整理成一个月亮岛。此地与敝庐也就几分钟路程，所以散步时经常弯过来。站在胭脂湖岸边，望着岛上赤裸的黄土，我曾想，有这一片水域阻隔，杂草们即使本领再大，想到对面岛上泛滥，也没那么容易了吧。出我意料的是，到了春夏之间，丑陋的壤土尽为郁郁葱葱的草木所覆盖，远远望去，月亮岛成为一个绿色最浓重的所在。

后来得知了土壤种子库这一概念，这才恍然大悟。土壤种子库指的是蕴藏于土壤中全部活性种子的总和，这是一个难以计量甚至无法穷尽的存在。梭罗《种子的信仰》引达尔文《物种起源》有云："二月份，在一个小水塘边，我在水下 3 个不同的位置各取了 1 汤匙的淤泥，晒干后，其重量是 6.75 盎司，我把它们盖了起来，放在我的书房里，接下来六个月，只要见到小苗，我就拔下来，最后一统计竟拔下 537 棵，而且种类繁多。我不禁感叹，这一小杯的淤泥竟能生出如此之多的植物，简直不可思议。由此，我想若不是水鸟将湖里植物的种子带到远方，那么会出现怎样的情形呢？恐怕无人能说清楚了。"土壤种子库又可分为瞬时土壤种子库和持久土壤种子库。持久土壤种子库中列名的，就是那些具备了休眠能力的种子。由是观之，达尔文所统计的，仅是六个月内萌芽的那些，其中还有没有正在睡眠之中的呢，我想存在的概率还是比较大的。

后来我发现，产生斩尽杂草妄念的并非我一人。在同一片土地上，年复一年地拔除着同一种杂草，那种沮丧，会令任何一个善良的人产生歹毒的念头。在我萌生这种恶念之前 100 年，密歇根州立大学威廉·詹姆斯·毕尔教授为了回应当地农民的请求，于 1879 年秋天开启了一项研究。这项研究的目的，就是要弄清楚需要拔草和耕作多少年，才能将田中的野草籽消耗尽。毕尔找来 20 个玻璃瓶，在每个瓶子里装入本地 23 个物种的 50 粒种子，埋在他办公室附近的小山上。此后的三十年中，每隔五年，毕尔就挖出其中的一个瓶子，将种子种下去，然后将发芽种子的种类与数量记录下来。到了退休的年龄，他便将这项实验移交给年轻的同事。后来的守护者延长了实验的期限，最后一个"毕尔瓶"将在公元 2100 年才被挖出来种植。不知到了那时还有没有种子萌芽，我们所知道的，是 2000 年挖出的那个瓶子，有两种野草很快萌芽了，那就是蛾毛蕊花和矮锦葵。

土壤中有活性的种子是整个植物群落的一部分，是新植株的来源。种子库的存在，可以让我们轻易地一瞥过去，惊喜地看到绝迹多年的物种。但对植物而言，休眠的理念仍然以基因的传递为目的，一是力图避免被人类的网打尽，二是安全地将子孙送达未来。梭罗曾说："只要有种子，我就准备看到奇迹。"尽管这个世界上奇妙的事情很多，我以为，种子仍是最为神妙的一种。

2022-01-16

植物古今汉名趣谈

前几年看过一本文集，书名与作者均忘却了，唯其中一段话，至今记忆犹新：

草木汉文名字，美得神奇。

一个数字，一个单位，一个名词，组合起来就唤出一个繁星满天的大千世界：一串红，二悬铃木，三年桐，四照花，五针松，六月雪，七里香，八角茴香，九重葛，十大功劳。

不够嘛，还有百日红，千金藤，万年青。

对这位作者的才华，我当时已佩服得五体投地。敝人寻花觅草多少年，与植物古今汉名接触得久了，也已感觉到其丰富与奇妙，没承想给她一席话点出，竟有豁然开朗之感。看她罗列出的数字植物名，更觉得别有意趣，技痒难耐，索性依样画几个葫芦。这位作者所列，三四字者交替出现，其"二悬铃木"还是"二球悬铃木"生硬压缩，我们则不妨弄得整齐点儿：

一丈红，二月蓝，三春柳，四季豆，五爪龙，六道木，七里蕉，八角莲，九层塔，十齿花，百两金，千年艾，万岁藤。

一轮贝母，二苞黄精，三叶鹿药，四齿蚤缀，五角栝楼，六蕊假稻，七指报春，八棱丝瓜，九节菖蒲，十字马唐，百齿卫矛，千果榄仁，万宁蒲桃。

中国幅员辽阔，地形复杂多样，为生物多样性提供了绝佳条件，种子植物数量较多，仅《中国植物志》收录的就有 3 万余种。中文正名以外，有些还有别名和地方名，少则三五个，多则一二十，敝人所经见者，别名较多的，杠板归算它一个，当时搜罗到的就有五十多。如此看来，植物汉名算得上一个海量的存在。植物名从哪里来的呢？很显然，没有哪个人可以像天神一样，面对缤纷多姿，如恒河沙数的植物，不假思索地一一赐以嘉名；每一个植物中文名，包括别名，无不产生于当事人与对象之间的密切接触或深入了解。植物名看似简单，其实已经包含了命名者对这种植物的了解体悟，概括评价，甚至情感态度。

据我观察，最早的植物汉名，一字之名占比较大，此或与古代汉语的特性——以单音节词为主有关。约粗统计了一下，《尔雅·释草》所释 200 种，一字名 158 种，占总数的 79%；《尔雅·释木》所释 82 种，一字名 60 种，占 73.2%。潘富俊《诗经植物图鉴》一书，考释《诗经》植物 135 种，一字名 116 种，更占到了 86%。刘华杰教授在《天涯芳草》一书中曾经谈到，确定植物的起源地，可以作为证据的，语言文献学是重要的一个方面，也就是看它在某个国度内，某种语言环境中，有没有一个专用名词，用来指称这种植物。反过来讲就是，那些拥有专属于自己名字的植物，属于本土物种的可能性比较大。比如"黍"，指向为今天仍有种植的黍子，甲骨文已有其字，距今至少三千年以上；高粱原产非洲，魏晋时期经由印度传入四川，时人取名曰"蜀黍"，意思是种穗与黍子相若而见于蜀地者；又如"粱"，又称粟，即今之谷子，脱壳后则为小米，卢生黄粱一梦的"黄粱"，即此，其字早期金文已著其形；后来蜀黍遍及中国，已非仅为蜀地之物，名字与事实不合了，于是才有了"高粱"这个名字：以个头儿论，高粱比谷子可是高多了。明嘉靖间，玉米传入中土，可能人们觉得此物株型与蜀黍相仿佛，种子颗粒又光洁如玉，因称之"玉蜀黍"。后又觉得玉蜀黍这个名字过于夹缠，有叠床架屋之嫌，这才改称"玉米"。然而一名之立，在流传过程中，还会发生指涉对象转移甚至攘夺遮掩之事。

人与植物打交道，肯定开始于文字出现之前。人们在耕植或狩猎过程中，与草木耳鬓厮磨，朝夕相对，年深日久，相互交流时，必须有一个声音指称它，最早说出这个声音的，定然是一个天才，然后得到大家认同，口口相传，渐就约定俗成了，从此以后，言"棘"皆知是某树，言"葍"共晓为某草。等到诸如仓颉这样的人物出现，为这些声音各造一个汉字，便是最初的植物名。无奈世间草木委实太多，为每一种植物造一个字，显然力所难及；而先民指称某物时，就有了双音节者，如苤苢、芍药之类，当为双音节植物名的最初形式。这样的名字我们还可以举出一些，如"扶苏""芄兰""朴樕""茱萸""果蠃""苌楚""蒹葭""菡萏"等，显而易见，这些双音节植物名以连绵词为多。然而运用这种方式能给出的植物名仍然有限，与现实需要差距仍然不小。于是随着人们对植物认识的加深，抽象分类意识开始萌生，这种意识顺理成章地体现在植物命名当中。如荇菜、蒌蒿，如升麻、泽兰，其中"菜""蒿""麻""兰"，所揭示的显然具有类别性质，前面的"荇""蒌""升""泽"则为修饰之词，表示此乃某类中之某种。又如白茅、紫菀、香蒲、苦参，亦是以某物之性状，如色彩气味等标出有别于其他的"这一个"之意。

遇到两种外貌相似的植物，从形体着眼，大与小的印象最直观也最强烈。于是就有了大贝母，大皂荚，大叶杨，大颠茄；以及小茴香，小芒草，小木奴，小巢菜，等等。人们与一物相识既久，名字也已叫响，忽然又于某处看到它的兄弟，相貌神情逼似却仍非一人，重新为它考虑个名字，既劳神费力，也无法反映与原有者的关系，于是隐含朴野天然之意的"山"字、"土"字与"野"字，便被拉来派上了用场。比如，"葡萄"与"山葡萄"，"慈姑"与"山慈姑"，"茵陈"与"山茵陈"，"胡椒"与"山胡椒"，"石榴"与"山石榴"，等等；又如，"人参"与"土人参"，"三七"与"土三七"，"柴胡"与"土柴胡"，"细辛"与"土细辛"，"大黄"与"土大黄"，等等；再如，"苜蓿"与"野苜蓿"，"天麻"与"野天麻"，"苋菜"与"野苋菜"，"艾蒿"与"野艾蒿"，"绿豆"与"野绿豆"，"芝麻"与"野芝麻"，"豌豆"与"野豌豆"，等等。当然，这种对应亦非个个严丝合缝，随意性也所在多有，未必有了张三，一定就有李四。比如近年我在本市植物园中看到了山茱萸，回头查遍《中国植物志》，却没发现茱萸之名；所以关于王维诗"遍插茱萸"，插的是什么，势必引起一番猜测与争论。

以高明乾等《植物古汉名图考》为例，植物古汉名中，一字之名占相当比例，而以二字名、三字名数量最多；四字以上的植物名时有所见，数量已比较有限，从蕴含的趣味看，似多为来自民间的俗名，如"雀儿卧单""斗牛儿苗""金雀儿椒""地瓜儿苗""和尚头草""酸迷迷草""羊奶奶草""婆婆针线包""金线吊虾蟆""九头狮子草",等等,另有一些则可能与外语译音有关,如"羯布罗香""塞鼻力迦""实筏梨力叉""多摩罗拔香""鸠摩萝什树"等。

古汉语的运用,一直局限于文人士大夫的小圈子,而民间口语早已出现了摆脱其束缚的趋向,一种崭新的语言系统,正在底层百姓之间潜滋暗长,言文分离的倾向越来越明显。到了二十世纪初,白话取代文言,成为全社会的应用语文;与此同时,作为现代植物学重要分支的植物分类之学也开始传入中土。白话文以双音节词为主,所以,在白话语境之下产生的植物名,字数肯定要比文言语境之下要多。翻开《中国高等植物图鉴》的中文名索引可以发现,二字名已是少数,三字名外,四字名和五字名渐成主流。六字以上的植物汉名也时有所见,如"小叶藏方枝柏""川鄂獐耳细辛""长尾复叶耳蕨""毛茛状铁线莲""阿尔泰牡丹草""细裂复叶耳蕨""宿萼假娄斗菜""喜马拉雅银桦""短侧柱金盏花""团扇叶秋海棠""红绒毛羊蹄甲""芹叶牻牛儿苗""之形喙马先蒿""三角叶兔儿伞",等等。以前我想当然以为,如"加拿大一枝黄花",乃七字之名,已经够长了,然翻阅《图鉴》,七字名虽不太多,也仍有相当数量,比如"大叶凤凰尾巴草""小叶山鸡尾巴草""台湾原始莲座蕨""西伯利亚落叶松""金丝桃叶绣线菊""类鸭跖草凤仙花",皆是。最出我意外的,居然还有八字名,九字名,甚至十字名,如:"长叶女贞宽叶变种""甘肃高葶雪山报春""刚毛香茶菜小花变种""皱叶香茶菜德钦变种""条叶垂头菊粉红花变种",当然,这种植物名已是百不一遇,也算得上绝无仅有了。仍以加拿大一枝黄花(*Solidago canadensis* L.)为例,*Solidago* 为一枝黄花属名,*canadensis* 意为加拿大的,盖知此名虽略嫌冗长,却已包涵了属名与产地,显示了分类学上的二名法的准确定位效力，精确程度显然没的说。

在漫长的历史进程中，天下黎庶为了果腹活命，不得不长时间曝身野外，或为追逐猎物而跋涉于山间，或为收获草籽而躬耕于垄亩，或为蝇头之利而颠簸于道途，与草木相遇、相亲、相识以至相依为命。既生于世，便不得不接触植物，认识植物，研究植物，进而栽培和利用植物，赋予所遇到的植物以特定的称谓，既是生活中的日常，也是个体生存与社会发展的需要。此事若由文人士大夫来做，当然求之不得，做此类事对他们也属本色当行，然而中国的传统文人总喜欢将自己关在书斋之中，喜欢从书本到书本，校勘爬梳，字斟句酌，一年到头忙个不亦乐乎，郦道元、徐霞客一类人少之又少，于是将为植物命名这种天神般的权力无可挽回地让渡给了民间。

底层百姓当中，一向不缺少富于才华之人，他们随口叫出的植物名，往往已十分贴切而生动。抽象概括也许不是他们的强项，想象与比喻的能力却从不缺乏。我们发现，好多植物名都有意避开了描述与刻画，而以比喻见其性状，其喻体，则多为他们熟悉的身边之物，如家中豢养的禽畜，山野间遇到的走兽，天空翱翔的飞鸟，大到天地山川，四时节令，小到毛发虫豸，必要时，无不可以拿来做比，于是在植物名中，不期然而然地蕴藏了一个农耕社会的演雅小百科。

无论耕作还是狩猎，辨别方位，了解四时节令的重要性不言而喻。于是方位词与节令之词便自然出现在了植物命名上：如"东紫苏""东白芍""东北杏""东南葡萄""东南紫金牛"，"西番莲""西洋参""西南石韦""西南凤尾蕨"，"南苜蓿""南天竹"，"北乌头""北沙参"，"左篆藤""上白术""上树鳖""下田菊""下延三叉蕨"，"天仙子""天竺葵""地芙蓉""地乌桃"，"春黄菊""春根藤""夏枯草""夏籽韭""秋桑叶""秋蝴蝶""冬葵子""冬瓜树"，"风轮菜""风湿木""云实""云木香""雨久花""雨伞草""雪岭杉""雪里蕻""雷公藤""雷诺木""电株花""莲雾""雾水葛""露葵""露仁麦""气管木""气生管苔"等。

色彩目有所见，味道口有所尝，与此有关的植物名也不老少：如"白毛藤""白石木""玄胡索""玄参""赤根菜""赤爪子""红豆杉""红皮桦""丹枫""丹黏子""皂荚树""皂帽花""青丝柳""青皮木""乌桕树""乌藤菜""黄连木""黄踯躅""紫葳""紫花地丁""黑三棱""黑狗脊""蓝天竹""蓝姑草""绿薄荷""绿花紫金牛""墨菜""墨头草""碧蝉花""碧蟾蜍"，"辣蓼菜""辣母藤""酸浆草""酸尖菜""淡竹叶""淡巴菰""臭皮藤""臭牡丹""香丝草""香橼子""苦楝树""苦苣菜""咸鱼郎树""咸水矮让木""涩荠""涩枣子"等。

家禽，也就是为人类所豢养的鸟类动物，它们与农人朝夕相处，几乎成了家庭的一员，熟得不能再熟。鸡鸭鹅中，最便于饲养的，当然非鸡莫属；在民间传统文化中，鸡的地位也相当突出，不光名列六畜之内，还是唯一登名十二生肖的禽类，连凤凰都无缘这两项殊荣。更重要的是，农耕时代的人们每天听着公鸡的叫声起床，听着母鸡的叫声拾蛋。所以该为植物命名了，最先想到的必然是最熟悉的它们。不妨先看二字名，如"鸡足""鸡菌""鸡𭐶""鸡肠""鸡齐""鸡雍"等；三字名则更多：如"鸡毛菜""鸡头米""鸡冠花""鸡舌草""鸡血藤""鸡肠草""鸡骨香""鸡脚芥""鸡爪栗""鸡项草""鸡距子""鸡腿菇""鸡膝风""鸡胶莽""鸡栖子""鸡山香""鸡公柴""鸡木儿""鸡𭐶薹"，甚至"鸡㾰粘""鸡屎藤"等。凡鸡身上的器官，几乎无不拿来派用场，甚至不放过气味和排泄物，可谓毫纤毕至了。

鸭子本是水禽，让它们上到陆地上行走，一摇一摆地，有点儿勉为其难。家庭饲养，受到条件限制。因此与它相关的植物名，相对就少一些，却也已经面面俱到：如"鸭子花""鸭子食""鸭头兰花草""鸭儿嘴""鸭嘴花""鸭舌草""鸭舌韦""鸭跖草""鸭爪稗""鸭脚""鸭脚板""鸭脚婆""鸭脚黄连""鸭掌树""鸭掌稗""鸭掌金星草""鸭公尾""鸭公树""鸭儿芹""鸭皂树""鸭屎草""鸭绿报春""鸭砻黄报春"等。

凡物与众不同，才会引人注目，鸭子的脚掌像一柄怪模怪样的小扇子，异于一般鸟类的爪，所以被拿来做比的机会就多。鹅的体格稍大，被提及的机会却更少：如"鹅首马先蒿""鹅儿肠""鹅肠菜""鹅肠草""鹅肾木""鹅耳枥""鹅观草""鹅毛竹""鹅绒藤""鹅白毛兰""鹅毛玉凤花""鹅脚板""鹅掌草""鹅掌楸""鹅掌柴""鹅掌簕""鹅掌金星草""鹅抱蛋""鹅不食草""鹅黄报春"等。"白毛浮绿水，红掌拨清波"，除了红色脚掌，在为草木命名时使用最多的，就是那一身白毛了。

为了给草木命名，家中豢养者之外，天空中自由飞翔的鸟类也会拿来一用：如"凤尾蕉""白鹤仙""雁来红""鸿荟""燕尾香""飞雉""老鹳草"，"蹲鸱""老鸦瓣""鹘孙头草""鹦鹉菜""鹧鸪菜""斑鸠草""白头翁""鹰嘴豆""凫葵""鹊豆""鸦臼""雀瓢""雀舌草"等，岂但寻常习见之鸟，就连传说中的神鸟，也差不多一网打尽了。

六畜除鸡之外，还剩下五位：马、牛、羊、狗、猪，我们不偏不倚，每一位挑选几个相关植物名录列于下：

"马铃薯""马齿苋""马尾藻""马兜铃""马褂木""马鞭草""马断肠""马鞍树""马刀豆""马缨花""马兰菊""马爮瓜""马齿龙芽""马薯""马蓼""马韭""马帚""马蹄草""马蹄金""马蹄荷""马葡萄""马

槟榔""马利筋""马缨丹""马醉木"。

"牛毛黏""牛奶子""牛奶菜""牛角藤""牛心荔""牛毛松""牛膝""牛筋藤""牛尾参""牛尾蒿""牛繁缕""牛蹄豆""牛鼻栓""牛金子""牛黄伞""牛皮冻""牛皮消""牛耳大黄""牛耳草""牛舌草""牛肚菘""牛角花""牛蒡""牛筋草""牛子蕉"。

"羊矢枣""羊耳朵""羊肚菜""羊角瓜""羊角苗""羊奶条""羊负来""羊乳""羊奶子""羊耳蒜""羊踯躅""羊肝狼头草""羊开口""羊角栗""羊蹄叶""羊蹄甲""羊毛杜鹃""羊舌树""羊咪青""羊浸树""羊耳菊""羊蹄草"。

"狗耳草""狗舌花""狗舌藤""狗哇花""狗肝菜""狗仔菜""狗虱""狗儿秧""狗蝇梅""狗荠""狗脊蕨""狗筋蔓""狗裸藤""狗奶子""狗牙根""狗枣猕猴桃""狗角藤""狗骨木""狗铃草""狗葡萄""狗牙花""狗尾草""狗核桃""狗尿蓝花"。

"猪苓""猪尾把苗""猪芽草""猪獠参""猪椿""猪腰子""猪肚子""猪眼花""猪毛菜""猪耳朵""猪笼草""猪栗""猪麻榕树""猪脚楠""猪鬣凤尾蕨""猪牙皂""猪头果""猪仔龙""猪屎豆""猪婆柴","猪菜藤""猪殃殃""猪肚木""猪毛蒿""猪粉草""母猪芥"。

家畜不够用了，有些野兽也会被顺手拿来做比。不管旷野山林中实有的，还是仅存在于传说想象中的，概莫能外："龙胆草""麒麟菜""巴山虎豆""狮头参""狼尾草""豺漆""蛇莓""象贝母""鹿角菜""猢狲头""猕猴桃""猴楂""豨莶""猫眼草""狸豆""獐耳细辛""鼠耳草""鼠麹雪兔子""蝎虎草""蝙蝠葛"。鳞甲类的又有："土贝母""鱼腥草""梭鱼草""草鳖甲""蛤蟆草""碧蟾蜍""蟹壳草""鳢肠""蛎菜"。昆虫类则有："蝎子草""虱子草""虮子草""蚤缀""蜜蜂草""碧蝉花""蜈蚣草""蟛蜞菊""水蚁草""地蚕子""秋蝴蝶""蚵蚾草""虱母豆""蠹草""蚊母树""木鳖子""蓖（蜱）麻"。

农耕时代的数千年间，人们聚族而居，人与人之间形成复杂的伦理关系，这些关系常常会体现在相互间的称谓上，而这些称谓也成了用来为植物命名的材料：如"抱娘蒿""姨妈菜""孩儿菊""娃草""女菀""防己""零余子""红姑娘""益母草""蜜父""婆婆纳""婆妇草""懒妇箴""慈姑""蒲公英""勤娘子""王孙""使君子""宿田翁""野丈人""给客橙""道人头""将军树""摩贼树"。人类精神生活中的神祇，也出现在植物名中，如："观音莲""雷公头""王母簪""神仙掌""隔河仙""鬼针草""魁实""还魂草"等。

最让人惊奇的是，一些历史人物的名字，被直接拿来为植物命名，出现人与植物同名的奇特现象：

诸葛菜。诸葛菜即芜菁（*Brassica rapa L.*）（又有说二月蓝），又名蔓菁，十字花科（*Cruciferae*）芸薹属植物，《植物古汉名图考》云："刘禹锡《嘉话录》：'诸葛亮所止，令兵士独种蔓菁。取其才出甲者可生啖，一也；叶舒可煮食，二也；居久则随以滋长，三也；弃不可惜，四也；回则易寻而采，五也；冬有根，可劚而食，六也。比诸蔬属，其利不亦博矣。三蜀之人，今呼蔓菁为诸葛菜，江陵亦然。'"

秦琼剑。秦琼剑即文殊兰（*Crinum asiaticum L. var. sinicum (Roxb. ex Herb.) Baker*），又名文兰树，石蒜科（*Amaryllidaceae*）文殊兰属植物，《植物名实图考》卷三十："产广东。叶如萱草而阔长，白花似玉簪而小，园亭石畔多栽之。……土医以其汁治肿毒，因有秦琼剑诸俚名。"

刘寄奴。刘寄奴为多种植物的别称，如阴行草、地行草等。《植物古汉名图考》指奇蒿（*Artemisia anomala S. Moore*），菊科（*Compositae*）蒿属多年生草本植物。《本草纲目》卷十五云："按李延寿《南史》云，宋高祖刘裕，小字寄奴。微时伐荻新州，遇一大蛇，射之。明日往，有杵臼声。寻之，见童子数人皆青衣，于榛林中捣药，问其故，答曰，我主为刘寄奴所射，今合药傅之。裕曰，神何不杀之？曰，寄奴王者，不可杀也。裕叱之，童子皆散，乃收药而返。每遇金疮傅之即愈。人因称此草为刘寄奴草。"

徐长卿。徐长卿又名鬼督邮、竹叶细辛，萝藦科鹅绒藤属植物，多年生直立草本。《本草纲目》卷十三："徐长卿，人名也。常以此药治邪病，人遂以名之。"

据说地球上高等植物约 30 万种，已有名称的 21.5 万种，而有汉文名称的才不到 4 万种。如今国际间交流频繁，用汉语为更多的植物命名，成为分类学家的一项重要任务。据说有一种产自南美山区的宿根花卉 *Chlidanthus fragrans*，已经被命名为黛玉花。刘夙博士也已将与它近缘的另一种原产南美的宿根花卉 *Eithea blumenavia* 拟名为紫鹃莲。在南非好望角地区还有一种宿根花卉，名曰 *Amphisiphon stylosus*，其花鲜黄色，属名中的 *siphon* 发音略似"熙凤"，刘冰博士为其拟名黄熙凤。黄与王音近，而其花朵众多，攒成一个大圆球，倒也确有点儿王熙凤的霸气。

为植物命名，自古以来一直都在进行之中。厘清每一种植物名产生的时代，既不可能精准做到，也没有太大的实际意义。但我们不妨将这些名字分作两类：古名与今名，然后再来观察它们各自的特征。那些新近命出的名字科学而严谨，如同不锈钢的器皿，既方便趁手，又坚固耐用；植物古汉名也许不具备今名的科学性，但它们却拥有另一种魅力。最早那一批植物汉名距今至少有三千年的历史，它们从遥远商周汉唐一路过来，与世代士农工商一起，经历了频仍的战乱，连绵的灾难。以是之故，虽然仍是那一个汉字或两个汉字，却已经承载了丰富的历史文化信息。在这一点儿上，它们有点儿像出土的青铜器，也就是博物馆中陈列的那些鼎彝簠簋。当初人们铸造它，实用目的明显是第一位的，或为酒器，或为祭器，或为日常饮食之器，但是经过漫长的时间的洗礼，其本身具有的烟火之气给冲刷得干干净净，剩下了纯粹的历史与厚重的美。在此我们不妨举两个例子——本市植物园中引种了溲疏，溲疏一名，如今看上去多么疏宕古雅，然而拆开看看，溲，《康熙字典》："溺谓之溲"；《切韵》："与尿同，小便也。"疏，《说文》："通也"；《本草经》："通利水道"。盖其得名，以其药性，溲疏亦即通便也。疏通小便，有什么雅的？然而即使已经明了此意，回头再看溲疏一名，仍觉得古雅可爱，不由你不服。又，我曾于景阳冈景区看到窃衣，《尔雅·释草》："蘮蒘，窃衣。"郭璞注："似芹可食，子大如麦，两两相合，有毛著人衣。"此草种序擎出植株之上，种子轻软而有毛，人经其前，便沾到衣服上，窃附于衣也。无论往人身上沾，还是直释窃衣二字，意义俱不见佳，却无碍得知窃衣之名，令人觉得美妙。

　　数年前，诸暨植物人林捷在其公众号发文，题目为《扒一扒那些让你傻眼的植物名》，列举出葶苈（tíng lì）、菥蓂（xī mì）、枳椇（zhǐ jǔ）、蓬虆（péng lěi）、菝葜（bá qiā）、莨菪（làng dàng）、蒟蒻（jǔ ruò）、罂粟（yīng yù）等十个植物名，喟叹在自然面前的无知。这些字样如出现于文章中，会对好多人的阅读产生障碍，属于应该尽量避开的生僻字。它令我们难堪，令我们心生不快，不能全怪我们。然而当我们消一消心头火气，以玩赏之心玩味这些植物名时，是不是可以感受到其中散发出的来自远古的神秘之气？假如为它们换一个简易的名字，它们也只能忍受，但在我们，是否因此损失了许多。

植物名所蕴含的丰富意味，早已被对语言文字格外敏感的诗人和文学家注意到，开始尝试利用植物名装点自己的句子。屈原《离骚》："扈江离与辟芷兮，纫秋兰以为佩"，"朝饮木兰之坠露兮，夕餐秋菊之落英"，芳菲香草，时时隐现于字里行间，尚不是有意利用植物名。到了南北朝时期，出现了所谓"药名诗"，将药名镶嵌于诗句之中，让人看了，感觉别有意趣。所谓药名，统指历代《本草》著作中的药物名称，熟悉《本草》的人都知道，书中所列药物虽然也有动物与矿物，更多的还是植物。

最早尝试写作药名诗的，当属晋宋时期的谢灵运与梁简文帝萧纲。谢灵运有《和竟陵王药名诗》五首，兹录其一：

> **丹草**秀朱翘，**重台**架危岊。
> **木兰**露易饮，**射干**枝可结。

短短二十字中，使用了丹草、重台、木兰、射干四种植物名。又唐代诗人张籍亦有《答鄱阳客药名诗》云：

> 江皋岁暮相逢**地**，黄叶霜前半夏**枝**。
> **子**夜吟诗向松**桂**，**心**中万事喜君知。

张籍此诗，药名出现的位置十分特别，作者已经不满足于将植物名用于句子之中，而令其居于句子之间，上句之末字，与下句之首字，恰合为一个植物名：地黄，枝子（栀子），桂心。此外，诗中尚有半夏与松，以及谐音"喜君知"（使君子）。用心不可谓不精巧。

使用同样手法作药名诗的，还有晚唐皮日休，其《奉和鲁望药名离合》云：

> 桂叶似茸含露**紫**，**葛**花如绶蘸溪**黄**。
>
> **连**云更入幽深**地**，**骨**录闲携相猎郎。

独自向壁吟诗，嵌入药名，虽饶趣味，还不够热闹。《皮子文薮》载皮日休与张贲、陆龟蒙《药名联句》诗，现场直播，更见功力：

> 为待**防风**饼，须添**薏苡**杯。　　　——张贲
>
> 香燃**柏子**后，尊泛**菊花**来。　　　——皮日休
>
> **石耳**泉能洗，**垣衣**雨为裁。　　　——陆龟蒙
>
> **从容**犀局静，**续断**玉琴哀。　　　——张贲
>
> **白芷**寒犹采，**青葙**醉尚开。　　　——皮日休
>
> 马衔**衰草**卧，乌啄**蠹根**回。　　　——陆龟蒙
>
> 雨过兰芳好，霜多**桂未**摧。　　　——张贲
>
> **朱儿**应作粉，**云母**讵成灰。　　　——皮日休
>
> 艺可屠**龙胆**，家曾近**燕胎**。　　　——陆龟蒙
>
> 墙高牵**薜荔**，障软撼**玫瑰**。　　　——张贲
>
> **鼯鼠**啼书户，**蜗牛**上研台。　　　——皮日休
>
> 谁能将**藁本**，封与**玉泉**才。　　　——陆龟蒙

全诗十二联，含药名二十四个，句句藏药，处处见药，可谓药香扑鼻，才捷识博自是当然，唯是三位有此雅好者，能得聚首，设身处地想想，亦人间一大幸事也。

北宋黄庭坚是一位影响广被的诗人，也是一位渊博的学者。从他的诗中，时常可以感受到博物学的兴奋。其古诗《演雅》四十句，写到鸟兽虫鱼四十余种，几成一部动物小百科。对药名诗的写作，黄氏也颇用心思，其《药名诗奉送杨十三子问省亲清江》为歌行体，所涉药名既多，复作《荆州即事药名诗八首》，兹取其一为例：

> 四海无**远志**，一溪**甘遂**心。
> **牵牛**避洗耳，卧著**桂枝**阴。

四句诗含有"远志""甘遂""牵牛""桂枝"四个植物名。

叶梦得《石林诗话》卷二"药名"："尝见近世作药名诗，或未工；要当字则正用，意须假借。如'日侧柏阴斜'是也。若'侧身直上天门东'，'风月前湖夜'，'湖''东'二字即非正用。"举孔毅夫（平仲）五言律二诗以为例：

> 鄙性**常山**野，尤**甘草**舍中，
> 钩帘阴**卷柏**，障壁坐**防风**。
> 客土依**云实**，流泉架**木通**。
> 行**当归**老矣，已逼**白头翁**。

此**地龙**舒国，池隍兽**血余**。

木香多野橘，**石乳**最宜鱼。

古**瓦松**杉冷，旱**天麻**麦疏。

题诗非**杜若**，笺**腻粉**难书。

叶梦得不满意此前的药名诗，以孔仲平诗作为例，对药名诗提出了更高的艺术要求，也就是"字则正用，意须假借"。"字则正用"容易理解，就是不可取巧，不用谐音字；"意须假借"就有点儿复杂，一是从张籍、皮日休不肯简单地嵌入药名为事，以上、下句首尾二字合成一个药名，再往前推进一步，在一句之中两词之间截搭成一个药名，例诗中常山、甘草、云实、木通、当归、地龙、血余、瓦松、天麻、腻粉是也，二或亦显为药名，在诗中取另外一意，卷柏、防风、白头翁、木香、石乳、杜若是也。

药名嵌得精巧，用得别致，只是一个方面，要是不失诗歌之审美功能，描绘了一个松杉参天、橘柚遍地的优雅环境，更抒发了此间草舍中那位隐逸者闲观流云、静听鸣泉的悠然自得之情。

辛弃疾《定风波其一 用药名招婺源马荀仲游雨岩》，对药名的使用上，与叶梦得"字则正用，意须假借"之说甚合：

山路风来草**木香**。

雨余凉意到胡床。

泉**石膏**肓吾已甚。

多病。堤**防风**月费篇章。

孤负寻**常山**简醉。

独自。故应知**子草**玄忙。

湖海早知身汗漫。

谁伴。只**甘松**竹共凄凉。

褚人获所编《坚瓠集》载苏州詹氏夫妇两地情书，通篇皆借用药名以达其意：

妻信："**槟榔**一去，已过**半夏**，岂不**当归**耶？谁**使君子**，效**寄生**缠绕他枝，令故园**芍药**花开无主矣。妾仰观**天南星**，下视**忍冬藤**，盼不见**白芷**书，茹不尽**黄连**苦！古诗云：**豆蔻**不消心上恨，**丁香**空结雨中愁。奈何！奈何！"

夫信："**红娘子**一别，**桂枝**香已凋谢矣！几思**菊花**茂盛，欲归**紫菀**，奈**常山**路远，**滑石**难行，姑待**从容**耳！卿勿使**急性子**，骂我**苍耳子**，明春**红花**开时，吾与**马勃**、**杜仲**结伴返乡，至时自有金相赠也。"

相思之情殷殷，更氤氲于草药之香中矣。

敝邑阎公宗培曾有《中草药名趣谈》一文，其中引录川剧折子戏《请医》中一段台词，可知那编剧也是个《本草》发烧友了：

玄生听着哇，吩咐**丁香刘寄奴**好生关好**麦冬门**，怕**木鳖**虫爬上**金线**虫笼子，咬坏我的**桂皮**靴子和**红花**袄子。无事时**牵牛**到**常山**，喂点**甘草**和**豆蔻**，然后再到捞沙河喂点**水银**，归来要走**熟地**莫走**生地**，千万不要走**滑石**经过，谨防跌断**牛膝子**，到时为师回来，用**青黛**把你吊在**沙树**上，打你一顿**柴胡**棒，打得你**马蹄草**直爬、**使君子**长飚，就是**贝母**来保，也不饶你**半夏**！**荆芥，荆芥，细辛，细辛**！

　　文体无论雅俗，作者从古至今，对植物汉名上积淀的历史文化信息的迷恋，衍生出许多奇思妙想，流传开这么多有趣的文字。

　　最后则不得不提及蒲松龄先生之《草木传》。此"药剧"又名《药性梆子腔》，全剧计《栀子斗嘴》《石斛降妖》《甘草和国》等共十回，作者根据 500 余种中草药的性味、功能等，择性状特异者赋形为人物，令其以生、旦、净、末、丑等戏曲角色登台亮相，相互辩难纠缠，打诨插科，演绎了一出出人间活剧，堪称药名文章之集大成者。

2022-01-03

后 记

《山左草木记》

敝人之草木记写作始于 2011 年。当时的想法是，既已无须凄凄惶惶地应卯上班，有大把时间供我挥霍，闲着也是闲着，何不趁机为故乡草木写一本书。《东乡草木记》（2012）出版后，随着寻花觅草生涯的延展，旧识之外，结识了更多新知，对草木的感情也渐积益厚，于是又有了《东昌草木记》（2019）和《聊城草木记》（2020）。

沿着上面的路径排下来，这一个就应该叫作《山东草木记》了。叫山东也不是不可以，可帽子总觉得有点大。山左与山东，意义大致相同，却又有所区别。这山当然是太行，然山东二字所指，如今主要是行政区划，而山左呢，更多着眼于地理方位。敝地归山东省管辖，所处又千真万确，恰在太行之左。具体论起来，以"齐之西鄙"而称山东，则东得不够遥远，若名之山左，则左得还比较贴近。山东古时也称"海右"，杜甫《陪李北海宴历下亭》诗："海右此亭古，济南名士多。"可我觉得，用"海右"指山东，说半岛地区最切，言敝乡终是距离大了点儿。话说回来，其实无论山左山东，还是东乡东昌，在我心目中指代的皆是我足迹所常至的这片区域。这片土地上生长的植物，是我日常行游的伴侣，当然也是我的草木记的描写对象。

《聊城草木记》付梓之后，并没有新的计划，自己也乐得轻松。走出寓所，来在天宇之下，远远近近地疯跑。特别是疫情出现后，人们一举一动都变得小心翼翼，任何人、任何处所、任何器物都不敢保证也没人相信没有沾染病毒，于是聚集就成了一件滑稽之事。幸运的是，这种严厉限制对我影响不大，因为我还有另外一批朋友可与周旋。在凡与人类有关即无不令人疑神疑鬼的那段日子，草木在已有的独立、谦逊等优秀品质之外，忽然又具备了另一种好处，那就是与时事无缘，它们是安全的，是值得信赖的。前来与它们相聚，不用看绿码，无须检核酸，于是我越发觉得，当初不期然而然走上寻花觅草之路，是多么地幸运。

持续的探访开始了。春天里在湖边野岸，看星星点点的绿色如何拱破黄埃，又悄无声息地展枝布叶，看性急野草野花如何不失时机地悄然绽放；夏日的浓荫之下，又可以看树下蚂蚁成群结队，专心致志地营造自己的宫室，听枝间叶底时有时无、自由自在的莺唱鸠鸣；秋天的林皋外，细叶芒与狼尾草已经长到齐腰那么高，正在斟酌着秀穗的时机与方式，而绿丛中的鱼黄草与牵牛花，却仍在辗转腾挪，敷设自己的纤茎……银杏与榉树叶子黄了，黄栌与柿树叶子红了，梧桐与悬铃木叶子落了，婀娜的垂柳却依然故我，对即将到来的凛冽之气安之若素。

与草木的晤对久了，就像朋友间交流得多，了解与体悟自会有所增进，朋友们身上的优良品质之外，其内心的痛苦、忧惧以及欲望，也会次第显现出来，于是有些私密性很强的感觉与想法，在我的脑际频频隐现。我对自己糟糕的记忆力知之甚明，无用的东西可以记上一大堆，有用的事体却转头即忘，一些有趣儿的想法如岭上白云，湖畔霞光，倏忽而来，又飘然而去，如不及时抓住，等它们消失得无影无踪，再也找不回来，则悔之晚矣。于是顾不上正值酷暑，开启了此次的草木之旅。

稿子写完，稍微收束一下，便放在一边。与草木的这段情感纠葛已经记录下来，再也不怕遗忘掉，于愿已足。我更知道，草木的事，虽然我个人一直觉得好，与我想法相同的人却未必多，所以此书能不能有出版的机会，这个机会什么时候出现，也只好看天意了。

写作过程中，偶也改定一两篇，发在公众号上。说来也巧，有些篇什被时任海燕出版社副总编的李道魁先生看到。于是某日午间道魁总编发来微信，建议我将这些稿子理好，申报一个科普类研究项目。看了他同时发过来的文件，一边真心感激他的好意，一边又有些为难。我之所写，纯粹随心所欲，自为自在，衡之以外面的标准，终是扞格难合。一时拿不准与那要求的契合度有多大，便将全部稿子发过去，请社方帮我斟酌。道魁总编看后说，与申报项目要求确有距离，而且时间促迫，修改怕也来不及。回头又说，如能以另外方式出版，问我有什么想法。我当然求之不得。我与道魁总编未谋一面，仅因朋友之介相互加了微信，中间也就简短聊过几次，却因其只眼独具，不舍肤寸之可取，让这部草木记获得面世的机会。《山左草木记》运气不错，斯乃事情的表象，而道魁先生的厚意，才是值得永远记得的。

2022-05-11